Vingt et un jours pour se marier

Ella

QUINN

LES WORTHINGTON – 1

Vingt et un jours pour se marier

Traduit de l'anglais (États-Unis)
par Paul Benita

J'AI LU

J'AI LU POUR elle

Si vous souhaitez être informée en avant-première
de nos parutions et tout savoir sur vos auteures préférées,
retrouvez-nous ici :

www.jailu.com

Abonnez-vous à notre newsletter
et rejoignez-nous sur Facebook !

Titre original
THREE WEEKS TO WED

Éditeur original
Zebra Books, published by
Kensington Publishing Corp.

À mon mari,
mon héros depuis plus de trente ans,
qui tient la barre pendant que j'écris.

1

Fin février 1815
Leicestershire, Angleterre

Le ciel s'était assombri et le vent ballottait l'attelage, à tel point qu'une des roues quitta brièvement la route. Une pluie glacée mêlée de grêle martelait les fenêtres. Lady Grace Carpenter frappa au plafond de la cabine et essaya de se faire entendre malgré la tempête.

— Sommes-nous encore loin du Crow and Hound ?

— Non, madame, cria son cocher. Je crois que nous ferions mieux de nous y arrêter.

— Oui, absolument.

Elle se blottit dans son manteau. À leur départ ce matin, le ciel sans nuages ne laissait en rien présager un tel orage.

Ils se trouvaient à une heure à peine de chez elle, Stanwood Hall, mais mieux valait ne pas tenter le diable, et compter sur la discrétion du patron du Crow and Hound plutôt que de risquer la vie de ses domestiques et de ses bêtes par un temps pareil.

Quelques minutes plus tard, ils quittèrent la route principale, et elle entendit le cocher héler un garçon d'écurie. La portière ne tarda pas à s'ouvrir, le marchepied fut déployé. Son valet, Neep, l'aida à descendre et l'abrita sous un parapluie jusqu'à l'entrée de l'auberge.

M. Brown, le propriétaire de l'établissement, un homme blond aux yeux bleus de taille et d'âge moyens, se trouvait là pour l'accueillir. Il referma la lourde porte en bois, les protégeant des éléments déchaînés.

— Milady, dit-il d'un ton surpris, nous ne nous attendions pas à vous voir ce soir.

— Je comprends, répondit Grace en enlevant son manteau mouillé et en le secouant. Moi-même, je ne pensais pas venir. Je suis allée rendre visite à une vieille cousine, et la tempête nous a surpris sur le chemin du retour.

— Ah, vous connaissez le dicton, milady. On n'est pas toujours récompensé pour ses bonnes actions.

— Il semble bien, oui, dit-elle avec un soupir. Dieu merci, nous étions près de chez vous. J'ai mon cocher, mon valet et deux hommes d'escorte, mais pas ma femme de chambre, ajouta-t-elle avec une grimace.

Pourvu que personne ne découvre jamais qu'elle se trouvait là sans sa chère Bolton ! Cette dernière, elle n'en doutait pas, allait lui lancer : « Je vous l'avais bien dit » dès qu'elle la verrait.

— J'aurais besoin de l'assistance d'une de vos filles. Il va sans dire que vous ne m'avez pas vue ici ce soir.

Brown acquiesça aussitôt.

— Oui, milady. Vous n'êtes jamais venue, même si, avec un temps pareil, il serait bien surprenant que nous voyions quiconque aujourd'hui. Vos domestiques et vous dormirez au chaud et au sec cette nuit. Pour le dîner, je vous installerai au petit salon, dit-il en désignant une porte proche des escaliers. Vous serez à l'écart de la salle commune.

Elle lui adressa un sourire reconnaissant.

— Merci. Ce sera parfait.

Susan, une des filles de Brown, la conduisit au premier étage, dans la grande chambre à l'arrière de l'auberge. Grace donna son manteau à la fille afin qu'elle le fasse sécher.

— Je ferai appel à vous quand je serai prête à me retirer.

— Oui, milady. Si vous avez besoin de quoi que ce soit, sonnez la cloche, dit Susan avant d'exécuter une révérence et de partir.

Grace jeta un regard autour d'elle. Elle s'était déjà arrêtée ici à plusieurs reprises lors de sorties en famille, mais n'y avait jamais passé la nuit. L'auberge appartenait à la famille Brown depuis plusieurs générations. Le bâtiment était vieux, mais propre et bien entretenu.

Munie d'un châle brodé et d'un livre, elle redescendit au petit salon. Même s'il était encore tôt – 14 heures –, M. Brown avait fermé les volets et allumé un feu et assez de chandelles pour illuminer la pièce.

Une heure plus tard, bien au chaud et au sec, elle était plongée dans les aventures de *Madelina*, la dernière romance publiée par Minerva Press, quand, au milieu des bourrasques, elle entendit un autre attelage arriver dans la cour de l'auberge. Baissant son livre, elle se demanda qui pouvait bien être ce nouveau venu.

La porte de la grande salle s'ouvrit et se referma avec un claquement. La voix troublée de M. Brown lui parvint, ainsi que celle d'un autre homme – un gentleman, à en juger par son élocution.

Son cœur rata un battement. Worthington ? Était-ce possible ? Cela faisait quatre ans qu'elle n'avait pas entendu sa voix, mais jamais elle ne l'avait oubliée.

Entrouvrant la porte, elle risqua un coup d'œil dans la grande salle. C'était bien lui, l'homme qu'elle avait voulu épouser dès sa première saison et qu'elle n'avait jamais revu depuis. Ses cheveux sombres, presque noirs, étaient mouillés aux extrémités, là où son haut-de-forme ne les avait pas protégés. S'il se retournait, elle verrait, elle le savait, ses yeux d'un bleu lapis si étonnant et ses longs cils.

— Ne pourriez-vous simplement proposer à cet autre voyageur de partager le petit salon avec moi ? était-il en train de demander à l'aubergiste d'un ton poli mais presque excédé.

Il était probablement trempé, et la grande salle était, à vrai dire, glaciale.

L'embryon d'une idée frissonna dans l'esprit de Grace. Ravalant une folle excitation, elle s'avança courageusement.

— Monsieur Brown, Sa Seigneurie est la bienvenue si elle désire dîner avec moi.

— Si vous êtes sûre, mi…

Un regard impérieux de Grace le fit taire. S'il disait « milady », cela susciterait trop de questions de la part de Worthington. Quoi qu'il arrive, ce dernier ne devait en aucun cas connaître son identité.

— … madame, se reprit Brown.

Elle essaya de ne pas montrer son soulagement.

— Oui. Vous pourrez nous servir une fois que Sa Seigneurie aura pris le temps de se changer.

Adressant une petite révérence à Worthington, elle retourna dans le petit salon.

Une fois la porte refermée derrière elle, elle s'y adossa. C'était sa chance, peut-être la seule de sa vie, et elle n'allait pas la laisser passer.

Que crois-tu faire, Grace ? As-tu perdu l'esprit ?

C'était sa conscience qui se rebellait.

Personne n'en saura rien. Brown niera que j'étais ici.

Comment oses-tu prêcher les convenances à des enfants alors que tu…

— Oh, tais-toi ! marmonna Grace. Quand aurai-je une autre occasion de me retrouver avec lui ? Réponds donc à cela. Tout ce que je veux, c'est passer un peu de temps en sa compagnie. Quel mal y a-t-il à cela ?

De l'eau dégoulinait de la grande cape de Mattheus, comte de Worthington. Une mare commençait à se former à ses pieds. Cette petite auberge ne l'impressionnait guère, et s'il était souvent passé devant lors de ses voyages à Londres, il ne s'y était encore jamais arrêté. Sans cet orage, il l'aurait une fois de plus ignorée.

— Je peux ajouter du bois dans la cheminée de la grande salle, disait l'aubergiste. Mais mon petit salon est déjà occupé.

Matt examina la salle autour de lui. Elle était assez vaste et, par conséquent, difficile à chauffer. Les volets clos tremblaient et cognaient sous les rafales de vent. Il régnait ici un froid glacial, parcouru de courants d'air franchement déplaisants.

— Ne pourriez-vous demander à cet autre voyageur de partager le petit salon un moment avec moi ?

— Impossible, monsieur, dit l'aubergiste en secouant la tête. Je pourrais vous faire monter votre dîner dans votre chambre, mais il n'y a pas de table là-haut. Une fois que la grande salle sera réchauffée, vous y serez très à l'aise.

Matt en doutait fortement.

— Monsieur Brown…

Il se retourna au son de cette voix féminine, grave et éduquée. On aurait pu croire qu'elle appartenait à une dame âgée, mais certainement pas à une créature aussi splendide. Distrait par une telle beauté, il n'eut pas la présence d'esprit de la remercier sur-le-champ. Elle ne lui en laissa d'ailleurs pas le temps, esquissant une petite révérence et refermant la porte.

— Je vais vous montrer votre chambre, milord, déclara le tavernier en s'emparant de sa sacoche de voyage.

— Merci. Ce sera agréable de passer des vêtements secs.

À mi-hauteur dans l'escalier, Matt s'immobilisa. Un souvenir jouait à cache-cache dans son esprit. Il connaissait cette dame, mais d'où ? Londres, sans doute… pendant la saison… Il secoua la tête, comme pour essayer de débusquer cette réminiscence, mais rien n'y fit.

— Par ici, milord.

— J'arrive.

C'était sa chevelure qui l'avait marqué. À la lueur des chandelles, elle chatoyait comme une guinée d'or toute neuve.

Le tavernier ouvrit une porte au bout du couloir.

— Un de mes garçons ne va pas tarder à vous apporter de l'eau chaude.

— Merci.

Brown entreprit de démarrer le feu.

Matt ne connaissait pas beaucoup de dames qui auraient accepté de partager leur salon avec un inconnu. Le sentiment qu'ils s'étaient déjà rencontrés grandit encore. Qui diable était-elle ?

— Et voilà, milord.

Une fois l'aubergiste reparti, Matt se changea promptement. Plus vite, il redescendrait, plus vite il saurait qui était cette femme mystérieuse.

Peu après, il frappait à la porte du salon privé. Aussitôt entré dans la pièce, il s'inclina.

— Merci d'avoir accepté de partager votre salon et votre repas. Permettez-moi de me présenter. Worthington, à votre service.

Elle se leva en souriant.

— Comment pourrais-je refuser d'aider un compagnon voyageur par un temps aussi exécrable ?

Quelle grâce !

Ce furent les premiers mots qui lui vinrent à l'esprit. Elle tira le cordon de la sonnette avant de se diriger vers la table déjà dressée pour le thé. Elle prit un siège, lui indiquant celui qui lui faisait face.

— Je vous en prie. Inutile d'être trop formel.

Elle lui tendit une assiette et, peu après, une jeune fille apporta une théière couverte d'un tissu coloré avant de repartir.

— Prenez-vous du sucre ? demanda la dame en le dévisageant derrière de longs cils dorés.

Il semblait évident désormais qu'elle ne comptait pas lui révéler son nom.

— Oui, mademoiselle...

— Crème ou lait ? demanda-t-elle aussitôt.

— Deux morceaux de sucre et une goutte de lait, s'il vous plaît.

L'ombre d'un sourire se dessina au coin de ses lèvres pulpeuses.

Il fit mine de regarder autour de lui comme s'il cherchait quelque chose.

— Voyagez-vous seule ?

Les joues de sa compagne se colorèrent subitement – ce qui n'avait rien de surprenant –, offrant un résultat des plus charmants.

— Le temps exerce parfois ses caprices à nos dépens.

Son ton était pincé, mais il était difficile de savoir si c'était sa question qu'elle n'appréciait pas ou bien les caprices du temps.

Ses longs doigts minces ne portaient ni bague ni trace d'alliance. De nouveau, il eut la sensation de l'avoir déjà rencontrée. Mais comment un homme sain d'esprit aurait-il pu oublier cette chevelure sur laquelle les chandelles déversaient des reflets dorés ? En vérité, il ne l'avait pas oubliée ; c'était le nom de sa propriétaire qui lui échappait. Ses sourcils, un peu plus sombres que ses cheveux, dessinaient des arcs parfaits au-dessus d'yeux légèrement bridés. Il n'avait jamais vu de femme aussi belle.

Il aurait voulu pouvoir discerner la couleur exacte de ses yeux, mais la lumière était trop faible.

Bleus. Ils étaient bleus, il le savait. Voilà qui était encourageant. Maintenant, s'il parvenait à retrouver le reste... Par tous les diables ! Il l'avait déjà vue, mais où et quand ? Et pourquoi ce souvenir le fuyait-il ? Son regard descendit jusqu'à sa bouche, un tout petit peu plus généreuse que ne l'exigeait la mode du moment. Quel goût aurait-elle ? Il mourait d'envie de sentir ses lèvres sous les siennes...

Quand Worthington l'avait rejointe, Grace avait une boule dans la gorge. Dans le bref intervalle de temps qu'il lui avait fallu pour troquer ses vêtements mouillés contre une tenue sèche, elle avait changé d'avis une bonne douzaine de fois à propos de sa proposition de partager son dîner.

Mattheus, comte de Worthington.

Elle laissa ses yeux errer sur sa silhouette, inspection qui ne fit que confirmer ses souvenirs. Il était grand et large d'épaules ; sa veste était coupée à la perfection, sa cravate nouée de façon impeccable. Il avait toujours été si élégant ! Elle avait cru ne jamais le revoir, ou alors marié et père de plusieurs enfants. Cela étant, même s'il ne portait pas d'alliance, il pouvait très bien être marié... Oh, il était en train de parler.

— Mademoiselle...

Il la dévisageait avec curiosité, mais elle ne lui donna pas son nom et s'en tira de justesse en le bombardant de questions sur son thé.

Tout cela n'allait pas être aussi facile qu'elle l'avait cru.

Il porta sa tasse à ses lèvres, et ses sourcils presque noirs se réunirent.

— Voilà un thé extraordinairement bon pour une auberge de campagne.

— C'est mon propre mélange. Je l'avais emporté avec moi.

Elle avait prévu d'en faire cadeau à sa cousine, mais celle-ci avait refusé de prendre tout le pot.

Et maintenant, que pouvait-elle dire ? À l'exception du pasteur, cela faisait très longtemps qu'elle n'avait pas bavardé avec un membre de la gent masculine qui n'appartînt pas à sa famille. Ah, justement...

— Avez-vous de la famille qui risque de s'inquiéter de votre retard ?

— Rien que mes sœurs et ma belle-mère, et elles ignorent quand je suis censé rentrer.

Il but une nouvelle gorgée de thé et reprit :

— J'imagine que votre propre famille doit être inquiète.

« Terrifiée » aurait sans doute été plus près de la vérité. Elle aurait dû être de retour à la maison depuis bien longtemps déjà.

— Un peu.

— Avez-vous encore une longue route à faire ?

Grace l'observa par-dessus le rebord de sa tasse. Elle avait cru voir passer une lueur intriguée dans ses yeux, mais il était évident qu'il ne la reconnaissait pas. Ce qui n'était guère surprenant. Ils ne s'étaient pas vus depuis plusieurs années. Il avait dû danser avec des centaines d'autres femmes depuis, alors qu'ils avaient partagé une seule et unique valse. Quoi qu'il en soit, elle ne voulait pas qu'il sache qui elle était. Cela ne ferait que compliquer sa vie, qui l'était déjà bien assez comme cela.

— Moins d'un jour de voyage, répondit-elle finalement.

Ce qui était vrai, mais trompeur. Mieux valait aborder des sujets moins dangereux.

— Que pensez-vous des progrès du traité de paix ?

Un petit sourire incurva les lèvres bien dessinées de Worthington. Il n'était pas dupe de son manège.

— Que les négociations durent depuis trop longtemps et que le nouveau gouvernement français n'a plus toutes les cartes en main.

M. Brown frappa à la porte, avant d'entrer avec l'une de ses nombreuses filles.

— Nous venons débarrasser le thé, si cela vous convient.

Grace arracha son regard de la bouche de Worthington. Elle l'avait trouvé fascinant autrefois, mais ce n'était rien comparé aux réactions qu'il déclenchait en elle aujourd'hui.

— Oui, s'il vous plaît. Nous dînerons à 18 heures.

Brown s'inclina.

— Parfait, mi…

Elle lui lança un regard menaçant.

— ... madame.

L'aubergiste et sa fille s'activèrent avant de repartir, laissant la porte entrouverte. Grace se décida à croiser le regard de Worthington. En constatant qu'il l'observait, elle sentit son ventre se nouer. Bah… elle ne le reverrait sans doute plus jamais, alors autant profiter de sa présence tant qu'elle le pouvait.

— Cela ne me dérange nullement de parler politique, déclara-t-elle, mais je dois vous avertir : je suis une whig.

2

Afficher aussi clairement ses opinions politiques était une véritable provocation. Matt eut le sentiment que cette conversation allait devenir très intéressante. Si seulement il parvenait à se souvenir de son nom ! Ou, mieux, à le découvrir.

— C'est aussi mon parti. L'aile gauche.

Une lueur de plaisir brilla dans les yeux de la dame.

— Alors, nous ne devrions pas manquer de sujets de conversation.

Ils balayèrent un large spectre – politique, philosophie et même gestion de domaines –, évoquant tout ce qu'il leur passait par la tête. Et cela continua ainsi pendant des heures, sans que ni l'un ni l'autre aient à fournir le moindre effort pour trouver matière à discussion. Cela faisait très, très longtemps que Matt n'avait pas eu une conversation aussi intéressante, encore moins avec une femme. Elle était aussi bien informée, voire mieux, que la plupart des hommes qu'il connaissait.

— Adhérez-vous aux opinions de Mary Wollstonecraft ? s'enquit-elle.

Il se pencha en avant, les coudes sur la table.

— Complètement. Ses idées sur les droits des femmes sont plus qu'intéressantes, et je suis ravi de constater qu'elle gagne de plus en plus d'adhésion dans les milieux politiques.

— Vraiment ? Je n'ai guère été à Londres ces derniers temps, déclara-t-elle avec une expression rêveuse, mais je maintiens une correspondance assidue avec quelques amis...

— Nourrissent-ils les mêmes opinions que vous ?

— Pour la plupart, oui, répondit-elle avec une pointe de prudence dans la voix.

— Alors, nous devons avoir certaines connaissances en commun.

— Avez-vous rejoint le parti dans l'espoir d'aider ces malheureux soldats revenus estropiés de la guerre ?

Ah, elle n'était pas tombée dans le piège.

— En effet.

Ils évoquèrent certaines des propositions qui étaient débattues au Parlement. Aucun doute, elle était très bien informée, songea-t-il avant de jeter un coup d'œil vers le fauteuil placé près de la cheminée. Un livre avec une couverture en tissu marbré y était posé.

— Serait-ce une des romances de Minerva que vous avez là ?

— En effet, dit-elle en redressant légèrement le menton. Je les trouve fort divertissantes.

Après la conversation qu'ils venaient d'avoir, personne ne pouvait l'accuser de s'abrutir l'esprit avec des romans à l'eau de rose. Elle possédait une culture que beaucoup de prétendus intellectuels de sa connaissance étaient loin d'avoir... et n'usait jamais de ce ton acerbe qu'ils semblaient affectionner.

— Ma belle-mère en lit, même si elle tente de les cacher à mes sœurs. Je ne suis pas certain qu'elle y parvienne toujours, ajouta-t-il avec un sourire.

Un sourire dansa à son tour sur les lèvres de sa compagne, qui pencha la tête sur le côté.

— Et vous, monsieur, en avez-vous déjà lu ?

Il se demanda – et ce n'était pas la première fois de la soirée – ce que cela lui ferait d'embrasser ces lèvres, de les mordiller...

— Pas encore.

— Vous pourriez les apprécier. C'est le cas de certains gentlemen.

— Si vous me les conseillez, je dois absolument en lire au moins un.

Elle rougit joliment, comme si elle était ravie d'avoir fait un nouvel adepte.

Soudain, l'horloge sonna 17 h 30.

Elle se leva, et il l'imita aussitôt.

— Je dois me rafraîchir avant le dîner.

— Bien sûr. Je vous retrouverai ici.

Lorsqu'elle eut quitté la pièce, il se servit un cognac à la carafe obligeamment disposée sur une desserte. Jamais encore il n'avait été aussi attiré par une femme que par sa dame mystère. Ils étaient en accord sur presque tout, et quand leurs avis divergeaient, elle formulait ses opinions de façon claire et argumentée.

Mais comment diable allait-il découvrir son nom et son adresse ? La seule idée qui lui vint était de lui proposer de l'escorter jusque chez elle dès que le temps le permettrait. Mais si elle refusait ? Eh bien, il n'aurait qu'à la suivre, songea-t-il en avalant une bonne gorgée de cognac. D'une manière ou d'une autre, il était déterminé à lui faire la cour.

Grace ferma la porte de sa chambre derrière elle et s'y adossa. Pendant des années, Matt Worthington n'avait été que le souvenir d'une toquade, mais il était en train de devenir beaucoup plus. Aujourd'hui, pour une fois dans sa vie, elle avait la possibilité de ne penser qu'à elle. Sa décision était prise : elle ne partirait pas d'ici, elle ne le quitterait pas avant d'avoir découvert le plaisir dans ses bras.

Et si quelqu'un l'apprend ?

Sa conscience, encore. Juste au moment où Grace croyait que cette agaçante conseillère avait renoncé.

Même entourée de sa famille, elle se sentait parfois si seule qu'elle avait peur d'en mourir. Elle avait accepté le destin que le sort lui avait réservé et n'en éprouvait plus de colère, mais il y avait une chose qu'elle ne parvenait pas à surmonter : être dans l'incapacité de se marier.

— Suis-je condamnée à ne jamais connaître la joie ? Je ne demande qu'une nuit. Une seule. Une nuit qui me durera jusqu'à la fin de mes jours.

Dépravée !

— Eh bien, soit. Peu importe.

Pourtant, à la perspective de ce qu'elle s'apprêtait à faire, ses mains tremblaient, son ventre se nouait. Si seulement elle n'avait pas été aussi ignorante !

Ah, toi et tes grands projets ! Tu n'as pas la moindre idée de la manière de t'y prendre.

— Je suis sûre qu'il m'aidera. Ça ne peut pas être si dur que cela, non ?

Il te reconnaîtra. Et alors, qu'adviendra-t-il de toi ?

— Non, il ne me reconnaîtra pas. Hormis pendant cette seule danse, quand lady Bellamy l'a quasiment forcé à m'inviter, je suis sûre qu'il ne m'a même jamais regardée. Je n'étais qu'une des nombreuses jeunes filles qui faisaient leurs débuts dans le monde cette saison-là.

Et si tu te retrouves avec un enfant ?

— Tu veux bien arrêter ! C'est que le destin en aura décidé ainsi. Après tout, quelles étaient les chances que nous nous retrouvions tous les deux au même moment dans cette auberge avec personne pour nous voir ?

Abandonnant cette querelle avec elle-même, Grace se lava les mains, en regrettant de ne pas avoir une robe plus élégante à mettre. De retour au salon, elle commanda du vin. Quand Worthington revint à son tour, elle était parvenue à se calmer. Ayant renoncé à la convaincre, sa conscience la laissait courir à sa perte.

Il avait changé de chemise, mais pas de costume.

— Je vous présente mes excuses, je vais devoir dîner en bottes.

— Cela ne me dérange pas du tout, dit-elle en lui tendant un verre de vin rouge. Comme vous le constatez, je n'avais pas d'autre tenue. Ce voyage n'était censé durer qu'une journée.

— De mon côté, n'imaginant pas être retardé, j'ai envoyé mon valet en avant-garde avec le reste de mes affaires.

Il but une gorgée et esquissa un sourire.

— Ce vin est délicieux.

— Oui. M. Brown possède une excellente cave.

Comme elle aurait aimé se confier à lui ! Lui dire que son père les amenait parfois ici, justement en raison de la qualité du vin. Lui révéler ses difficultés actuelles. Fort heureusement, avant qu'elle se laisse aller à trop de confidences, la porte s'ouvrit et M. Brown entra, suivi d'un de ses fils. Tous deux portaient des plateaux.

Un arôme appétissant chatouilla les narines de Matt et fit gronder son ventre.

— Ma femme et mes filles ont pensé que vous apprécieriez une soupe aux champignons et à la crème pour commencer. Ensuite, nous avons un assortiment de venaisons, avec des haricots verts…

Quand il acheva d'énoncer le menu, un nombre impressionnant de plats jonchaient la table et la desserte.

— Et pour terminer, un gâteau aux noix.

Une fois l'aubergiste et son fils repartis, Matt fit le service. Ils mangèrent en silence pendant quelques minutes. Lui, parce qu'il était affamé. Sa dame mystère, quant à elle, semblait un peu intimidée. Cela n'avait rien de surprenant : elle n'avait probablement encore jamais dîné seule avec un homme.

— Je dois avouer que cette auberge ne me disait rien qui vaille de prime abord, mais la nourriture et le vin rattrapent largement la vieillesse de ses murs.

— Je l'ai toujours trouvée confortable.

Il l'observa, fasciné par la délicatesse avec laquelle elle léchait la crème sur sa cuillère.

Il lui demanda ensuite son avis sur les expériences agricoles dans le Norfolk et fut surpris de découvrir qu'elle connaissait le sujet au moins aussi bien que lui. Comme pendant l'après-midi, les heures défilèrent très vite. Lorsque l'horloge sonna 22 heures, elle se leva.

Matt se leva lui aussi, s'attendant qu'elle se retire immédiatement. Pourtant, au lieu d'exécuter une révérence et de se diriger vers la porte, elle resta devant lui, le dévisageant.

Il n'avait pas besoin de plus d'encouragements.

Il leva une main hésitante pour lui caresser la joue. Jamais il n'avait autant désiré une femme. *Comment réagira-t-elle si je l'embrasse ?* Soudain, plus rien ne compta. Ni le lieu où ils se trouvaient, ni l'identité de cette femme, ni les éventuelles conséquences de ses gestes. Elle était à lui, il le sentait jusque dans la moelle de ses os. Le destin avait mis cette tempête sur leur route pour qu'ils se rencontrent.

Elle fit un pas vers lui tandis que, du bout du doigt, il effleurait son menton, et elle combla la distance qui les séparait.

Worthington se révélait tel que Grace l'avait espéré, rêvé. Maintenant, même si elle avait voulu lui résister, elle en aurait été incapable. Elle réprima l'angoisse qui montait en elle. Son plan portait ses fruits, ce n'était plus le moment d'avoir peur. Après tout, à quoi lui servirait sa virginité dans son interminable existence de vieille fille ?

Les yeux d'un bleu si particulier du comte la fascinaient. Elle avait envie de sentir sa bouche sur la sienne, ses bras autour d'elle... Et ensuite ? Elle ne savait pas trop ce qui se produirait, mais elle comptait sur lui pour le lui montrer. Soudain, il lui enlaça la taille d'un bras, l'attirant vers lui. La main sur sa joue, il lui caressa les lèvres du pouce. Tout se déroulait exactement comme elle l'avait prévu. Elle allait passer la plus belle nuit de sa vie.

— Vous êtes exquise.

Sa voix était rauque, sensuelle.

Un frisson de plaisir la parcourut. Elle n'aurait jamais pensé entendre un homme lui dire ces mots. Elle – ou le destin – avait bien choisi.

Il se pencha, et ses lèvres vinrent effleurer les siennes.

Hésitante, elle posa une main sur son épaule, puis l'autre, et les noua autour de son cou. Quand il lécha la commissure de ses lèvres, elle ne sut comment réagir et sentit qu'il souriait contre sa bouche. S'y prenait-elle mal ?

Après l'audace dont la belle inconnue avait fait preuve en l'invitant à se joindre à elle au salon, Matt s'était imaginé qu'elle était expérimentée, mais ce n'était pas le cas et, pour une raison étrange, cela lui plaisait – c'était un peu comme si elle n'avait attendu que lui.

Il s'écarta légèrement pour la regarder dans les yeux.

— Vous n'avez encore jamais été embrassée ?

Les joues de la jeune femme se colorèrent.

— Est-ce… est-ce si évident ?

— Non, mentit-il.

Elle baissa ses longs cils, et cet accès inattendu de timidité le troubla.

— Vous êtes parfaite.

De nouveau, elle leva les yeux vers lui. Il respira son odeur, légère, citronnée, si différente des parfums fleuris qu'utilisaient les autres femmes. Prenant son visage en coupe entre ses mains, il l'embrassa une nouvelle fois, taquinant sa lèvre inférieure, lui montrant comment faire, l'incitant à ouvrir la bouche.

Sa timidité reflua et elle se pressa contre lui, lui rendant son baiser avec plus de vigueur. Tandis qu'il lui caressait le dos, il fut pris d'une folle envie de dénouer les lacets que rencontraient ses doigts, mais il se retint. Il était encore trop tôt. Pas question de l'effrayer.

Elle poussa un soupir, se fondant contre lui.

Deux des meilleurs amis de Matt venaient de se marier, et il était grand temps pour lui d'en faire autant. Il n'avait pas cru Marcus quand celui-ci avait affirmé être tombé amoureux de Phoebe au premier regard, mais il était en train de changer d'avis.

L'idée de se mettre sérieusement à la recherche d'une épouse le narguait depuis des mois. Soudain, il faillit éclater de rire. Il ne lui serait jamais venu à l'esprit qu'il rencontrerait sa future femme dans une auberge de campagne ! Il la serra un peu plus contre lui. Qui qu'elle fût, elle lui appartenait. Si seulement elle voulait bien lui dire son nom ! Il envisagea d'envoyer valser ses bonnes manières et de le lui demander directement, mais il craignait de la faire fuir. Et puis, quelle importance qu'il sache son nom dès maintenant, puisqu'il allait passer le reste de sa vie à apprendre à la connaître ?

Il allait sans doute devoir attendre le lendemain matin pour lui demander sa main, ou pour qu'elle lui dise à qui il devait s'adresser pour avoir la permission de la courtiser. Néanmoins, son attitude, sa conversation et la maturité de son corps lui indiquaient qu'elle n'était plus une jeune fille. Si elle pouvait choisir elle-même, ce n'en serait que mieux.

Un coup frappé à la porte interrompit leur baiser. Il s'écarta.

— Oui ?

Brown passa la tête par l'entrebâillement.

— Milord, mi... euh... madame. Vos chambres sont prêtes. Une de mes filles a glissé une bouillotte entre les draps.

Quand Matt l'avait lâchée, sa compagne s'était retournée vers la cheminée, le laissant discuter avec l'aubergiste.

— Merci, Brown.

— Sonnez si vous avez besoin de quoi que ce soit et quelqu'un vous répondra sur-le-champ.

— Merci encore, dit Matt avant de refermer la porte.

En deux enjambées, il fut de nouveau avec elle. Posant un doigt sous son menton, il la força gentiment à lever la tête.

— Je vous accompagne à votre chambre.

Elle hocha la tête. Même dans la faible lueur de la chandelle, il discernait le désir dans son regard. Si seulement il avait pu lui offrir de partager son lit... mais non, il ne fallait pas l'effrayer. Mieux valait attendre qu'ils soient fiancés.

Il la quitta donc sur le pas de sa porte, comme l'exigeait la bienséance, puis gagna sa propre chambre, à l'autre extrémité du couloir. Il fut ravi de trouver une carafe de cognac sur la table de chevet. Après s'être déshabillé, il enfila une confortable robe de chambre en laine vert sombre que l'aubergiste avait eu la prévenance de laisser à son intention. Puis, debout devant le feu dans la cheminée, son verre entre les doigts, il entreprit de réfléchir aux mots qu'il emploierait pour sa demande en mariage.

Grace n'arrivait pas à croire que Worthington l'ait embrassée ainsi pour ensuite l'abandonner devant le pas de sa porte. Bonté divine, elle s'était pratiquement jetée à son cou !

« Tu vois, il n'a même pas envie de toi », se moqua sa conscience.

— Oh que si ! Sa façon de m'embrasser ne laisse aucun doute là-dessus.

Pourquoi fallait-il que Worthington soit aussi gentleman ? Pour l'heure, ce n'était pas le meilleur service qu'il lui rendait. Il aurait pu lui faciliter les choses. Après ce qu'il avait dit, après ce baiser, comment avait-il pu la quitter ainsi ? À l'évidence, si elle voulait avoir sa nuit, c'était à elle d'agir. Et donc, d'aller le retrouver.

Elle appela la jeune fille de l'aubergiste qui l'aida à se déshabiller. Il lui fallut encore plusieurs minutes et un verre de vin pour rassembler tout son courage. Puis elle jeta la couverture sur ses épaules et sortit dans le couloir.

Problème : elle ignorait où était sa chambre. Fort heureusement, un rai de lumière brillait sous une porte à l'autre bout du corridor. Ils étaient les seuls clients de l'auberge, ce ne pouvait être que sa chambre.

Ses pieds nus foulèrent le vieux plancher froid tandis qu'elle parcourait les quelques mètres qui la séparaient de son but. Inconsciemment, elle retenait son souffle. Allait-il la repousser ? Elle frappa à la porte et entra sans attendre la réponse.

L'expression ravie sur le visage du comte lui dit tout ce qu'elle avait besoin de savoir.

3

Alerté par un courant d'air froid sur sa nuque, Matt se retourna et son cœur bondit de joie. Il adressa un remerciement silencieux aux divers dieux qui venaient de combler son plus cher désir.

Le blanc virginal de la chemise de la jeune femme semblait luire sous la couverture de laine dont elle s'était enveloppée. Ses longs cheveux, libérés de leurs épingles, cascadaient jusqu'à sa taille. Un petit sourire timoré frémissait sur ses lèvres. Malgré son appréhension évidente, elle était venue le retrouver.

Il songea brièvement aux épreuves que ses amis avaient dû traverser avant de se marier, et il sourit à son tour. Voilà qui devait être la cour la plus facile de l'histoire de l'humanité. Il lui avait suffi de trouver un endroit où se réfugier pour se protéger de l'orage.

Elle rougit.

— Puis-je... puis-je entrer ?

Trois longs pas l'amenèrent près d'elle.

— Oui.

Dans ma vie, dans ma maison, dans mon cœur. Il avait encore du mal à croire qu'elle soit réellement là.

— Oui, répéta-t-il, vous pouvez entrer.

Quand il la souleva dans ses bras, la couverture glissa à terre. Il l'embrassa, avant de la regarder dans les yeux tout en se dirigeant vers le grand lit. Il ne l'y allongea pas – pas tout de suite –, préférant la déposer délicatement à terre. Ses doigts trouvèrent les lacets de sa chemise.

— Puis-je ?

Elle le regarda à son tour dans les yeux.

— Oui.

Il tira sur les cordons, et la fine mousseline glissa sur ses épaules, puis sur sa taille. Matt cessa de respirer. Sa longue chevelure la couvrait de reflets dorés au milieu desquels émergeaient les pointes roses de ses généreux seins ivoire. Elles semblaient l'appeler, l'implorant de les goûter et de les vénérer. Existait-il femme plus parfaite ? Il captura sa bouche dans un baiser encore timide, tout en faisant glisser sa chemise sur ses hanches, puis il s'écarta et la contempla. Ses lèvres étaient légèrement gonflées, et un triangle d'or scintillait à la naissance de ses cuisses.

À moi, ce soir et pour toujours.

Après avoir écarté les draps, il la souleva de nouveau et la déposa au centre du lit, avant de retirer sa robe de chambre et de se glisser auprès d'elle. Ils allaient faire l'amour pour la première fois, et il voulait que cette nuit soit une expérience merveilleuse pour sa dame.

Soudain, il hésita. Et s'il lui faisait sa demande maintenant ? Non, mieux valait attendre le lendemain matin. Elle devait déjà avoir compris ses intentions, sinon elle ne serait jamais venue le retrouver.

Elle l'observa, les yeux grands ouverts, tandis qu'il posait les paumes sur son corps. Il avait besoin de la toucher pour s'assurer qu'elle était vraiment là.

— Vous êtes la plus belle femme que j'aie jamais vue, dit-il avec révérence.

Elle sourit un peu, et un tremblement la parcourut.

— N'ayez aucune crainte, je serai doux.

Il s'allongea à ses côtés et l'encouragea à le toucher à son tour, tout en déposant de tendres baisers dans son cou jusqu'aux doux monts de ses seins. Du pouce, il caressa ses mamelons érigés avant d'en aspirer un dans sa bouche. Lorsqu'il se mit à lécher et à sucer la pointe rose, elle frémit et se pressa contre lui. Un long soupir lui échappa quand les lèvres de Matt entamèrent une lente descente vers les boucles dorées de son sexe, qu'il trouva déjà brûlant et humide de désir. Un doux gémissement lui échappa, mais elle ne se raidit pas.

Quand il glissa la langue entre ses plis intimes et titilla le point le plus sensible de son être, elle cria et se cambra. Jamais Matt n'avait éprouvé autant de satisfaction à prodiguer cette caresse. Peut-être parce qu'il savait que, désormais, il ne partagerait une telle intimité avec aucune autre femme.

Rouvrant les yeux, Grace admira le torse de Worthington et la toison qui le recouvrait. Nu, il était encore plus impressionnant. Elle avait combattu sa gêne quand il lui avait enlevé sa chemise, mais le moment n'était plus à la pudeur. Si elle ne devait connaître que cette seule nuit de passion, elle voulait s'y livrer tout entière, même si elle ignorait ce qui l'attendait au juste.

Elle allait devoir lui faire confiance pour la guider.

Encore une fois, il lui dit qu'elle était exquise. Elle fondit encore un peu plus.

Il émit un petit rire rauque en la dévisageant.

— Touchez-moi si vous en avez envie.

Elle tendit la main, la posa sur son torse, puis fut incapable de résister à l'envie de jouer avec ses poils sombres et bouclés. S'ils étaient doux, sa poitrine était dure, bien plus dure que la sienne. Il lui était arrivé de voir des hommes travaillant torse nu dans les champs, mais aucun ne ressemblait à Worthington.

Il l'embrassa tendrement, tout en continuant à la caresser. Ses mains solides semblaient allumer des feux sous sa peau. Jusqu'à cet instant, elle ignorait à quel point le contact d'une autre personne pouvait être délicieux. Son souffle s'accéléra tandis que la bouche de Worthington suivait ses doigts.

— Ma dame, murmura-t-il. Mon amour.

Mon amour ? Des larmes menacèrent de lui emplir les yeux, mais elle les refoula. Si seulement ç'avait été vrai, si seulement il avait pu y avoir un avenir pour eux... Mais il n'endosserait sûrement pas les responsabilités qu'elle apporterait, et elle refusait d'y penser ce soir. C'étaient probablement des mots que les hommes prononçaient machinalement lorsqu'ils se trouvaient avec une femme.

S'abandonnant de nouveau à ses caresses, elle gémit tandis qu'il se lançait à la découverte de son corps. Un désir, un *besoin* insensé, bouleversant, la saisit. Ses seins lui paraissaient soudain très lourds, ses mamelons si durs qu'ils lui faisaient mal. Worthington les toucha, dessinant de lents cercles autour d'eux avec son pouce. Quand il releva la tête, Grace voulut l'empêcher de s'écarter, mais il prit la pointe d'un sein dans sa bouche et la suça. Ce fut un choc. Jamais elle n'avait éprouvé cette sensation, cet avant-goût du paradis. Il administra le même traitement à son autre sein avant de déposer sur son ventre des baisers si légers qu'on aurait cru des ailes de papillon frôlant sa peau, jusqu'à ce qu'il arrive au cœur de son intimité. Lorsqu'il la lécha avec une infinie douceur, elle poussa un cri de plaisir.

Worthington la tint ainsi, les deux mains sous ses fesses, pour continuer à boire à la coupe de son sexe. Si elle ignorait ce qui était en train de lui arriver, son corps, lui, semblait le comprendre parfaitement.

Elle se pressa contre sa bouche, exigeant davantage.

— Pas encore, ma douce.

Sa voix était profonde, ensorcelante.

Incapable de se contrôler, elle se tordait follement tandis qu'il continuait à la torturer. Soudain, au moment même où elle se disait qu'elle ne pourrait en supporter davantage, son ventre se serra avant de s'ouvrir, submergé par une vague d'extase. Des spasmes aussi violents que merveilleux explosèrent en elle, irradiant depuis le cœur de sa féminité.

Worthington émit un petit grondement avant de s'allonger de nouveau contre elle pour s'emparer de sa bouche. Il avait un goût différent, cette fois. Avec un peu de retard, elle comprit que cette saveur musquée était la sienne.

Quelques secondes plus tard, il se sépara d'elle pour s'emparer d'un verre sur sa table de chevet.

— C'est du cognac, dit-il en le lui offrant.

— Merci.

Encore un peu hébétée, elle se redressa, et il la soutint tandis qu'elle buvait une gorgée. La brûlure de l'alcool lui fit du bien.

Le courage des pleutres.

Worthington l'observait.

— Êtes-vous sûre de vouloir continuer, mon amour ?

Comment aurait-elle pu ne pas le vouloir ? Cette nuit serait la seule, et elle devrait lui durer jusqu'à la fin de sa vie.

— Oui, j'en suis certaine.

Sa voix profonde la caressa.

— Dites-moi si vous souhaitez que j'arrête.

Qu'il arrête ? Jamais ! Pas maintenant qu'elle était allée si loin.

— Oui.

Des lèvres fermes taquinèrent les siennes, et la langue de Worthington se fraya un chemin dans sa bouche. En gémissant, elle lui rendit son baiser. De nouveau, il trouva le chemin entre ses jambes et inséra un doigt en elle. L'incendie reprit avec plus de vigueur, et il but son cri dans sa bouche. Elle n'avait jamais rien connu d'aussi bon.

Worthington rit doucement, comme si cela lui plaisait autant qu'à elle. Puis il se plaça sur elle et la pénétra très doucement, s'enfonçant progressivement en elle. Il donna un coup de reins, l'emplissant totalement, avant de s'immobiliser. Une douleur aiguë la poignarda. Mais les lèvres de Worthington étaient déjà sur les siennes, comme pour avaler cet éclat de douleur, le lui enlever et, très vite, le feu délicieux remplaça le mal. Un plaisir insensé tourbillonna dans son ventre.

C'était une découverte si totale, si merveilleuse, que Grace ne pouvait que tenter d'apaiser le désir de Worthington aussi bien que le sien. Il caressa ses seins, et elle cria sous sa bouche qui l'embrassait.

Il abandonna ses lèvres pour entamer de lents mouvements de va-et-vient.

— Comment te sens-tu, maintenant ? murmura-t-il, et ce tutoiement soudain ajouta encore à l'excitation de Grace.

— Je... je...

Elle ne parvenait pas à trouver les mots. La douleur avait disparu, et Worthington, son corps, son... sexe, l'emplissait entièrement, la possédait. Jamais elle n'avait connu une telle joie.

— Bien et aimée, j'espère. Et cela ne deviendra que meilleur, je te le promets. Noue tes jambes autour de moi.

Elle obéit et le sentit encore un peu plus en elle. Curieusement, elle eut conscience un bref instant de la tempête qui faisait toujours rage dehors, une tempête qui lui paraissait soudain bien faible par comparaison avec celle qui rugissait en elle. Tout à coup, elle eut l'impression que des éclairs de foudre explosaient dans tout son être.

« Je te donnerai ce plaisir jusqu'à la fin de mes jours », crut-elle l'entendre dire.

Matt avala son nouveau hurlement dans un baiser. Elle le serrait dans l'étau de ses jambes, et son fourreau intime le retenait prisonnier, l'empêchant de se retirer. Plongeant plus profondément en elle, il répandit sa semence. Sa dame s'accrocha à lui, frémissante, ébranlée de spasmes irrépressibles. Leur extase commune parut durer une éternité jusqu'à ce que, enfin, ils commencent à se détendre. Il déposa de doux baisers dans sa chevelure. Cette femme extraordinaire était la sienne.

Avant de monter dans sa chambre, il avait déjà décidé de l'épouser, car elle semblait représenter tout ce qu'il cherchait, mais il savait désormais qu'elle lui était aussi nécessaire que l'air qu'il respirait. Le mariage serait célébré le plus tôt possible, et plus rien ne pourrait jamais les séparer.

Il s'allongea auprès d'elle, à cette place qui serait la sienne pour le restant de leurs jours.

— Dors, mon amour.

Les larmes étranglèrent Grace. Elle aurait voulu lui répondre, mais elle en était incapable. Il avait fait de cette nuit la plus parfaite qui soit. Meilleure que tout ce qu'elle avait pu imaginer. Elle avait été folle de croire qu'elle pourrait se donner à lui sans que cela ait de conséquences. Pire encore, il l'avait appelée « mon amour » et il était sincère, elle en avait la certitude. Une souffrance inconnue s'empara d'elle, son cœur se déchira en lambeaux. Même s'il l'aimait, cela ne déboucherait sur rien ; elle avait donné sa parole. Le mariage lui était interdit.

Quelques heures plus tard, elle fut réveillée par un rai de lumière blafard qui se glissait entre les volets. La tempête s'était calmée et elle était blottie contre Worthington, bien au chaud et protégée. Elle aurait voulu rester là pour l'éternité. Pourtant, elle devait partir. Elle se glissa hors du lit. La sentant bouger, il essaya instinctivement de la rattraper. Pendant un instant effroyable, elle crut qu'il s'était réveillé. Elle s'immobilisa, sa main sur son épaule, et attendit que sa respiration retrouve un rythme régulier pour s'éloigner.

Après avoir enfilé sa chemise et ramassé la couverture, elle s'autorisa un dernier regard vers le lit et contempla le beau visage détendu de Worthington, regrettant de ne pouvoir prendre le risque de l'embrasser ou de le toucher. À jamais elle garderait cette image dans son cœur.

Elle revint aussi silencieusement que possible dans sa chambre. Il devait être à peine 4 heures du matin. Elle se lava et se rhabilla de son mieux avant de tirer le cordon de la sonnette.

Peu après, on frappa doucement à la porte et la jeune fille de la veille apparut, se frottant les yeux.

— Oui, milady ?

— Je suis désolée de te réveiller si tôt, mais je dois partir, dit Grace. J'ai seulement besoin que tu m'aides à nouer les lacets de ma robe, tu pourras ensuite retourner te coucher. S'il te plaît, préviens ton père de notre départ.

Quelques minutes plus tard, Grace descendit au rez-de-chaussée, où M. Brown lui tendit une tasse de thé.

— Milady, nous serions heureux que vous partagiez votre petit déjeuner avec nous.

Grace sourit et accepta la tasse, mais secoua la tête.

— C'est gentil, mais je dois partir. Ma famille doit s'inquiéter.

— Attendez juste un instant, et je vous donnerai du pain et du fromage. Vous mangerez en route.

Malgré le repas fort copieux qu'il lui avait servi la veille, Grace découvrit qu'elle était affamée.

— Merci.

Dehors, un paysage désolé l'attendait. Un gel épais recouvrait le sol, et la vieille auberge semblait disparaître sous une épaisse couverture de neige. Dieu merci, dans cette blancheur omniprésente, la lune brillait assez pour les guider.

Son valet l'aida à monter en voiture et, quelques secondes plus tard, l'attelage s'ébranla.

— Nous serons arrivés avant le lever du jour, madame.

Serrant son manteau autour d'elle, Grace se tourna vers Neep.

— Merci. Avez-vous pu manger un morceau, le cocher et toi ?

— Du pain et du jambon. C'est bien assez.

Grace hocha la tête et se renfonça dans son siège molletonné mais glacial, appréciant la chaleur des briques qu'on avait placées sous ses pieds.

Quand ils quittèrent l'enceinte de la cour, elle se retourna vers la fenêtre de la chambre où dormait Worthington. Le seul homme qu'elle avait voulu aimer. Et qu'elle ne reverrait plus jamais.

Un peu plus d'une heure plus tard, ils s'engageaient dans l'allée menant à Stanwood Hall. Elle essuya ses larmes et se força à afficher un grand sourire.

Quand elle pénétra dans le grand hall, elle fut accueillie par Royston, son majordome, visiblement soucieux, qui lui prit son manteau. Peu après, une explosion de bruit retentit lorsque six enfants, de cinq à dix-huit ans, se ruèrent sur elle. Le chaos régna tandis qu'ils lui faisaient part de leur inquiétude avec leur extravagance coutumière.

— Que faites-vous debout si tôt ? Allons, je n'ai même pas encore pris mon petit déjeuner. Laissez-moi manger et, si vous vous tenez tranquilles, je vous raconterai ce qui a provoqué ce contretemps.

Ils l'escortèrent jusqu'à la salle du petit déjeuner.

Charlotte, dix-huit ans, lui servit une tasse de thé pendant que Walter, quatorze ans, empilait des monceaux de nourriture sur une assiette qu'il lui apporta. Alice et Eleanor, les jumelles de douze ans, et Philip, sept ans, s'assirent à table et attendirent. Mary, la plus jeune, cinq ans, grimpa sur les genoux de Grace. Seul manquait à l'appel Charles, désormais comte de Stanwood, qui était au collège à Eton.

— J'ai cru que tu étais partie comme maman, dit Mary, ses petites lèvres tremblantes.

Grace l'étreignit très fort.

— Il n'y a pas à avoir peur, ma chérie. Je suis là maintenant.

Après avoir avalé un bout de toast et bu une gorgée de thé, elle se redressa. Aucun d'entre eux ne devait être au courant de sa nuit avec Worthington, ni soupçonner quoi que ce soit.

— J'étais en train de rentrer de ma visite à la cousine Anne quand une tempête a éclaté. Fort heureusement, nous étions proches d'une auberge et nous avons pu y trouver refuge. Rien de bien excitant, en vérité. Dès que nous avons pu reprendre la route, nous l'avons fait. Un voyage assez morne, en fin de compte.

En dehors du fait qu'elle avait rencontré Worthington et passé la plus merveilleuse nuit de sa vie dans ses bras.

— Maintenant, nous avons trois semaines avant notre départ pour Londres. Je compte sur vous pour avoir un comportement exemplaire afin que nous puissions partir en temps et en heure. Royston, du nouveau au courrier ?

— Oui, madame. J'ai mis les lettres dans votre bureau.

Grace regarda autour de la table.

— Charlotte, nous nous verrons dans une heure. Si tu as fini de manger, fais donc tes gammes au piano ou entraîne-toi au chant. Les autres, vous avez vos leçons.

Les enfants quittèrent la pièce, qui devint subitement silencieuse. Seule Jane, leur cousine qui vivait avec eux depuis plusieurs années, resta.

Elle adressa un regard inquiet à Grace.

— Tu as l'air fatiguée. Tu n'as pas bien dormi ?

— Si, assez bien, malgré la tempête. Dès que j'aurai pris un bain et que je me serai changée, j'aurai meilleure mine.

Sa cousine sourit.

— Sûrement. As-tu réfléchi un tant soit peu à un éventuel retour en société ? Ce serait vraiment une honte que tu ne puisses plus t'amuser.

Grace pinça les lèvres. Elle n'était plus retournée à Londres pour la saison depuis que sa mère était morte en couches avec le bébé.

— À quoi bon ? Je ne suis pas libre de me marier jusqu'aux vingt et un ans de Charlie, quand il pourra assumer la garde des enfants, ce qui fait encore cinq années à attendre.

Elle secoua la tête.

— Si, quand Mary fera ses débuts dans le monde, un gentleman quelconque recherche une vieille guenon, j'y réfléchirai peut-être. Jusque-là, je ne fréquenterai que les thés et les divertissements qui ne portent pas à conséquence. Mais tante Herndon et toi, vous pourrez vous amuser autant qu'il vous plaira. Elle a accepté de servir de chaperon à Charlotte et devra donc assister à toutes les réceptions.

Jane s'esclaffa.

— Tu ne feras quand même pas faux bond à lady Thornhill ? demanda-t-elle.

Lady Thornhill tenait le salon le plus passionnant de la haute société. Il s'y mêlait artistes, écrivains et philosophes.

— Non, si elle m'invite, j'irai, répondit Grace en se servant une nouvelle tasse de thé. Ainsi qu'à quelques réunions politiques, sans doute.

Sa cousine se leva.

— Je te laisse. Je sais que tu as beaucoup à faire.

Jane était aussi bonne que peu exigeante. À bientôt quarante ans, quelques fils argentés commençaient à parsemer sa chevelure blonde. Son amoureux avait, disait-on, disparu en mer, et elle n'avait jamais été tentée d'en épouser un autre. Peut-être trouverait-elle quelqu'un cette saison… auquel cas Grace devrait se chercher une nouvelle compagne.

Un aboiement puissant retentit dans le hall, et un immense danois, traînant un valet derrière lui, bondit dans la salle du petit déjeuner. En voyant sa maîtresse, l'animal vint poser son énorme tête sur son bras.

— Bonjour, Daisy, t'aurais-je manqué ? demanda Grace avant de se tourner vers le malheureux valet.

Ai-je envie de savoir comment se déroulent ses leçons de marche ?

Il grimaça.

— Nous nous en sortions assez bien, madame... jusqu'à ce qu'elle vous entende.

Grace caressa la jeune chienne, la grattant entre les oreilles.

— Si tu refuses de marcher avec une laisse, nous devrons te laisser ici.

Daisy lui adressa un regard de travers avant de s'intéresser aux morceaux de viande dans son assiette.

Grace sourit. Elle était sans doute beaucoup trop indulgente avec cet animal.

— Non, tu ne mangeras pas à notre table.

Cette fois, le regard de Daisy se fit suppliant.

— Tu es incorrigible, fit Grace en lui donnant un petit bout de bœuf. Va te trouver quelque chose à faire sans provoquer de catastrophe. Je dois me changer.

Remuant la queue, Daisy entreprit de la suivre, entraînant toujours le pauvre valet derrière elle. Grace poussa un soupir résigné.

— George, vous pouvez me la laisser un moment.

Il s'inclina.

— Merci, madame. Nous reprendrons les leçons de marche demain.

Elle baissa les yeux vers Daisy en haussant les sourcils.

— Bon, tu peux m'accompagner, mais tiens-toi bien.

Quand elle eut fini d'expliquer les péripéties de son voyage à Bolton, sa femme de chambre, son bain était prêt.

Lorsqu'elle se laissa glisser dans l'eau chaude, Grace découvrit qu'elle possédait des muscles dont elle ignorait l'existence avant de faire l'amour avec Worthington. Sa gorge se serra, mais elle ravala ses sanglots. Elle avait obtenu ce qu'elle désirait, et bien plus encore. Désormais, elle devrait juste se souvenir de lui avec bonheur et affection. Elle ne pouvait plus penser à lui autrement.

Worthington avait été absolument parfait. S'il lui avait été possible de prendre un époux, ç'aurait été lui. Mais si elle se mariait, elle perdrait la garde des enfants pour laquelle elle s'était si durement battue, et ils se retrouveraient séparés les uns des autres. Elle serra les dents en songeant au mépris de ses tantes et de ses oncles quand elle leur avait annoncé qu'elle pouvait élever ses frères et sœurs, les batailles devant différentes cours de justice qui avaient coûté tant d'argent et de souffrances. Mais elle avait promis à sa mère que les enfants ne seraient pas séparés, et même sans ce serment, elle aurait tout fait pour garder sa famille unie. Ils avaient tous déjà tant perdu ! Quelle joie pourrait-elle connaître si elle abandonnait ses frères et sœurs ? Dieu merci, son grand-père avait finalement décidé de la soutenir, ce qui avait permis de trancher l'affaire en sa faveur.

Quand Grace pénétra dans son bureau, Daisy se prélassait devant la cheminée et Charlotte, assise à sa propre petite table, revoyait les comptes de la maison.

— Ne devais-tu pas travailler ta musique ?

Charlotte plissa les lèvres.

— J'avais envie de voir si je pouvais m'en sortir sans que tu sois là pour m'aider. Après tout, une fois mariée, il faudra bien que je me débrouille toute seule pour tenir ma maison.

— Oui… je suppose que tu n'as pas tort. Mais connais-tu au moins quelques morceaux que tu puisses jouer ou chanter sans partition ?

Charlotte commença à lever les yeux au ciel, mais s'arrêta devant le regard sévère de Grace.

— Désolée. Oui, j'en connais quelques-uns, et Dotty et moi avons travaillé sur un duo que nous pouvons interpréter ensemble.

Grace s'installa à son bureau et ouvrit la première lettre au sommet de la pile de courrier. Pendant quelques minutes, on n'entendit plus dans la pièce que les grattements de la plume de Charlotte sur le papier. Après avoir passé en revue tout le courrier d'affaires, Grace s'attaqua à sa correspondance personnelle.

— Oh, Charlotte, écoute un peu. Mon amie Phoebe, lady Evesham, est enceinte. Elle sera en ville, mais ne sortira pas beaucoup. Elle nous a donné une lettre d'introduction pour Madame Lisette, la couturière la plus prestigieuse de Londres. Madame Lisette pourra réaliser toutes tes robes, à condition que nous arrivions deux ou trois semaines avant le début de la saison.

Grace regarda sa sœur par-dessus la lettre.

— N'est-ce pas une excellente nouvelle ?

— Oh oui ! s'exclama Charlotte, visiblement au comble de l'extase. Dotty m'a dit que Mlle Smithton avait voulu aller voir Madame Lisette l'an dernier et qu'elle n'avait même pas été reçue.

Grace sourit. Dotty, la meilleure amie de Charlotte, faisait aussi ses débuts cette saison. Mlle Smithton, d'un an plus âgée que les deux amies, s'était toujours considérée comme la reine de beauté locale... jusqu'à ce que Charlotte et Dotty commencent à fréquenter les mêmes réceptions. Mlle Smithton était très jolie et en avait conscience, ce qui avait tendance à agacer la plupart des jeunes gens. Charlotte et Dotty, la blonde et la brune, formaient une paire saisissante et d'une fraîcheur bienvenue qui leur valait d'être la cible de toutes les attentions. Grace était ravie qu'elles vivent leur première saison ensemble.

— Grace, tu crois que Dotty pourra venir avec nous chez Madame Lisette ?

— Ma chérie, je suis certaine que lady Sterne se sera occupée de la garde-robe de Dotty.

Inutile de rappeler à Charlotte que les Sterne n'étaient pas aussi riches que les Carpenter.

— Mais tu pourras sans doute faire quelques courses avec elle au Pantheon Bazaar, ajouta-t-elle. Quoi qu'il en soit, il va nous falloir avancer notre départ d'une semaine.

Charlotte la dévisagea d'un air pensif.

— Grace, ne vaudrait-il pas mieux que nous partions les premières, toi et moi, et que les enfants viennent plus tard ?

Grace joua avec sa plume, se caressant la bouche et la joue... jusqu'à ce que cela lui rappelle les baisers de Worthington. Elle reposa sa plume comme si elle venait de se brûler.

— Laisse-moi en parler à Jane et aux autres. S'ils pensent pouvoir s'occuper des enfants sans moi, alors c'est oui.

Se levant d'un bond, Charlotte se rua sur elle pour l'étreindre et l'embrasser.

— Oh, merci, merci, merci ! Je les aime tous, mais parfois...

Grace lui rendit son baiser, puis repoussa une mèche rebelle derrière l'oreille de Charlotte.

— Je comprends, ma chérie. Personne ne peut te reprocher de vouloir un peu de temps pour toi sans qu'ils soient collés à tes basques ou en train d'écouter aux portes.

Charlotte fronça légèrement les sourcils.

— Et toi ? Tu n'en as jamais envie ?

Grace sourit et lui prit la main.

— Si, bien sûr. Mais je n'abandonnerai jamais un seul d'entre vous. Pour rien au monde.

Même pas pour lord Worthington.

— Et nous avons beaucoup de chance. Contrairement à nombre de gens, nous possédons une fortune qui nous permet de vivre confortablement. Vous toutes, les filles, avez de bonnes dots, et les garçons d'excellentes perspectives. En vérité, je ne pourrais demander davantage.

— Nous avons surtout de la chance de t'avoir, déclara Charlotte avec force en lui serrant la main.

J'ai terminé les comptes, et ils sont tous à l'équilibre. Je peux prendre un cheval pour aller chez Dotty ?

— Oui, à condition que tu t'habilles chaudement et qu'un valet t'accompagne.

Charlotte l'embrassa de nouveau et fila... avant de se souvenir qu'une dame digne de ce nom ne sortait pas d'une pièce en courant.

Grace, pour sa part, se prit la tête à deux mains. Ce fut dans cette position que Jane la trouva quelques instants plus tard.

— Grace, ma chérie, vas-tu me dire ce qui te trouble ?

Elle releva les yeux.

— Ce n'est rien, vraiment. Il y a juste tellement de choses à faire, et maintenant je dois emmener Charlotte à Londres une semaine plus tôt que prévu pour sa garde-robe. Crois-tu qu'entre la nourrice, Mlle Tallerton, M. Winters et toi vous pourrez vous occuper des enfants ?

— Je ne vois pas pourquoi nous n'y arriverions pas, répondit Jane. Les garçons respectent M. Winters et les filles adorent Mlle Tallerton. Mais où résideras-tu ? Tu ne vas pas ouvrir Stanwood House pour y séjourner seule avec Charlotte ?

— Non, ce ne serait pas convenable. Je vais écrire à tante Herndon pour lui demander si elle veut bien nous recevoir une semaine. Ce sera une bonne manière pour Charlotte et elle d'apprendre à mieux se connaître. Ma sœur est une personne au grand cœur, mais il est difficile de la considérer comme docile.

Une lueur de gaieté dansa dans le regard de Jane.

— Aucune des filles ne l'est, ma chérie, toi y compris.

— Ce doit être héréditaire, fit Grace en souriant et en prenant une autre lettre. Oh, regarde, c'est de Charlie.

Elle lut la missive, visiblement griffonnée à la hâte.

— Il se débrouille bien et pense avoir de bonnes notes ce trimestre. Il me demande s'il peut venir à

Londres pour les vacances de Pâques. Non mais quel nigaud ! Où irait-il sinon ?

Sa cousine s'esclaffa et secoua la tête avant d'abandonner Grace à sa correspondance. Celle-ci se contenta de lire quelques lettres d'amies sans y répondre. Au bout d'un moment, elle s'enfonça dans son siège et se tourna vers la fenêtre, qui donnait sur les parterres de rosiers. Couverts de givre, les buissons brillaient sous le soleil du matin.

Elle n'aurait pas dû céder à la tentation. Elle avait cru que si elle pouvait vivre une seule fois cette expérience, cela lui suffirait pour le reste de sa vie de célibataire. Or elle était tout sauf satisfaite. Chaque fois qu'elle pensait à lui, elle se rappelait ses mains sur elle, les sensations inouïes et inconnues qu'il lui avait fait découvrir, et son corps se mettait à frémir. Et puis, elle avait tant aimé discuter avec lui pendant cet après-midi et cette soirée. Ils étaient tombés d'accord sur tout, ou presque. Et quand leurs avis avaient divergé, il avait écouté son opinion avec respect et avait même concédé que son point de vue était parfaitement valable. Cette complicité allait lui manquer au moins autant que ses caresses.

Il fallait qu'elle cesse de penser à lui. Partir plus tôt pour Londres serait une distraction bienvenue. Elle s'occuperait de la garde-robe de Charlotte et oublierait Worthington, décida-t-elle, tout en ayant atrocement conscience du vide en elle qui ne cessait de croître depuis qu'elle avait quitté l'auberge au petit matin.

4

Le jour n'était pas encore levé quand Matt se réveilla. Il sourit aussitôt. Bientôt, il serait fiancé. Il comprenait maintenant les regards d'amour et de possessivité qu'il avait vus sur les visages de ses amis quand ils contemplaient leurs épouses. C'était exactement ce qu'il ressentait pour sa dame. Dès que le soleil apparaîtrait, ils fixeraient la date de leur mariage. Il la chercha à tâtons dans le lit, mais sa main ne rencontra qu'un drap froid. Il tendit l'oreille : peut-être était-elle dans la chambre. Non, aucun bruit. Elle avait dû retourner dans la sienne. Mais pourquoi ? Ils étaient les seuls clients de l'auberge. Peut-être s'inquiétait-elle à cause des domestiques…

Se levant, il enfila la robe de chambre mise à sa disposition, longea le couloir et ouvrit la porte de sa chambre. Vide. Rien. Pas le moindre signe qu'elle y ait jamais séjourné.

L'horloge sur le manteau de la cheminée indiquait 5 heures. Il retourna dans sa propre chambre pour tirer le cordon de la cloche. Peu après, un garçon lui apporta de l'eau chaude afin qu'il puisse se raser. Tandis qu'il la déversait dans la cuvette, Matt demanda :

— La dame qui était là hier soir se trouve-t-elle en bas ?

— J'sais pas, milord. J'ai pas vu de dame, marmonna le gamin avant de filer.

Matt s'habilla, puis descendit au rez-de-chaussée. Son valet, Mac, prenait le petit déjeuner dans la salle commune.

— Où sont les autres voyageurs ?

Mac déglutit avant de répondre :

— Partis, milord. Leur voiture n'est plus dans la cour.

Voilà qui n'était pas normal. Pourquoi serait-elle partie sans le prévenir ?

Il chercha l'aubergiste et, ne le voyant pas, pénétra dans le salon privé. La table était mise pour une seule personne. Il aurait préféré partager son repas avec elle, comme la veille au soir. *Bon sang !*

M. Brown frappa à la porte avant d'entrer.

— Vous souhaitiez me voir, milord ?

Ah, il allait enfin obtenir des réponses.

— Oui, je désire savoir le nom de la dame.

L'aubergiste ouvrit de grands yeux.

— Quelle dame, milord ?

Matt réprima un subit accès de mauvaise humeur.

— La dame qui était ici hier soir. Celle avec qui j'ai dîné.

Brown commença à battre en retraite vers la porte en secouant la tête.

— Il n'y avait pas de dame ici, milord.

Matt ravala un juron. Perdre son sang-froid ne servirait à rien. Mieux valait essayer de raisonner le bonhomme.

— Je peux comprendre qu'elle ne veuille pas qu'on sache qu'elle se trouvait seule ici sans femme de chambre ni chaperon, mais vous pouvez me dire qui elle est. J'ai l'intention de l'épouser. Il me faut donc connaître son identité.

— J'aimerais vous aider, milord, mais je ne peux pas.

Et l'homme ferma la porte.

Matt se leva si brusquement que sa chaise tomba au sol mais, le temps qu'il arrive dans la salle commune, l'aubergiste avait déjà filé.

— Toi, là !

La jeune serveuse le dévisagea avec de grands yeux.

— Oui, m'sieur ?

— Où est Brown ?

— P'pa a dû aller à la ferme.

— Quand reviendra-t-il ?

Elle fronça les sourcils.

— J'sais pas. Y m'dit jamais combien d'temps ça va lui prendre.

— Sais-tu qui était la dame qui se trouvait ici hier soir ?

— J'viens juste d'arriver. Je travaille la journée et j'étais pas là hier soir.

— Bon sang !

Matt sortit dans la cour, où il trouva son cabriolet prêt à partir. Mac l'attendait près de l'attelage.

— Un des domestiques de la dame a-t-il mentionné l'endroit où ils se rendaient ?

— Non, monsieur. Un des jeunes gars a parlé d'un manoir, mais les autres lui ont aussitôt dit de se taire.

Matt serra les poings.

— Un manoir ! À quoi cela peut-il me servir de savoir qu'elle habite un manoir ? Tous les aristocrates de ce pays possèdent un manoir. Comment diable vais-je la trouver ?

Mac dévisagea son maître.

— Vous êtes sûr qu'elle n'était pas mariée ?

Matt lui lança un regard noir.

— Tout à fait sûr.

Mac haussa les épaules.

— J'demandais, c'est tout. On pourrait s'arrêter sur la route et poser la question.

Matt se frotta la mâchoire. Pourquoi n'y avait-il pas pensé ?

— Bonne idée, Mac. Essayons de la retrouver ainsi.

Pendant les heures qui suivirent, ils s'arrêtèrent à chaque auberge et relais de diligence qu'ils rencontrèrent. En vain. À midi, Matt n'en savait toujours pas davantage. Personne ne se souvenait d'une voiture transportant une femme à la chevelure dorée.

Où était-elle partie et pourquoi l'avait-elle quitté ? Ne lui restait-il donc plus qu'à l'oublier ? Non, impossible. Il était le premier homme à l'avoir touchée, et elle lui appartenait. Et si elle portait un enfant ? *Son enfant.*

Il serra les dents. Bon sang, d'une manière ou d'une autre, il la retrouverait.

Lorsqu'il arriva à Londres en milieu d'après-midi, il était d'une humeur massacrante. Sautant de voiture, il se rua dans le hall.

— Dis donc, tu as une tête de déterré.

Il fit les gros yeux à Theodora, sa sœur de huit ans.

— Qu'est-ce que je t'ai dit à propos du langage vulgaire ? Si tu n'arrêtes pas de répéter tout ce que disent les domestiques, je devrai découvrir qui t'apprend à parler de la sorte et le renvoyer.

Des yeux du même bleu que le sien s'écarquillèrent.

— Tu ne vas quand même pas renvoyer Curry ?

Non, il y avait peu de chances.

— Si, répondit-il en contemplant sa petite sœur, et tu auras ça sur la conscience. Est-ce ce que tu veux ?

La longue natte brune de Theodora s'envola tandis qu'elle secouait vigoureusement la tête.

— Non.

Curry était son valet personnel, et elle l'adorait.

— Alors, surveille ton langage.

Elle acquiesça avec vigueur.

— Oui, Matt. N'empêche, tu as quand même une sale tête.

Réprimant un soupir résigné, il la souleva dans ses bras.

— Où est ta mère ?

— La dernière fois que je l'ai vue, au petit salon, mais c'était il y a longtemps.

Il fronça les sourcils.

— Tu n'as pas de leçons ?

Elle évita son regard pour contempler le tapis avec attention, les lèvres fermement serrées.

— C'est bien ce que je pensais.

Il la déposa au pied de l'escalier.

— File travailler, maintenant. Thorton, dit-il en se tournant vers le majordome, où se trouve Madame ?

Son majordome s'inclina.

— Nous sommes très heureux de vous revoir, milord. Madame est dans son boudoir.

— Merci.

Grimpant les marches deux par deux, il ne tarda pas à rattraper Theodora, dont la progression était beaucoup plus lente. De nouveau, il la souleva de terre et la coucha sur son épaule, achevant son ascension avec des gloussements de joie plein l'oreille.

— Allez, en salle d'étude maintenant. Et vite !

Il la regarda monter au niveau supérieur avant de se diriger vers les appartements de sa belle-mère. Il frappa avant d'entrer.

Son père avait épousé Patience à peine un an après que la mère de Matt était morte en couches. Matt avait appris le mariage par un de ses camarades d'école. Au début, il en avait voulu à cette inconnue, mais quand il était rentré à Worthington Hall, le domaine familial à la campagne, pour les longues vacances d'été, il avait découvert que la nouvelle épouse de son père était une jeune fille timide et effrayée de dix-sept ans. Elle avait à peine cinq ans de plus que lui… et elle était déjà enceinte.

Son père était resté à la maison juste le temps de les présenter avant de filer à Bath, où il avait passé tout l'été avant de rejoindre Londres pour la petite saison. Quant à la nouvelle lady Worthington, elle était restée cloîtrée à la campagne pendant toutes les années qui avaient suivi et n'avait revu la ville qu'un an après la mort de son mari.

Malgré les encouragements de Matt, elle ne s'était pas remariée. Patience aimait ses filles d'un amour profond et sincère et, comme Matt était le tuteur légal de ses sœurs, une nouvelle union l'aurait obligée à quitter la maison sans elles.

Posant sa broderie de côté, elle leva les yeux et sourit.

— Worthington, je suis heureuse que vous soyez de retour. Vous avez beaucoup manqué aux filles.

Il déposa un baiser sur sa joue.

— Comment allez-vous ?

— Bien. Nous sommes toutes excitées par la première saison de Louisa. Tout va bien, Worthington ? Puis-je vous aider en quoi que ce soit ?

Il se doutait qu'elle lui poserait cette question.

— Oui. Je suis tombé amoureux. Le seul problème, c'est que je ne sais pas comment la retrouver

Patience laissa échapper un petit rire.

— Mattheus Worthington, que me dites-vous là ? N'est-ce pas très soudain ? L'avez-vous rencontrée en ville ?

— Cela peut paraître rapide, en effet, mais c'est la vérité, et je ne serais pas le premier homme victime d'un coup de foudre. Je l'ai rencontrée dans une auberge au cours d'une tempête. Elle est partie avant que j'aie pu découvrir son nom. J'ai besoin que vous m'aidiez à la retrouver.

Il lui décrivit alors en détail les traits les plus remarquables de son amour.

Patience pinça les lèvres, comme si elle s'apprêtait à protester, puis son expression s'adoucit et elle hocha la tête.

— Mon cher, doué comme vous l'êtes, pourquoi ne dessineriez-vous pas son portrait ?

— Excellente idée.

Pourquoi n'y avait-il pas pensé ? Depuis la disparition de sa belle inconnue, son cerveau semblait avoir cessé de fonctionner. Il se rendit sur-le-champ dans son atelier.

Il commença par un portrait au crayon, veillant à reproduire avec précision son visage quand elle portait sagement sa chevelure coiffée au-dessus du crâne. Puis il ajouta les couleurs. Une fois satisfait de son dessin, il revint le montrer à Patience.

— Qu'en pensez-vous ? La connaissez-vous ?

Patience observa le dessin et fronça les sourcils.

— Je l'ai déjà vue, mais je ne sais plus quand. Cela doit remonter à quelques années, car ses joues étaient plus rondes. Comme celle d'une plus jeune femme... Cependant, poursuivit-elle en levant le dessin à la lumière, je suis sûre que c'est elle.

Enfin une lueur d'espoir !

— Eh bien, qui est-elle ? demanda-t-il avec impatience.

Patience poussa un soupir.

— C'est le problème, je ne me souviens pas de son nom. Puis-je garder ceci ? Quand nous serons en ville, je ferai mon enquête auprès de quelques amies discrètes.

— Oui, bien sûr. Mais je refuse que l'on colporte des rumeurs sur son compte.

Une lueur d'amusement dansa dans le regard de Patience.

— Je serai prudente, je vous le promets. Je pars pour Londres dans deux semaines avec les filles afin d'acheter le trousseau de Louisa. Vous joindrez-vous à nous ?

— On m'attend pour une partie de chasse dans le Leicestershire, mais je devrais être en ville à peu près en même temps que vous.

Il marqua une pause avant d'ajouter :

— Si vous avez besoin d'engager une femme de chambre supplémentaire pour tenir cette diablesse de Theodora, vous avez ma permission.

Patience fit la moue.

— Son langage, encore ?

— Oui. Je lui ai dit que si elle ne parvenait pas à tenir sa langue, je devrais renvoyer son valet. Et je vais aussi demander à Mac de parler au gamin. Cela ne me dérange pas qu'elle apprenne ces mots, mais elle doit aussi être capable de discernement et ne pas les prononcer aux mauvais moments.

— Vous faites preuve d'une remarquable ouverture d'esprit, répliqua Patience, sarcastique. Contrairement à vous, cela ne me plaît guère qu'elle apprenne un langage aussi vulgaire. Selon vous, que va-t-il arriver quand elle fera ses débuts dans le monde ?

Ce fut au tour de Matt de grimacer.

— Occupons-nous d'abord des trois autres avant de nous inquiéter pour Theo. Je vous verrai au dîner.

De retour dans son atelier, il s'assit à sa table de dessin. Reprenant son crayon, il dessina le visage à l'ovale parfait de son amour, son cou élégant, ses épaules et, cette fois, ses longs cheveux dénoués. Lorsque sa mémoire lui rappela le contact de ses seins généreux, ceux-ci apparurent comme par magie sur la feuille. Quand il eut terminé, il avait dessiné sa dame entièrement nue, telle qu'il se la rappelait quand elle s'était offerte à lui… et avait prudemment omis les traits de son visage. Il aurait aimé reproduire la passion qui avait illuminé ses yeux d'un bleu superbe et le sourire de délice qui avait étiré ses lèvres quand il les avait embrassées. Mais si quiconque trouvait ce nu, cela signerait la ruine de sa dame mystère. Or, désormais, il ne vivait que pour la protéger.

L'excitation causée par les prochains débuts de Louisa dans le monde transforma le dîner en une affaire si tapageuse qu'il menaça de cloîtrer ses plus jeunes sœurs ici, à la campagne, avec une armée de valets pour les empêcher de sortir.

— Je refuse que mes sœurs se conduisent comme une bande de sauvageonnes, dit-il en regardant les trois plus jeunes avec fermeté. Je pars à la chasse dans trois jours. Si votre comportement ne s'est pas amélioré d'ici là, seule Louisa ira en ville.

Du coin de l'œil, il surprit Patience qui réprimait difficilement un sourire. Lui-même avait beaucoup de mal à demeurer tout à fait sérieux.

— Louisa, tu peux quitter la table et emmener tes sœurs.

L'aînée de ses sœurs ouvrit la bouche, la referma sans rien dire puis regarda les autres.

— Venez. Nous allons jouer au mikado jusqu'à ce que ce soit l'heure de dormir.

Une fois qu'elles furent parties, Matt se tourna vers Patience.

— À qui vous adresserez-vous pour les robes de Louisa ?

— Je pensais à Mademoiselle Lily.

— Non, elle n'est pas assez chic. Laissez-moi écrire à une de mes amies pour obtenir une introduction auprès de Madame Lisette.

Patience en resta bouche bée.

— Worthington, je... Pourquoi ne m'avez-vous jamais dit que vous pouviez... Madame Lisette ! Il est déjà tellement difficile ne serait-ce que de la rencontrer. Mais vous pourriez y arriver ?

Elle lui lança un coup d'œil acéré.

— Votre amie est-elle respectable ?

— Bien sûr qu'elle l'est, répondit-il, vexé. Il s'agit de lady Rutherford. Elle achète toutes ses robes chez Madame Lisette. Comme lady Evesham, d'ailleurs.

— Mais ce sont deux des plus...

— ... élégantes dames de Londres, oui, conclut-il à sa place.

— Worthington, vous me surprenez. J'ignorais que vous vous intéressiez à la mode féminine.

Il fronça les sourcils. Qui n'aurait pas été fasciné par ces tenues qui rendaient les femmes si séduisantes ?

— C'est un intérêt que partagent beaucoup d'hommes. Pourquoi serais-je différent ?

Patience haussa les épaules.

— J'ai du mal à vous imaginer en passionné de dentelles, mais je ne vous en remercie pas moins de tout mon cœur. Quelle mère ne voudrait pas que sa fille soit habillée de la façon la plus élégante qui soit ?

Il sourit.

— C'est une question de fierté familiale. C'est ma sœur, après tout. Cela étant, celui qui l'épousera ne me remerciera peut-être pas aussi chaleureusement que vous, conclut-il en riant.

— Madame Lisette est très chère, dit Patience. Vous êtes un bon frère.

Matt fit signe à un domestique d'apporter le porto à table.

— Maintenant que ceci est réglé, vous serez plus disponible pour m'aider à trouver ma fiancée.

Patience sourit et se leva. Il l'imita, puis attendit qu'elle se soit retirée pour se servir un verre. À qui d'autre pouvait-il s'adresser qui soit suffisamment discret ? Phoebe ! Elle connaissait un tas de monde. Il irait la voir dès son arrivée en ville.

Matt fit tournoyer l'alcool dans son verre. Si ses recherches l'obligeaient à quitter Londres pour retrouver son inconnue, il lui faudrait demander à des amis de veiller sur Louisa. Harry Marsh serait en ville pour la session parlementaire ; Emma et lui seraient ravis de l'aider, tout comme Rutherford. Il était hors de question qu'un coureur de dot quelconque s'imagine que Matt ne prenait pas son rôle de tuteur au sérieux.

Ses pensées revinrent naturellement à sa belle inconnue. Qu'est-ce qui pouvait inciter une dame de bonne famille à se donner à un étranger ? Sauf qu'il ne lui était pas tout à fait étranger. Elle l'avait appelé « Sa Seigneurie », ce qui signifiait qu'elle connaissait son rang. L'avait-elle déjà rencontré ? Et s'imaginait-elle qu'il était le genre d'homme à prendre son innocence pour ensuite la quitter ? Ah, pourquoi diable avait-elle disparu ?

Bon sang ! Il y avait beaucoup trop de questions, et bien peu de réponses.

5

Deux semaines plus tard, Grace étreignit et embrassa chacun de ses plus jeunes frères et sœurs.

— Tenez-vous bien en mon absence. Je ne veux pas apprendre quand nous nous retrouverons que l'un ou l'une d'entre vous s'est mal conduit.

— Oui, Grace, répondit un chœur angélique.

Elle leur adressa un regard sévère.

Déjà dans la voiture, Charlotte l'appela :

— Grace, viens ! Allons-y !

— Oui, oui, j'arrive.

Jane serra Grace dans ses bras.

— Tout ira bien, ne t'inquiète pas. Amusez-vous bien à acheter toutes ces robes.

Le troupeau d'enfants fut reconduit dans la maison. C'était la première fois depuis la mort de leur mère que Grace les quittait aussi longtemps. Bon, ce n'était pas le moment de changer d'avis. Elle s'engagea sur le marchepied de la voiture avant de se retourner.

— Écris-moi.

Jane sourit.

— Tous les jours. Que tu aies envie de recevoir de leurs nouvelles ou pas.

— Merci.

Cette fois, Grace grimpa pour de bon dans la voiture et donna le signal du départ.

— Tu imagines, Grace ? fit une Charlotte en transe face à elle. Une semaine entière rien que pour nous à faire les boutiques !

Grace se laissa aller sur le velours capitonné de la banquette et sortit un livre de son réticule. Des visions d'enfants malades et d'os brisés ne cessaient de la tourmenter.

— À vrai dire, non, je n'imagine pas encore.

Plutôt que de se précipiter et d'effectuer le trajet jusqu'à Londres d'une seule traite, elle avait décidé de passer la nuit sur la route. Le voyage serait moins rapide, mais plus agréable. Elle avait commandé un guide présentant tous les lieux historiques intéressants qu'elles allaient croiser. N'étant jamais allée plus loin que Bedford, Charlotte avait accueilli cette proposition avec joie. Elles passèrent un après-midi très agréable à visiter des endroits magnifiques après un excellent repas dans une taverne.

Quelques heures plus tard, la voiture s'immobilisa dans la cour d'une auberge, le King's Head, à Hunton Bridge. Son valet, Neep, l'aida à descendre. Elle secouait ses jupes quand Charlotte bondit auprès d'elle.

— Grace, c'est si excitant ! Une vraie auberge.

Grace réprima un sourire.

— Oui. Et on m'a dit que les chambres y étaient très confortables et le cuisinier excellent.

— C'est sûrement le cas ! Regarde comme le bâtiment est joli.

— Il est magnifique. Allons voir ce qui nous attend.

L'aubergiste vint les accueillir.

— Milady, vos domestiques sont déjà arrivés. Une de mes filles va vous conduire à vos chambres.

Elle inclina la tête en signe de remerciement.

— Charlotte, dit-elle quand elles arrivèrent à l'étage, retrouve-moi dans le salon privé dès que tu te seras changée.

May, la femme de chambre de Charlotte, ouvrit la porte de la chambre qui lui était destinée et s'exclama :

— Oh, lady Charlotte, venez voir ! C'est tellement joli.

Charlotte regarda Grace en souriant.

— À tout à l'heure.

Bolton ouvrit la porte opposée dans le couloir en secouant la tête.

— Cette May a autant de cervelle qu'un moineau.

Grace éclata de rire.

— Oui, oui... mais aucune des deux n'a encore jamais séjourné dans une auberge. Elles se calmeront d'ici quelques jours.

Bolton pinça les lèvres.

— Je l'espère, madame, sinon il faudra que j'aie une petite conversation avec May. Quand nous serons à Londres, elle ne pourra pas se comporter comme une écervelée.

Et May retiendrait la leçon, Grace n'avait aucun doute là-dessus.

— Viens, je dois me laver et me changer.

— J'ai déjà commandé votre eau chaude. Elle ne devrait pas tarder.

Une fois seule, Grace ne put s'empêcher de songer à la dernière auberge qu'elle avait fréquentée et contempla le lit à baldaquin avec regret. Une image bien trop vivace de Worthington allongé près d'elle, la touchant, l'embrassant, envahit son esprit. Son corps réagit aussitôt, une chaleur soudaine naissant entre ses jambes. Si seulement elle pouvait connaître encore une fois, une seule, l'étreinte de ses bras ! Le regarder dormir sans devoir le quitter...

Elle soupira.

— Si vous voulez vous allonger un moment, je leur dirai de retarder le dîner.

Bonté divine, elle n'avait pas entendu Bolton revenir. Il était temps qu'elle cesse de se languir ainsi. Cela ne lui apportait rien de bon.

— Non, je suis juste un peu fatiguée par le voyage. Tout ce dont j'ai besoin, c'est de ne pas être bringuebalée dans une voiture jusqu'à demain.

Cela, et arrêter de penser à Worthington.

— Que t'arrive-t-il, Worthington ?

Matt, qui se dirigeait vers les écuries, se retourna. Un grand hongre bai caracolait joliment non loin de lui. Il était monté par le marquis de Kenilworth.

— Bonjour, Kenilworth.

— Tu ne participes pas à la chasse aujourd'hui ?

Matt secoua la tête. Pour une raison obscure, traquer un renard esseulé n'éveillait pas son intérêt habituel.

— Non. À vrai dire, je pars pour Londres.

— Pourquoi diable veux-tu faire une chose pareille ? s'écria le marquis, avant de jeter un coup d'œil vers la petite troupe qui commençait à se rassembler pour la chasse. À cette époque de l'année, il n'y a là-bas que des matrones qui préparent les débuts dans le monde de leurs filles. Mieux vaut les éviter.

Kenilworth haussa les sourcils avant de ricaner.

— Sauf si c'est à une autre sorte de chasse que tu t'intéresses...

Mac était en train de sortir le cabriolet, et Matt était impatient de partir. Une fois arrivé ici, il s'était rendu compte que la compagnie serait exclusivement masculine. Si les épouses de son hôte et de ses amis se trouvaient à Londres, alors son inconnue pouvait fort bien y être, elle aussi. Mais il était hors de question de parler d'elle à Kenilworth. Il prit un air contrit.

— Ma sœur fait ses débuts cette saison.

Kenilworth frémit.

— Je ne t'envie pas. Je me souviens encore de ce que ma mère a subi avec mes sœurs. Je n'ai jamais été aussi heureux d'être le cadet. Et j'ai fait en sorte qu'on ne me renvoie pas d'Oxford avant qu'elles aient toutes fait leurs débuts.

Matt sourit.

— Nous nous reverrons d'ici peu, je suppose.

— Ah non, pas question, fit Kenilworth en le regardant comme s'il avait perdu la tête. Je viendrai pour la session parlementaire, mais ne compte pas me voir aux soirées que tu vas devoir fréquenter.

Il toucha le bord de son chapeau en commençant à s'éloigner.

— Il est cependant possible que nous nous croisions au club, lança-t-il.

Matt prit place dans son attelage et salua les chasseurs avant de s'engager dans l'allée. Il ignorait complètement si sa dame participerait à la saison, mais quelqu'un en ville devait bien le savoir. Dès qu'il aurait veillé à l'installation de ses sœurs dans leur résidence londonienne, il rendrait visite à Marcus et à Phoebe.

Elles arrivaient enfin à Mayfair. Grace frappa au plafond de l'habitacle.

— Faites-nous passer devant Stanwood House, s'il vous plaît.

— Nous n'allons pas nous y installer, m'dame ?

— Non, je veux simplement montrer la maison à Charlotte.

Depuis qu'ils avaient atteint les faubourgs de Londres, Charlotte n'avait cessé de s'extasier sur tout : les gens, les rues, la circulation infernale et les bâtiments, certains lamentables, d'autres impressionnants.

— C'est très différent de tout ce que j'ai vu jusqu'à présent.

— En effet, acquiesça Grace. Nous voilà dans Mayfair, le quartier le plus chic de la ville. Et voici Berkeley Square. Notre maison est la quatrième en partant du bout.

Charlotte tapa dans ses mains avec enthousiasme.

— Je suis impatiente de m'y installer. Oh, cet étage avec toutes ces immenses baies vitrées… Est-ce la salle d'étude ?

— Oui, dit Grace en passant la tête par la fenêtre pour regarder à son tour. Je l'aime beaucoup, moi aussi.

Quelques minutes plus tard, elles arrivaient à Herndon House, sur Grosvenor Square. Tandis que la voiture s'immobilisait, le majordome de leur oncle ouvrit la porte d'entrée. Il les précéda dans un couloir qui traversait la demeure avant de les annoncer.

— Mes chéries !

Tante Herndon quitta son bureau pour se précipiter vers elles. Curieusement, elle semblait préoccupée.

— Je ne vous attendais pas avant la fin d'après-midi. Non que cela ait une quelconque importance, ma gouvernante a déjà préparé vos chambres depuis des jours.

Elle étreignit Grace, avant de se tourner vers sa jeune sœur.

— Chère Charlotte, comme tu as grandi ! Laisse-moi te regarder.

Elle lui prit le menton entre deux doigts et le fit tourner d'un côté et de l'autre.

— Parfaite. Parfaite !

Elle adressa un sourire à Grace.

— Je n'aurais pu demander mieux.

Son menton libéré, Charlotte serra les mâchoires, et Grace réprima un soupir. Le moment était mal choisi pour que sa sœur se vexe. Elles avaient beaucoup de chance de pouvoir séjourner chez leur tante.

— Charlotte ?

Celle-ci effectua une gracieuse révérence.

— Je suis ravie de vous revoir, tante Herndon.

Leur tante se mit à rire en se tournant vers Grace.

— Alors que tout le monde prédisait un désastre, tu as accompli un travail merveilleux, ma chérie. Tu peux être fière de toi.

La gorge de Grace se serra.

— Merci, ma tante. Et merci pour tout votre soutien.

Jusqu'à ce que sa tante lui donne son approbation, elle ne s'était pas rendu compte qu'elle appréhendait autant les débuts de Charlotte dans le monde. En dehors de son grand-père maternel, lord Timothy, aucun de ses parents ne l'avait crue capable d'élever ses frères et sœurs. Son cœur se serra au souvenir de la panique et des cauchemars qui s'étaient emparés d'eux quand ils avaient cru qu'ils allaient être dispersés par groupes d'un ou deux dans différentes familles. Sans le soutien de son grand-père et d'oncle Herndon, Grace n'aurait jamais pu obtenir leur garde.

Tante Herndon se tourna de nouveau vers Charlotte.

— Appelle-moi tante Almeria, mon enfant. Je te prédis une merveilleuse saison et de nombreux prétendants.

Quelques instants plus tard, Grace et Charlotte furent accompagnées dans leurs chambres, pressées de se reposer et informées que le thé serait servi à 16 heures dans le salon donnant sur les jardins à l'arrière de la maison. Grace enleva chapeau et gants, qu'elle tendit à Bolton. Les paroles de sa tante avaient raffermi sa résolution. Si dur que ce soit, elle devait avant tout penser à Charlotte et à ses autres frères et sœurs. Pas à Worthington, à son humour irrésistible, aux opinions qu'ils partageaient. Et, Dieu lui vienne en aide, surtout pas à sa façon de la tenir dans ses bras, de l'embrasser et de l'appeler « mon amour ».

Bolton l'aidait à se changer quand Charlotte surgit dans la chambre.

— Je n'arrive pas à croire qu'elle m'ait fait ça, comme si j'étais un cheval de foire ! s'exclama-t-elle, indignée. J'aurais peut-être dû lui montrer mes dents.

Grace soupira avant de regarder froidement sa sœur.

— Tu ferais aussi bien d'en prendre ton parti. Ce genre de chose risque de se reproduire.

Charlotte fronça les sourcils.

— Cela t'est arrivé à toi aussi ?

Tout en conduisant sa sœur jusqu'au petit canapé placé devant la cheminée, Grace repensa à sa première saison.

— Bien sûr. Cela ne durera pas longtemps, et te révolter à tout bout de champ ne fera que donner l'impression que tu es grossière. C'est justement pour cela que nous cultivons nos manières. Afin que, quelle que soit la provocation, nous soyons capables de réagir avec la retenue appropriée.

Un bien beau conseil dont elle aurait mieux fait de se souvenir cette fameuse nuit à l'auberge avec Worthington.

Charlotte lui prit la main pour la porter à sa joue.

— Oh, Grace, je suis désolée. Tu dois me prendre pour la fille la plus gâtée qui soit. Je ne voulais pas te faire de peine. Je te promets de me comporter comme tu me l'as appris.

Grace la serra dans ses bras.

— Merci. Et rappelle-toi : cela ne durera pas.

Elle se força à sourire.

— Je vais envoyer un mot à lady Evesham. Si elle reçoit, nous irons lui rendre visite.

Le visage de Charlotte s'illumina.

— J'aimerais beaucoup la remercier de nous avoir recommandées auprès de Madame Lisette.

— Dans ce cas, retourne dans ta chambre et habille-toi pour le thé.

Charlotte l'étreignit et l'embrassa avant de filer. Grace avait du mal à imaginer qu'à une époque, elle aussi avait fait preuve de la même insouciance. Penchant la tête sur le côté, elle essaya de dénouer les tensions dans son cou.

Bolton vint lui masser les épaules.

— On dirait que vous allez avoir du pain sur la planche avec lady Charlotte.

Grace ferma brièvement les paupières.

— Je t'interdis ne serait-ce que de penser une chose aussi horrible.

Elle esquissa un sourire las.

— Il faudrait que je dise un mot à ma tante. Si elle s'attendait à une jeune fille timide et impressionnable, elle va être déçue.

Elle voulut se lever, mais Bolton la maintint sur sa chaise pour continuer à lui triturer les chairs.

— Ce que vous devriez faire, madame, c'est arrêter de vous morfondre. Cela fait des semaines que vous n'êtes pas dans votre assiette. Pendant que vous achèterez ses robes à lady Charlotte, vous devriez vous en offrir aussi quelques-unes. Rien de tel qu'une nouvelle robe et un joli chapeau pour vous remonter le moral.

La tension de Grace commençait à se dissiper sous les doigts experts de sa femme de chambre.

— Oui, bonne idée. Je parlerai à Madame Lisette.

Quelques minutes plus tard, Grace s'installait au beau bureau en ronce de noyer avec une plume et de l'encre. Sa missive terminée, elle la scella et sonna un valet.

— S'il vous plaît, veuillez porter ceci à Dunwood House et attendez la réponse.

— Oui, madame.

Le domestique revint vingt minutes plus tard.

— Milady, lady Evesham serait honorée de vous recevoir après le thé, ou bien que vous la rejoigniez pour le thé. À votre convenance.

— S'il vous plaît, dites-lui que nous venons à peine d'arriver en ville et que je dois donc prendre le thé avec ma tante, mais que je lui rendrai volontiers visite juste après.

— Bien, madame.

Grace prit son manteau, descendit l'escalier et sortit par un des balcons dans le jardin situé derrière l'hôtel particulier. Un chemin de dalles serpentait jusqu'à une fontaine, version miniature de celles qu'on trouvait à Versailles, avant de s'enfoncer parmi des rosiers. Le jardin était entouré sur trois côtés par un grand mur en pierres. Les roses s'accrochaient à des treilles qui abritaient un banc. Cet endroit promettait d'être délicieux au printemps, songea Grace en se demandant si elle ne devrait pas planter davantage de roses à Stanwood House. Elle consulta sa montre accrochée à sa robe. Voyant qu'il était près de 16 heures, elle revint sur ses pas et arriva au salon alors qu'on commençait à servir le thé.

Très vite, prise entre l'oppressante sollicitude de sa tante envers sa situation et la défense passionnée de sa sœur, elle commença à sentir les premières atteintes d'une migraine. Elle regretta de ne pas pouvoir rester seule quelques instants.

— Grace, ma chère enfant, je suis très fière de toi. Mais personne, j'en suis certaine, ne te blâmerait si tu envoyais les enfants en pension. De nombreux parents le font, tu sais. Ainsi, il ne te resterait que la plus jeune… Comment s'appelle-t-elle déjà ? Oh, peu importe…

— Mary, dit Charlotte. Elle s'appelle Mary.

Leur tante cligna des paupières.

— Oui, ma chère, sans doute. Comme je le disais, si tu les envoyais à l'école et si tu laissais ton régisseur s'occuper du domaine…

— Mais, tante Almeria, intervint une nouvelle fois Charlotte, papa disait toujours que chacun doit s'occuper de ses propres terres. Comment voulez-vous que Grace ignore son conseil ?

— Ma chère Charlotte, comme tu t'emballes ! fit sa tante avec de nouveaux clignements de paupières. Je me contentais de suggérer que si Grace se débarrassait de tant de fardeaux, elle pourrait avoir le temps de trouver un mari.

Cette fois, quand Charlotte ouvrit la bouche pour répondre, Grace la dissuada d'un regard sévère avant de se tourner vers sa tante en souriant.

— Vous vous méprenez. Ce ne sont pas du tout des fardeaux. Après m'être battue si longtemps pour obtenir leur garde, je n'imagine pas les abandonner.

Les envoyer dans des internats ou des pensions alors que j'ai refusé qu'ils soient dispersés chez divers membres de la famille ? Non, c'est impensable. Nous resterons tous ensemble, jusqu'à ce que chacun d'entre eux soit prêt à quitter le nid.

Elle rejoignit sa tante et l'étreignit avant de reprendre d'un ton plus conciliant :

— Je vous en prie, comprenez que c'est là mon seul désir. Maintenant, si vous voulez bien nous excuser, lady Evesham aimerait que je lui présente Charlotte.

Lady Herndon lui rendit son étreinte.

— Oui, bien sûr. C'est si gentil à elle de vous introduire auprès de Madame Lisette.

Grace déposa un baiser sur la joue de sa tante avant de signaler discrètement à Charlotte d'en faire autant.

Quand elles arrivèrent à la porte de la chambre de Grace, celle-ci poussa sa jeune sœur à l'intérieur.

— Charlotte, ma chérie, je te suis reconnaissante de chercher à me défendre. Néanmoins, si tu m'aimes un peu, arrête. Si je devais revivre une scène pareille, je ferais sans doute une crise de nerfs.

— Tu ne fais jamais de crise de nerfs.

— Charlotte...

Sa sœur baissa la tête.

— Oui, Grace. Je ne recommencerai plus. C'est juste que...

— Merci, la coupa Grace. Je suis tout à fait capable de me défendre seule. Maintenant, va enfiler une autre robe et une pelisse et retrouve-moi ici. J'ai presque peur de sortir. Je crains que nous n'ayons l'air de deux campagnardes.

À peine un quart d'heure plus tard, Grace et Charlotte étaient introduites dans un salon avec vue sur les jardins de Dunwood House. Phoebe, comtesse d'Evesham, se leva pour les accueillir.

— Grace, comme je suis heureuse de te revoir ! Cela fait une éternité.

Elle l'étreignit et l'embrassa avant de se tourner vers la sœur de son amie.

— Voici donc Charlotte. Tu es ravissante. Comme Grace lors de sa première saison. Allons, venez vous asseoir, nous avons tant de choses à nous dire !

Grace observa son amie. Phoebe, une femme de petite taille, à la chevelure d'un blond vénitien et aux yeux bleu ciel, avait peu changé avec les années.

— Phoebe, tu es splendide. Le mariage te réussit.

Phoebe sourit.

— Oui, je suis très heureuse.

— Le bébé est attendu pour cet été ?

Phoebe se toucha le ventre.

— Pour juillet. J'ai promis à Marcus de restreindre mes sorties, mais nous donnerons tout de même une ou deux réceptions et assisterons à quelques réunions politiques. Toi, en revanche, tu vas être extrêmement occupée.

« Occupée » était un euphémisme. Entre les enfants et les activités de Charlotte, il ne serait pas étonnant que Grace s'écroule d'épuisement à la fin de la saison.

— Oui, mes frères et sœurs viendront nous rejoindre. Ma tante Herndon a bien voulu chaperonner Charlotte. Ma chère Phoebe, je tiens à te remercier pour cette introduction auprès de Madame Lisette. Nous avons rendez-vous chez elle demain matin.

Un domestique entra discrètement, et Phoebe lui fit signe de placer le service à thé devant elle.

— Merveilleux. Toutes les femmes de ma famille lui confient leur trousseau. Ta mère s'habillait chez Madame Fanchette, n'est-ce pas ?

— Oui, mais elle a pris sa retraite l'an dernier. Cependant, je suis heureuse de ce changement. Tes sœurs et toi êtes toujours d'une élégance parfaite.

— Laissez-vous guider par Madame Lisette, je vous promets que le résultat vous ravira. Allez-vous monter vos propres écuries ?

Le regard de Charlotte s'illumina.

— Oui. Grace m'a appris à conduire un attelage.

Elle frappa dans ses mains avec enthousiasme.

— Je vais avoir mon propre phaéton, avec deux chevaux.

Phoebe tendit une tasse de thé à Grace.

— Bravo. Qui va t'aider à acheter les bêtes ?

— Je pense qu'oncle Herndon pourrait s'en charger, même si je n'ai pas encore eu l'occasion de le lui demander.

— Si tu veux bien me faire confiance, je crois pouvoir m'en occuper, répondit Phoebe en se tournant vers Charlotte afin de l'inclure dans leur discussion. Il se trouve qu'une paire de chevaux gris qui s'entendent fort bien ne va pas tarder à être mise en vente. Et Marcus et moi pourrions vous accompagner chez le fabricant de voitures.

La tension dans les épaules de Grace se dissipa un peu.

— Oui, merci. Ce serait parfait. N'est-ce pas, Charlotte ?

— Oui. J'adorerais avoir une paire assortie, et les chevaux gris sont si élégants !

Phoebe plissa un peu les yeux avant de proposer à Charlotte :

— Aimerais-tu jeter un œil au dernier numéro de *La Belle Assemblée* ? Il se trouve dans le salon voisin.

Charlotte lança un regard plein d'espoir à Grace.

— Oui, ma chérie. Vas-y, si tu veux.

— Eh bien, si cela ne vous dérange pas, dit timidement la jeune fille, j'aimerais beaucoup le voir. Le dernier numéro que nous avons à la maison est vieux de plusieurs mois.

Phoebe lui montra un cordon au mur.

— Sonne, et un valet te conduira.

Dès que Charlotte fut partie, Phoebe tourna un regard soucieux vers Grace.

— Maintenant, dis-moi ce qui ne va pas.

6

Des larmes emplirent aussitôt les yeux de Grace, et ce fut d'une voix tremblante qu'elle répondit :

— Je ne devrais pas en parler… Seigneur, que vas-tu penser de moi ? En vérité, je ne te reprocherais pas de couper les ponts avec moi. Oh, Phoebe, j'ai fait quelque chose de tellement stupide et indécent.

Son amie lui prit les mains et les serra très fort.

— Ma chère Grace, nous nous connaissons depuis l'enfance. Même si je devais ne pas approuver ce que tu as fait, je ne te tournerais jamais le dos.

Grace la regarda. Le fardeau de son secret pesait sur elle plus qu'elle ne l'aurait cru possible.

— Je suis amoureuse.

Le rire mélodieux de Phoebe s'éleva dans la pièce.

— Grace, tomber amoureuse n'est pas la fin du monde. Cela te complique un peu la vie, certes. Mais il y a sûrement un moyen de tout concilier.

Grace se cacha le visage dans les mains pendant un instant avant d'oser croiser de nouveau le regard placide de Phoebe.

— Tu ne comprends pas. Il ne sait pas qui je suis.

Perplexe, Phoebe pencha la tête sur le côté.

— Je crois que tu ferais mieux de commencer par le commencement.

Grace acquiesça. À défaut d'autre chose, en parler la soulagerait peut-être. Elle raconta donc à Phoebe sa nuit à l'auberge… et quand elle éclata en sanglots, son amie lui tint les mains jusqu'à ce qu'elle soit assez calme pour continuer.

— Je me disais que si je pouvais connaître une seule nuit d'amour dans ma vie, ne pas pouvoir me marier ne serait plus aussi important.

— Grace, est-ce que tu es…

C'était son unique soulagement. Elle n'était pas enceinte.

— Non.

Phoebe poussa un long soupir.

— Eh bien, c'est déjà cela. Et tout s'éclaire maintenant. Ma chère, ce que j'ai à te dire n'est pas facile… Worthington te cherche.

Grace tressaillit. Pourquoi faisait-il une chose pareille ? Et si jamais cela se savait ?

— Oh non ! C'est terrible. Phoebe, comment le sais-tu ?

— Il est venu voir Marcus alors que j'étais sortie et il t'a décrite. Ne t'ayant jamais vue, Marcus n'a bien sûr pas pu l'aider. Plus tard, il m'a montré un portrait de toi – excellent, je dois dire – réalisé par Worthington. Il était impossible de ne pas te reconnaître. Worthington est un formidable artiste, qui a l'œil et la main sûrs.

Un étau enserra la poitrine de Grace, lui coupant la respiration. L'idée qu'il voulait faire d'elle sa maîtresse était horrible…

— Pour… pourquoi me cherche-t-il ?

Phoebe haussa un sourcil compatissant.

— Il veut t'épouser.

M'épouser ? Oh non !

— Il… il va falloir que je trouve un moyen de l'éviter.

Se massant les tempes, elle essaya de réfléchir. Malheureusement, son cerveau ne semblait pas disposé à coopérer.

— Je ne compte pas sortir énormément. Du moins, pas aux soirées que les gentlemen aiment fréquenter…

Cette fois, elle était vraiment au bord de la crise de nerfs.

— Quoi ? demanda Phoebe.

Elle reprit les mains de son amie dans les siennes.

— Je sais d'expérience que les gentlemen amoureux ont tendance à surgir là où on les attend le moins.

Elle avait raison, bien sûr. Les hommes étaient si imprévisibles ! Ils ne se comportaient jamais comme on le souhaitait. Pourquoi Worthington ne l'avait-il pas simplement oubliée ?

— Phoebe, c'est affreux. Que vais-je faire ?

Malgré son ventre qui commençait à s'arrondir, Phoebe se leva avec grâce et sembla flotter jusqu'à une petite desserte où reposaient une carafe en cristal et des verres. Elle en remplit deux et en tendit un à son amie.

— Tu ferais bien de te préparer à lui expliquer qu'il n'est pas question que tu renonces à la garde de tes frères et sœurs. À bien des égards, la loi est très injuste envers les femmes, surtout dans un cas comme le tien.

Elle fronça les sourcils avant de demander prudemment :

— Je suppose que tu refuses d'envisager la possibilité que Worthington devienne leur tuteur, au cas où il t'épouserait ?

Grace but la moitié de son porto en une seule gorgée. Hélas, cela ne l'aida en rien.

— Je n'arrive pas à concevoir qu'un homme accepte d'assumer la charge de sept enfants. Même si, au début, il pense le vouloir, que se passera-t-il s'il change d'avis ? Je n'aurai aucun recours. S'il décide d'envoyer les garçons en pension avant qu'ils soient prêts ou d'enfermer les filles dans un pensionnat… Je n'ai pas une très haute opinion de ce genre d'établissement. Je préfère qu'elles restent à la maison.

Grace s'interrompit, la voix brisée par les sanglots. Elle reposa son verre sur une petite table et se prit la tête entre les mains.

Phoebe vint de nouveau remplir son verre et le lui tendit.

— Je comprends. Dans ta position, j'éprouverais sans doute la même chose.

Grace but une nouvelle gorgée.

— Merci.

Phoebe sourit.

— De quoi ? D'être ton amie ? Laisse-moi te rappeler, ma chère, ton formidable soutien quand j'ai refusé de me marier.

Ce qui était quand même nettement moins grave que ce qu'avait fait Grace.

— Non, de ne pas penser que je suis une femme perdue.

— Sornettes. Cela fait des années que tu es amoureuse de Worthington, pour ainsi dire. Je me souviens de toutes les demandes en mariage que tu as refusées en espérant la sienne.

Grace poussa un soupir misérable.

— Il ne m'a même pas remarquée.

— Non, probablement pas. Quand ils sont jeunes, les hommes sont ainsi. Mais, ma chère, comment as-tu pu croire que tu serais capable de faire l'amour avec lui et de ne pas tomber amoureuse ?

Grace répondit sans même réfléchir.

— J'aurais pu ne pas tomber amoureuse si cela n'avait pas été aussi merveilleux.

Une lueur amusée dansa dans les yeux de Phoebe.

— Apparemment, tu lui as aussi fait une certaine impression.

Grace but une nouvelle et longue gorgée de porto. Cette fois, il lui parut très bon, et elle se sentit un peu mieux.

— Ce qui, malheureusement, ne nous aide en rien ni l'un ni l'autre. Je ne peux pas me marier. Ni avec lui ni avec qui que ce soit d'autre.

— Quel dommage qu'il n'ait pas compris que tu étais faite pour lui autrefois, avant la mort de tes parents ! Les hommes sont parfois de grands idiots.

Grace finit son verre, se leva et se mit à faire les cent pas à travers la pièce.

— Je dois absolument l'éviter. Je serais totalement incapable de lui avouer que je ne le voulais que pour une nuit.

— J'imagine qu'il ne le prendrait pas très bien, acquiesça Phoebe, qui plaça un petit coussin derrière son dos. Néanmoins, Grace, je serais surprise que tu puisses l'éviter toute la saison. Il vaudrait donc mieux que tu réfléchisses à ce que tu lui diras quand tu le verras.

Ayant atteint le bout du salon, Grace revint sur ses pas. Worthington ne comprendrait jamais. Les hommes pouvaient se conduire comme elle l'avait fait, mais pas les femmes, du moins pas celles qui n'étaient pas mariées.

— Oui, tu as raison, bien sûr.

Sur ces entrefaites, Charlotte frappa à la porte et entra. Elle tenait à la main un grand magazine.

Grace lui sourit aussitôt.

— Eh bien, ma chérie, as-tu trouvé quelque chose ?

— J'ai vu plusieurs robes merveilleuses, dit sa sœur, assez intimidée.

Grace examina les modèles présentés dans *La Belle Assemblée*. Charlotte ne cessait de s'extasier. La robe de bal qu'elle admirait était couleur lavande pâle avec des broderies d'une teinte plus sombre. La légende recommandait l'ajout de diamants ou d'autres pierres précieuses.

— Si tu souhaites être couverte de diamants, il faudra que tu jettes ton dévolu sur un gentleman extrêmement riche qui sera prêt à toutes les dépenses pour toi.

— Ah non ! Ce n'est pas ce qui m'intéresse chez un homme. Même si je trouve les pierres précieuses très plaisantes à regarder, ce ne sont que des frivolités.

Grace s'esclaffa.

— Il vaut mieux que nous rentrions maintenant. Tante Almeria compte faire servir le dîner tôt ce soir, car nous ne sommes pas encore habituées aux horaires de Londres.

Elle tendit les mains vers Phoebe.

— Merci pour notre discussion. Nous verrons-nous demain ?

Souriante, Phoebe baissa les yeux vers son ventre proéminent.

— Oui, je crois. J'aurai bientôt moi aussi besoin de nouvelles robes.

Tout en traversant la place en compagnie de Charlotte pour regagner la demeure de leur tante, Grace envisagea plusieurs manières de dire à Worthington qu'elle ne pouvait pas se marier. Aucune ne lui parut adéquate. Mais, d'une façon ou d'une autre, si elle le rencontrait, elle trouverait un moyen de le convaincre. Elle en était persuadée.

Assis à son bureau, Matt contemplait le jardin par la fenêtre. D'ici quelques semaines, il retrouverait les couleurs du printemps et ses sœurs y joueraient, au lieu de galoper sans cesse dans le couloir au-dessus de sa tête. Dieu soit loué, elles n'étaient que quatre. Il espérait que sa dame aimait les enfants.

Un léger coup fut frappé à la porte et Patience apparut, portant un petit panier qu'elle posa sur le bureau.

— Voici toutes les invitations que vous m'avez dit d'accepter en votre nom. Vraiment, Worthington, il est plus que temps que vous engagiez un secrétaire.

Il lui avait demandé d'accepter toutes les soirées auxquelles elle pensait que sa dame assisterait.

— Combien ? demanda-t-il avec une certaine appréhension.

Elle poussa un soupir de frustration.

— Eh bien, même si vous faisiez une apparition à quatre événements par soir tous les jours sauf le dimanche, vous seriez loin d'avoir rempli toutes vos obligations.

Il lui lança un regard plein d'espoir.

— Je suppose que vous ne...

Elle pinça les lèvres.

— Non. Je ne tiens pas à finir à l'asile. Louisa et moi n'assisterons qu'aux soirées où elle aura les meilleures chances de trouver un mari.

Matt fronça les sourcils.

— Patience, tenez-vous vraiment à ce qu'elle se marie dès cette année ? Ne devrions-nous pas lui laisser le temps de mûrir un peu ?

Sa belle-mère s'assit face à son bureau en soupirant.

— Si elle trouve quelqu'un qu'elle aime et qui lui rend son amour, je n'aurai aucune objection. Bien sûr, je préférerais qu'elle attende une année supplémentaire mais, contrairement à moi à son âge, elle sait ce qu'elle veut. Et vous ne lui ferez subir aucune contrainte, j'en suis sûre, conclut-elle en le regardant avec une réelle douceur.

Il secoua la tête, comprenant l'allusion : Patience avait quasiment été forcée de se marier avant d'y être prête.

— Non, je ne le ferai pas.

Les martèlements dans le couloir à l'étage reprirent.

— J'aimerais cependant que mes chères sœurs ne jouent pas systématiquement au-dessus de ma tête.

Patience leva les yeux vers le plafond.

— Oh, mon pauvre. Elles ne sont pas juste au-dessus de vous, mais dans la salle d'étude.

Deux étages plus haut ? Matt se massa les tempes. Comment parvenaient-elles à produire un vacarme pareil ?

— Dites-leur de prendre leurs pelisses, leurs chapeaux et leurs gants. Je les emmène au parc. Je veux deux... non, trois valets, et Duke peut venir aussi.

L'énorme boule de poils qui somnolait sur le tapis près du feu leva la tête.

Matt sourit.

— Qu'en dis-tu, mon garçon ?

La queue du grand danois balaya le sol.

— Je vais les prévenir, annonça Patience. Prendrez-vous la grande voiture ?

Surtout pas.

— Non, nous allons marcher. Je veux qu'elles soient fatiguées à leur retour.

Patience sourit, amusée.

— Excellente idée.

Quand il arriva dans le hall, lui aussi muni de son manteau, de ses gants, de son chapeau et tenant Duke en laisse, ses sœurs l'attendaient avec impatience. Il les fixa d'un regard perçant.

— Sur le chemin du parc, chacune restera avec son valet. Louisa, tu marcheras avec moi.

Elles sourirent et hochèrent benoîtement la tête. Des petites choses trompeuses, ses sœurs. Dès qu'elles seraient arrivées au bout du pâté de maisons, elles allaient essayer de s'échapper. Mais il était prêt.

Peu après avoir quitté Berkeley Square, Theodora et Madeline décidèrent de faire la course. Matt se félicita de sa prévoyance. Les deux valets assignés aux filles le dévisagèrent, attendant ses instructions.

— Arrêtez-les. Pas question que tout Londres se moque de mes sœurs. Elles pourront courir quand nous serons au terrain de jeux, pas avant.

Lorsque Louisa et lui rattrapèrent les coupables, celles-ci étaient fermement tenues par la main par deux solides bonshommes. Dès qu'ils franchirent l'entrée du parc, Matt hocha la tête.

— Vous pouvez les lâcher, mais restez avec elles.

Les filles filèrent aussitôt en riant.

— Ne me dites pas que c'étaient juste ces deux-là qui faisaient un tel raffut à la maison ?

Augusta rougit.

— Non, je courais aussi avec elles.

— Eh bien, tu peux y aller toi aussi maintenant.

Augusta sourit.

— Je peux prendre Duke ?

Matt relâcha le danois.

— S'il est d'accord.

— Viens, Duke, viens.

Augusta frappa dans ses mains et fila à toutes jambes, le chien bondissant derrière elle.

Louisa serra le bras de son frère.

— C'était une très bonne idée, Matt.

Il la dévisagea. Sa sœur était une très belle jeune fille. Cette saison allait être un enfer pour lui.

— Eh bien, merci. Il m'arrive d'en avoir.

Elle lui sourit, visiblement ravie.

— Te verrons-nous davantage maintenant que nous sommes en ville ?

Ils se remirent à marcher en direction des filles.

— Oui. Je séjournerai à Worthington House cette saison et je devrais assister à autant de soirées que toi. Ne serait-ce que pour rappeler à tous ces messieurs de bien se tenir.

Il lui tapota le bout du nez, comme il le faisait depuis qu'elle était bébé.

— Crois-tu que j'aurai du succès ? demanda-t-elle, anxieuse.

Matt fit mine de l'étudier avec attention. Plus grande que la moyenne, sa sœur avait de beaux cheveux bruns bouclés, des yeux bleus, le teint clair et un joli nez droit. Sa bouche généreuse frémissait d'excitation.

— Tu es un diamant de la plus belle eau.

Elle eut un sourire ravi.

— Vraiment ?

— Sans le moindre doute. Louisa, poursuivit-il, reprenant son sérieux, tu dois me promettre de me prévenir si un homme te fait des avances, ou bien s'il te met mal à l'aise. Et s'ils souhaitent te fréquenter, ils devront m'en parler d'abord.

Elle acquiesça.

— Oui, Matt, je te le promets.

Il allait la présenter à Phoebe et à Anna. Toutes deux avaient su attendre avant de rencontrer le gentleman de leurs rêves.

— Et ne t'inquiète pas si tu ne te maries pas dès cette année. L'important, c'est que tu trouves quelqu'un que tu aimes profondément et qui te rende cet amour.

Louisa noua son bras au sien un peu plus fermement.

— Je ferai tout ce que tu me diras.

Il ne la croyait pas une seule seconde. Oh, elle n'allait pas volontairement mal se conduire, mais cette gamine avait tendance à n'en faire qu'à sa tête, et il était fort possible qu'elle la perde, cette tête, à cause d'un gentleman un peu trop séduisant.

Il lui tapota la main.

— Parfait. Dans ce cas, tout devrait très bien se passer.

Si seulement il parvenait à retrouver rapidement son inconnue ! Il pourrait alors veiller sur sa sœur comme il se devait et la tenir à distance des canailles, des débauchés et des coureurs de dot qui rôdaient en permanence autour des jeunes innocentes.

Quand il revint chez lui, Matt trouva un mot d'Anna lui demandant si sa belle-mère et sa sœur aimeraient l'accompagner chez Madame Lisette le lendemain. Il se tourna vers son majordome, Thorton.

— Demandez à lady Worthington de me retrouver dans mon bureau, je vous prie.

— Oui, milord.

Patience ne tarda pas à le rejoindre.

— Que se passe-t-il ? Pas encore les enfants, j'espère.

Matt sourit et lui tendit le mot.

— Anna Rutherford voudrait savoir si Louisa et vous aimeriez l'accompagner chez Madame Lisette demain matin.

7

Le lendemain matin, la clochette de la porte de Madame Lisette tinta quand Grace, Phoebe et Charlotte pénétrèrent dans la boutique de la couturière.

— *Ah, bonjour**[1], miladies. Lady Eves… Evesh… ah, *excusez-moi**.

Une lueur amusée brilla dans les yeux de Phoebe.

— Madame, vous pouvez m'appeler lady Phoebe.

— *Non, non**, ce n'est pas correct. Je m'entraînerai.

Elle se tourna vers Grace et Charlotte.

— Voici donc les dames à propos desquelles vous m'avez écrit ?

— Oui. Lady Grace Carpenter, lady Charlotte, permettez-moi de vous présenter Madame Lisette. Madame, lady Grace Carpenter et sa sœur, lady Charlotte.

Madame Lisette effectua une gracieuse révérence. C'était une femme petite et énergique. Quelques fils argentés parsemaient ses cheveux sombres.

Elle étudia ses deux nouvelles clientes d'un regard expert.

— Vous aurez toutes les deux besoin de tout un trousseau, *non** ?

— Je ne compte pas assister à beaucoup de bals, répondit Grace. Ma tante chaperonnera ma sœur pour

1. Toutes les expressions en italique suivies d'un astérisque sont en français dans le texte. *(N.d.T.)*

ses débuts dans le monde. Je vous en prie, concentrez-vous sur elle en premier lieu.

— *Ah oui** ? dit Madame Lisette. Très bien, lady Charlotte, suivez-moi.

Charlotte lança un bref regard vers Grace, qui l'encouragea :

— Vas-y, ma chérie. Je t'attends ici.

— Asseyons-nous, dit Phoebe en prenant place sur un confortable canapé en velours.

Une servante vint leur offrir des tasses de café. Phoebe en accepta une tout en demandant à Grace :

— Dis-moi, à quelles réceptions comptes-tu assister ?

Grace goûta son café. Il était excellent.

— J'aimerais beaucoup participer à l'un des salons de lady Thornhill et aussi renouer les liens avec des amies que je n'ai pas vues depuis un moment. Quelques thés, probablement, et pourquoi pas une garden-party.

Phoebe fronça les sourcils.

— J'espère que tu viendras aussi chez nous. Rassure-toi, en raison de mon état, je ne recevrai pas beaucoup.

Même si elle courait le risque d'y rencontrer Worthington, Grace ne pouvait dire non à son amie.

— Bien sûr.

Elle regarda par la fenêtre. Attelages, valets, vendeurs, élégantes et femmes de plus basse condition emplissaient la rue. Elle avait oublié à quel point Londres pouvait être excitante.

— Phoebe, je suis si contente d'être de retour en ville !

— Je m'y sens bien pendant quelques mois, mais, après cela, je suis toujours soulagée de regagner la campagne, répondit son amie en se massant les reins.

Elles dégustèrent un instant leur café en silence, puis Phoebe reprit :

— Ma chère, as-tu décidé de ce que tu feras quand tu *le* reverras ?

Me cacher.

Grace secoua la tête.

— Je prie pour que cela n'arrive pas. Je… je ne sais pas ce que je pourrais dire, fit-elle en soupirant. Peut-être ferais-je mieux de ramener les enfants à la campagne et de laisser Charlotte avec ma tante…

— Bien sûr, répondit sèchement Phoebe. Et, une fois là-bas, tu passeras ton temps à t'inquiéter pour Charlotte.

Grace eut une moue dépitée.

— Tu as raison. Je ne le supporterais pas. Comment puis-je être aussi stupide ?

Phoebe lui tapota le genou.

— Aucune d'entre nous n'est particulièrement brillante quand il est question d'amour. Qui est en lui-même une forme de folie.

— Toi, tu as été brillante. Il saute aux yeux que ton mari t'aime… à la folie, justement.

— Oui, même si nous avons eu nos problèmes, nous aussi.

Elle jeta un coup d'œil à Grace.

— Mais je dois dire qu'une fois qu'on a expérimenté la dimension physique de l'amour, il est très difficile d'y renoncer.

Malgré tous les efforts que faisait Grace pour ne pas y penser, le souvenir de la main de Worthington sur elle s'insinua dans son esprit, et elle dut réprimer un gémissement. Non, elle ne recommencerait jamais.

— Oui, murmura-t-elle avant de se forcer à changer de conversation. Je croyais que tu ne buvais jamais de café.

— J'ai pris cette habitude lors de notre lune de miel à Paris. En Angleterre, je n'aime que celui de Madame Lisette.

Peu après, Charlotte les rejoignit, en proie à une joie et une excitation assez contagieuses.

— Grace, Madame Lisette dit que certaines robes sont déjà prêtes. Comment est-ce possible ?

— Je lui avais envoyé tes mesures.

— Ah, je comprends…

Grace sourit, ravie de voir le bonheur de sa sœur.

— Espèce de dinde, croyais-tu que c'était de la magie ?

Charlotte rougit.

— Oui, j'aurais dû y penser, j'imagine.

La couturière revint avec plusieurs dessins.

— Lady Grace, je pense que ces robes sont *comme il faut pour la jeune fille**.

Grace passa les croquis en revue. Chaque modèle était parfait.

— Je suis d'accord. Certaines toilettes sont déjà prêtes, paraît-il ?

Madame Lisette fit la moue.

— Nous avons encore quelques retouches mineures à effectuer. Elles devraient être prêtes cet après-midi… À moins que vous n'en ayez besoin plus tôt ?

À la connaissance de Grace, sa tante n'avait rien prévu.

— Non, cet après-midi sera parfait. Si vous pouviez me donner des échantillons de tissu et des conseils pour des chapeaux et le reste, nous pourrions commencer à chercher tout ce dont elle aura besoin.

La couturière inclina la tête.

— *Naturellement**, milady. Mais, à présent, c'est votre tour.

— Il est temps que tu t'occupes un peu de toi, renchérit Phoebe.

Grace suivit donc Madame Lisette derrière un rideau noir où on la fit grimper sur une sorte de plateforme pour prendre ses mesures, bien qu'elle les eût déjà envoyées. Puis Madame Lisette lui montra plusieurs robes, spencers et pelisses. Chaque article était ravissant, bien plus que tout ce que Grace avait porté depuis sa dernière venue à Londres cinq ans plus tôt. Après tout, rien ne l'empêchait d'être élégante. Même des femmes savantes comme lady Thornhill et les demoiselles Berry s'habillaient avec goût. Bolton avait raison.

Rien de tel qu'une nouvelle tenue pour vous remonter le moral.

— Je prends tout, y compris celles des dessins.

La couturière se chargea ensuite de Phoebe, dont elle prit les nouvelles mesures. Après cela, elles furent prêtes à partir. Grace mit son chapeau, veillant à remonter sa chevelure comme à son habitude. Puis, armées d'échantillons et de recommandations, elles quittèrent la boutique.

Sur le trottoir, Phoebe fut hélée par une très jolie jeune femme aux boucles châtains. Celle-ci était accompagnée par deux autres dames, une plus âgée aux cheveux blonds et une jeune fille à la saisissante chevelure sombre qui éveilla des souvenirs extrêmement précis dans l'esprit de Grace.

— Phoebe, dit-elle en saisissant Charlotte par le coude, retrouvons-nous chez ce modiste que nous a indiqué Madame Lisette.

Elle entraînait déjà sa sœur.

— Je n'en ai pas pour longtemps, répondit Phoebe avant de se tourner vers les trois dames. Anna, ma chère…

Charlotte, quelque peu perplexe, se laissa faire. Grace lui en fut reconnaissante. Si elle avait été une femme joueuse, elle aurait parié son poids en or que la plus jeune des dames était la sœur de Worthington. Son cœur battait à tout rompre.

— Tu veux bien m'expliquer ?

La voix de Charlotte lui parvint comme à travers un brouillard.

— Pardon ?

— Ce qu'il vient de se passer ?

— Mais… rien. Rien du tout. Nous ne pouvons pas nous permettre de perdre trop de temps. Nous sommes attendues à Grosvenor Square pour le déjeuner.

— Tante Almeria a dit que nous déjeunerions seules.

— Vraiment ? Oh, j'ai dû oublier. Ah... voilà la boutique, fit Grace, soulagée de pouvoir changer de conversation.

Elle poussa pratiquement Charlotte à l'intérieur.

— Nous avons besoin de chapeaux pour la saison.

Phoebe arriva quelques minutes plus tard, alors que Charlotte faisait des essayages dans une pièce voisine.

— Tu as bien fait de fuir, annonça-t-elle.

Jetant un regard par la fenêtre, Grace plissa les lèvres.

— Je le savais. La sœur de Worthington. Elle lui ressemble tellement !

— En effet.

Charlotte revint.

— Grace, que penses-tu de celui-ci ?

Elle montrait un bonnet en satin décoré de rubans et de fleurs artificielles. Il irait parfaitement avec certaines de ses robes de jour.

— Excellent, ma chérie, dit Grace avant de se tourner vers Phoebe. La mode n'a aucun secret pour toi. Tu veux bien l'aider ?

Son amie sourit.

— Bien sûr, mais Madame Lisette a une sorte de partenariat avec cette boutique et lui fait toute confiance pour magnifier ses créations.

Elle se pencha pour chuchoter :

— Calme-toi. Elles vont rester chez la couturière un bon moment.

Se mordant la lèvre, Grace essaya de se concentrer sur les chapeaux.

— Quelle chance qu'elle puisse offrir un tel service à ses clientes.

Phoebe acquiesça.

— Je suis bien d'accord. Cela nous fait gagner un temps précieux.

Le reste de la journée fut consacré à la quête de tous les autres accessoires nécessaires à une élégante. Les deux sœurs déjeunèrent avec Phoebe, avant de sortir de nouveau l'après-midi. Soucieuse de l'état de son amie et du rythme auquel elles menaient leurs achats, Grace insista pour que Phoebe se repose.

— Ma chérie, tu vas t'épuiser.

Phoebe émit un petit rire enjoué.

— À vrai dire, pour le moment, je déborde d'énergie. On m'a cependant prévenue que les trois derniers mois risquaient d'être un peu plus difficiles.

— Je suppose que tu es la mieux placée pour connaître ton état. Mais tu ne te surmèneras pas, n'est-ce pas ?

Soudain, Grace fronça les sourcils. Seigneur, voilà qu'elle se comportait comme la pire des matrones.

— Tu es devenue une vraie mère poule, la taquina Phoebe.

Grace hocha la tête.

— C'est exactement ce que j'étais en train de me dire. L'habitude, je suppose, quand on doit s'occuper de sept enfants...

De retour à Herndon House, elle monta dans sa chambre le seul paquet qu'elle avait décidé de rapporter avec elle. Ouvrant la boîte, elle en sortit une haute charlotte en paille, dotée d'un large rebord tombant en rabane, un tissage de paille extrêmement fin, qui cacherait son profil.

Elle mit le chapeau et examina son reflet dans le miroir. Comme elle l'espérait, à moins d'être placé exactement face à elle, on ne pouvait voir ses traits. Le seul problème étant qu'elle aussi ne voyait pas grand-chose.

Elle devrait s'en accommoder. Au moins, maintenant, elle pourrait sortir dans la rue sans craindre d'être reconnue.

Émergeant du dressing, Bolton s'immobilisa en la découvrant.

— J'imagine que c'est la dernière mode ?

Grace croisa son regard dans le miroir et mentit :

— Oui. C'est élégant, n'est-ce pas ?

— Si ça vous amuse de ne rien voir autour de vous, fit Bolton en secouant la tête. Plusieurs de vos robes sont arrivées. Et elles au moins me plaisent. Comme je me tue à le répéter depuis quatre ans, il n'y a aucune raison pour que vous ne soyez pas élégante, même à la campagne.

Elle avait raison. Grace avait trop tendance à se refuser certains petits plaisirs. Après tout, personne n'allait lui enlever les enfants pour la simple raison qu'elle était bien habillée.

— Je veux bien reconnaître que tu n'as pas tout à fait tort.

— Il vous manque encore des bas, des nuisettes et quelques paires de gants.

— Je m'en occuperai demain. Demande à May de te procurer une liste pour Charlotte.

Grace enleva la charlotte et la tendit avec précaution à sa femme de chambre. En attendant mieux, c'était sa seule protection.

La semaine passa rapidement. Grace fit l'acquisition d'un phaéton pour Charlotte et d'un cabriolet pour elle-même, ainsi que de deux voitures de ville, l'une assez grande, l'autre plus petite. Elle céda aussi à la tentation d'un landau, même si certaines personnes jugeaient ce moyen de locomotion un peu vieillot.

— Vraiment, Phoebe, il sera commode avec les enfants.

— Si tu le dis, répondit son amie, sarcastique.

Grace tournait autour du véhicule jaune pâle.

— Mais si. Regarde, on peut y tenir à six, peut-être même à sept. La capote se baisse et se remonte facilement, si bien qu'on peut l'utiliser par tous les temps. Je t'assure, c'est exactement ce dont j'ai besoin. Mais il me faudra d'autres chevaux.

— Tu as de la chance, mon oncle Henry est en ville, et il a l'œil. Donne-moi une liste de ce qu'il te faut, et je lui demanderai de te les procurer.

— Merci. Je ne sais pas ce que je ferais sans toi.

Phoebe éclata de rire.

— Ah, ne me remercie pas, je m'amuse comme une petite folle.

— Il me faudra aussi de nouveaux valets.

— Sam, le mien, pourra t'aider. Je te l'enverrai à Herndon House.

Un matin, alors que Charlotte et tante Almeria faisaient quelques visites, Grace se rendit à Stanwood House afin de revoir sa gouvernante londonienne, Mme Penny, une employée dont elle n'avait pas eu le cœur de se séparer. Et ce d'autant plus qu'elle tenait à ce que la maison soit occupée pendant qu'ils n'y séjournaient pas.

En dehors de sa venue à Londres à l'automne précédent pour inspecter les importantes rénovations qu'elle y avait fait effectuer, Grace n'avait pas mis les pieds à Stanwood House depuis la mort de sa mère. Mme Penny avait fait de son mieux avec un personnel réduit. Il leur faudrait encore au minimum une douzaine de domestiques supplémentaires pour cette saison, malgré le contingent de servantes dont Mme Penny avait demandé l'embauche afin de rouvrir le vaste hôtel particulier.

Deux jours avant l'arrivée de ses frères et sœurs, Grace inspecta la demeure et fut ravie de trouver Royston déjà sur place.

— Tout est prêt, madame, déclara Mme Penny. J'ai fait nettoyer et aérer toutes les pièces. J'espère que les femmes de chambre et les bonnes que j'ai engagées recevront votre approbation.

— Merci, madame Penny. Je craignais que nous ne puissions tout faire avant l'arrivée des enfants. Dieu sait que ce sera impossible après.

Grace se tourna vers son majordome.

— Veuillez embaucher qui vous le jugerez nécessaire, Royston. Neep a pris les nouveaux valets et garçons d'écurie en main. J'ai embauché un chef français pour la saison. Il arrivera cet après-midi. Demandez-lui de préparer les menus afin que je les supervise demain.

Peu après, Grace repartit à pied, suivie par un valet, Harold. Résistant à la tentation de faire un détour par le petit square qui occupait le centre de Berkeley Square, elle décida d'emprunter Davies Street. Elle allait s'y engager quand un gentleman, plusieurs filles et un grand danois sortirent d'une des demeures situées juste en face de Stanwood House, de l'autre côté de la place.

Worthington !

Oh non !

Ses sœurs et lui prenaient la même direction qu'elle. Le cœur de Grace s'emballa, et elle se tourna vivement pour dissimuler son visage, soulagée d'avoir mis son nouveau bonnet. Elle accéléra le pas, espérant pouvoir bifurquer au coin de la rue avant que Worthington y parvienne.

Le rebord de son chapeau l'empêchait de suivre sa progression, et il n'était pas question de demander à son valet à quelle distance se trouvait l'autre groupe et s'il avait une chance de la rattraper.

La gorge sèche, le cœur battant, elle s'engagea dans Davies Street. Serrant son réticule contre elle, elle avançait, les yeux rivés sur l'entrée de Mount Street à quelques pas de là. Avec un peu de chance, elle pourrait y arriver avant que…

Cette chance, elle ne l'eut pas.

Une énorme boule de fourrure surgit comme par magie devant ses pieds, la faisant trébucher. Elle serait tombée si une main solide ne l'avait retenue.

— Duke, assis ! Je suis terriblement désolé, madame, ce chien est parfois très maladroit.

La voix profonde de Worthington la caressa. Elle faillit se tourner vers lui. Sa main sur son bras répandait sa chaleur dans le reste de son corps, qui mourait d'envie de se presser contre lui.

Puis la peur, sa compagne si familière ces derniers temps, chassa son désir. Si elle parlait, il reconnaîtrait sa voix. Elle se contenta donc de hocher la tête et de marmonner quelques sons inintelligibles, veillant à garder le rebord de son chapeau entre eux. Elle esquissa un pas pour s'éloigner de lui.

Worthington la retint.

— Êtes-vous sûre que vous n'avez pas besoin d'aide ? demanda-t-il, visiblement soucieux.

Seigneur, mais pourquoi insistait-il ainsi ? Elle était déjà au bord de l'évanouissement. Respirant profondément, elle secoua la tête et essaya de libérer son bras.

— Je vais aider Madame, annonça Harold, son valet.

— Bien. Dans ce cas, je vous souhaite une bonne journée, déclara un Worthington perplexe avant de la lâcher et de repartir vers le parc.

— Madame, vous allez bien ? s'enquit Harold.

Une main sur la gorge, elle hocha la tête.

— Oui. Allons-y, voulez-vous ?

Elle se remit en marche et ne s'arrêta qu'une fois à l'abri dans sa chambre à Herndon House. Ses mains tremblaient quand elle essaya de dénouer le ruban qui maintenait sa charlotte. Il céda enfin, et elle jeta le chapeau sur la coiffeuse avant de s'effondrer sur le lit.

Elle avait oublié que Worthington vivait lui aussi sur Berkeley Square.

Matt, qui approchait du parc avec ses sœurs, essayait toujours de comprendre pourquoi cet incident avec l'inconnue bousculée par Duke lui avait paru aussi étrange.

Louisa fronça les sourcils.

— C'était quand même bizarre. On aurait dit qu'elle ne voulait pas nous parler, ni même nous regarder.

— Peut-être est-elle horriblement défigurée et refuse-t-elle qu'on voie son visage, intervint Madeline.

— Ne sois pas ridicule, fit Augusta avec sa voix de je-sais-tout. Si elle était défigurée, elle porterait un voile.

Louisa contempla ses cadettes d'un air supérieur.

— Eh bien, quelle que soit la raison, je trouve ça bizarre.

Matt fronça les sourcils.

— Très bizarre, en effet.

Et très familier. Baissant les yeux vers la main qui l'avait touchée, il se rendit compte que ses doigts étaient encore chauds. Puis il eut l'impression de recevoir un coup de poing dans le ventre. *C'était elle.* C'était la seule explication. Il n'avait jamais réagi de cette façon avec aucune autre femme. Se retournant aussitôt, il fouilla la rue du regard, mais elle avait disparu. Il revint sur ses pas en direction de Berkeley Square.

— Matt, que fais-tu ? fit Louisa en le tirant par le bras. Nous n'allons quand même pas rentrer alors que nous venons à peine de sortir.

Bon sang, elle avait raison. Il ne pouvait pas laisser ses sœurs se promener seules dans le parc, et il n'allait pas les entraîner dans une chasse à sa belle inconnue à travers Mayfair. Mais le fait demeurait qu'elle s'était trouvée à Berkeley Square. Était-il possible qu'elle habite dans le quartier ? Il ne connaissait pas ses voisins... à la différence de Patience, qui résidait ici en permanence. Oui, Patience saurait. Sinon, il irait frapper à chaque porte de Mayfair.

— Où est ta mère ?

Louisa haussa les épaules.

— En visite chez une amie, j'imagine, dit-elle avant d'enchaîner, les yeux brillants : Matt, tu sais que nous allons chez lady Bellamy demain soir. Ce sera ma première soirée.

Il se força à sourire.

— Je suis sûr que tu vas t'amuser.

— Viendras-tu avec nous ?

— J'en doute. Je dîne avec des amis à mon club.

Il parlerait à sa belle-mère dès ce soir.

Il n'allait pas tarder à retrouver son inconnue, il le sentait, et à ce moment-là il saurait pourquoi elle l'avait fui.

Quand tante Almeria frappa à la porte de Grace, le cœur de la jeune femme s'était enfin calmé : elle ne craignait plus qu'il ne s'échappe de sa poitrine sans lui demander son avis.

— Ma chérie, veux-tu venir avec Charlotte et moi chez lady Featherton ?

Grace se leva.

— Je suis désolée, mais je ne peux pas. Les enfants arrivent après-demain, et je dois encore régler certains détails à Stanwood House cet après-midi. Ce soir, Charlotte et moi nous habillerons là-bas et nous viendrons te chercher pour le dîner.

Elle consulta sa montre.

— Et si j'ai le temps, j'irai aussi échanger quelques rubans dans Bond Street.

— Comme tu veux, ma chérie.

Grace déposa un baiser sur la joue de sa tante.

— Passez un bon moment, Charlotte et toi.

Les yeux de tante Almeria s'embuèrent.

— Oh, Grace, elle est si belle. Elle ressemble tant à ta mère à son âge.

Grace hocha la tête, la gorge nouée. Un portrait de sa mère, effectué alors qu'elle était à peine plus âgée que Charlotte, était suspendu dans la galerie de Stanwood Hall.

— Oui, je sais.

Charlotte surgit dans la chambre.

— Tante Almeria, êtes-vous prête ?

— Oui, ma chérie. Grace, à ce soir.

Celle-ci s'obligea à se ressaisir. Elle avait trop de tâches à accomplir avant le dîner pour se laisser troubler par Worthington. Leur rencontre impromptue n'était qu'un hasard fâcheux.

Une demi-heure plus tard, elle prit la voiture de ville avec Bolton et May pour se rendre à Stanwood House. Après avoir revu les menus avec le chef, elle fonça à Bond Street en compagnie d'Harold pour échanger quelques rubans qui ne convenaient pas… et se figea en sortant de la mercerie. Worthington se trouvait de l'autre côté de la rue, en train de discuter avec un autre gentleman. Pendant un instant, elle resta complètement pétrifiée.

Il s'arrêta de parler et, comme s'il sentait sa présence, se retourna. Aussitôt, il se mit en devoir de traverser la chaussée, où régnait une circulation très animée. Un cocher poussa un cri, immobilisant son véhicule qui bloqua la vue de Grace.

Ce n'était pas possible. Elle n'était pas prête. Pas encore.

— Harold, oh, mon Dieu… regarde l'heure. Il faut rentrer à la maison. Tout de suite.

Elle s'engagea dans une ruelle peu fréquentée qui menait vers Bruton Street.

Le valet dut trottiner pour la rattraper.

— Madame, pourquoi emprunter ce chemin ?

Grace regardait droit devant elle.

— C'est un raccourci, non ? Ah, tiens, voilà Bruton Street. C'est bien plus rapide par ici.

Elle tourna au coin et pressa encore le pas, sans se retourner pour savoir si Worthington la suivait ou non. Elle ne ralentit l'allure qu'en arrivant en vue de Berkeley Square.

Dès qu'elle fut dans sa chambre, et pour la seconde fois de la journée, elle enleva son chapeau avec des mains tremblantes avant de s'écrouler sur sa chaise. Son cœur battait la chamade, encore une fois. À ce rythme, elle allait finir par faire une crise d'apoplexie. Comment diable allait-elle parvenir à l'éviter une saison entière ?

Après s'être entraîné avec Rutherford chez Jackson, leur salle de boxe, Matt bavardait avec son ami dans Bond Street quand il sentit des picotements sur sa nuque. Il se retourna et découvrit une dame coiffée d'un chapeau en paille orné de rubans bleus. Le même bleu que sur ce même chapeau qu'il avait déjà vu ce matin. Cette fois, elle ne lui échapperait pas.

— Rutherford, désolé, je dois y aller. À ce soir.

Son ami haussa les sourcils, quelque peu surpris.

— Oui, bien sûr, à ce soir.

Matt s'engagea sur la chaussée… avant de devoir s'arrêter, bloqué par une voiture au cocher irascible. Quand, enfin, il put traverser, elle avait disparu.

Décidément, plus cela allait, plus il avait l'impression de pourchasser un fantôme.

8

Grace sourit avec fierté quand Charlotte pirouetta devant elle.

— Très joli, en effet.

La jeune fille rayonnait.

— Je suis si contente que nous soyons allées chez Madame Lisette ! Cette robe et toutes les autres sont superbes. Tu es ravissante, toi aussi.

— C'est ta soirée, ma chérie. Je ne suis que ton chaperon.

— Mais…

— Non, non. Ne discute pas.

Lady Bellamy organisait cette soirée pour les jeunes filles qui faisaient leurs débuts dans le monde. Charlotte serait, à n'en pas douter, l'une des plus belles débutantes. Sa robe du soir en mousseline jaune pâle, brodée de petits papillons verts, bleus et or, était parfaite.

Grace accrocha un rang de perles au cou de Charlotte et lui tendit une paire de boucles d'oreilles en or serties elles aussi d'une perle. Elle avait encore du mal à croire que sa petite sœur était en train de devenir une femme.

Si seulement leurs parents avaient pu être là pour la voir ! Ils auraient été si fiers d'elle… Des larmes lui piquèrent les yeux. *Espèce d'idiote.* Elle n'allait quand même pas pleurer.

Un châle pailleté, un délicat éventail et un réticule doré complétèrent la tenue de Charlotte.

— Viens, ne soyons pas en retard. Nous devons aller chercher notre tante avant le dîner chez lady Evesham.

Un court trajet en voiture les amena à Herndon House, où tante Almeria les attendait déjà.

Celle-ci examina Charlotte et hocha la tête avec approbation.

— Eh bien, vous allez faire ma fierté, toutes les deux.

Grace aurait préféré que leur tante cesse de l'inclure dans cette chasse au mari.

— Merci, ma tante. Prenons-nous la voiture ou bien irons-nous à pied ?

Tante Almeria fronça les sourcils, comme si cette question méritait une profonde réflexion.

— Une petite promenade est toujours tentante. Dunwood House n'est pas très loin d'ici, mais ce n'est pas une bonne idée de traverser la place en chaussures de soirée.

Elle observa une petite pause avant d'annoncer :

— Je suis désolée, ma chérie, mais je ne vais pas vous accompagner.

— Un problème ? demanda Grace, surprise.

Tante Almeria sourit gentiment.

— Non, non. Aucun problème. C'est juste que votre oncle rentre ce soir de la campagne, et je suis toujours là pour l'accueillir quand il revient. Je sais que tu seras parfaite, et lady Evesham sera là avec toi. Ma présence n'est pas nécessaire. J'ai déjà fait prévenir lady Bellamy. Mais ne t'inquiète pas : une fois la saison commencée, je t'aiderai à décider à quels événements la présence de Charlotte sera la plus souhaitable et je l'accompagnerai à chacun d'entre eux, je te le promets.

Grace comprenait parfaitement le désir de sa tante d'être à la maison pour le retour de son mari. Et, au moins ce soir, elle ne courait pas le risque de rencontrer Worthington. C'était une soirée réservée aux dames.

— Très bien, ma tante. Viens, Charlotte, il est temps d'y aller.

— J'aimerais bien marcher. Peut-on y aller à pied ? demanda sa sœur.

— Non, ma chérie. Tante Almeria a raison. Mieux vaut éviter d'abîmer nos escarpins. Nous prendrons la voiture.

Assumant son statut de jeune élégante, Charlotte redressa les épaules.

— Oui, bien sûr. Allons-nous danser ce soir ?

— Non, dit tante Almeria. Le but de cette soirée est que vous, les jeunes débutantes, fassiez connaissance.

Grace embrassa sa tante et prit Charlotte par le bras. Tout en descendant l'escalier, elle expliqua :

— Ce soir, il s'agit juste pour vous de vous rencontrer, de sorte que quand les bals commenceront, après Pâques, vous ayez déjà des amies.

C'était aussi l'occasion pour les mères des filles à marier d'examiner la compétition, mais sa sœur n'avait pas besoin de le savoir pour l'instant.

— Je ne saurais trop te conseiller de te conduire de la meilleure des manières, conclut-elle.

Charlotte lui répondit avec gravité :

— Il ne s'agit plus d'un entraînement. Les choses sérieuses commencent.

Grace lui serra la main.

— Oui. Mais ne t'inquiète pas. Tout ira bien.

Quand on les annonça à Dunwood House, elle fut surprise de trouver Phoebe seule au salon.

— Dans la mesure où les gentlemen ne sont pas invités ce soir chez lady Bellamy, j'ai envoyé Marcus à son club pour qu'il y dîne avec des amis. Un sherry ?

— Pour moi, s'il te plaît, répondit Grace. Charlotte prendra de la citronnade.

Dès qu'elles furent servies, elles s'assirent devant la cheminée, où un feu crépitait.

— Portons un toast aux débuts de Charlotte, suggéra Phoebe.

Après avoir bu une gorgée de citronnade, Charlotte demanda :

— Pourquoi n'y aura-t-il pas de gentlemen ce soir ?

— Il y en aura peut-être quelques-uns, dit Phoebe en souriant, mais seulement plus tard dans la soirée et uniquement pour raccompagner les dames chez elles. Ne t'inquiète pas, une fois la saison commencée, tu rencontreras une foule de messieurs. Pour le moment, mieux vaut que tu fasses la connaissance d'autres jeunes filles. Certaines ont déjà une ou deux saisons derrière elles.

— Oui, je suppose que vous avez raison, répondit Charlotte, pensive. Il y a tellement de choses à apprendre.

Grace fut prise de l'envie soudaine d'accompagner sa sœur dans toutes ses sorties... Ah, si seulement Worthington renonçait à la chercher !

Matt n'avait pas pu parler avec sa belle-mère la veille, aussi lui avait-il laissé un mot lui demandant de lui accorder un entretien dès que cela lui serait possible. Elle lui avait répondu le lendemain après-midi pour lui proposer de le retrouver au salon avant le dîner.

Quand il se précipita dans la pièce, elle reposa son verre sur la petite table devant elle.

— Que se passe-t-il ? demanda-t-elle, notant aussitôt sa nervosité.

— Je l'ai revue. Elle tentait de se cacher.

Patience fronça les sourcils.

— Comment cela ?

— Elle portait un de ces satanés chapeaux qui dissimulent pratiquement tout le visage.

Elle émit un petit rire.

— Mais enfin, Matt, ils sont très à la mode en ce moment.

Essayant de contrôler sa frustration, il se frotta la mâchoire.

— Elle savait que c'était moi et elle a fait semblant de ne pas me reconnaître.

— Comment pouvez-vous en être certain ?

Quand il ouvrit la bouche, elle leva la main.

— Non, non, reprenez depuis le début.

Il lui raconta que Duke l'avait fait trébucher alors qu'elle tentait visiblement de s'enfuir.

Patience leva les yeux au ciel.

— Vraiment, Worthington. De s'enfuir ? En êtes-vous sûr ? S'est-elle mise à courir ?

Il serra les dents.

— Je l'ai revue peu après sur Bond Street.

Patience écarquilla les yeux.

— Vous avez vu son visage ?

— Non, son chapeau. Avec les mêmes rubans bleus.

— Le bleu est la couleur à la mode cette année. Cela aurait pu être n'importe qui. Par ailleurs, vous m'avez dit qu'elle n'était pas venue en ville depuis un moment. Pourquoi êtes-vous si sûr qu'elle s'y trouve actuellement ?

Il chercha une réponse avant de renoncer. À quoi bon débattre de ce qui n'était qu'une impression ? Mais, même si Patience ne le croyait pas, il était certain que son inconnue était à Londres.

— Que faites-vous ce soir ? s'enquit-elle.

— Je dîne avec Evesham et Rutherford. Je viendrai vous chercher plus tard à la soirée pour vous raccompagner.

— Veillez bien à ne pas venir avant le souper. Vous connaissez lady Bellamy et ses règles. Aucun monsieur chez elle avant cela.

— Ne craignez rien, fit-il en déposant un baiser sur sa joue. Evesham et Rutherford ont sans doute reçu les mêmes consignes.

— Passez une bonne soirée à votre club. Louisa et moi dînerons avec lady Rutherford.

La porte s'ouvrit et Louisa surgit, excitée comme une puce.

— Matt, comment me trouves-tu ?

Il contempla sa petite sœur. Sa robe de mousseline bleu pâle brodée d'argent et de bleu marine était parfaite et ne lui donnait pas l'air trop adulte. Bon sang, encore une chose qu'il avait oubliée : il allait devoir surveiller ses tenues de près pendant toute la saison. Il lui fit un baisemain cérémonieux.

— Tu es magnifique. Il va falloir que j'engage de nouveaux valets de pied. Des hommes solides qui te protégeront. Amuse-toi bien ce soir.

— Compte sur moi, dit-elle avec un sourire éclatant. Merci pour tout.

Il quitta le salon, récupéra ses gants et son chapeau et fila à son club. Il n'avait pas encore eu l'occasion d'interroger Rutherford à propos de sa dame mystère. Peut-être son ami la connaissait-il.

Grace et Charlotte progressaient lentement dans la file d'attente derrière Phoebe.

Lady Bellamy, déjà corpulente quelques années auparavant, l'était encore plus aujourd'hui. Elle avait à présent trois mentons au lieu de deux. Son regard s'éclaira quand elle tendit la main à Grace.

— Lady Grace, cela fait des lustres que je ne vous ai vue. Comment allez-vous, ma chère ?

Grace effectua une révérence.

— Très bien, madame. Puis-je vous présenter ma jeune sœur, lady Charlotte ?

Charlotte exécuta à son tour une révérence impeccable.

Lady Bellamy inclina la tête.

— Très mignonne. Très, très mignonne. Ces messieurs auront du mal à vous résister.

Elle se tourna vers Grace.

— Quelle est sa dot ?

Grace se permit de laisser un petit sourire flotter sur ses lèvres. Lady Bellamy avait toujours été très directe.

— Trente mille livres.

Lady Bellamy hocha la tête et lança un regard à Charlotte.

— Jeune fille, évitez les coureurs de dot et les dépravés.

— Merci pour ce précieux conseil, madame, répondit poliment Charlotte.

— Jolies manières, commenta lady Bellamy en scrutant Grace. Vous avez fait du bon travail. Elle n'a même pas cligné des paupières.

Charlotte parvint à retenir un sourire, mais ses lèvres frémirent. Lady Bellamy lui donna une petite tape approbatrice sur l'épaule.

— Vous vous en sortirez très bien, ma chère. Suivez l'exemple de votre sœur.

— Oui, madame, répéta Charlotte en souriant pour de bon cette fois.

Grace la prit par le bras, et les deux sœurs s'éloignèrent.

— Grace ? chuchota Charlotte.

— Pas maintenant, dit Grace à mi-voix tout en distribuant sourires et saluts autour d'elle. Nous discuterons de tout cela une fois à la maison.

Lady Bellamy avait pour habitude de tester chaque jeune fille qui franchissait le seuil de sa maison. D'ici la fin de la soirée, elle aurait pris la mesure de chacune.

Grace et Charlotte furent annoncées et descendirent dans la salle de bal déjà noire de monde, où Phoebe les accueillit avec un regard interrogateur.

Fière de sa sœur, Grace hocha la tête avec un sourire. Il était évident que Charlotte, malgré sa nervosité initiale, était prête à faire ses débuts dans le monde.

— Elle s'en est très bien sortie.

Phoebe adressa un regard chaleureux à la jeune fille.

— Merveilleux.

— Merci.

Elles suivirent Phoebe pour retrouver d'anciennes connaissances et en rencontrer de nouvelles, parmi lesquelles la belle-mère de Phoebe, lady Dunwood, et sa tante, lady St. Eth.

Lorsque la jeune femme aux cheveux châtains que Grace avait vue devant la boutique de Madame Lisette traversa la foule dans leur direction, Phoebe prit la main de Grace.

— Anna, laisse-moi te présenter mon amie, lady Grace Carpenter, et sa sœur, lady Charlotte. Mesdames, voici ma chère amie, lady Rutherford.

Anna embrassa Phoebe sur la joue avant de tendre la main à Grace.

— Ravie de vous rencontrer. Puis-je vous présenter lady Louisa Vivers ? Elle aussi fait ses débuts cette année.

La sœur de Worthington ? Oh, Seigneur ! Cela signifiait-il qu'il viendrait plus tard ? Grace essaya de paraître aussi calme que possible pendant que lady Louisa la saluait d'une révérence.

— C'est un plaisir de vous rencontrer.

— Enchantée également, répondit Grace avant de se tourner vers Charlotte. Les filles, vous devriez aller faire connaissance avec d'autres jeunes débutantes.

Phoebe acquiesça.

— Absolument.

— Retrouvez-nous plus tard, ajouta Anna avant d'expliquer à Grace et à Phoebe : Louisa et sa mère ont dîné avec moi ce soir, mais un message nous a prévenues qu'une des autres filles de lady Worthington souffrait de maux d'estomac. J'ai donc proposé d'escorter Louisa ici.

Grace s'aperçut qu'elle retenait son souffle depuis un moment. Soulagée, elle respira enfin.

Elle avait déjà rencontré la seconde lady Worthington au cours de sa première saison. Même si elle ne s'attendait pas que cette dame se souvienne d'elle, c'était un risque qu'elle préférait éviter et elle était heureuse qu'elle ne soit pas là. Peu après, elle encouragea Phoebe et Anna, qui était elle aussi enceinte, à prendre place sur un petit canapé flanqué de deux fauteuils confortables.

— Il semble que les jolies filles ne manquent pas cette année.

Phoebe se laissa aller contre les coussins.

— Oui, mais je n'en ai vu aucune de plus superbe que les deux qui étaient avec nous. Et je ne parle pas seulement de leur physique, mais aussi de leurs manières.

Grace rougit.

— Je suis ravie que tu le penses.

Leur conversation ne tarda pas à se transformer en agréable bavardage. De vieilles amies avec qui Grace était restée en contact par correspondance s'arrêtèrent pour échanger quelques mots avec elle. Elle avait oublié à quel point elle vivait à l'écart du monde à Stanwood Hall et se prit à considérer avec envie les soirées qui allaient se succéder ces prochaines semaines. Mais, avec Worthington qui la recherchait, il serait tout simplement trop dangereux pour elle d'y participer.

Avant même qu'elle s'en rende compte, ce fut l'heure du souper. Jetant un regard autour d'elle, elle aperçut Charlotte et lady Louisa parmi un groupe de jeunes filles.

— Et si nous nous rendions dans la salle à manger ? proposa Phoebe.

— Volontiers, fit Anna en se levant. Je meurs de faim. C'est stupéfiant comme mon appétit grandit avec mon tour de taille.

Peu après, Grace savourait un pâté au homard accompagné d'un verre de champagne quand Phoebe s'exclama :

— Ah, voilà Marcus et Rutherford.

Mais, lorsque Grace leva les yeux, ce furent ceux de lord Worthington qu'elle croisa. Sa main se mit à trembler si fort que le champagne faillit déborder de sa coupe. Il l'enleva de ses doigts privés de sensation pour la poser sur la table. L'inquiétude assombrissait son regard.

Il s'inclina.

— Madame. Je ne saurais dire à quel point je suis heureux de vous revoir.

La pièce tourbillonnait. C'était trop tôt. Bien trop tôt. Soudain, elle eut du mal à respirer.

— Je… Il me faut un peu d'air.

Elle se leva.

Phoebe commença à l'imiter.

— Grace, dois-je…

Worthington l'arrêta en posant la main sur son épaule.

— J'accompagnerai lady Grace.

Oh non, il ne va pas me suivre ! Déjà, elle traversait la salle. Elle poussa une porte-fenêtre et sortit sur la terrasse, cherchant frénétiquement un moyen de s'esquiver.

Un bras fort s'enroula autour de sa taille et l'attira contre un corps dur et indubitablement masculin. Incapable de bouger, elle ne chercha pas à s'échapper. Son cœur battait si vite qu'elle crut qu'elle allait s'évanouir. Au contact de Worthington, un frisson naissait au creux de ses reins et se propageait dans tout son corps.

— Lady Grace.

La voix profonde de Worthington était comme une caresse.

Une petite exclamation étranglée lui échappa, et elle dut s'appuyer contre son torse. Un désir affolant la poignardait. Les pointes de ses seins étaient douloureusement dressées, et une brûlure humide palpitait entre ses jambes. Des larmes roulèrent sur ses joues. Elle secoua la tête : c'était si mortifiant d'être aussi transparente, que sa faiblesse soit ainsi exposée !

— Il y a des choses dont nous devons discuter, dit-il d'une voix douce mais sévère. Par exemple, pourquoi vous m'avez fui ce matin-là…

Il s'interrompit.

— Vous voulez bien me regarder ?

Incapable d'émettre une réponse cohérente, Grace ferma les yeux.

Worthington se pencha, et ses lèvres frôlèrent son oreille. Elle frissonna et secoua de nouveau la tête.

Il lui caressa la joue du pouce avant de s'arrêter.

— Pourquoi pleurez-vous ?

Elle était incapable de lui répondre. Qu'aurait-elle pu lui dire ? Qu'elle avait fait l'amour avec lui tout en sachant qu'elle ne pourrait l'épouser, comme la pire des dépravées ? Qu'elle l'aimait, qu'elle avait désespérément besoin de lui, de le sentir près d'elle, *en* elle, mais que ses obligations envers les enfants étaient plus importantes ? Rien de tout cela ne lui rendrait la situation plus supportable.

— Venez avec moi.

Et là-dessus, sans attendre sa réponse, il la souleva carrément dans ses bras. Quelques fenêtres plus loin, il trouva un petit salon désert. Une fois à l'intérieur, il la reposa à terre, verrouilla la porte et ferma les rideaux.

Grace, les yeux baissés, contemplait ses mains tremblantes. De lui, elle ne voyait que ses chaussures de soirées vernies. La prenant de nouveau dans ses bras, il lui leva le visage et l'embrassa.

Un incendie se déchaîna en elle. Elle s'accrocha à lui, lui rendant désespérément son baiser. Le dernier, se promit-elle. Quand il se fit plus ardent, que sa langue commença à jouer avec la sienne, elle noua les bras autour de son cou, se pressant contre son corps musclé.

Un soupir frémissant lui échappa. Oh, comme cela lui avait manqué ! Être dans ses bras, le laisser la posséder…

Rien qu'une fois, encore. Une seule. Ce baiser. Rien de plus.

Elle écrasa ses seins contre lui, lui arrachant un grognement. Ses paumes descendirent le long de son dos avant de remonter vers ses seins, les caressant. Elle gémit.

Bon, peut-être un peu plus qu'un baiser.

Elle s'accrochait de toutes ses forces à son dos si large. La brûlure entre ses jambes devenait intolérable. Ses rêves et ses souvenirs n'étaient rien comparés à ceci, à la réalité de leurs deux corps l'un contre l'autre. Elle poussa ses hanches en avant et, d'une main avide, saisit une de ses fesses pour le sentir encore davantage contre elle. Déchaînée, elle noua sa langue à la sienne.

Une seule fois encore.

Ensuite, elle lui dirait.

9

Grace. Le nom lui allait bien. Matt se délectait de leur baiser. La sensation de son corps si doux dans ses bras le rendait fou. Grace était la seule femme qu'il désirerait jamais, il le savait. Pourquoi le fuyait-elle ? Et pourquoi pleurait-elle et refusait-elle de lui parler ? C'était incompréhensible.

Depuis leur rencontre à l'auberge, il n'avait cessé de songer à leur nuit d'amour, la revivant en pensée. Toutes les autres femmes avaient cessé d'exister pour lui. Il la voulait, elle, et uniquement elle. Cette fois, il ne la laisserait pas partir.

Quand elle se pressa contre son membre palpitant, il la poussa vers le canapé devant la cheminée et l'y allongea tendrement. Sans interrompre leur baiser, il souleva ses jupes, essayant de ne pas abîmer la soie, et déboutonna son pantalon. Les jambes de Grace s'écartèrent aussitôt pour se nouer autour de sa taille.

Dieu soit loué, elle en avait autant envie que lui.

Une licence spéciale de mariage. Dès demain.

Il plongea dans sa moiteur brûlante, aussi douce que la plus délicate des soies. Puis il se retira lentement pour la pénétrer de nouveau avec lenteur, afin d'accroître le plaisir de Grace. Il continua ainsi longtemps, s'émerveillant de la frénésie avec laquelle elle se déchaînait, de ses ongles qui se plantaient en lui tandis que son sexe l'aspirait encore et encore pour finalement se contracter autour de lui, l'entraînant avec elle dans une explosion inouïe.

Après cela, il l'abreuva de baisers, mais elle continua de rester silencieuse, trop silencieuse. Peut-être n'auraient-ils pas dû faire l'amour ici, mais elle avait paru en avoir autant envie que lui. Se redressant, il rabaissa ses jupes et se reboutonna. Puis il l'aida à se lever et à se rajuster. Pendant tout ce temps, elle ne prononça pas un seul mot. Finalement, il s'assit et la prit sur ses genoux. De nouveau, il déversa une pluie de baisers dans son cou, sur ses lèvres, se perdant dans sa chevelure, inspirant son parfum.

Plus jamais il ne la laisserait partir.

— Je me procurerai une licence spéciale dès demain matin. Nous pourrons nous marier dès que vous le désirerez.

— Je ne peux pas.

Et elle éclata en sanglots.

Ce n'était pas la réaction à laquelle il s'attendait. Il lui caressa le dos. Qu'avait-elle contre les autorisations spéciales de mariage ? Peut-être rêvait-elle d'une cérémonie grandiose ?

— Alors, nous ferons publier les bans. Tant que nous nous marions, cela m'est égal.

Il embrassa ses joues baignées de larmes avant de lui donner un mouchoir.

— Je passerai vous voir dès demain matin afin que tout soit fait dans les règles. Je vous aime et je veux vous épouser. Mais, pour l'instant, vous feriez mieux de rentrer chez vous. Votre voiture est là ?

Toujours incapable de parler, Grace hocha la tête. Comment avait-elle pu recommencer ? Ce ne devait être qu'un baiser, et elle l'avait laissé faire. Non, elle était injuste : c'était elle qui l'avait encouragé et n'avait ainsi fait qu'aggraver les choses. Maintenant, il s'imaginait que leur seul problème était la façon de célébrer leurs noces. Le lendemain, une fois qu'elle aurait retrouvé ses esprits, elle n'aurait d'autre choix que lui expliquer sa situation. Il lissa ses jupes une nouvelle fois avant de la ramener dans le hall d'entrée.

Un bras autour de ses épaules, il la soutenait comme si elle était malade. Une fois sur le porche, il se pencha vers son oreille.

— Je dirai aux autres que vous ne vous sentiez pas bien et que vous avez dû rentrer. Mieux encore, je vais faire chercher Phoebe.

Quand sa voiture et Phoebe arrivèrent, Grace avait retrouvé un peu de courage. Du moins, elle ne pleurait plus.

Phoebe lui prit le bras.

— Je la ramène chez elle, Worthington. Retournez à l'intérieur et demandez à lady Anna de veiller sur lady Charlotte et de la raccompagner.

— Je vais d'abord vous aider à monter en voiture. Elle est très pâle.

— Worthington, arrêtez, fit sèchement Phoebe. Vous ne pouvez pas la porter dans vos bras. Vous en avez déjà assez fait comme cela. Les gens vous ont vu tout à l'heure vous précipiter derrière elle.

Elle aida Grace à descendre les quelques marches avant d'ajouter :

— Tout ira bien.

Apparemment, cela ne suffit pas à le convaincre. Il resta avec elles, les escortant jusqu'à la voiture et les aidant, Phoebe et elle, à monter dans l'habitacle avant de refermer la portière.

L'attelage s'ébranla dans un petit sursaut. Phoebe caressa les mains de Grace, qui se demandait encore ce qui avait bien pu lui prendre. Comment allait-elle s'expliquer ? Et si elle était enceinte ?

Elles ne tardèrent pas à arriver à Stanwood House. Royston ouvrit la porte et s'inclina.

— Vous sentez-vous bien, madame ?

Grace réprima un rire hystérique et mentit :

— Juste un peu faible. Ça va aller.

Phoebe l'accompagna dans son boudoir à l'étage.

Oh, Seigneur. Elle allait croire que Grace avait perdu la tête... et elle aurait raison.

— Sherry ou lait chaud ? demanda son amie, une main sur le cordon de la sonnette.

Grace soupira.

— Sherry. Je crains que le lait chaud ne suffise pas. Il y a une carafe sur la desserte.

Après lui avoir servi un verre, Phoebe vint s'asseoir auprès d'elle.

— Et maintenant, raconte. À vrai dire, Worthington semblait plus inquiet que furieux. Lui as-tu dit que tu ne pouvais pas te marier ?

Grace secoua la tête. Son cœur était de nouveau en train de se briser.

— Je... je n'en ai pas eu l'occasion. Nous... Je... J'ai essayé. Mais il a annoncé qu'il allait acheter une licence spéciale. Je lui ai dit que je ne pouvais pas, et il a cru que je voulais que les bans soient publiés...

L'air grave, Phoebe la prit par les épaules.

— Grace, avez-vous recommencé ?

Des larmes jaillirent et roulèrent sur les joues de Grace.

— Oui. Et il vient demain matin faire sa demande dans les règles.

Phoebe poussa un long soupir.

— Et tu comptes toujours lui dire que tu ne peux pas te marier ?

Sanglotant de nouveau, Grace hocha la tête.

— Il le faut. Je n'ai pas le choix.

On frappa à la porte.

— Entrez.

Royston apparut sur le seuil.

— Madame. Le comte d'Evesham attend lady Evesham. Il dit qu'il n'y a aucune urgence.

Grace se redressa. Elle avait déjà assez abusé de la gentillesse de son amie. Il était temps qu'elle se reprenne en main. Les enfants arrivaient le lendemain, et il était hors de question qu'elle les accueille dans un tel état.

— Ça ira. Une bonne nuit de sommeil me remettra d'aplomb.

Phoebe la dévisagea, dubitative.

— Tu crois ?

Grace essaya de sourire, sans vraiment y parvenir.

— Va retrouver ton mari. Au moins, l'une d'entre nous peut en avoir un.

Et elle éclata de nouveau en sanglots.

— Je vais rester encore un peu, déclara Phoebe. Marcus ne m'en voudra pas.

Elle se tourna vers Royston.

— Pouvez-vous faire monter une tasse de lait chaud avec du miel et demander à la femme de chambre de Madame de venir ? Et dites à lord Evesham de patienter quelques minutes, je vous prie.

— Oui, madame. Il y a aussi lord Worthington qui demande des nouvelles de Madame.

Grace ouvrit la bouche et essaya de respirer normalement. *Pas ce soir. Je ne peux pas le voir maintenant.*

Phoebe lui jeta un coup d'œil avant de répondre au majordome :

— Dites-lui de rentrer chez lui.

Royston s'inclina et les quitta... pour revenir presque aussitôt.

— Lord Worthington dit qu'il passera voir Madame demain matin.

Pour Grace, le soulagement était infime mais réel. Elle n'aurait pas à l'affronter ce soir. Juste le lendemain.

Phoebe resta avec elle jusqu'à ce qu'elle ait terminé son lait avant de la border dans son lit.

— Merci, Phoebe.

— Essaie de te reposer, dit son amie avant de l'embrasser sur le front et de quitter la chambre.

Grace dormit d'un sommeil entrecoupé de crises de larmes. Elle ne se serait jamais crue aussi pleurnicharde.

Toute la nuit, elle essaya de trouver les mots qu'elle devrait dire à Worthington, sans y parvenir.

Quand elle se réveilla, le soleil inondait la chambre. Quelle heure était-il ? Elle se réveillait toujours avec l'aube. C'était la raison pour laquelle elle ne fermait jamais les rideaux. Elle se redressa sur les coudes, avant de se laisser retomber. *Worthington.* Le simple fait de penser à lui fit chanter son corps… et gémir son esprit. Qu'allait-elle lui dire ?

Elle entendit des chuchotements devant sa porte. *Les enfants sont là ?* Elle n'avait quand même pas dormi toute la journée ! Elle tira sur le cordon de la sonnette.

Dans la seconde qui suivit, Mary ouvrit la porte.

— Ça va, Grace ? Bolton nous a dit de ne pas faire de bruit, parce que tu ne te sens pas bien.

Grace ouvrit les bras, et la fillette se jeta sur le lit. L'une des sept raisons pour lesquelles elle ne pouvait se marier. S'allongeant auprès d'elle, sa petite sœur l'étreignit et l'embrassa. Grace lui caressa les cheveux, et cela l'apaisa.

— Quand êtes-vous arrivés ?

— Tard hier soir. Nous nous sommes arrêtés pour dîner sur la route, mais M. Winters a dit qu'il valait mieux éviter qu'une meute pareille passe la nuit dans cette auberge.

Grace sourit.

— Je vois… Que s'est-il passé ?

— C'est à cause d'Alice, d'Eleanor et de Walter. Bon, c'est pas vraiment leur faute : ils ont juste voulu faire faire une promenade à Daisy. Mais soudain, elle a vu un chat… et ça a été la panique.

Grace faillit éclater de rire. Cette chienne ne comprenait pas pourquoi les chats ne l'aimaient pas sur-le-champ.

— Je vois. Il y a eu des dégâts ?

— Je ne sais pas. Mais il y a eu beaucoup de cris, répondit Mary en se concentrant sur un nœud de sa robe qui s'était relâché. Je n'ai pas vu grand-chose.

M. Winters et Mlle Tallerton nous ont aussitôt fait retourner aux voitures et nous sommes partis. Je n'ai même pas eu le temps de finir mon lait.

— Il faudra que je les félicite d'avoir réagi aussi vite, dit Grace en se redressant. Bon, laisse-moi, maintenant. Je dois faire ma toilette et prendre mon petit déjeuner.

Mary sauta du lit au moment où Bolton entrait. La femme de chambre attendit que la porte soit fermée pour sourire.

— Je ne devrais pas en rire, mais c'est une drôle d'histoire que nous ont racontée M. Winters et Mlle Tallerton hier soir. En courant après un chat, Daisy a semé la pagaille dans la cour d'une auberge. Les garçons d'écurie étaient en train de changer les chevaux, qui ont pris peur. Un sacré remue-ménage, mais pas trop de dégâts. Juste un jeune homme en colère qui a dû courir après ses bêtes. Selon John, le cocher, ils ont juste été effrayés mais pas blessés.

— Eh bien, voilà qui est un soulagement.

— Les enfants sont arrivés peu après que vous vous êtes couchée, enchaîna Bolton. Je n'ai pas voulu vous réveiller.

Souriant, Grace quitta le lit.

— Je suis contente qu'ils soient ici. C'est un souci de moins.

Les enfants ayant déjà mangé, elle prit son petit déjeuner dans son bureau. Là, au moins, elle pouvait s'occuper et ne pas trop penser à Worthington. Elle grignota un toast en buvant un peu de thé tout en passant en revue les comptes du domaine, qui étaient arrivés avec la voiture hier soir.

Une heure plus tard, elle se laissa aller dans son fauteuil en soupirant. Elle n'était bonne à rien ce matin. Sachant que Worthington n'allait pas tarder à arriver, elle ne parvenait pas à se concentrer sur quoi que ce soit. Elle envisagea brièvement de refuser de le voir, mais il méritait de connaître la vérité. Se promettant de rester calme, elle contempla de nouveau les longues colonnes de chiffres et résista à l'impulsion de jeter quelque chose à travers la pièce.

Ce fut à cet instant que Royston apparut.

— Oui, Royston ?

— Madame, lord Worthington vous présente ses hommages et demande à être reçu en privé.

Il n'y avait plus d'échappatoire. Grace se mordit la lèvre. Ce ne serait peut-être pas aussi terrible qu'elle le craignait. Une fois qu'elle lui aurait fait part de ses responsabilités, il serait heureux de ne pas l'épouser.

— Très bien. Je le rejoins.

Matt avait attendu la fin de matinée pour se présenter à Stanwood House. Il avait du mal à croire que, pendant tout ce temps, Grace s'était trouvée dans cette maison située juste en face de la sienne.

— Madame se sent-elle mieux ? demanda-t-il en donnant sa carte au majordome.

L'homme s'inclina avec ce flegme que seuls les majordomes semblaient maîtriser.

— À ma connaissance, oui, monsieur.

Dieu savait que Matt avait tenté de faire redescendre son propre majordome au niveau des simples mortels – en vain. Celui-ci semblait sortir du même moule.

— Je souhaiterais m'entretenir en privé avec elle.

— Si Monsieur veut bien me suivre, fit l'autre avec une nouvelle courbette avant de le conduire dans un petit salon qui donnait sur la rue. Je vais prévenir Madame.

Les mains croisées dans le dos, Matt se posta devant la fenêtre. Des sons évoquant une horde d'éléphants – ou plus exactement ceux que produisaient ses sœurs quand elles jouaient dans la maison – lui parvinrent du couloir. Puis une voix plus adulte retentit, sèche, autoritaire, et la meute parut migrer en masse vers l'escalier. Il se retourna au moment où la porte s'ouvrait.

Lady Grace entra et referma la porte derrière elle avant d'effectuer une révérence.

— Monsieur, en quoi puis-je vous aider ?

Elle était encore un peu pâle, mais toujours aussi belle. Souriant, il s'inclina tandis qu'elle s'avançait.

— Eh bien, vous m'aideriez drôlement en m'épousant. Je voulais demander votre main dès ce premier matin, mais vous avez oublié de me prévenir que vous comptiez partir si tôt.

Une légère rougeur grimpa de son cou si gracieux à ses joues. Elle refusait de croiser son regard.

— Cette proposition est inutile. Ce n'était qu'un agréable *rendez-vous galant**, monsieur. Rien de plus.

Il se força à desserrer les mâchoires, puis les poings. Après ce qui s'était passé entre eux la veille, ce n'était pas la réaction à laquelle il s'était attendu. Il n'y comprenait rien. Jamais une femme de qualité – sans même parler de sa virginité perdue – n'aurait couché avec un homme et tenté de faire passer cela pour un *agréable* divertissement.

L'estomac soudain noué, il essaya d'adopter un air dégagé. Il s'avança à son tour, s'immobilisant à quelques centimètres de Grace.

— Pour vous, peut-être, mais pas pour moi.

Il haussa les sourcils.

— Je comprendrais peut-être que vous disiez la vérité à propos de cette première fois, mais il y a eu hier soir.

Le regard de Grace vola vers lui.

— Je… je ne comprends pas.

Ravi de l'avoir désarçonnée, il constata que sa respiration s'accélérait et vit la confusion dans ses yeux d'un bleu si profond. Sans hésiter, il la prit dans ses bras et l'embrassa. Aussitôt, ses lèvres s'ouvrirent pour lui comme… comme il le lui avait appris. Aucun autre homme ne la toucherait jamais. Lady Grace Carpenter lui appartenait.

Il releva la tête.

— Non, dit-il, il ne s'agissait pas d'un simple *rendez-vous galant**. Je pense, madame, qu'il est temps que vous me disiez à quoi vous jouez.

Grace n'arrivait pas à croire que Worthington se trouvait dans son salon, en train de l'embrasser. Quel genre de pouvoir avait-il donc sur elle ? Comme si elle n'avait pas le moindre contrôle sur ses gestes, ses bras se tendaient vers ses épaules, ses mains se nouaient autour de sa nuque comme si elles cherchaient à se raccrocher à la vie.

La porte s'ouvrit soudain, et des pieds foulèrent le tapis. Ce fut lui, et non pas elle, qui interrompit leur baiser. Pourquoi perdait-elle toute espèce de bon sens quand elle était avec lui ?

— Pourquoi embrassez-vous Grace, monsieur ? demanda Mary.

— Voilà une réponse que j'aimerais entendre, moi aussi, ajouta Walter.

Worthington la serrait si fort contre lui que son rire résonna en elle.

— J'essaie de la convaincre de m'épouser.

Grace secoua la tête dans l'espoir de s'éclaircir les idées.

Philip fronça les sourcils.

— Eh bien, s'il faut embrasser une dame pour pouvoir l'épouser, je préfère ne jamais me marier.

Et voilà que ses frères et sœurs, des êtres dotés d'une curiosité infinie, se retrouvaient mêlés à cela.

— Vous tous, sortez d'ici tout de suite. Et n'ouvrez pas cette porte tant qu'on ne vous en donnera pas la permission.

Ils refluèrent vers la sortie, Alice et Eleanor traînant Mary derrière elles. La porte se referma.

Grace déglutit. Maintenant, peut-être allait-il comprendre.

— Monsieur...

Un nouveau baiser la fit taire. Elle mêla sa langue à la sienne, savourant son goût. Une fois de plus, ses mains démoniaques semèrent le feu sous sa peau.

Il releva la tête et demanda :

— Me ferez-vous l'honneur de devenir ma femme ?

Au prix d'un terrible combat contre elle-même, elle parvint à s'écarter, mais il refusa de lâcher ses mains.

— Monsieur, merci de votre très délicate proposition, mais je ne puis accepter.

L'expression de Worthington changea rapidement : de la gaieté, elle passa à la colère puis à la confusion.

— Pourquoi ?

Elle ferma les yeux et s'éclaircit la voix.

— Tous ces enfants, ce sont mes frères et sœurs.

Il fronça les sourcils, comme s'il cherchait à comprendre le sens de ses paroles.

— Très bien. Je connais quelques familles nombreuses. Quel est le problème ? J'ai moi-même plusieurs sœurs. J'avais l'espoir que vous aimeriez les enfants.

Des larmes jaillirent dans les yeux de Grace. C'était la chose la plus difficile qu'elle eût jamais eu à faire de sa vie, mais elle n'avait pas le choix. Sa gorge se serra.

— Je suis... je suis leur tutrice légale. Je n'abandonnerai jamais cette position.

Arrachant ses mains aux siennes, elle s'enfuit de la pièce, claquant la porte derrière elle.

Matt contempla ses mains vides, puis la porte close. Il trouva une chaise et s'assit, quelque peu hébété. *Combien* d'enfants y avait-il ? Il aurait dû les compter, mais il ne lui était jamais venu à l'esprit qu'elle... Il se prit la tête à deux mains.

Leur tutrice ? Elle est leur tutrice ? Comment est-ce possible ?

Il ignorait depuis combien de temps il était là, à essayer de réfléchir, quand la porte se rouvrit.

La plus jeune des filles entra, la bouche plissée, l'air butée. Son petit menton déterminé tremblait un peu.

— Vous avez fait pleurer Grace.

— Ce n'est pas ce que je voulais. Je ne cherche qu'à la rendre heureuse.

Le front de la fillette se creusa, et elle hocha sagement la tête.

— Et vous vous y êtes pris de travers, n'est-ce pas ?

En dépit de tout, Matt faillit sourire.

— Oui, je suppose qu'on pourrait dire cela. Comment vous appelez-vous ?

Le dévisageant, elle s'approcha.

— Mary. Et vous ?

— Worthington, mais ce serait un honneur pour moi si vous vouliez bien m'appeler Matt.

Elle se faufila à ses côtés. Ses cheveux blonds étaient coiffés en deux nattes dont s'échappaient quelques mèches qui venaient s'entortiller autour de son visage et de son cou. Ses yeux d'un bleu très profond, comme ceux de sa sœur, le fixaient.

— Alors, qu'est-ce que vous allez faire ? Grace a dit à Jane, notre cousine, qu'elle ne pouvait épouser personne. Pas tant que Charlie ne serait pas plus vieux.

Matt haussa les sourcils.

— Charlie étant votre frère aîné, je suppose ?

Mary hocha la tête avec emphase. Ses deux nattes rebondirent.

Matt lui tendit la main, et elle la saisit pour grimper sur ses genoux.

— Quel âge avez-vous ?

— Cinq ans, dit-elle en souriant, montrant du même coup une dent manquante. Mais j'en aurai six cet été.

— Cinq ans, c'est un bel âge. Et combien êtes-vous au juste ?

Il fallait qu'il sache, alors autant se renseigner.

Comptant sur ses doigts, elle annonça :

— Sans compter Grace, nous sommes sept. Charlotte a dix-huit ans. C'est à cause d'elle que nous sommes à Londres. Charlie a seize ans, et il est à Eton. Il y a aussi Walter, qui a quatorze ans ; Alice et Eleanor, qui ont douze ans et sont jumelles, et Philip qui a sept ans.

Matt éprouva un léger vertige.

— Et en dehors de Grace, qui s'occupe de vous ?

— Notre nourrice, Mlle Tallerton, M. Winters et cousine Jane, mais nous devons aussi obéir à Mme Penny et à Royston et à tous ceux à qui Grace nous dit de faire attention.

Quelque chose n'était pas normal.

— N'avez-vous pas un oncle qui est, lui aussi, responsable ?

Mary secoua la tête.

— Non. J'ai entendu ma tante dire un jour que c'était une très bonne chose que son frère, c'est-à-dire notre oncle, ne soit pas là, parce que c'est un bon à rien et un malotru.

Matt éclata de rire.

— Dans ce cas, je suis d'accord avec elle, mais n'allez pas le répéter.

Mary le dévisagea avec un regard qui lui fit penser à un petit chiot.

— Allez-vous me dénoncer ?

Il lui répondit avec toute la gravité nécessaire.

— Non, jamais. Je ne suis pas un rapporteur.

Il fut récompensé par un large sourire.

— Je vous aime bien.

— Je vous aime bien aussi.

La porte s'ouvrit, et une paire de jumelles dotées des mêmes cheveux dorés et des mêmes yeux bleus firent leur apparition.

— Alice en jaune et Eleanor en vert, chuchota Mary.

— Merci.

Deux regards identiques et désapprobateurs se braquèrent sur Matt.

— Te voilà, Mary. Tu sais que tu n'as rien à faire ici. Viens, dit Alice en tendant la main vers sa petite sœur.

Mary se rapprocha de Matt.

— Mais c'est mon ami.

Eleanor émit un long soupir déchirant. Alice paraissait en proie à une souffrance similaire.

— Matt veut épouser Grace, déclara Mary, dont la moue obstinée était réapparue.

Alice leva les yeux au ciel.

— Et elle a refusé.

— Comment le sais-tu ? fit Mary, les yeux écarquillés. Ooooh, vous avez écouté aux portes !

Eleanor tapa du pied par terre.

— Oui, et maintenant, viens !

Fasciné, Matt demanda :

— Vous écoutez tous aux portes ?

Alice se tourna vers lui.

— Eh bien, comment saurions-nous ce qui se passe sinon ? Personne ne dit jamais rien aux enfants. Mary, viens tout de suite !

Avant que la fillette ait pu obéir, la porte se rouvrit pour livrer passage à – Matt les compta, cette fois – trois autres enfants, y compris la grande sœur... Ah oui, le frère aîné était au collège.

— Que faites-vous encore ici, monsieur ? demanda un des garçons que Matt identifia comme Walter. Je croyais que ma sœur avait rejeté votre offre. Même si je ne comprends pas pourquoi parce que ça la rend drôlement malheureuse.

La seule à ne pas le fixer était Mary. Voilà donc ce qu'on éprouvait quand on vous prenait pour un monstre de foire...

— Si vous voulez mon avis, Grace aimerait l'épouser, déclara Philip. Sauf qu'on est compris dans le lot.

Ce fut le déclic pour Matt. Il pouvait soit partir maintenant et la perdre à jamais, soit tenter d'enrôler les frères et sœurs de Grace dans sa croisade pour obtenir sa main.

Walter fronça les sourcils.

— Si je puis vous donner un conseil, monsieur, vous devriez y réfléchir. Vous pourrez nous envoyer un mot si vous désirez toujours épouser Grace.

— Et comment fera-t-il une telle chose, s'il te plaît ? lui demanda une lady Charlotte exaspérée. Grace interceptera tout billet qui sera délivré ici. Non, il faut être plus intelligent que cela.

Et elle pinça les lèvres et se perdit dans ses réflexions. Dans le bref silence qui suivit, Matt se rendit compte qu'ils partageaient tous la même couleur de cheveux... et aussi le même menton déterminé.

Charlotte le dévisagea.

— Une de vos sœurs ne fait-elle pas ses débuts cette saison ?

— Si. Lady Louisa Vivers.

Quel rapport avec leur affaire ?

Elle sourit, assez fière d'elle.

— C'est bien ce que je pensais. Il y a une ressemblance. Je l'ai rencontrée hier soir. Vous pourriez envoyer votre message par son intermédiaire.

Charlotte lança un regard vers la porte.

— Maintenant, il vaut mieux que vous partiez avant que quelqu'un nous trouve tous ici ensemble et le dise à Grace.

— Est-elle très sévère ?

Tout en poussant la meute dehors, Charlotte se tourna vers lui.

— C'est la meilleure des sœurs. Sans elle, nous ne serions pas ensemble.

Peut-être allait-il enfin découvrir ce qu'il se passait ici...

— Pourquoi donc ?

Charlotte le contempla un long moment avant de répondre.

— Quand maman est morte, aucun de nos parents n'a voulu nous prendre tous les sept. Nous aurions dû être séparés et distribués comme des colis ici et là. Grace avait juré à maman que cela n'arriverait pas, et elle s'est battue pour que nous restions ensemble.

Nouveau regard vers la porte.

— Maintenant, il faut vraiment que vous partiez.

Il se leva.

— Je vous enverrai un mot.

Elle eut un sourire désabusé.

— Nous n'y comptons pas vraiment et nous ne vous le reprocherons pas. Grace dit qu'aucun homme ne voudrait se voir affublé de sept enfants et que, de toute manière, elle ne lui ferait pas confiance même s'il prétendait le vouloir.

Elle se mordit la lèvre avant d'ajouter :

— Je trouve cela très triste, car elle renonce à tout à cause de nous.

Là-dessus, comme si elle en avait trop dit, elle fila à toutes jambes.

10

Grace courut dans sa chambre et se jeta sur son lit. Au moins, c'était dit. Désormais, Worthington savait pourquoi elle ne pouvait l'épouser. Et il avait vu les enfants. Maintenant qu'elle lui avait appris qu'elle était leur tutrice légale, il la laisserait tranquille, ce qui prouverait qu'il ne tenait pas vraiment à l'épouser. Du moins, pas avec ses frères et sœurs.

Il devait sans doute être soulagé de son refus. Quant à elle, elle allait pouvoir reprendre sa vie normale. Elle toucha ses lèvres, encore gonflées de ses baisers, et aussitôt des larmes ruisselèrent sur ses joues. Plus jamais il ne la tiendrait dans ses bras, plus jamais il ne l'embrasserait.

La seule fois où elle avait été plus malheureuse que cela, c'était à la mort de ses parents. Elle frissonna en songeant à la réaction de son père ou de sa mère s'ils avaient appris son comportement avec Worthington. Mais peut-être auraient-ils compris, étant donné les circonstances. Ils avaient été très amoureux l'un de l'autre et ils adoraient leurs enfants. Elle avait toujours pu leur parler de tout. Ils l'auraient conseillée. Mais voilà, c'était parce qu'ils n'étaient plus là qu'elle se trouvait dans cette situation.

Le pire, c'était que Worthington et elle fréquentaient exactement les mêmes milieux, ce qui signifiait qu'elle n'allait cesser de le rencontrer sans que jamais il fasse partie de sa vie.

Matt traversa Berkeley Square en essayant de s'accoutumer à l'idée d'avoir onze enfants. Les sept de Grace, plus ses quatre sœurs. Cela représentait un sacré défi, et il était bien conscient qu'il s'agissait d'une décision à ne pas prendre à la légère. Il se sentait légèrement insulté que Charlotte et Walter aient paru croire qu'il n'accepterait jamais d'épouser Grace. Après tout, que savaient-ils de lui ? De ce qu'il pouvait ou non accepter ?

Cela mis à part, il avait pris sa vertu. S'il s'était comporté en véritable gentleman, elle serait toujours vierge. Il se frotta le menton et se retourna.

Le petit visage de Mary, pressé contre une vitre au premier étage, lui rendit son regard. À ses côtés se trouvaient Philip… et tous les autres enfants, qui le fixaient d'un air solennel. Quand il atteignit l'autre extrémité de Berkeley Square, il renvoya d'un geste un valet qui se précipitait à son service et pénétra chez lui.

Une fois dans son bureau, il se servit un généreux cognac. Il savoura la brûlure familière, qui lui éclaircit un peu les idées. Sept et quatre, onze. Il avait beau recommencer l'addition, le résultat était toujours le même. S'il parvenait à la convaincre de l'épouser, ils commenceraient leur vie commune avec onze enfants, et si elle se révélait aussi fertile que sa mère…

Il comprenait les raisons de sa méfiance à propos de la garde de ses frères et sœurs. Parviendrait-elle à lui faire confiance sur ce point-là ? Et pouvait-il seulement vivre sans elle ? Bon sang, bon sang, bon sang ! Il jeta son verre dans la cheminée. Le cristal explosa, et les flammes alimentées par l'alcool bondirent, ce qui ne lui procura aucun réconfort.

Il était minuit quand il se mit au lit et, malgré cela, il ne put trouver le sommeil. Chaque fois qu'il fermait les yeux, des images de Grace et lui faisant l'amour étaient remplacées par celles de centaines d'enfants braillant et courant autour de lui. Renonçant à dormir, il s'habilla et retourna dans son bureau.

Un peu plus tard, Thorton lui apporta son petit déjeuner. Le rosbif d'excellente qualité avait un goût de cendres dans sa bouche, et Matt le renvoya. Se prenant la tête à deux mains, il grogna. Pourquoi n'arrivait-il pas à réfléchir ? Frustré, il se dirigea vers la desserte et se servit un verre de cognac.

Pour une raison qu'il ne parvenait pas à saisir, chaque fois qu'il envisageait l'idée de ne pas partager sa vie avec Grace, son esprit stoppait net, refusant d'aller plus loin. Vivre sans elle n'était pas une option. Ce qui impliquait qu'il devait la convaincre de lui faire confiance pour les enfants. Mais comment ?

Un coup fut frappé à la porte, et Patience entra. Elle le dévisagea quelques secondes avant de hausser les sourcils.

— N'est-il pas un peu tôt ?

Grimaçant, il avala une gorgée de cognac.

— Vu les circonstances, non.

— Matt, vous ne buvez jamais de bon matin. Voulez-vous me dire ce qui vous trouble ?

Il envisagea brièvement de lui dire de le laisser tranquille, mais il était indéniable qu'il avait besoin d'aide.

— Oui, s'il vous plaît. Asseyez-vous, fit-il en indiquant la chaise face à lui.

Elle s'installa et l'observa. Comme il ne disait rien, elle demanda :

— Cela a-t-il un rapport avec votre inconnue ?

Il ne put s'empêcher de pousser un soupir.

— Oui, et ce n'est plus une inconnue. Il s'agit de lady Grace Carpenter.

— Ah, je vois…

C'était une bonne chose, parce que lui ne voyait rien du tout.

— Vraiment ? Comment cela ?

— Ce n'est un secret pour personne qu'elle s'est battu avec acharnement afin d'obtenir la garde de ses frères et sœurs. Cela a duré plus d'un an, et elle a fini par gagner quand son grand-père maternel a finalement pris son parti. Il a accepté de partager la responsabilité légale avec elle, même s'il a clairement annoncé que les enfants vivraient avec lady Grace. Il est mort il y a quelques mois. J'ignore quelles conséquences aura eues ce décès.

En premier lieu, il incitait Grace à croire qu'elle ne pouvait se marier. Matt se frotta le front.

— Je ne comprends pas pourquoi personne ne l'a aidée.

— Ses oncles et tantes du côté Carpenter étaient plus que prêts à prendre chacun un enfant ou deux...

Oui, voilà qui confirmait ce que Charlotte lui avait dit. Patience enchaîna :

— Elle est de fait leur seule tutrice depuis plus de trois ans maintenant.

Si longtemps... avec seulement des domestiques et des précepteurs pour l'aider ? Il fronça les sourcils.

— Quel âge a son frère Stanwood ?

— Seize ans environ, je crois. Il lui manque donc cinq ans pour devenir officiellement le tuteur de ses frères et sœurs. Mais, même à vingt et un ans, il sera encore trop jeune pour endosser une telle responsabilité, dit Patience en secouant la tête. Vous n'arracherez jamais ces enfants à lady Grace.

Matt réfléchit. Ce qu'il était sur le point de dire affecterait aussi la vie de sa belle-mère.

— Je n'ai aucune envie de les lui arracher. Je suis bien conscient que je dois être prêt à accepter tous ses frères et sœurs. Et ils le sont aussi.

Les lèvres de Patience se pincèrent.

— En plus de vos sœurs.

Il savait que ce sujet surgirait tôt ou tard. Mieux valait la rassurer dès maintenant.

— Cela va sans dire. Même si, je vous l'accorde, onze enfants dans la maison… cela représente un sacré défi.

Patience parut se détendre quelque peu.

— Cependant, même en supposant qu'elle vous aime et que tous les enfants s'entendent, il vous faudra encore la convaincre que vous êtes digne d'assumer la garde de ses frères et sœurs. Le vrai défi est là.

— Un parmi beaucoup d'autres. J'imagine qu'elle a un peu de mal à accorder sa confiance quand il s'agit de ses frères et sœurs.

— Et avec raison. Elle s'est battue contre ses oncles paternels pour obtenir la garde des enfants. Aucun d'entre eux ne la croyait capable de les élever et, bien sûr, tous étaient convaincus que la priorité était qu'elle se trouve un mari, comme on l'attend toujours d'une dame de qualité. Pour sa part, elle ne pouvait accepter que les enfants soient séparés, résuma Patience. En tout cas, il y a un point en votre faveur : vous n'ignorez pas que la justice préfère accorder la garde aux oncles maternels. Or, fort heureusement, le seul frère encore vivant de la mère de lady Grace erre quelque part à l'étranger et ne peut donc créer de problèmes.

Matt plissa les yeux.

— Que savez-vous de lui ?

— C'est un bon à rien. Il peut se montrer très charmant, jusqu'à ce qu'on comprenne à qui on a affaire. Un triste individu que certains iraient jusqu'à qualifier de crapule. S'il pensait pouvoir en tirer un profit quelconque, il demanderait la garde des enfants.

— Une crapule ? Quel langage, Patience ! ironisa Matt. Theodora déteindrait-elle sur vous ? Il faudra que je lui en touche un mot. On ne peut pas corrompre ainsi sa maman.

Patience rit et se leva.

— Je vous laisse à vos réflexions, Worthington.

Après le départ de sa belle-mère, il se plongea dans l'observation du jardin.

Lorsque le déjeuner arriva, il mangea sans savoir ce qu'il avalait. Son cœur ne cessait de se briser, de se recoller, de se briser de nouveau. Il n'avait encore jamais été vraiment amoureux, mais ce n'était pas là le problème. Il savait que Grace l'aimait et qu'il l'aimait. C'étaient toutes les choses qui accompagnaient cet amour qui posaient problème. Précisément sept d'entre elles, ou plutôt l'inquiétude de Grace à leur égard.

Une petite plainte attira son attention. Il se retourna et vit Duke contempler avec envie un reste de bœuf dans son assiette. Matt vint le lui donner.

— Eh bien, mon garçon, qu'en penses-tu ? Allons-nous ajouter sept enfants à cette maison ?

Duke donna un vigoureux coup de queue dans le tapis.

— Oui, bien sûr que tu serais très content. Sept enfants de plus pour te faire des câlins. Je suppose que tu n'as pas réfléchi au fait qu'ils puissent ne pas t'aimer, ou bien que tu leur fasses peur ?

Le chien fronça son énorme museau, l'air perplexe.

— Non, hein ? C'est bien ce que je pensais.

Un martèlement de pieds au-dessus de sa tête l'interrompit.

— L'heure de notre petite promenade est venue, on dirait, annonça-t-il à Duke.

La porte s'ouvrit brusquement, et Theodora se rua dans la pièce.

— Matt, tu es prêt ?

Matt ne put s'empêcher de sourire. Cette petite était la joie de sa vie. Toutes ses autres sœurs avaient passé l'âge de l'innocence enfantine.

— Oui, tire la sonnette.

Il repensa à Mary, à la confiance avec laquelle elle avait grimpé sur ses genoux. Se souvenait-elle seulement de son père ? Au moins, Theo l'avait, lui, Matt.

Ils se trouvaient à mi-chemin du parc quand un autre danois, galopant et sa laisse traînant derrière lui, les dépassa à toute allure, suivi peu après par un valet affolé. Des cris suraigus accompagnaient cette fuite. Matt baissa les yeux vers Duke, déjà sur le qui-vive.

— Va chercher, Duke.

Il lui enleva sa laisse et appela un de ses valets.

— Laisse-moi Madeline et accompagne-le.

Madeline lui prit la main.

— Que se passe-t-il ? demanda-t-elle avec un grand sourire.

— Une fugue.

— Il est très mignon.

— Eh bien, chérie, l'adjectif convient mais pas le genre. C'est une femelle.

— Vraiment ?

— Vraiment.

Ils ne tardèrent pas à rattraper la fautive.

— Nous la tenons, monsieur. Elle avait réussi à échapper à ce pauvre gars.

L'homme qu'il avait dépêché à la poursuite de Duke montrait un valet plié en deux qui essayait de reprendre son souffle.

— Mais Duke lui a fait entendre raison.

Matt regarda son chien, qui était en train de flirter de façon éhontée avec cette très jeune demoiselle.

— Duke, ici.

Après un long regard à l'intention de sa nouvelle amie, Duke revint vers Matt. La chienne le suivit.

— Eh bien, au moins l'un d'entre nous est-il heureux en amour.

— Daisy, Daisy ! Méchante chienne ! Comment peux-tu filer ainsi ?

C'était lady Charlotte qui arrivait en trottinant.

Alice leva un doigt menaçant.

— Grace va être très en colère.

Walter s'inclina devant Matt.

— Merci de l'avoir rattrapée, monsieur.

Lady Charlotte se retourna et écarquilla les yeux, le reconnaissant enfin.

— Lord Worthington.

Louisa, qui se tenait derrière son frère, se pencha.

— Charlotte, c'est votre chienne ?

Celle-ci cessa de faire les gros yeux à Daisy.

— Oui. Malheureusement, elle n'est pas aussi bien dressée que ce beau chien.

— Eh bien, Matt... Oh, je suis désolée. J'oublie les présentations. Charlotte, voici mon frère, lord Worthington, mais je suis sûre que tu peux l'appeler Matt. C'est lui qui a dressé Duke. Matt sait tout faire.

Charlotte parut impressionnée.

— Tout ? Ah, si seulement il pouvait dresser Daisy ! Vous n'imaginez pas les ennuis qu'elle a provoqués pendant le voyage des enfants depuis la campagne. Les voilà tous, d'ailleurs.

Avant que Matt ait eu le temps de se retourner, il fut encerclé par une mer d'enfants.

— Matt ?

Il baissa les yeux vers Mary.

— Quel plaisir de vous revoir, lady Mary.

Elle glissa aussitôt sa petite main dans la sienne.

Theodora lui lança un regard meurtrier.

— Qui est-ce ?

Matt essaya de ne pas gémir.

— Theodora, voici Mary. Tiens, prends mon autre main. Elle est aussi bien. Mieux même, peut-être.

Mary se rapprocha de lui.

— Qui est-ce et comment la connais-tu ? insista Theo.

— Bonté divine, Theodora, arrête ! intervint Louisa. C'est la sœur d'une amie, et si tu ne te tiens pas mieux, je le dirai à maman.

Theodora émit un grommellement inintelligible.

— Oh, tu as une maman ? lui demanda Mary comme si c'était là une chose extravagante.

Theo fronça les sourcils.

— Tout le monde a une maman.

Secouant la tête, Mary la fixa.

— Pas moi. J'en ai eu une, mais elle est morte. Je ne me souviens pas d'elle parce que j'étais trop petite.

Theodora s'immobilisa aussitôt.

— Et qui s'occupe de toi ?

— Ma sœur, ma nourrice et Mlle Tallerton.

Jetant un regard vers Louisa, Theo annonça :

— Je n'aimerais pas que ma sœur s'occupe de moi… je crois.

Mary acquiesça.

— Bon, si c'était Charlotte, je serais d'accord avec toi, mais c'est Grace.

Matt, fatigué d'être tiré une fois à droite et une fois à gauche par les deux fillettes en pleine conversation, proposa :

— Pourquoi ne vous mettriez-vous pas toutes les deux du même côté ? Tant que vous vous tenez par la main, cela devrait bien se passer.

Elles le dévisagèrent avec le même air buté et répondirent en chœur :

— Non.

Heureusement, ils franchissaient l'entrée du parc.

— Enfin ! Allez, filez ! Toutes les deux.

Elles se mirent aussitôt à courir, et il se massa les doigts. Pour des gamines, elles avaient une sacrée poigne.

Il les suivit en se demandant pourquoi, au nom du Ciel, il avait fallu qu'il tombe amoureux de la seule femme d'Angleterre à avoir la charge de sept frères et sœurs. Les deux aînées s'assirent sur un banc, déjà plongées dans une conversation visiblement capitale. Les autres jouaient ensemble, imitant en cela les deux chiens. Cela aurait pu être pire… C'est alors que résonnèrent des cris fort peu plaisants. Le garçon le plus âgé – comment s'appelait-il, déjà ? Ah oui, Walter ! – était en train de se bagarrer avec un autre gamin.

Bonne attitude, jugea Matt, mais garde trop ouverte. Les bras trop loin du corps.

Un petit défaut facile à corriger. Il se dirigea vers la scène du pugilat, soudain souriant : il venait de trouver la solution à ses problèmes. Il allait montrer à Grace à quel point elle avait besoin de son aide avec les enfants.

Grace était restée dans son bureau depuis le petit déjeuner. Peu après midi, un grand vacarme retentit à l'autre bout de la maison.

— Daisy ! Duke ! Au pied, ordonna une forte voix masculine.

« Je voudrais bien voir cela », se dit-elle en se levant pour gagner le hall d'entrée. Les deux chiens étaient assis sur leurs séants de chaque côté de Worthington tandis que des centaines d'enfants s'agitaient en tous sens. *Le chaos.* Elle se couvrit les yeux, regarda de nouveau et compta. Dix enfants ? Deux danois ? Et Worthington. Que faisait-il ici ?

— Je ne comprends pas.

Il la dévisagea avec un sourire dans les yeux, et elle sentit son cœur fondre.

— Philip, Theodora, Mary et vous…

Il désigna l'un des valets.

— Comment vous appelez-vous ?

— Hal, milord.

— Oui, Hal. Emmenez les chiens dans le jardin. Walter, suivez-moi.

Walter se détacha de la foule, jeta un regard vers Grace et baissa la tête. Un de ses yeux prenait une intéressante teinte violacée, sa chemise était déchirée, ses cheveux en bataille, et il semblait s'être roulé dans la boue.

Grace poussa un soupir.

— Walter, qu'as-tu encore fait ?

Worthington posa la main sur l'épaule du garçon.

— Une petite bousculade, rien de plus. Pourrions-nous en parler en privé, afin que Walter s'explique ?

— Bien sûr. Dans mon bureau.

Grace les précéda dans le couloir. Une fois dans la pièce, elle offrit un siège à Worthington et s'assit derrière sa table de travail. Walter resta debout face à elle.

Il jeta un regard vers Worthington, qui hocha la tête. Walter déglutit et se lança :

— Bon, voilà. Il y avait un autre garçon et il se moquait de Philip et puis il lui a pris son ballon. Alors, j'ai décidé de le reprendre et il m'a frappé alors j'ai répondu et ensuite ça a été la bagarre. Je suis désolé d'avoir déchiré ma chemise.

Malgré tous ses efforts, Walter ne pouvait empêcher ses yeux de briller. *Ah, les garçons !* Grace se tourna vers Worthington et haussa les sourcils.

— Et comment vous êtes-vous retrouvé mêlé à cette algarade ?

— Eh bien, pour commencer, je les ai aidés à... disons... récupérer Daisy.

Oh non !

— Qu'a-t-elle encore fait ?

Walter sourit.

— Elle a échappé à Hal et s'est mise à galoper dans la rue. On lui a couru après, mais alors Matt a dit à Duke – c'est son chien – d'aller la chercher. Bon, Duke ne l'a pas vraiment ramenée, mais il l'a arrêtée.

— Eh bien, monsieur, il semble que je doive vous remercier d'avoir sauvé aussi bien ma chienne que mon frère.

— Il ne m'a pas vraiment sauvé, Grace. Je m'en sortais très bien. La garde un peu trop ouverte, peut-être.

Worthington fronça les sourcils.

— Ne vous avais-je pas dit de ne pas répéter ceci à vos sœurs ?

— Mais c'est Grace, protesta Walter.

Elle s'esclaffa.

— Walter, va te nettoyer. Tu n'as pas commencé cette bagarre, donc je ne te ferai aucun reproche.

Elle attendit que son frère ait quitté la pièce pour se tourner vers Worthington.

— Maintenant, dites-moi ce qu'il s'est vraiment passé. Et que diable signifie « la garde un peu trop ouverte » ?

11

Worthington afficha un vrai sourire de gamin.

— Cela veut dire qu'il avait les bras trop écartés. Quant à la bagarre elle même, cela s'est passé exactement comme l'a dit votre frère. Quand j'ai vu l'altercation, je l'ai fait cesser et j'ai envoyé un message à M. Brook, le père de l'autre garçon : si jamais il veut un compte rendu précis de l'affaire, il n'aura qu'à prendre contact avec moi. J'ai donné ma carte à la bonne d'enfants du petit.

Grace ouvrit la bouche et la referma sans rien dire. Elle était reconnaissante à Worthington d'avoir mis fin à l'incident, mais il n'aurait pas dû donner sa carte. Cela semblait signifier qu'il avait le droit de… de… Grace fut incapable d'aller au bout de sa pensée.

Elle adopta son ton le plus sévère.

— Je vous remercie, mais Walter est sous ma responsabilité.

— Comptez-vous lui donner vous-même quelques cours de boxe ?

Elle faillit en rester bouche bée. Mais pour qui se prenait-il ? Elle se força à contempler le plafond un moment, à respirer avec calme. Il ne fallait pas qu'il fréquente les enfants. Si jamais ils s'attachaient à lui, rien de bon n'en sortirait. Ni pour eux ni pour elle.

La chaleur de Worthington, son odeur semblaient envahir la pièce, planer vers elle, lui rappelant à quel point c'était bon d'être dans ses bras. Dieu lui vienne en aide, elle avait tellement envie qu'il la touche ! Elle devait lui ordonner de sortir de cette maison. Ne plus le voir était le seul moyen pour elle de préserver sa santé mentale.

Soudain, à sa grande surprise, elle se sentit soulevée de sa chaise par deux bras puissants qui la serrèrent contre un torse ô combien dur et délicieux.

— Grace, vous refusez de croire que je désire toujours vous épouser, mais c'est le cas. Je ne peux vivre sans vous, dit-il en frôlant son front de ses lèvres. J'aime tous vos frères et sœurs. Je veux prendre soin d'eux. Je vous en prie, permettez-moi de le faire.

Son sang bourdonnait dans ses oreilles, au point qu'elle avait du mal à réfléchir.

— Vous ne... vous ne vous rendez pas compte. J'ai sept – sept ! – frères et sœurs. La plus jeune n'a que cinq ans.

Il sourit tandis que ses lèvres se promenaient vers son menton.

— Elle en aura six cet été.

Grace réprima l'envie de pencher la tête pour lui donner un meilleur accès à sa gorge.

Cela ne marchera jamais !

Sans savoir comment, elle trouva la force de reculer d'un pas, de s'arracher à ses bras.

— Oui, et il faudra attendre encore douze ans avant qu'elle fasse ses débuts dans le monde. Avez-vous la moindre idée de l'attention dont ces enfants ont besoin ?

— J'en ai eu un avant-goût aujourd'hui. Et cela ne m'a pas du tout dérangé. En fait, cela m'a plutôt plu.

Frustrée, elle ferma les yeux.

— Pourquoi êtes-vous aussi... aussi... têtu ? Vous avez passé quoi ? Une journée avec eux ? Même pas, juste une promenade au parc. Et si nous avions un enfant ? Je serais occupée par le bébé, et les autres ne pourraient compter que sur vous.

Elle secoua la tête.

— Ce sont des responsabilités écrasantes. Comment pourriez-vous vouloir les assumer ?

— Je suis tout à fait prêt à veiller sur vos frères et sœurs, ainsi que sur nos futurs enfants, insista-t-il.

Grace battit en retraite à l'autre bout de la pièce. Ce qu'il disait n'avait aucun sens. Pourquoi voudrait-il endosser la responsabilité de toute sa famille ? Quel homme sain d'esprit se mettrait délibérément dans une telle situation ?

Worthington entreprit de combler lentement la distance qui les séparait, tout en s'exprimant d'une voix douce et convaincante.

— Grace, je serai un excellent tuteur. Je ne vous promets pas de vous soumettre toutes mes décisions. Je ne le ferai pas avec nos propres enfants. Néanmoins, je traiterai vos frères et sœurs comme s'ils étaient les nôtres.

— Je ne vous comprends pas du tout, répliqua Grace en se massant les tempes. Pourquoi voulez-vous tous nous adopter ?

— Pour vous rendre heureuse. Pour faire de nous une famille.

Arrivé à quelques centimètres d'elle, il tendit la main pour enrouler une de ses boucles blondes autour de son doigt. Elle le regarda, fascinée par l'humour et l'espoir qui se mêlaient dans les profondeurs de ses yeux.

— Laissez-moi vous aimer, ajouta-t-il dans un murmure.

Elle se retrouva de nouveau dans ses bras tandis que les siens, comme dotés d'une volonté propre, se nouaient autour de son cou. Leurs lèvres se joignirent.

— Je ne devrais pas.

— Pas quoi, mon amour ?

— Je ne devrais pas faire ceci. Je voulais que nous ayons une discussion rationnelle.

— Mais c'est une discussion rationnelle, sauf que vous n'acceptez pas encore le fait que ma décision est prise.

Il l'attira plus près encore.

— Ah, je crois juste avoir oublié de préciser que je vous aime.

C'était trop beau pour être vrai.

— Cela ne suffit pas, monsieur.

Il lui taquina l'oreille.

— Matt. Je veux vous entendre dire mon nom.

— Matt, cela ne suffit pas.

— Grace, faisons en sorte que cela suffise.

Il l'embrassa, se lançant à l'assaut de ses sens.

Elle réagit aussitôt, s'abandonnant à leur baiser. Tout en jouant avec sa langue, il frôla les pointes de ses seins de la pulpe de ses pouces. Elle frémit et retint son souffle.

— Nous devrions arrêter, murmura-t-elle d'une voix rauque qui démentait ses propos.

— Dites-moi que vous n'avez pas envie de moi et j'arrêterai.

Il lui massa délicatement les seins jusqu'à ce qu'elle gémisse. Quand sa large main recouvrit l'un de ses seins, elle se pressa contre sa paume. Tout en capturant de nouveau ses lèvres, il la souleva et l'assit sur le bureau. Les jambes de Grace s'écartèrent dès qu'il s'approcha. Lentement, il goûta sa langue, jouant, explorant. Elle s'accrochait à lui de toutes ses forces, enfonçait ses ongles dans sa nuque. Sa bouche exigeait de lui tout ce qu'il pouvait lui donner.

— Dis-moi que tu veux que j'arrête et je le ferai, murmura-t-il.

Elle haletait.

— Je... je ne sais pas.

Elle était si belle et semblait si vulnérable, cette femme qui avait pourtant eu la force de garder tous ces enfants ensemble.

— Grace, laisse-moi venir. Laisse-moi entrer dans ta vie.

Tout en lui caressant le dos, il déposa un chemin de baisers sous son oreille, puis sur sa gorge, avant de remonter vers ses lèvres. Les petits râles que ses attentions arrachaient à Grace étaient autant d'appels irrésistibles. Il posa les mains sur ses cuisses.

— Grace, mon amour, mon unique amour, j'ai besoin de toi.

Comme elle faisait glisser ses mains le long de son dos pour venir lui saisir les fesses, il souleva sa jupe, la mousseline glissant entre ses doigts qui se frayaient un chemin sous le tissu. Elle gémit et rapprocha encore ses hanches de lui.

À défaut du reste, il allait lui donner du plaisir. Quand ses mains frôlèrent son entrejambe, elle déboutonna son pantalon, libérant son sexe dressé.

Merci, mon Dieu, d'avoir fait cette femme si entreprenante.

Il la pénétra avec une facilité déconcertante. Elle était humide, prête pour lui. Tremblant de tout son corps, elle noua les jambes autour de sa taille.

Il se retira pour plonger de nouveau en elle, tandis qu'une certitude se faisait jour en lui : ils étaient faits l'un pour l'autre.

Lorsque les muscles intimes de Grace se contractèrent autour de lui, il avala son petit cri d'extase dans sa bouche. Elle était en feu, et une succession de spasmes incontrôlables la parcoururent, l'emportant avec elle.

Après cela, il la serra contre lui, embrassant ses cheveux et ses tempes avec tendresse, avant de la porter vers le grand canapé en cuir placé devant la cheminée. Il s'y installa, l'asseyant sur ses genoux.

Elle m'appartient.

Même si elle ne parvenait pas encore à l'accepter.

Matt n'eut aucune idée du temps qu'elle passa ainsi, blottie contre lui. De longues minutes s'écoulèrent avant qu'elle ouvre les yeux.

— J'ai échoué.

— Que veux-tu dire ? demanda-t-il, percevant son inquiétude.

— J'avais l'intention de te dire que nous ne pouvions pas continuer. Que notre amour ne suffit pas, que tu ne pourras jamais assumer la charge des enfants. Même maintenant, je ne suis toujours pas sûre que ce soit une bonne idée.

Enfin ! Il réprima un sourire. Les choses progressaient un peu.

— Je ne vais pas te mentir. J'y ai réfléchi toute la journée hier, toute la nuit et encore aujourd'hui. Mais, Grace, il m'est impossible d'envisager la vie sans toi.

Il déposa un baiser dans ses cheveux.

— Un heureux hasard a voulu que mes sœurs et tes frères et sœurs aillent au parc au même moment, sans parler de Daisy et de ses caprices.

Grace frissonna.

— J'adore cette chienne, mais il y a des moments où j'ai envie de l'étrangler.

Il s'esclaffa.

— C'est une très jeune fille. Il est normal qu'elle fasse des siennes.

Il posa une main sur sa joue, et elle pencha la tête pour mieux savourer ce contact.

— Je n'ai jamais eu de frères. Je dois avouer que c'est assez agréable.

— Combien de sœurs as-tu ?

— Quatre. Louisa a le même âge que Charlotte. Augusta a quinze ans ; Madeline, douze, et Theodora, huit.

Il rit.

— Cela a d'abord été délicat entre Mary et elle, mais elles se sont vite entendues. Charlotte et Louisa se comportent déjà comme si elles étaient les meilleures amies du monde. Il y aura sûrement des chamailleries, mais rien d'insurmontable.

Grace ouvrit des yeux horrifiés.

— Onze enfants !

Souriant, il l'embrassa de nouveau.

— Sans compter ceux que nous aurons.

Comment pouvait-il rester aussi calme ? Elle se dressa devant lui, les poings sur les hanches.

— As-tu la moindre idée de la charge que représentent onze enfants ?

— Si nous sommes ensemble, nous trouverons un moyen de nous occuper d'eux.

Il tendit la main, dans l'espoir qu'elle reviendrait contre lui.

— Et nous aurons aussi l'aide de ma belle-mère.

Ignorant sa main tendue, Grace se mit à arpenter la pièce en marmonnant, avant de se planter devant la fenêtre, lui tournant le dos.

— Je ne sais pas. Comment puis-je être certaine que tu ne vas pas te fatiguer de mes frères et sœurs et que tu ne les enverras pas dans des pensionnats ?

Matt l'observa. Elle avait de bonnes raisons d'être inquiète. Malgré l'attirance physique incroyable qui les unissait, et bien qu'ils semblent en accord sur nombre de sujets, elle ne le connaissait pas encore assez pour lui faire complètement confiance.

— Je serais d'avis d'envoyer les garçons en pension. Ce sera une excellente expérience pour eux.

Elle fit volte-face, l'air furibonde.

— Pas si jeunes. Je sais ce qu'il se passe dans ces internats, y compris les meilleurs d'entre eux.

Il la rejoignit et voulut lui prendre les mains, mais elle les lui arracha pour les nouer derrière son dos.

Réprimant un soupir, il reprit :

— Walter n'est pas si jeune que cela. Il devrait déjà être à l'école. En revanche, je suis d'accord avec toi pour Philip. Il n'est pas encore prêt.

Levant le menton, elle le défia du regard, comme si elle cherchait la bagarre.

— Et les filles ?

Elle allait vite découvrir qu'il ne se laissait pas provoquer aussi facilement.

— Je ne suis pas favorable à l'école pour les filles. Si c'est pour qu'elles s'amourachent de leur maître de danse ou qu'elles aient des liaisons avec de jeunes jardiniers, mieux vaut qu'elles restent avec une gouvernante.

Elle se radoucit.

— Matt, tu souhaites vraiment demander leur garde ?

Dieu savait qu'il avait envie de la serrer dans ses bras, de la réconforter, mais il devait d'abord dissiper tout malentendu entre eux.

— Oui. Je ne pourrais jamais, *jamais*, te demander d'abandonner tes frères et sœurs. Tu les élèves merveilleusement, mais il m'est quand même apparu dans le parc que je pourrais leur offrir des connaissances différentes, un autre point de vue, des expériences que seul un homme possède.

Elle lui lança un coup d'œil acéré. Même si son visage gardait des traces de tension, ses beaux yeux pétillaient d'humour.

— Leur apprendre à boxer, par exemple ?

— Entre autres choses. Nous verrons ce qu'il y a à faire pour que je devienne leur tuteur.

Il posa les mains sur sa taille.

— S'il te plaît, sois ma femme.

— Je le voudrais. Vraiment. Mais... je ne sais pas. Je n'arrive pas à voir comment nous allons nous y prendre. Il y a tant de problèmes à résoudre !

Elle leva les mains au ciel, et il les captura.

— Nous les résoudrons.

Peut-être que s'il continuait à le répéter, elle finirait par le croire.

Un bruit de pas dans le couloir leur parvint alors.

Matt sourit.

— Quelqu'un les empêche d'entrer, dit-il avant de poser son front contre celui de Grace. Qui que ce soit, il ne va pas les retenir longtemps. Leur annonçons-nous ?

— Leur annoncer quoi ?

Elle essaya de s'écarter, mais il la retint, et elle se laissa faire avec un soupir un peu exagéré.

— Je ne puis prendre une décision tant que nous n'aurons pas réglé chaque détail.

Et dire, pensa Matt, qu'il avait cru un jour que cette cour allait être la plus facile de toutes !

— Alors disons-leur juste que nous y pensons. Il le faut, Grace. Nous pouvons leur faire jurer de garder le secret, si tu veux.

Il vit ses sourcils se rapprocher, creusant sur son front un pli qu'il aurait voulu faire disparaître. C'était peut-être un tort de sa part de mêler les enfants à cela, mais il savait qu'une fois qu'ils leur en auraient parlé, la décision n'appartiendrait plus entièrement à Grace.

Fermant les paupières, elle inclina à peine la tête.

— Eh bien, je suppose que nous pouvons leur demander leur avis. Après tout, cela affecte aussi leurs vies à tous.

S'ils n'avaient pas fait l'amour quelques instants auparavant, Grace aurait peut-être pu lui résister. Elle avait commis une erreur stratégique en choisissant Matt, en s'imaginant qu'une nuit avec lui lui suffirait. En vérité, elle le savait maintenant, une vie entière ne lui suffirait pas.

Elle se laissa retomber sur le canapé pendant que Matt allait ouvrir la porte.

Dix visages dévorés de curiosité apparurent. Il hocha la tête.

— Entrez, je vous en prie.

Ils s'engouffrèrent dans la pièce. Mary vint aussitôt s'installer sur les genoux de Grace. La plus jeune des filles Vivers, Theodora, s'assit aussi auprès d'elle. Les deux fillettes semblaient déjà être amies, comme Matt l'avait dit. Charlotte et Louisa prirent les deux fauteuils en face du canapé pendant que les autres formaient un demi-cercle auprès d'elles. Grace avait rarement vu ses frères et sœurs aussi solennels.

Matt prit place auprès d'elle à son tour. Un sourire dansait sur ses lèvres.

— En quoi pouvons-nous vous aider ? demanda-t-il.

— Eh bien...

Walter s'éclaircit la gorge, regarda les autres et... se tut.

Le silence parut s'éterniser.

Finalement, Mary tira sur la veste de Matt.

— Nous voulons savoir si Grace et vous allez vous marier.

— Oui, renchérit Theodora. Dites-nous.

Grace échangea un regard avec Matt avant de se tourner vers les enfants.

— Cela vous plairait-il ?

Alice ouvrit la bouche et la referma quand Walter lui fit les gros yeux. Le jeune garçon regarda Matt puis Grace.

— Pour ma part, j'aimerais bien que vous vous mariiez. Tu serais plus heureuse, Grace, ajouta-t-il en rougissant.

Augusta, Eleanor, Madeline, Alice et Philip acquiescèrent avec force.

Les deux aînées se regardèrent, et Louisa annonça :

— Oui, cela nous plairait à tous.

— Theodora ? demanda Worthington.

— Moi aussi, fit-elle en souriant. Je ne serai plus la plus jeune et j'aurai des frères aînés, je veux dire des frères moins vieux que toi.

— Et toi, mon cœur ? demanda Grace à Mary.

— J'aime bien être la plus jeune et j'aime bien Matt. Alors, vous allez vous marier ?

Grace soupira.

— Je ne sais pas. Nous aimerions, mais il y a tant de problèmes à régler...

Une cacophonie de voix s'éleva soudain.

— Silence, aboya Worthington. Écoutez Grace.

Les enfants fermèrent si vite la bouche qu'elle aurait juré entendre leurs dents claquer.

— Notre principal souci concerne la garde, reprit-elle à l'intention de ses frères et sœurs. Matt devra demander à devenir votre tuteur. Une fois mariée, je ne serai plus autorisée à...

Sa voix se brisa, et Matt posa la main sur son épaule.

— Si nous nous marions, Grace ne pourra pas rester votre tutrice légale. La loi ne le permet pas. Vous devez donc décider si vous acceptez que je prenne sa place.

Une petite ride apparut brièvement sur le front de Charlotte.

— Je n'ai pas d'objection.

Walter opina.

— Moi non plus. Ce n'est pas comme si tu allais nous quitter, Grace.

Charlotte la dévisagea.

— Vas-tu écrire à Charlie ?

Se penchant vers Grace, Matt lui frôla l'oreille de ses lèvres. Elle réprima un soupir.

— Si vous voulez, mon amour, dit-il, veillant à la vouvoyer devant les enfants, je peux aller le chercher. Eton n'est pas si loin.

Grace fut prise de vertige. Tout allait trop vite. Elle n'avait même pas encore accepté de l'épouser.

— Nous sommes en train de nous emporter, déclara-t-elle sèchement. La garde n'est qu'un des problèmes. Nous ignorons encore où nous habiterons, ainsi que tout un tas d'autres choses. Vous, les enfants, venez à peine de faire connaissance. Comment savez-vous que vous allez vous entendre ? Et puis, il faut penser à lady Worthington. Il s'agit d'une décision extrêmement importante, qui changera nos vies à tous de façon irrévocable. Il ne faut surtout pas nous précipiter. Une dernière chose : avant que la décision finale soit prise, il est essentiel que vous ne parliez de ceci à personne en dehors de nos familles.

Matt dévisagea tous les enfants l'un après l'autre.

— Avez-vous bien compris ce que Grace vient de dire ? Pas un mot à qui que ce soit.

Tout le monde acquiesça. Fort heureusement, les jeunes Carpenter ne connaissaient encore personne en ville, sinon Grace n'aurait eu aucun espoir qu'ils gardent le secret.

12

— Louisa, dit Charlotte en se levant, emmenons les enfants pour laisser Matt et Grace un peu tranquilles.

Les deux jeunes filles firent sortir la meute de la pièce.

Une fois la porte refermée, Matt se tourna vers Grace.

— Mon amour, tu dois penser à ton autre frère, tu sais.

— Je n'aime pas l'idée de lui faire quitter l'école, mais oui, tu as raison. Il faudrait qu'il soit avec nous.

On frappa alors à la porte, et Jane entra.

— Dois-je vous adresser tous mes vœux de bonheur ?

— Si seulement je le savais, soupira Grace en se prenant le visage entre les mains.

Voilà ce qu'il se passait quand on était égoïste et qu'on se prenait à désirer des choses qu'on n'avait pas le droit d'avoir.

Matt lui serra l'épaule.

— Il y a encore quelques détails à régler, mais je crois que nous faisons des progrès.

— Jane, laisse-moi te présenter lord Worthington. Monsieur, voici ma cousine, Mlle Carpenter.

Jane effectua une révérence tandis qu'il s'inclinait.

— J'ai déjà rencontré vos sœurs, monsieur. Si vous allez faire partie de la famille, autant m'appeler Jane.

— Dans ce cas, appelez-moi Matt, je vous en prie.

Jane se tourna vers Grace.

— Ma chère, j'ai conscience que lord Worthington et toi ne vous connaissez pas depuis très longtemps, et il n'est pas nécessaire, je crois, que je sache comment c'est arrivé, déclara-t-elle, les coins de sa bouche frémissant en une ébauche de sourire. Mais si je peux te donner un avis, saisis ta chance d'être heureuse. Lord Worthington a la réputation d'être un homme solide et capable, un frère et un beau-fils affectueux, et les enfants l'aiment déjà. Je dirais que les étoiles se sont enfin alignées pour toi.

Le regard de Jane se fit mélancolique tandis qu'elle poursuivait :

— L'amour ne surgit pas si souvent, tu sais. Bon, j'y vais. Mieux vaut que j'aille voir ce que trament les enfants.

Sur ces mots, elle sortit, laissant Grace se demander de nouveau ce qui avait bien pu arriver à l'homme dont Jane avait été si amoureuse.

— Je trouve l'avis de ta cousine excellent.

Le sourire de Matt lui mangeait littéralement le visage.

— Tiens donc !

Il reprit aussitôt son sérieux.

— Tu peux avoir confiance en moi, Grace. Aussi bien pour toi que pour tes frères et sœurs.

Les mots de son oncle paternel résonnèrent en elle : « Aucun gentleman digne de ce nom ne voudra de toi avec tous ces gosses, Grace. »

Et s'il s'était trompé ? Si elle avait trouvé la perle rare ?

— Charlotte, où allons-nous ? demanda Louisa.

Charlotte baissa la voix.

— Dans la salle d'étude, où personne ne nous entendra. Venez, vous tous. Nous avons des tas de choses à régler.

Elle leur fit emprunter l'escalier jusqu'au second étage, où se trouvaient la salle d'étude ainsi que les chambres des plus jeunes enfants et celles de M. Winters, de Mlle Tallerton et de la nourrice.

Sur le chemin, ils croisèrent May, une pile de draps sur les bras.

— May, pourrais-tu faire monter du thé, de la citronnade et quelques petites choses à manger dans la salle d'étude, s'il te plaît ?

La femme de chambre écarquilla les yeux en voyant la longue file d'enfants sur les marches.

— Pour combien de personnes ?

— Dix.

Plus tôt dans le parc puis sur le trajet de retour à la maison, Charlotte avait remarqué les regards curieux des passants sur leur petite troupe. Eh bien, ils allaient tous devoir s'y habituer. Matt était parfait pour Grace, même si sa grande sœur ne s'en était pas encore tout à fait rendu compte.

— Tout de suite, mademoiselle.

Une fois qu'ils furent tous réunis dans la grande salle bien aérée et lumineuse, Charlotte frappa dans ses mains pour obtenir l'attention générale.

— Alice, Eleanor et Walter, veuillez faire visiter l'étage à Augusta, à Madeline et à Theo. Je vous appellerai quand le thé sera là.

Louisa la regarda.

— Nous devrons en faire autant à Worthington House, je suppose ?

— Oui, dit Charlotte. Après avoir inspecté les deux maisons, nous serons en mesure de recommander dans laquelle nous devrions vivre.

Elle noua son bras à celui de Louisa.

— J'ai un plan, lui confia-t-elle. Vois-tu, j'ai la sensation que plus tôt Grace et Matt seront installés ensemble, plus vite nous pourrons nous concentrer, toi et moi, sur la recherche d'un mari.

Louisa sourit.

— Je suis tout à fait d'accord. Ce sera bien plus facile pour eux de nous chaperonner s'ils sont mariés.

Moins d'un quart d'heure plus tard, ils étaient de nouveau tous rassemblés et généreusement pourvus en citronnade, tartes à la confiture et sandwichs. Charlotte ouvrit la réunion :

— Maintenant…

— Pourquoi est-ce toi qui commandes ? l'interrompit Augusta.

Louisa leva les yeux au ciel.

— Parce que nous sommes dans sa maison. Quand nous serons à Worthington House, ce sera moi. Y a-t-il d'autres questions avant que nous commencions ?

Tous les autres enfants secouèrent la tête.

— Bien, reprit Charlotte, comme j'allais le dire, il est clair que notre sœur et votre frère sont amoureux l'un de l'autre.

Madeline poussa un soupir sonore en tapant dans ses mains.

— Ils forment un si joli couple !

Walter pinça les lèvres, et Philip fit la tête de quelqu'un qui vient d'avaler du poisson pourri.

— Je pense qu'Alice, Madeline et moi devrions commencer à organiser le mariage, suggéra Eleanor.

Alice et Madeline approuvèrent immédiatement, et les trois filles se mirent sur-le-champ à discuter de qui devrait porter quoi lors de la cérémonie. Walter et Philip commencèrent à chuchoter entre eux, sans doute à propos de leçons de boxe et autres sujets tout aussi horribles.

Personne ne restait concentré sur le problème actuel. Charlotte fit claquer une règle sur la table jusqu'à ce que le silence revienne.

— D'abord, nous devons nous assurer qu'ils acceptent de se marier. Si nous voulons être en mesure de les aider, il faut que nous anticipions les problèmes et que nous les réglions nous-mêmes. Comme…

Elle jeta un coup d'œil vers Louisa, qui secoua ses jupes avant de regarder ses sœurs.

— Comme nous entendre. Nous ne sommes que quatre alors qu'ils sont sept. Il faut que nous acceptions de pourparler au cas où nous serions en désaccord.

— Qu'est-ce que c'est, pourparler ? demanda Philip.

— Ça vient des pirates, répondit Louisa avec assurance. Ça veut dire négocier.

— Exactement, renchérit Charlotte, heureuse de constater que Louisa et elle partageaient les mêmes inquiétudes. Nous devons établir nos propres règles qui nous permettront de négocier entre nous en cas de difficulté.

Elle parcourut l'assistance du regard, s'assurant que tous ses frères et sœurs avaient bien compris. Madeline semblait très perplexe.

— Une question, Madeline ?

— Oui, à quoi ça servira de négocier ? Nous allons toujours voir maman quand nous ne sommes pas d'accord.

Louisa prit le relais.

— S'il y a un désaccord entre nous, nous pourrons toujours aller voir maman, mais si c'est entre nous... et nos nouveaux frères et sœurs, nous ne pourrons aller voir maman, car Grace est comme leur maman à eux.

Augusta fronça les sourcils.

— Ça veut dire qu'on va avoir deux mamans ?

— Non, dit Charlotte. Laisse-moi t'expliquer. Si, par exemple, Louisa et moi ne sommes pas d'accord, nous ne pourrons pas aller trouver Grace ni votre mère, car cela pourrait soulever des problèmes entre elles. Nous devons parvenir à un compromis entre nous. Les règles que nous établirons nous aideront à aplanir nos différends sans que cela pèse sur Grace et Matt.

— Exactement, reprit Louisa. Vous avez entendu Grace. Elle n'épousera pas Matt tant que *tous* les problèmes ne seront pas résolus. Si nous voulons qu'ils soient ensemble, nous devons les aider.

Walter regarda Charlotte d'un air sceptique.

— Tu crois vraiment qu'ils ont besoin de notre aide ?

— Bien sûr que oui, fit Louisa en ouvrant de grands yeux. C'est évident. Sinon, on aurait déjà une date de mariage et pas une éventuelle possibilité de fiançailles.

Matt regardait sa fiancée potentielle creuser une tranchée dans l'épais tapis persan. Depuis le départ de Jane, une demi-heure plus tôt, elle n'avait cessé de faire des allers-retours, effectuant toujours exactement le même trajet. De toute évidence, quelque chose, en dehors de tout le reste, la troublait.

— Grace, mon amour, si tu me parlais ? Je ne peux pas t'aider si je ne sais pas ce qui te met dans un tel état.

Elle leva les mains au ciel.

— Je déteste l'incertitude par-dessus tout. Et, en cet instant, il semble que nous n'ayons que cela.

Il ne pouvait lui donner tort. Un seul élément rendait l'attente de leur mariage tolérable : ils faisaient l'amour avec un enthousiasme partagé. Il se la rappela, nue, ses cheveux dorés cascadant sur ses seins fabuleux, ses cui…

— Matt, tu m'écoutes ?

— Oui, mon amour.

Elle lui lança un regard suspicieux.

— Je disais qu'il faut que nous cessions de… de… Oh, je ne sais comment le dire ! Nous devons attendre d'être mari et femme pour avoir de nouveau des relations.

L'écarlate de ses joues aurait pu le distraire, mais non.

— Quoi ?

— Nous ne pouvons pas nous permettre de continuer à… faire cela avec les enfants dans la maison. Si jamais quelqu'un venait ne serait-ce qu'à avoir des soupçons, ma réputation serait ruinée et on me retirerait leur garde.

Elle avait raison, bien sûr. Bon sang ! Il aurait dû y penser lui-même. C'était son travail de la protéger. Les tribunaux n'autoriseraient jamais une femme à la moralité douteuse à veiller sur des enfants. Il réprima un grognement, et la vision de ses seins plantureux le nargua une dernière fois avant de s'estomper.

— Oui, mon amour, je suis d'accord.

Elle parut tout sauf heureuse.

— De quoi devons-nous encore parler ?

De la date de notre mariage. Mais mieux valait garder cette idée pour lui.

— Pourquoi ne pas discuter avec Patience ? Elle semble toujours savoir ce qu'il convient de faire.

Grace s'immobilisa.

— Très bien. Quand voudrais-tu que nous lui parlions ?

— Tout de suite.

Il consulta l'horloge sur la cheminée.

— J'espère qu'elle est à la maison. Puis-je avoir une feuille de papier, une plume et de la cire ?

Elle lui montra tout le nécessaire sur son bureau.

— Sers-toi.

Matt écrivit son mot et le scella avec sa bague sur la cire. Quand il eut fini, Grace tira sur un cordon, et son majordome ne tarda pas à apparaître.

— Royston, veuillez faire parvenir ceci à lady Worthington.

Voyant la confusion de Royston, Matt expliqua :

— Elle habite la maison située juste en face, de l'autre côté de la place.

— Bien, milord.

— Si elle s'y trouve, veillez, s'il vous plaît, à ce qu'un valet l'escorte jusqu'ici.

Royston s'inclina et quitta la pièce.

— Il faudra aussi que nous voyions mon oncle Herndon, reprit Grace. Il m'a toujours soutenue.

— Est-il le curateur des enfants ?

Tout en se mordillant la lèvre, elle acquiesça.

— Oui. Il doit être mis au courant de nos projets. Il m'a été d'une grande aide pour obtenir la garde.

Peu après, Royston frappa de nouveau à la porte du bureau.

— Madame, lady Worthington est arrivée.

— Eh bien, voilà qui a été rapide, dit Grace, surprise. Royston, conduisez-la dans le petit salon et faites servir du thé.

Le précédant dans le couloir qui traversait la maison, Grace tourna les yeux vers Matt au moment même où il la regardait. Allait-elle enfin obtenir ce qu'elle désirait tout en gardant les enfants ensemble ? Il n'y avait que chaleur et amour en lui, elle le sentait. Il allait réellement essayer, mais serait-ce suffisant ? Et si sa belle-mère s'opposait au mariage ? Personne n'aurait pu la blâmer de rechigner à accueillir sept enfants de plus. Peut-être n'était-ce pas une si bonne idée, après tout.

Quand Grace pénétra dans le salon, lady Worthington sourit, puis ses yeux s'écarquillèrent lorsqu'elle vit son beau-fils.

— Worthington, je ne m'attendais pas à vous voir ici.

— N'avez-vous pas reçu mon mot ?

Elle haussa les sourcils.

— Pas du tout. Je suis venue car vos sœurs et les frères et sœurs de lady Grace se trouvent à Worthington House. Afin d'inspecter la salle d'étude, m'ont-ils dit.

Un rire enfla en Grace et finit par franchir ses lèvres.

— Évidemment. Ils veulent sans doute nous aider à aplanir nos difficultés.

— Oui, fit Matt en souriant. Louisa a dû tout manigancer.

Lady Worthington les dévisagea l'un et l'autre.

— Je dirais plutôt que Louisa et Charlotte sont de mèche. Elles ont pris ensemble la tête de ce que je ne peux que qualifier de complot.

— Oui, je partage votre avis. Hier soir, elles se sont immédiatement très bien entendues.

— Je suis ravie qu'il en soit ainsi, déclara lady Worthington. Mais pourrais-je savoir ce qu'il se passe ?

— Je me demande ce que ces enfants vont encore inventer, murmura Matt à l'intention de Grace. Patience, pardonnez-moi. Connaissez-vous lady Grace ?

Patience tendit la main à la jeune femme en souriant.

— Nous nous sommes rencontrées lors de votre première saison. Je connaissais votre mère. Elle a été d'une grande bonté avec moi et m'a beaucoup aidée lors de mon deuil.

Grace serra la main offerte.

— Oui, je me souviens qu'elle me parlait de vous. Madame, je vous en prie, asseyez-vous et mettez-vous à l'aise. Le thé ne devrait pas tarder. Ensuite, nous pourrons discuter sans risque d'être interrompus.

Lady Worthington s'installa dans un fauteuil Louis XV.

— Je vous en prie, ma chère, appelez-moi Patience.

— Appelez-moi Grace, dans ce cas.

Grace prit place sur le canapé face à elle. Une fois que les deux femmes furent assises, Matt rejoignit Grace sur le divan. Le thé ne tarda pas à arriver, et Grace fit le service.

— Bien, dit Matt en regardant sa belle-mère. Grace et moi avons décidé de nous marier.

Il la sentit se raidir à ses côtés, et il pria le Ciel qu'elle ne réfute pas cette déclaration. Il attendit quelques secondes avant de continuer :

— Étant donné les problèmes que nous rencontrons concernant la garde des enfants et d'autres détails, nous sommes dans l'embarras pour fixer une date pour la cérémonie.

— Des détails comme le choix d'une des deux maisons pour s'y installer ? demanda Patience avec une certaine sécheresse.

Grace resta imperturbable.

— Oui, cela fait bien sûr partie des problèmes que nous devons régler.

Patience s'offusquait-elle parce qu'il ne lui avait pas réservé la primeur de l'annonce du mariage ? se demanda Matt. Non, sûrement pas. Elle savait qu'il avait l'intention d'épouser Grace dès qu'il la retrouverait.

— Nous devons discuter avec l'oncle de Grace de certains problèmes liés à la garde et consulter nos avoués respectifs. J'aimerais l'épouser dès cette semaine.

Patience haussa les sourcils.

— Voilà qui va certainement alimenter les rumeurs.

Je refuse d'attendre. S'il s'était écouté, Matt se serait marié dès demain.

— Si vous voulez que cela paraisse convenable, il faudrait que vous lui fassiez la cour pendant quelque temps, un mois au moins, poursuivit Patience. Après cela, il nous sera possible de préparer le mariage. À St. George, je pense. À mon avis, nous pourrions envisager la cérémonie dans six semaines.

Elle avait perdu la tête si elle s'imaginait qu'il allait attendre six semaines pour faire de Grace sa femme ! Surtout maintenant qu'il avait accepté de ne plus coucher avec elle jusqu'au mariage.

— Non.

Grace, qui n'avait cessé d'opiner à tout ce que disait sa belle-mère, se tourna vers lui.

— Non ?

Patience pinça les lèvres.

— Un scandale aurait des retombées sur vos sœurs, Grace... sur lady Charlotte.

Réfléchis, et vite. Une idée commença à se former dans l'esprit de Matt, qui se laissa aller contre le dossier capitonné.

— Je ne tiens pas à provoquer un scandale, dit-il en arborant un sourire assez insolent et satisfait de lui-même. Je dirai à tout le monde que je suis tombé follement amoureux, ce qui se trouve être la vérité, et que je poursuivrai Grace sans relâche jusqu'à ce qu'elle accepte de m'épouser.

Se tournant vers l'intéressée, il ajouta :

— Quant à toi, mon amour, tu pourras adopter la prude attitude qui convient avant de céder enfin à la ferveur de mon désir.

Grace, qui sirotait une gorgée de thé, faillit s'étrangler. Elle parvint à transformer son hoquet en une toux polie. Tenant la main devant sa bouche, elle murmura, de façon à ce que lui seul l'entende :

— Je n'ai jamais été prude avec toi. C'est pour cela que nous sommes dans cette pagaille.

Il lui tapota le dos plusieurs fois.

— Je m'inscris en faux. Cela n'a rien d'une pagaille.

Patience plissa les yeux.

— Pardonnez-moi, mais je ne vous entends pas.

— Grace disait qu'elle avait avalé de travers. N'est-ce pas, mon amour ?

— Oui, merci de ton aide, répliqua-t-elle, hautaine, avant de se tourner vers Patience. J'ai au moins une amie en ville qui sait que j'avais un faible pour Matt depuis notre toute première rencontre. Je crois que si elle partageait cette information avec les bonnes personnes, le plan de Matt pourrait fonctionner.

Un faible pour lui ? En voilà une nouvelle ! Il eut du mal à ne pas en rester bouche bée.

— Quand était-ce, et pourquoi ne l'ai-je jamais su ?

— C'était il y a cinq ans. Tu as même dansé avec moi et tu t'es montré très charmant.

Charmant et fort peu disposé à l'époque à se marier. Quel idiot ! Il la dévisagea.

— Raconte-moi tout.

Les joues et le cou de Grace prirent une jolie teinte rose foncé.

— Plus tard, peut-être.

Il lui prit les mains.

— J'y compte bien.

Elle le regarda droit dans les yeux, et il eut beaucoup de mal à ne pas l'embrasser devant Patience.

— Deux semaines, décréta-t-il.

Sa belle-mère s'éclaircit la voix, et Grace se détourna.

— Trois, corrigea Patience.

— Très bien, trois, et pas un jour de plus. Grace, tu es d'accord ?

Elle hésita quelques secondes avant de répondre :

— Oui.

Il craignait qu'elle ne trouve une raison de retarder le mariage. Pour sa part, il était toujours désespéré de ne pas pouvoir l'épouser plus tôt.

— Oui, cela pourrait marcher, dit Patience, songeuse. D'autant qu'on vous a vu suivre Grace hors de la salle de bal hier soir et que tout le monde a pu remarquer les regards enamourés dont vous la couviez. Je dois le dire, faire appel à lady Evesham pour la raccompagner était une excellente inspiration.

Elle s'interrompit, le temps de boire une gorgée de thé.

— Grace, comment comptez-vous chaperonner votre sœur pendant que Matt vous fera la cour ?

— Ma tante, lady Herndon, a accepté de s'occuper de Charlotte pour sa première saison. Elle sera plus qu'heureuse de nous aider. Elle a eu un peu de mal à accepter ma décision de ne pas me marier.

Soulagée, Patience sourit.

— Très bien. Nous allons peut-être nous en sortir, après tout.

Grace se pencha légèrement vers elle.

— Aimeriez-vous dîner avec nous ce soir ?

— Ce serait avec joie, ma chère, mais je crois que je vais utiliser cette soirée à essayer de découvrir ce que les filles manigancent. Mais Worthington devrait dîner avec vous.

Des éclats de voix et des bruits de cavalcade résonnèrent soudain à travers la maison.

Patience se leva.

— Je vais extraire les quatre miennes du troupeau et les raccompagner à la maison. Je suis très heureuse que vous rejoigniez notre famille, poursuivit-elle en prenant les mains de Grace dans les siennes. J'espère cependant que vous comprenez mes inquiétudes ?

Soulagée que leur conversation se soit aussi bien déroulée, Grace sourit.

— Absolument, car je les partage. Comme vous l'avez dit, le moindre scandale aurait des répercussions sur Charlotte.

— Vous avez une dame de compagnie, je crois ?

— Oui, ma cousine, Jane Carpenter.

— Bien. Si Worthington envisage de fréquenter assidûment cette maison, ce qu'il devrait faire, il est essentiel que les mauvaises langues sachent que vous n'êtes pas seule.

— J'en suis consciente.

Les enfants pénétrèrent en masse dans le salon. Patience se figea un instant, surprise par leur nombre.

— Louisa, Augusta, Madeline et Theodora, suivez-moi.

— Mais, maman, nous avons décidé de dîner ensemble, protesta Louisa.

Patience ferma brièvement les yeux.

— Pas ce soir. Venez, s'il vous plaît. Vous pourrez vous revoir demain.

— Oui, maman, firent Louisa, Augusta et Madeline à l'unisson.

Theodora arborait une moue boudeuse assez familière.

— Maman, j'ai promis à Mary que je resterais.

— Theodora..., protesta Patience.

Matt fit les gros yeux.

— Theodora, obéis à ta mère.

— Oui, Matt, dit sa sœur avant de se tourner vers Mary. Je suis désolée.

Mary la serra dans ses bras.

— Je comprends. On se verra demain.

— Oui, on ira tous au parc ensemble.

Theodora lui rendit son étreinte avant de suivre ses sœurs dans le couloir.

Patience soupira.

— Depuis qu'elle est née, je mérite bien mon nom.

Les frères et sœurs de Grace accompagnèrent les sœurs de Matt. Il y eut de multiples embrassades de la part des filles. Matt dissimula un sourire quand elles voulurent en faire autant avec les garçons, qui préférèrent leur tendre la main.

— Combien de temps croyez-vous que durera cette entente ? demanda Patience.

— Si seulement je le savais ! Longtemps, j'espère, répondit-il en observant les enfants. Essayez de découvrir ce que mes sœurs ont derrière la tête. Je suis persuadé qu'elles ne nous veulent que du bien, mais l'enfer est pavé de bonnes intentions.

— En effet. Je frémis déjà en songeant à ce que tous ces enfants réunis pourraient inventer.

— Je partage votre avis, fit Grace en grimaçant. Aucun d'entre eux ne manque d'imagination.

Patience acquiesça, l'air déjà accablée.

— Grace, s'il vous plaît, venez me rendre visite demain.

— Merci. Avec plaisir.

Les dames s'embrassèrent sur les joues.

Matt poussa un soupir de soulagement. Pour l'instant, tout se passait bien. Il regarda autour de lui, soudain conscient qu'il manquait quelque chose. *Les chiens !* Où étaient-ils passés ?

13

De retour à Worthington House, Patience emmena les filles dans le salon réservé aux enfants.

— Je crois comprendre que vous êtes toutes ravies à la perspective de ce mariage entre lady Grace et Matt.

— Nous n'avons jamais été aussi heureuses, dit Madeline. Maman, n'est-ce pas si romantique ?

Patience acquiesça. C'était le mot, en effet. Même si, selon elle, il était peut-être encore un peu tôt pour que ces deux-là soient absolument sûrs de leurs sentiments.

— C'est vrai, intervint Louisa. Grace avait décidé de ne jamais se marier à cause de ses frères et sœurs. Je trouve que c'est une excellente chose que Matt soit tombé amoureux d'elle, car il est exactement ce dont les garçons ont besoin.

— Oui, renchérit Augusta. Tu aurais dû le voir arrêter cette bagarre dans laquelle Walter s'est retrouvé. Note bien que ce n'est pas lui qui avait commencé, mais cet horrible autre garçon.

Patience n'avait pas besoin d'interroger Theodora. Cela faisait des années que celle-ci voulait une petite sœur. Elle observa ses quatre filles un moment.

— Il semble que vous ayez déjà beaucoup réfléchi à la question.

Louisa sourit et regarda ses sœurs.

— Oui. Nous avons eu une réunion avec Charlotte et les autres et nous avons trouvé un moyen de résoudre toute dispute qui pourrait surgir.

« Nous y voilà », songea Patience, les genoux soudain très faibles. Elle se laissa tomber dans son vieux rocking-chair et demanda d'une voix un peu trop tremblante à son goût :

— Vraiment ? Comment cela ?

— C'est simple, répondit Augusta. En cas de désaccord, nous entamerons des négociations entre les deux familles. Pour le moment, Louisa et Charlotte sont les plus vieilles, ce sont donc elles qui dirigeront les pourparlers – c'est un mot qui vient des pirates. Quand elles partiront, les enfants les plus âgés les remplaceront.

— Oui, intervint Madeline. De cette façon, ni Grace ni toi ne serez impliquées. Vous serez chacune juste responsable de votre propre famille.

— Je vois.

Ce n'était pas aussi terrible que ce que Patience aurait pu craindre. Autre point positif, il semblait évident que Charlotte comme Louisa envisageaient de privilégier la diplomatie dans leurs relations avec leurs futurs maris.

— Y a-t-il autre chose ?

Louisa hocha la tête.

— Nous devons décider où nous vivrons.

Patience ne put empêcher ses lèvres de trembler légèrement.

— Je suis sûre que vous prendrez tous les éléments en considération.

— Merci, maman, nous le ferons, déclara solennellement Theodora.

— Eh bien, il est temps d'aller faire notre toilette et de nous préparer pour le dîner.

Obéissantes, ses filles quittèrent la pièce. Patience donna des ordres pour qu'elles dînent ici tandis qu'elle prendrait un plateau dans ses appartements. Si les enfants comptaient désormais manger ensemble, ce serait son dernier repas tranquille avant un bon moment.

Une fois dans son boudoir, elle se servit un verre de sherry. Ce mariage allait changer leur vie à tous. Mais Worthington aurait bien fini par se marier un jour ou l'autre et, elle l'admettait volontiers, Grace lui plaisait. Cette femme avait la tête sur les épaules et savait assumer ses responsabilités. Quant à Matt, il n'avait jamais paru aussi heureux. Patience essayait de son mieux de ne pas se sentir trop envieuse. Non qu'elle fût jalouse de Mat – il avait toujours été comme un frère pour elle. Elle regrettait simplement de ne pas avoir connu ce genre d'amour avec son mari. Mais il ne servait à rien de songer à ce qui n'arriverait jamais. Et puis, elle avait ses filles.

— Où sont les chiens ? demanda Matt.

— Aux dernières nouvelles, tu avais demandé à Hal de les sortir.

Grace s'avança vers un balcon qui donnait sur le jardin.

— Regarde.

Il la rejoignit. Daisy et Duke étaient en train de jouer ensemble, sous la surveillance du valet.

— Ils ont l'air de bien s'entendre, eux aussi.

— Au moins, les chiens ne vont pas inventer je ne sais quoi pour nous *aider*. Dieu sait ce que les enfants ont manigancé !

— Aie confiance en Patience. Elle saura faire parler mes sœurs.

Il prit les mains de Grace et se mit en devoir d'embrasser ses doigts un par un.

— Tu sais, les enfants veulent simplement te voir heureuse.

Des larmes montèrent aux yeux de Grace.

— Je sais.

Il la prit dans ses bras.

— Je serai un bon tuteur, Grace. Nous les élèverons ensemble.

Lui prenant le menton entre deux doigts, il tamponna tendrement ses paupières avec son mouchoir.

— Je t'en prie, crois-moi. Je ne vous ferai jamais aucun mal, ni à toi ni aux enfants.

Comme elle avait envie de le croire !

Un coup frappé à la porte évita à Grace de répondre. Jane glissa la tête par l'entrebâillement.

— Si je vous dérange, je repasserai.

Worthington déposa un léger baiser sur les lèvres de Grace avant de se lever.

— Pas du tout. Je dois me changer pour le dîner.

Non sans lancer à Grace un dernier regard rassurant, il sortit.

Les yeux de Jane brillaient d'excitation.

— Dois-je comprendre que lord Worthington a refusé que tu lui dises non ?

Grace baissa les yeux. Elle n'avait pas encore dit oui. Mais il était vrai qu'ils ne pouvaient continuer ainsi. Si léger qu'ait été son dernier baiser, ses lèvres en frémissaient encore. Avec lui, tout semblait si facile !

Néanmoins, trois semaines, c'était vraiment très court...

Elle releva la tête et sourit à sa cousine.

— Exactement. Sa chance a tourné aujourd'hui. Daisy a échappé à son valet, et Matt s'est porté à son secours. Ensuite, il a arrêté une rixe à laquelle Walter était mêlé et il est revenu ici avec tous les enfants qui se sont mis à plaider sa cause. J'ai aussi pris ton conseil en considération.

Jane la serra dans ses bras.

— Ma chérie, je suis ravie pour toi. Je crois sincèrement que c'est la bonne décision, et je suis certaine que tes parents auraient approuvé.

Tout le monde semblait si heureux pour elle... Peut-être que si elle parvenait à se faire un tout petit peu plus confiance, elle aussi le serait.

— Merci. Je n'aurais jamais cru pouvoir trouver un homme qui se soucie des enfants autant que moi.

En prononçant ces mots, elle comprit à quel point ils étaient vrais. Ses craintes n'étaient peut-être pas très rationnelles.

— Quand vous marierez-vous ? s'enquit Jane en s'asseyant face à elle.

Grace émit un petit rire.

— Demain, si on laissait faire Worthington. Mais lady Worthington est parvenue à le convaincre d'attendre trois semaines.

— Il faudra que tu me dises quand tu voudras que je parte.

Grace écarquilla les yeux.

— Quoi ? Oh non, Jane ! Pourquoi partirais-tu ? Tu en as envie ?

— Non, mais tu n'auras plus besoin d'une dame de compagnie, déclara Jane avec un gentil sourire.

— Jane, tu es bien plus que cela.

Jane lui tapota les mains.

— Ne t'inquiète pas, ma chérie. Nous pourrons en discuter plus tard, quand nous serons à la veille du mariage. Bon, je monte me changer.

Grace resta seule, sous le choc. Elle n'avait même pas envisagé que Jane puisse la quitter. Sa cousine avait été un soutien sans faille pour sa famille depuis la mort de son père à la suite d'une chute de cheval. Peut-être ferait-elle mieux de renoncer à ce mariage. Tout avait été si soudain ! Elle n'avait pas eu le temps de réfléchir autant qu'elle l'aurait dû. Par exemple, comment tout ceci allait-il affecter son personnel, dont beaucoup de membres étaient avec la famille depuis des années ? Sans parler de Jane…

Quelques minutes plus tard, elle se dirigeait vers le grand escalier.

Royston s'inclina.

— Le personnel aimerait vous présenter tous ses vœux de bonheur, madame.

Lui souriant, elle le remercia et monta dans sa chambre. Bien sûr, ils avaient deviné avant même qu'elle en parle. Tous les domestiques, jusqu'aux garçons d'écurie, devaient être au courant.

Bolton lui apporta une robe pour le dîner.

— Je me disais que celle-ci ferait l'affaire.

— Oui, elle est parfaite.

Grace se lava avec l'eau chaude déjà prête dans sa cuvette. Elle aurait aimé être aussi excitée que tous les autres paraissaient l'être. Après tout, cela faisait des années qu'elle rêvait de Worthington. Bolton l'aida à enfiler la robe avant de l'ajuster sur elle. Mais était-ce le bon moment ? Toutefois, elle n'avait pas encore formellement accepté le mariage. Elle s'était contentée de ne pas protester quand il l'avait annoncé... sauf qu'en ne protestant pas elle avait de fait accepté le mariage.

— Madame, arrêtez de vous tortiller ainsi, dit Bolton qui essayait de nouer ses lacets.

— Crois-tu que je fasse une erreur en acceptant d'épouser lord Worthington ?

— Non, madame, je ne crois pas.

Grace se retourna.

— Mais Jane envisage de partir...

— Vous devez laisser les gens prendre eux-mêmes leurs décisions. S'il y a une place dans la maison qui la rendra heureuse, elle restera, sinon elle partira. Vous pourrez discuter de tout cela avec lord Worthington, conclut Bolton avant de tendre à Grace une missive qui venait d'arriver.

Grace parcourut la lettre. Phoebe et Marcus se joindraient à eux pour un thé ce soir. C'était peut-être une bonne chose. Phoebe avait toujours été de bon conseil.

Elle jeta un dernier regard à son reflet dans le miroir. Elle portait une des robes confectionnées par Madame Lisette, coupée dans une soie couleur saumon, avec un décolleté en V aussi bien devant que derrière. Une ceinture tressée d'une nuance à peine plus sombre était maintenue sous ses seins par une broche. Deux volants prolongeaient le bas de la jupe. Madame Lisette excellait dans son travail, il fallait le reconnaître. Grace se trouvait plutôt élégante.

Matt tendait son chapeau au majordome quand Grace descendit l'escalier. Lorsqu'il la vit, son cœur, ses poumons – et sans doute plusieurs autres de ses organes essentiels – cessèrent de fonctionner. Chaque fois qu'il l'avait rencontrée jusqu'à présent, sauf à l'auberge où elle portait une robe en sergé assez démodée, il avait été tellement impatient de lui parler, de l'embrasser, qu'il n'avait prêté aucune attention à sa tenue. Maintenant, il pouvait prendre le temps d'admirer sa beauté. Et Grace était littéralement époustouflante. Ses cheveux brillaient à la lueur des chandelles, et la soie de sa robe semblait couler sur son corps à chacun de ses gestes, soulignant discrètement sa silhouette. Quelques boucles s'échappaient de son chignon pour venir cascader sur ses épaules. Et dire que toute cette splendeur lui appartenait ! Grace, cependant, paraissait distraite et incertaine. Il était temps de la prendre dans ses bras et de l'embrasser pour dissiper ses doutes.

Mais pourquoi diable ai-je accepté de ne pas lui faire l'amour ?

Puis Charlotte, Walter et les jumelles apparurent à leur tour en haut des marches. Il tendit la main à Grace.

— Tes chaperons ?

Elle glissa sa main dans la sienne, mais il sentit qu'elle était tendue.

— Nous dînons ensemble d'habitude.

Il sourit.

— Je trouve que c'est une excellente idée. Montre-moi le chemin.

Elle le conduisit dans le grand salon où Jane se trouvait déjà, assise dans un fauteuil devant la cheminée.

Elle discutait avec un homme et une femme assez jeunes.

— Bonsoir, monsieur, dit-elle en se levant.

Il s'inclina, et ignorant qui étaient ces deux personnes, répondit sur un ton tout aussi formel :

— Bonsoir, mademoiselle Carpenter.

Elle sourit.

— Je suis heureuse que vous vous joigniez à nous.

— Mademoiselle Tallerton, permettez-moi de vous présenter lord Worthington, intervint Grace en le guidant vers les deux inconnus. Worthington, Mlle Tallerton est la gouvernante des enfants, et voici leur précepteur, M. Winters.

Matt les salua d'un signe de tête pendant que la gouvernante exécutait une révérence et que Winters s'inclinait. La dame était grande et fine, plutôt jolie, d'ailleurs. Winters était à peine plus grand qu'elle et paraissait d'un abord très agréable.

— C'est un plaisir de vous rencontrer.

— Un plaisir partagé, milord, dit Mlle Tallerton.

Matt serra la main de Winters.

Les enfants arrivèrent et se virent offrir des verres de citronnade tandis que Grace et lui choisissaient du vin. Les jeunes Carpenter se tenaient remarquablement bien, mieux que ses propres sœurs. Même la petite Mary semblait connaître les bonnes manières jusqu'au bout des ongles.

Elle vint s'installer à ses côtés sur le canapé.

— Nous sommes heureux que vous soyez là.

Approchant une chaise sur laquelle il s'installa, Walter demanda :

— Monsieur, me donnerez-vous d'autres leçons de boxe ?

Matt consulta Grace du regard. L'air résignée, elle haussa les épaules. Il serait peut-être judicieux, se dit-il, de ne pas aller trop vite pour ce qui était d'enseigner aux garçons certains passe-temps typiquement masculins.

— Si cela ne dérange pas Grace.

— Je suis sûr que ça ne la dérange pas. N'est-ce pas, Grace ?

— Pas du tout, dit-elle. Je suis sûre que si papa avait été là, il t'aurait appris à boxer, comme il l'a fait avec Charlie.

Walter fila aller annoncer la bonne nouvelle à Philip, et Matt regarda Grace.

— Si tu ne veux pas...

Grace secoua la tête en soupirant.

— Non, tu avais raison. Il faut qu'ils apprennent à se comporter en gentlemen. Même si je n'approuve pas les échanges de coups de poing, je comprends qu'il s'agit d'un de ces sports que les messieurs apprécient.

— Merci. J'apprécie ta confiance en moi.

Elle se mordilla la lèvre inférieure. Elle était loin de lui faire entièrement confiance, tant elle répugnait à abandonner un peu du contrôle qu'elle avait sur ses frères et sœurs. Après tout, ils avaient été toute sa vie durant plusieurs années.

Royston annonça que le dîner était servi, et Matt escorta Grace dans la salle à manger. Chaque plat se révéla succulent. Ils commencèrent par une *soupe à l'oignon**, suivie par du saumon poché, du homard *en croûte** et de la pintade rôtie. Matt fit honneur à chacun de ces mets. L'accompagnement incluait des haricots verts, des petits pois avec une sauce au beurre et au thym, des carottes et des poireaux ainsi que des pommes de terre en purée. Son propre cuisinier n'aurait sans doute pas su en faire la moitié. Il ne l'avait jamais reproché à Patience, mais elle n'avait jamais su tenir une maison comme cela semblait être le cas de Grace. Des fromages, diverses crèmes, des tartes à la confiture et du raisin conclurent le repas.

Il se pencha vers Grace pour lui murmurer :

— Le chef reste avec nous.

Jusque-là, elle était demeurée très silencieuse, ne répondant que quand on lui adressait directement la parole.

— Jacques est très doué, c'est vrai, répondit-elle en souriant. C'est un cousin du chef de Phoebe… Oh, en parlant de Phoebe, j'ai oublié de te dire : Marcus et elle nous rejoindront tout à l'heure.

— Excellent. Nous pourrons leur faire part de nos projets.

Avec un peu de chance, ils apporteraient leur soutien à un mariage à peine plus précoce.

Après le dîner, tous les enfants, à l'exception de Charlotte, montèrent dans la nursery, accompagnés de Mlle Tallerton et de Winters. Worthington interrogea Grace du regard.

— Charlotte n'est plus une petite fille. Elle va être amenée à assister à un bon nombre de soirées et, si nous voulons que les gens croient notre histoire, il faut qu'elle soit capable de répondre aux questions qu'ils ne manqueront pas de lui poser.

Il émit un grognement.

— Et donc Louisa aussi ?

— Bien sûr, répliqua Grace en lui lançant un regard vaguement agacé. Ta sœur est dans la même situation. D'ailleurs, je regrette qu'elle ne soit pas là. Je demanderai à Charlotte de lui faire part de toutes nos décisions.

N'ayant aucune envie de rester seul pour boire son porto, il accompagna les dames au salon. Jane et Charlotte s'installèrent près de la cheminée tandis que Grace se dirigeait vers les portes-fenêtres à l'autre bout de la pièce.

Il vint se placer derrière elle, le corps frémissant d'anticipation, et se demanda ce qu'il risquerait de se passer s'il la touchait. Levant une main, il joua avec une de ses boucles… et vit le frisson qui courut entre ses omoplates.

— Grace ? chuchota-t-il.

Elle se laissa aller un peu en arrière, lui offrant une vue splendide sur sa gorge. Du pouce, il caressa la ligne de sa mâchoire. Elle déglutit, et il sentit son pouls s'accélérer.

Un bref regard par-dessus son épaule apprit à Matt que Charlotte et Jane étaient en pleine discussion. Il laissa alors son pouce descendre le long de la fine chaîne en or que portait Grace pour venir frôler le sommet de ses seins crémeux.

— Grace ? lui murmura-t-il à l'oreille.

— Matt, tu avais promis.

— J'ai promis de ne pas te faire l'amour. Je n'ai pas promis de ne pas t'encourager à me faire l'amour.

Elle se retourna brusquement, ses seins frottant sa veste. Quand elle leva les yeux vers lui, au lieu du désir qu'il s'attendait à y voir, il n'y trouva qu'une supplique.

— S'il te plaît, arrête. Tu sais que j'ai accepté de t'épouser.

Des larmes commençaient à briller dans ses yeux, et il s'en voulut. Au lieu d'alléger son fardeau, il ne faisait que l'alourdir.

— Je suis désolé. Pardonne-moi, s'il te plaît.

— Ce n'est pas facile pour moi non plus, tu sais.

— Je suis désolé, répéta-t-il d'une voix sourde. Je ne recommencerai pas, mais j'ai tellement envie de toi !

— Ne crois-tu pas que je te désire tout autant ? J'en meurs d'envie.

— Je sais. Je vois ton souffle s'accélérer, ta peau frémir...

Il porta ses mains à ses lèvres pour les embrasser l'une après l'autre.

— Peux-tu me pardonner ?

— Oui, oui, mais pouvons-nous parler d'autre chose maintenant ?

Quel idiot il était d'avoir ajouté à sa détresse !

— Bien sûr. Parle-moi donc de ce faible que tu avais pour moi autrefois.

Sa gorge et ses joues se colorèrent d'un joli rose, et le bleu d'été de ses yeux s'adoucit.

— Comme tu le sais déjà, c'était ma première saison. Même si nous avons dansé ensemble, je ne crois pas que tu m'aies vraiment remarquée. Mais aucun autre gentleman n'a fait battre mon cœur comme toi.

Elle lui lança un regard voilé par ses cils.

— C'est pour cette raison que je n'ai pas perdu espoir. J'ai refusé quelques demandes en mariage et j'ai décidé d'attendre jusqu'à l'automne. Pourtant, pour une raison quelconque, nous ne sommes pas revenus en ville pour la petite saison. L'année d'après, je ne t'ai pas vu. Et, bien sûr, l'automne et le printemps suivants, j'étais en deuil de mes parents.

C'était sans doute l'année où il avait évité toutes les soirées et bals susceptibles d'être fréquentés par des jeunes filles à marier. Se souvenant enfin de cette première rencontre, il lui prit la main et l'embrassa.

— Je t'avais remarquée. Mais j'étais jeune et je n'étais pas prêt pour le mariage.

— C'est ce qu'a dit Phoebe.

Il rit doucement.

— Elle n'a pas dû te dire que cela.

Elle leva un regard timide vers lui.

— Mais tu ne m'as pas reconnue à…

— Pas vraiment, mais je savais que je t'avais déjà vue quelque part.

Grace sourit, le cœur plus léger.

— Madame, lord et lady Evesham sont arrivés, annonça le majordome.

— Je vous en prie, faites-les entrer, Royston, et qu'on apporte le thé.

Worthington et elle s'avancèrent pour accueillir leurs invités.

Phoebe entra dans la pièce, jeta un coup d'œil à Matt et se dirigea droit vers Grace.

— Dois-je te présenter tous mes vœux de bonheur ?

— Oui, mais nous… nous… Eh bien, tout est si soudain.

— Je comprends, déclara Phoebe en prenant un siège. Il nous faut un plan.

— Exactement, en convint Grace avec un sourire un peu tremblant. Mais, avant tout, laisse-moi te présenter ma cousine, Mlle Carpenter.

Jane exécuta une révérence

— Milady.

Phoebe la salua en souriant.

Une fois qu'ils furent tous installés, Grace se chargea du service.

— Alors, dit Phoebe en prenant sa tasse, avez-vous déjà fixé une date pour le mariage ?

Matt grimaça.

— Plus ou moins. Mais ma belle-mère n'en est pas tout à fait satisfaite.

Haussant les sourcils, Phoebe but une gorgée avant de répondre.

— Lady Worthington est très à cheval sur les principes, et elle doit penser à sa fille aînée. Je peux la comprendre, on n'est jamais trop prudent. Dites-moi ce que vous avez prévu, et je vous donnerai un avis sincère.

— Je compte faire savoir – c'est là que tu interviens, Marcus – que j'ai eu le coup de foudre pour Grace et que depuis je la poursuis sans relâche. Grace résistera un moment, un très court moment, avant d'accepter de m'épouser.

— Phoebe, intervint Grace, tu peux aussi révéler que j'étais tombée amoureuse de Worthington il y a plusieurs années, mais qu'il nous avait été impossible de nous revoir depuis ma première saison.

— Hum, cela pourrait marcher, en convint Phoebe en prenant un petit gâteau au gingembre. Je n'aurais que quelques détails à ajouter. Worthington, il faut répandre le bruit que vous aussi aviez été attiré par Grace à l'époque, mais que, comme tous les jeunes gens, vous pensiez avoir le temps. C'est alors que plusieurs tragédies successives ont frappé sa famille, vous empêchant de vous revoir jusqu'à la soirée chez lady Bellamy.

Worthington acquiesça.

— Je n'ai aucune objection à cela. Marcus ?

— Pas question pour moi d'ajouter des obstacles sur le chemin de votre bonheur, dit celui-ci d'un ton enjoué. Je vous aiderai de mon mieux.

Reposant sa tasse, Phoebe regarda alternativement Matt et Grace.

— Alors, quand voudriez-vous vous marier ?

— Selon ma belle-mère, il nous faut attendre trois semaines, annonça Matt, qui ne put s'empêcher d'ajouter : Je trouve cela bien trop long.

Phoebe secoua la tête, tandis que Marcus et Charlotte riaient. Jane elle-même sourit. Grace, quant à elle, leva les yeux au ciel.

— Nous étions tombés d'accord sur ce point, dit-elle.

— Je pense que cela pourrait marcher, déclara Phoebe.

— Si Worthington tient jusque-là, ironisa Marcus. Que feras-tu si un autre homme invite lady Grace à danser, mon vieux ?

Matt en resta bouche bée. Grace dansant avec un autre ? Impossible. Il grommela.

— C'est bien ce que je pensais. Ma chérie, tu dois leur permettre de se marier plus tôt.

Phoebe soupira.

— Worthington, si vous comptez vous conduire comme un chien qu'on prive de son os, cela ne manquera pas de divertir la haute société.

— Si cela peut me permettre d'obtenir ce que je veux, je m'en moque.

Soudain, Jane reposa sa tasse et prit la parole d'un ton péremptoire :

— Voilà qui règle tout. Lord Worthington agira comme il le voudra – avec tous les risques que cela implique pour lui –, et Grace se comportera avec dignité, en lady pudique mais heureuse qu'après tout ce temps, il se soit enfin décidé à lui faire la cour.

Charlotte frappa dans ses mains et déclama :

— « En un instant, il déposa son cœur devant son autel. Toute la passion qu'il abritait, toute la félicité qu'il adorait. »

Tous les regards se tournèrent vers elle.

Elle ouvrit de grands yeux.

— Quoi ? C'est de Thomas Moore. Le contexte est peut-être différent, mais le sentiment est juste.

De la poésie. Matt faillit gémir. Voilà ce qui arrivait quand on mêlait de jeunes dames à des histoires de grandes personnes.

14

— Très romantique, dit Grace, approbatrice.

Phoebe opina.

— Absolument. Il *faut* que votre romance soit passionnée. La haute société adore les histoires d'amour au moins autant que les scandales. On doit vous voir en public le plus souvent possible. Je vous suggère d'assister au service à St. George demain et de vous promener dans le parc aux heures d'affluence. Grace, ce sera l'occasion de sortir ton landau. Je dresserai une liste des meilleures réceptions auxquelles vous rendre.

Elle mordilla son biscuit d'un air pensif avant d'ajouter :

— Charlotte, si Mlle Carpenter et toi pouviez glisser à vos amies que Worthington hante Stanwood House, ce serait utile.

Cette proposition enchanta une Charlotte tout excitée.

— Je peux aussi dire qu'il emmène les enfants se promener au parc.

Phoebe écarquilla les yeux.

— Vraiment ? Il fait cela ?

— Eh bien, il l'a fait aujourd'hui. Par accident.

— Comment cela est-il arrivé ?

— Daisy, notre chienne, s'était enfuie, alors Matt a envoyé son chien, Duke, pour…

Phoebe était déjà en proie à un fou rire.

— Worthington, il serait judicieux que ces promenades avec les enfants deviennent une habitude.

Grace fronça les sourcils avant de se détendre.

— Oui, si l'on sait que tu prends déjà soin d'eux, il te sera plus facile d'obtenir la garde.

— Je suis bien d'accord, répondit-il en lui baisant la main.

Quand Phoebe essaya de dissimuler un bâillement, Grace se leva.

— Phoebe, il est temps que tu rentres te reposer.

— Tu as raison. Des journées très chargées nous attendent.

Quand Grace voulut les raccompagner, Marcus et elle, à la porte, Phoebe l'arrêta.

— Non, ma chérie. Laisse Charlotte et Mlle Carpenter nous montrer le chemin.

Grace étreignit son amie.

— Merci.

— Je suis heureuse de pouvoir t'aider, répondit Phoebe en l'embrassant sur la joue. Ah, cette saison risque d'être des plus intéressantes.

Une fois la porte du salon refermée, Matt prit Grace dans ses bras.

— Je n'arrive pas à croire que tout ceci se soit passé en si peu de temps.

— Moi non plus, dit Grace en plongeant son regard dans ses yeux couleur lapis.

— Embrasse-moi – je n'en demande pas plus. Je sais qu'il faudra que les baisers suffisent jusqu'à ce que nous soyons mariés.

Les deux mains nouées autour de son cou, elle posa tendrement ses lèvres sur les siennes. Quand elle le taquina avec sa langue, il lui offrit sa bouche. Elle pencha la tête, acceptant sa ferveur, et un désir brûlant, ravageur, l'envahit, se propageant dans tout son être. Elle avait tellement envie de lui que cela lui faisait peur. Comme si, pendant des années, elle avait été privée d'une chose essentielle.

— Matt, mon amour, il faut arrêter.

Il s'écarta à regret.

— Nous nous retrouverons demain matin.

Elle acquiesça et le regarda quitter la pièce. Ces trois semaines allaient être les plus longues de sa vie. Si seulement elle pouvait arrêter de penser à toutes ces sensations merveilleuses qu'il éveillait en elle…

Le matin suivant, Matt fut introduit à Stanwood House et informé – de façon inutile, car il entendait le vacarme depuis la porte d'entrée – que toute la famille était déjà rassemblée dans la salle du petit déjeuner. Des valets allaient et venaient, portant plats, carafes de lait et théières.

— Bonjour.

D'abord, il crut à une hallucination. Il se frotta les yeux avec ses paumes, mais quand il rabaissa les mains, ses quatre sœurs étaient toujours là.

La pièce devint silencieuse pendant un très bref moment, puis des saluts enthousiastes retentirent.

Assise en tête de table, Grace rit de bon cœur.

— Bonjour.

Dieu, que c'était bon de la voir aussi heureuse. Il la rejoignit et déposa un baiser sur ses lèvres.

Mary ouvrit des yeux ronds.

— Ooooh.

Souriant, Matt tira gentiment sur une de ses nattes et s'installa sur une chaise qu'un valet venait d'installer entre Grace et la petite fille.

— Oui, oooh. Maintenant, finissez de manger.

Il se tourna vers ses sœurs.

— Avez-vous prévenu votre mère que vous preniez votre petit déjeuner ici ?

Louisa leva légèrement le menton.

— Maman n'était pas encore debout quand nous sommes sorties. Nous l'avons dit à la nourrice. Elle a dû la prévenir. Nous avons pris une décision…

Elle regarda les autres enfants, qui acquiescèrent tous.

— Puisque nous allons vivre ensemble, autant nous y habituer.

— C'est parfaitement sensé, quand on y réfléchit, renchérit Walter.

Brandissant un bout de tartine, Augusta ajouta :

— Et comme ça, ce sera plus facile pour nous de vous aider.

Worthington cligna des paupières. Dieu seul savait ce qu'ils allaient encore inventer ! Il se tourna vers Grace.

— Prendrez-vous vos voitures pour aller à l'église ?

— Nous irons à pied. Autant les fatiguer un peu. Ils seront moins agités pendant le service.

— Je vais épouser une femme stratège. Tu as raison, il ne serait pas bon qu'ils se donnent en spectacle devant tous ces bons paroissiens dès notre première apparition ensemble.

Une horde pareille allait déjà provoquer suffisamment de regards curieux.

— Nous ne pouvons pas non plus nous permettre d'être en retard, reprit-il. Quand serez-vous prêts à partir ?

— Dans moins d'une demi-heure. Les enfants sont déjà habillés sous leurs blouses.

Il regarda autour de la table et remarqua pour la première fois que tous portaient des espèces de blouses d'artiste. Il n'avait jamais rien vu de semblable.

— Quelle bonne idée !

— Merci, dit-elle en souriant. Au moins, ils quitteront la table sans taches sur leurs vêtements. Mais je ne fais aucune promesse pour le goûter.

— Oui…, fit-il, une lueur enjouée dans le regard. Les tartes à la confiture…

— Précisément. Il devrait nous falloir environ quinze minutes pour arriver à Hanover Square. Ta belle-mère nous rejoindra-t-elle ?

— Oui. Patience prendra sa voiture.

Il baissa la voix pour s'adresser à elle seule :

— Ils s'entendent vraiment bien, n'est-ce pas ?

— Espérons que cela va durer. As-tu mangé ?

— Non.

Il se leva pour aller lui-même se servir à la desserte avant de revenir à table.

— As-tu eu des nouvelles de ton oncle ?

— Pas encore. Nous les verrons sans doute à l'église, ma tante et lui. Ah, en regardant le calendrier, je me suis rendu compte que Pâques tombe dimanche prochain. Charlie reviendra à la maison pour les vacances.

— Avec le carême, cela signifie qu'il n'y aura aucun bal cette semaine.

Grace se mit à rire.

— Quelle chance pour vous, milord.

— Oui, n'est-ce pas ? fit Matt en riant à son tour. Quand le premier bal aura lieu, tous ces messieurs du beau monde sauront déjà que tu m'appartiens.

À condition d'annoncer officiellement leurs fiançailles au plus tôt.

Grace secoua la tête.

— Je ne comprends pas pourquoi il est si important pour toi d'aller aussi vite.

— Je ne saurais l'expliquer. Une sorte de besoin primitif, j'imagine.

Il essayait de prendre un ton léger mais, à chaque jour qui passait, le guerrier en lui devenait de plus en plus protecteur vis-à-vis d'elle et, par extension, de ses frères et sœurs.

Les enfants venaient tout juste de finir de manger quand lady Worthington fut introduite et prévenue qu'ils se rendraient à St. George à pied.

Matt se leva.

— Patience, je ne m'attendais pas à vous voir ici.

Sa belle-mère sourit à Grace, qui lui offrait déjà une tasse de thé.

— Sans doute parce que je ne m'attendais pas moi-même à venir. Mais la curiosité l'a emporté, dit-elle tandis que son sourire s'élargissait. En me réveillant, j'ai appris que les filles avaient décidé de prendre le petit déjeuner chez vous. N'ayant encore jamais vu de table avec autant d'enfants, j'ai, je l'avoue, cédé à un caprice.

Grace frappa dans ses mains à deux reprises.

— Les enfants, allez vous laver les mains et vous brosser les dents.

La table se vida. Une fois la horde disparue, un silence quasi surnaturel emplit la pièce.

— Combien de temps avons-nous avant qu'ils reviennent ? demanda Matt.

— Quinze minutes à peu près. Ils ont chacun leur cuvette.

— Quelle organisation, fit Patience, admirative. Je vous félicite. Je voulais aussi vous dire à tous les deux ce que les filles m'ont appris hier soir. Il semble que ces petits anges aient décidé de nous soulager de certains soucis...

Quand elle eut terminé, Grace riait de bon cœur.

— Je suis heureuse qu'ils aient trouvé un moyen de régler leurs différends, je l'avoue, mais je ne crois pas que ce soit à eux de décider où nous allons vivre.

Entendant les enfants dans l'escalier, elle se leva.

— Je vais chercher mon chapeau. Je vous retrouve dans le hall.

Matt l'arrêta en la prenant par les épaules.

— Ma chérie...

— Oui ? fit-elle, un peu surprise.

— Peux-tu prendre un chapeau qui me permette de voir ton visage ?

Elle écarquilla un peu les yeux.

— Comment as-tu deviné ?

— La première fois, j'ai mis trop longtemps avant de comprendre, et la deuxième fois, tu t'es évaporée en pleine rue. Un jour, il faudra que tu me dises comment tu t'y es prise.

Grace se mordit la lèvre.

— Et, malgré cela, tu souhaites toujours m'épouser ?

— Plus que tout au monde.

Patience eut un rire léger.

— Je prédis que votre vie conjugale sera assez trépidante.

Matt regarda sa belle-mère.

— J'ai hâte d'y être. Je ne comprends pas comment j'ai pu être assez stupide pour ne pas l'épouser quand elle avait dix-huit ans.

— Vous étiez sans doute tous les deux trop jeunes à l'époque, remarqua Patience.

— Peut-être.

Dans sa chambre, Grace trouva un petit chapeau en paille orné d'une plume et d'un ruban qui se nouait sous l'oreille gauche. Les enfants l'attendaient déjà quand elle redescendit dans le hall.

— Je veux que vous vous aligniez deux par deux. Hal et Will, vous nous suivrez en bout de file.

Ils se trouvaient à moins d'un pâté de maisons de l'église quand Grace vit à quel point leur petite troupe attirait les regards.

— Ce n'était peut-être pas une si bonne idée d'y aller à pied. Je ne pensais pas que nous provoquerions une telle curiosité.

— Ne t'inquiète pas, dit Matt en lui serrant le coude. Avec une telle meute, cela n'a rien d'étonnant.

— Je suppose que tu as raison. Je ne pourrais pas passer toute la saison sans les amener à l'église. À la campagne, nous y allons tous les dimanches.

— C'est comme pour tout, ironisa Matt. Les curieux s'intéresseront à nous pendant un moment, puis ils passeront à autre chose.

— Il a raison, ma chère, renchérit Patience. Ne vous tracassez pas pour cela.

La tante et l'oncle de Grace descendirent de leur voiture et se retournèrent, visiblement sidérés par leur procession.

Lady Herndon retrouva son grand sourire à mesure qu'ils approchaient d'elle.

— Grace, lord Worthington, lady Worthington. C'est un plaisir de vous voir avec tous les enfants. Pour une fois, il semble que les rumeurs disent vrai.

Grace blêmit.

— Les rumeurs ?

Le sourire de lady Herndon vacilla.

— Mais... oui, ma chère. Et je dirais qu'elles paraissent fondées.

Avec une présence d'esprit qui avait déserté Grace, Matt intervint.

— Oui, lady Herndon. Elles le sont. Je fais tout mon possible pour convaincre votre nièce de m'épouser.

— Eh bien, ma foi... monsieur, vous vous y prenez de la meilleure des façons, déclara oncle Herndon en serrant vigoureusement la main de Matt.

— Oncle Bertrand ! s'exclama-t-elle.

Pourquoi fallait-il que ce soit toujours les membres de votre famille qui vous embarrassent le plus ?

Il ignora sa sortie.

— Est-ce la raison pour laquelle vous souhaitez me voir ?

— Oui, mon oncle.

— Bien, bien. Venez donc prendre le thé cet après-midi à Herndon House.

Il regarda derrière elle.

— Inutile d'amener les enfants.

Soudain, Grace fut prise de vertige. Un tintement insistant résonnait dans ses oreilles. Tout cela allait beaucoup trop vite et, encore une fois, elle se demanda pourquoi elle était la seule à le penser.

— Lord Worthington ? reprit son oncle.

— Oui, monsieur ?

— C'est une immense responsabilité que nul ne peut endosser à la légère.

— Je le sais, monsieur. Si je ne m'en croyais pas capable, aussi bien vis-à-vis de lady Grace que de tous les enfants, je ne l'aurais jamais envisagée.

Lord Herndon considéra le public de plus en plus nombreux qui se pressait sur les marches de l'église.

— Nous en discuterons cet après-midi.

— Nous devrions entrer et installer les enfants, intervint lady Worthington. Milord, milady, voulez-vous vous joindre à nous ?

— Nous en serions enchantés, déclara tante Almeria avec une joie sincère.

— Grace, tu vas bien ? murmura Matt à son oreille.

— Oui, oui.

Il la conduisit dans la nef et s'assura que les enfants prenaient convenablement leurs places. Grace gardait les yeux obstinément baissés, refusant de voir les regards intrigués qui ne cessaient de les suivre. Heureusement, le service commença, et le rituel l'apaisa. Elle avait simplement été prise par surprise un bref moment. Il ne s'était rien passé d'alarmant. Matt était assis à ses côtés, et sa présence était rassurante. Tous les enfants se tenaient à merveille. Dieu devait veiller sur eux.

Deux heures plus tard environ, ils quittèrent St. George, saluèrent les Herndon et reprirent le chemin de la maison comme ils en étaient venus. Grace était redevenue elle-même.

Après avoir envoyé les enfants à l'étage, Patience, Matt et elle se retrouvèrent dans le petit salon.

— Tout s'est déroulé comme dans un rêve, remarqua Patience.

Worthington serra la main de Grace.

— Qu'en as-tu pensé ?

— Au début, j'ai été un peu choquée. J'ai toujours tellement veillé à ne pas être l'objet du moindre ragot que l'idée qu'une rumeur puisse être bonne m'a un peu sidérée.

Elle s'interrompit et secoua la tête.

— Je ne suis pas très claire, n'est-ce pas ?

Il l'embrassa sur la joue.

— Tu es parfaitement claire, au contraire. Et oui, en général, les ragots sont malveillants, et il vaut mieux s'en méfier. Mais tout ira bien, crois-moi.

Grace sourit et regretta qu'ils ne soient pas seuls tous les deux.

— Oui, tout ira bien.

— Je suis impatient de parler à ton oncle.

— Chaque chose en son temps, dit-elle en se tournant vers lady Worthington. Patience, voulez-vous vous joindre à nous pour le déjeuner ?

Cette dernière sourit.

— À vrai dire, j'espérais un peu cette proposition. Même si je devine que les filles ont déjà décidé de prendre tous leurs repas ici.

Donc, avec les enfants, Jane, M. Winters et Mlle Tallerton, ils seraient seize à table. Fort heureusement, elle avait déjà informé le cuisinier que les filles Vivers mangeraient désormais avec eux. Avec un tel nombre, une assiette de plus ne ferait guère de différence.

15

Grace était ravie que le premier repas majeur concocté par son cuisinier connaisse un tel succès. Le rôti de bœuf piqué à l'ail était cuit à la perfection, tout comme le pudding. Aucun chef anglais n'aurait pu faire mieux – et la plupart s'en seraient bien plus mal sortis. Le rôti était accompagné d'une soupe de choux de Bruxelles que même les plus jeunes enfants apprécièrent, de haricots verts avec des amandes, de pommes de terre, d'asperges et d'une salade. Le tout fut suivi de fromages, de fruits, de confitures, de petites tartes et de friandises.

Patience se laissa aller contre le dossier de sa chaise.

— Oh, ma chère Grace, je ne me rappelle pas avoir jamais aussi bien mangé. Mes compliments à votre chef.

— Merci, il est extraordinaire. Je lui transmettrai vos louanges.

Les enfants, qui avaient été très silencieux pendant tout le repas, étaient à présent absorbés par leurs desserts.

— Matt et moi devons rendre visite cet après-midi à ma tante et à mon oncle Herndon.

— Dans ce cas, je serais heureuse de rester ici pour veiller sur les enfants, déclara aussitôt Patience. Cela ne me dérange pas du tout.

Grace était soulagée de constater qu'elle semblait à l'aise en leur compagnie.

Il fut décidé que les enfants changeraient de tenue afin de pouvoir jouer dans le jardin. Patience rassembla ses filles pour qu'elles rentrent se changer à Worthington House tandis que les frères et sœurs de Grace montaient dans leurs chambres.

— Enfin seuls ! dit alors Matt en se rapprochant de Grace.

— Oui.

Il fronçait les sourcils.

— Tu veux bien me dire ce qui s'est passé à St. George ? Tu semblais perdue.

— Je ne suis pas sûre de pouvoir l'expliquer. J'ai eu la sensation que tous nos projets tombaient à l'eau.

— Comment cela ?

— C'était comme si tout allait soudain trop vite. Je m'attendais à une certaine résistance, au moins de la part de mon oncle, et j'ai été surprise qu'il nous donne son accord comme si cela allait de soi. Depuis la mort de ma mère, la vie a été si dure… et voilà que, soudain, tout semble trop facile. C'est idiot, je sais, mais j'ai peur que quelque chose n'arrive qui nous empêche de nous marier.

Elle posa la main sur son torse.

— Ne t'en fais pas je vais bien maintenant.

— Ce n'est pas idiot, dit-il en inspirant le parfum de sa chevelure. Mais sache que rien ne m'empêchera de t'épouser. Nous n'avons peut-être pas encore décidé où nous allons habiter, ni comment tu vas gérer Stanwood Hall sans y vivre, et bien d'autres détails encore, mais notre mariage est une certitude.

Elle leva les yeux vers lui, mais ne trouva pas de mots pour lui répondre. Elle ne pouvait que lui faire confiance et le croire.

Il hocha la tête comme s'il devinait ses pensées.

— Si cela est possible, voudrais-tu m'épouser plus tôt ?

C'était peut-être la solution.

— Oui, oh oui. J'aimerais tant que toute cette incertitude soit levée.

— Grace, mon amour, quand tu es venue à moi à l'auberge…

— Madame, monsieur, lord et lady Evesham souhaitent vous voir, annonça Royston.

— Faites-les entrer et qu'on serve du thé, répondit Grace en se demandant pourquoi leurs amis venaient de façon aussi subite.

Avaient-ils eu tort d'emmener tous leurs frères et sœurs à l'église ? Les mauvaises langues se déchaînaient-elles déjà ? Non, ce ne pouvait être pour cette raison.

Le majordome s'inclina.

— Oui, madame.

— Je me demande ce qu'ils viennent faire, dit Grace en serrant la main de Matt. Étaient-ils à l'église ?

— Oui, et tu les aurais vus toi aussi si tu n'avais pas gardé la tête baissée pendant tout le service.

Elle soupira.

— Je sais.

Marcus et une Phoebe visiblement surexcitée furent introduits.

— Grace, tout le monde devait être à St. George ce matin. On ne parle que de Worthington et de toi !

La pièce tourbillonna soudain, et la lumière disparut.

— Elle s'est évanouie, annonça calmement Phoebe. Marcus, j'ai des sels dans mon réticule. Donne-les-moi, s'il te plaît.

Effaré, Matt contemplait le corps inerte de sa promise dans ses bras. Heureusement, il avait pu la rattraper avant qu'elle s'écroule au sol.

— Worthington, allongez-la sur un canapé.

Il obéit.

— Je ne comprends pas. Que lui arrive-t-il ?

— Occupons-nous d'elle d'abord, déclara Phoebe, et je vous expliquerai.

Matt déposa tendrement Grace sur un sofa avant de s'asseoir à ses côtés en lui tenant les mains.

Phoebe les rejoignit.

— Grace est une femme timide. Elle n'a aucune difficulté à parler avec une ou deux personnes, mais elle a tendance à paniquer dès qu'elle se retrouve dans une foule. Pour cette même raison, elle a toujours craint les ragots. Mais, après la mort de ses parents et son combat pour la garde de ses frères et sœurs, j'ai senti, à travers ses lettres, que cette crainte devenait pratiquement une obsession. Elle redoutait – elle était même terrifiée – à l'idée qu'une rumeur éclate et qu'on lui enlève les enfants pour les éparpiller dans différentes familles. Ce qui, bien sûr, aurait signifié qu'elle n'avait pas tenu le serment fait à sa mère. Je n'aurais pas dû m'exprimer ainsi sans la préparer d'abord.

Elle prit les sels que lui tendait Marcus et regarda Matt.

— Worthington, dites-moi que vous comprenez.

— Oui, je crois. En y repensant, quand elle a remarqué à quel point nous attirions l'attention à l'église, elle a paru très mal à l'aise.

— Ce n'est pas surprenant. Tout ce dont elle a besoin, c'est d'un peu de soutien.

Phoebe passa les sels sous les narines de Grace, et celle-ci reprit connaissance.

— Grace, mon amour.

Matt la serra contre lui. Il n'avait pas vraiment saisi l'ampleur du fardeau qu'elle portait. Raison de plus pour l'épouser au plus tôt.

— Me suis-je évanouie ?

— Oui, dit Phoebe en lui tendant un verre d'eau. C'est ma faute. Je sais bien que tu ne supportes pas les chocs. Worthington, aidez-la à se redresser. Grace, tu seras remise dans une seconde.

Grace but, soutenue par Matt.

— Je vais bien maintenant, dit-elle après avoir avalé quelques gorgées. Raconte-moi.

Phoebe s'assit, les lèvres pincées.

— Tout le monde parle de vous deux. On raconte que Worthington t'a fait perdre la tête et que, de son côté, il est fou amoureux. Certaines rumeurs proviennent de l'entourage de lady Bellamy, mais certaines trouvent aussi leur origine dans la façon avec laquelle il a réglé le petit incident auquel ton frère a été mêlé.

Le thé que Grace avait demandé fut apporté, et Phoebe se chargea du service avant de poursuivre :

— Mme Babcock a raconté à qui voulait l'entendre que lord Worthington avait jeté son dévolu sur toi. Et ta tante Herndon a fait savoir qu'il devait discuter avec ton oncle dès cet après-midi.

Grace regarda Matt avec appréhension. Il la serra contre lui.

— Tout ira bien.

— Mais nous avons encore tant de décisions à prendre...

— Oui, et nous les prendrons.

Sur ce, Patience fut annoncée et introduite.

— Je viens de passer la dernière demi-heure avec Helena Featherton et Sally Huntington. Vous êtes la romance de la saison, annonça-t-elle.

Matt baissa les yeux et constata que Grace venait de nouveau de s'évanouir.

— Est-ce quelque chose que j'ai dit ? s'inquiéta Patience.

Marcus tendit le flacon de sels à Matt, qui se mit en devoir de ranimer Grace pour la seconde fois. Phoebe avait entraîné lady Worthington à l'écart et lui parlait à mi-voix.

— Oh non, s'exclama Patience, je l'ignorais. Je ne voulais pas du tout lui causer un tel choc. Worthington, ajouta-t-elle à l'intention de son gendre, je suis vraiment désolée. Grace, pour rien au monde je ne voudrais vous faire le moindre mal. J'avoue être excitée par la tournure que prennent les événements. Lady Sefton m'a félicitée et m'a promis des recommandations dans les meilleures maisons à la fois pour Louisa et pour Charlotte.

Matt tendit de nouveau le verre d'eau à Grace, puis lui servit du sherry.

— Que puis-je faire pour te convaincre que tout va bien se passer ? demanda-t-il avec douceur.

— Je me sens si stupide.

La voix de Grace tremblait.

— Tu es tout sauf stupide. Tu as juste été prise au dépourvu.

— Quelle heure est-il ?

— Tu as le temps de te reposer avant que nous nous rendions chez ton oncle et ta tante.

Il la berça un peu contre lui.

— Bonne idée, intervint Phoebe. Mieux vaut ne pas te montrer chez lady Herndon avec un visage aussi pâle. Viens, je t'accompagne dans ta chambre.

— Je vais te porter, annonça Matt.

— Non, non, vraiment. Il faut que tu arrêtes de me porter sans arrêt, fit Grace avant de rire faiblement. Je suis parfaitement capable de monter dans ma chambre. Tout ce dont j'ai besoin, c'est de me passer un peu d'eau fraîche sur le visage.

Une fois que Phoebe et elle furent parties, Matt regarda sa belle-mère.

— Demain, à la première heure, j'achèterai une licence spéciale. Nous nous marierons dès qu'elle sera prête.

Patience rougit.

— Comme vous voulez. J'admets avoir eu tort de croire qu'il fallait attendre.

— Je ne vous le reproche pas. Nous avons encore de nombreux problèmes à régler. Mais je veux qu'elle soit ma femme le plus tôt possible.

Patience fronça les sourcils.

— Une cérémonie intime, alors ? Juste la famille et quelques amis ?

Matt acquiesça.

— Elle ne supporte pas les foules. Je ne lui ferai donc pas subir un mariage grandiose.

— Sage décision, déclara Marcus en levant sa tasse de thé comme pour porter un toast. Préviens-nous dès que vous aurez fixé une date. Je tiens à ce que nous soyons vos témoins.

Matt serra la main de son ami.

— Merci. Je monte voir comment elle va.

Il grimpa le grand escalier à toute allure mais, ignorant où se trouvait la chambre de Grace, dut s'arrêter sur le palier. Heureusement, Phoebe et elle sortirent dans le couloir. Phoebe lui fit signe avant de les laisser seuls.

Essayant de chasser toute inquiétude de sa voix, il dévisagea Grace.

— Tu te sens mieux ?

Elle sourit faiblement.

— Oui. Je n'avais pas vraiment besoin de me reposer.

Il la prit dans ses bras.

— Tu en es sûre ? Il ne faudrait pas que tu te sentes mal chez ton oncle et ta tante.

— J'en suis certaine, mais si tu continues à m'étouffer ainsi, je risque de perdre conscience tout de suite.

Relâchant son étreinte, il l'embrassa sur le front.

— Je t'aime.

— Moi aussi, je t'aime. Et c'est ce qui m'effraie.

Elle ferma les yeux.

— Je ne parviens pas à me débarrasser du pressentiment qu'il va nous arriver quelque chose, avoua-t-elle.

Il l'embrassa de nouveau, sur les cils cette fois. Elle tremblait dans ses bras.

— Je ne laisserai rien ni personne t'enlever les enfants. Tu as ma parole. Et je ne te quitterai jamais.

— Ta belle-mère est inquiète.

— Non, elle ne l'est plus. Elle a admis qu'elle avait eu tort de vouloir attendre.

— Vraiment ? C'est un soulagement.

Elle leva les yeux vers lui.

— Y a-t-il autre chose que je devrais savoir ? D'autres rumeurs ?

Il rit, heureux de pouvoir lui répondre par la négative.

— Non, mon amour, plus la moindre.

— Alors, je suppose qu'il est temps d'y aller.

Il déposa un doux baiser sur ses lèvres.

— Et si nous marchions jusqu'à Grosvenor Square ? Un peu d'air te ferait du bien.

— Bonne idée, dit-elle en lui prenant le bras. C'est une si belle journée.

— Eh bien, madame, si vous voulez me faire l'honneur ? dit-il en plaçant sa main au creux de son coude.

Elle hocha la tête. C'était si bon… si *juste* d'être avec lui. Combien de fois, prisonnière de sa solitude, s'était-elle dit que le mariage lui était interdit ? Et voilà que cet homme l'aimait, qu'il se souciait des enfants, tout en ayant conscience de la charge qu'ils représentaient. Tout allait bien se passer.

Peu après, Worthington faisait retomber le grand heurtoir sur la porte d'un noir laqué de Herndon House. Le vieux majordome s'inclina et les conduisit jusqu'au salon où lady et lord Herndon les attendaient.

— Grace. Worthington.

Sa tante offrit sa joue à Grace et sa main à Matt.

Oncle Bertrand arborait un large sourire.

— Worthington, venez vous asseoir. Nous avons beaucoup de sujets à aborder.

Sa tante entretint un bavardage de bon aloi jusqu'à ce que le thé soit servi. Petit à petit, on en vint à parler de la situation qui les réunissait.

— Je ne vais pas mâcher mes mots, monsieur, déclara lord Herndon. Je serais heureux de voir Grace mariée. Depuis la mort de son grand-père, lord Timothy, on m'a rapporté que certains des parents de son père jugeaient inconvenant qu'elle continue à assumer seule la garde des enfants.

— Et elle le restera. Grace gardera tout ce qui lui appartient. Si quelque chose devait m'arriver, je veux qu'elle n'ait pas la moindre crainte quant à son avenir. Envoyez-moi les chiffres, et nous en rediscuterons.

Lord Herndon sourit.

— Eh bien, voilà qui semble parfait.

Matt sourit à son tour. Il n'avait qu'une envie : retrouver Grace, la ramener chez elle et la serrer dans ses bras en lui assurant que tout irait bien.

Le cœur de Grace fit un bond. Avait-elle eu une prémonition ?

Matt lui pressa la main.

— Dans ce cas, notre mariage ne devrait-il pas les apaiser ?

— Vous êtes un lord riche et respecté, répondit lord Herndon. Tout le monde sait que vous n'endosseriez pas la responsabilité des enfants si vous ne la désiriez pas. Cela a été un coup de maître de vous montrer à l'église avec votre belle-mère. Tout le monde connaît la réputation de lady Worthington. Elle n'apporterait pas son soutien à cette union si elle n'était pas convaincue qu'elle est appropriée.

Grace s'efforça de continuer à respirer normalement. Fort heureusement, Patience ignorait ce qui s'était passé à l'auberge… et ensuite.

Sa tante sourit.

— Avez-vous fixé une date, ma chérie ?

Grace échangea un regard avec Matt.

— Pas encore. Nous craignions qu'un mariage trop précipité ne suscite des rumeurs que nous préférerions éviter.

— Très prudent de votre part.

— Au départ, nous avions décidé d'attendre trois semaines.

Grace prit une grande inspiration, se préparant à la réaction de sa tante.

— À présent, nous envisageons de réduire un peu ce délai.

Tante Almeria parut aux anges.

— Milord ? demanda Matt. Quand pourrais-je espérer la garde ?

— Pas avant le mariage, répondit lord Herndon en se frottant le menton. La cour pourrait accepter votre requête sur la base de vos fiançailles, mais aucune décision ne sera effective avant que vous soyez officiellement unis l'un à l'autre.

— Je n'aime pas cela, déclara Grace, qui tenait à ce que les problèmes de garde soient réglés au plus vite.

— Grace ? fit Matt.

Elle le dévisagea.

— Si mon oncle a raison, je préfère que le mariage ait lieu le plus tôt possible. Mardi de la semaine prochaine, par exemple.

Elle tourna un regard anxieux vers sa tante.

— Vous ne trouvez pas cela trop rapide, tante Almeria ?

— Tu n'as pas envie d'un grand mariage, ma chérie ?

— Non, la famille et les intimes seulement. Je ne désire rien de plus. Worthington ?

— Moi de même.

— Dans ces circonstances, déclara tante Almeria d'un ton péremptoire, je crois que les rares bavardages que pourrait provoquer ce mariage se dissiperont très vite. Ce n'est pas comme si c'était ta première saison, après tout. Je connais bien le pasteur de St. George. Si vous le désirez, je pourrai régler cela avec lui. Mais je te laisserai t'occuper du petit déjeuner de mariage, Grace. J'ai beau adorer tous ces enfants…

Grace retint un sourire en imaginant les onze enfants prenant d'assaut Herndon House.

— Non, je serai ravie de m'en charger.

— Worthington, un mot en privé, si vous le voulez bien, intervint son oncle.

Pour quelle raison ? Grace essaya de masquer sa panique, mais elle ne dut pas y parvenir complètement, car son oncle lui adressa un sourire rassurant.

— C'est juste une formalité, ma chérie. Je dois aborder certains détails financiers avec Worthington.

— Bien sûr, mon oncle.

Évidemment. Elle avait oublié ces arrangements habituels avant un mariage. Si son oncle souhaitait s'assurer que tout irait bien, elle n'avait aucune objection.

Matt suivit lord Herndon dans son bureau.

— Asseyez-vous, je vous prie. Je voulais vous informer de la situation de Grace et des enfants.

Matt se moquait qu'elle soit sans le sou, mais Grace n'aurait pas été du même avis.

— Je vous écoute.

— Grace dispose d'une dot d'environ trente mille livres, investie dans des fonds. Toutes les autres filles se sont vu attribuer la même somme. Les deux plus jeunes garçons bénéficient de moyens confortables, suffisants pour qu'ils puissent se marier et mener la vie qu'ils désirent. Néanmoins, leur père désirait qu'ils aient une profession. Les ordres, la loi ou la diplomatie, quelque chose de ce genre.

Il s'interrompit, le temps de se lever pour servir de
verres de cognac.

— Quand lord Timothy, le grand-père maternel
Grace, est mort, deux de ses fils l'avaient déjà pré
dans l'au-delà. Il possédait un petit domaine da
Cambridgeshire et une vaste fortune en inves
ments. Avant son décès, lui et moi en avons d
Il a décidé que le domaine irait à Walter et sa de
londonienne sur Half Moon Street à Philip. L
propriétés sont actuellement louées.

— Je comprends, répondit Matt, soulagé d
ter que l'avenir des enfants était assuré.

— Grace, puisqu'elle assume la garde de
et sœurs, reçoit une somme additionnelle
livres, jusqu'à ce que Charlie atteigne sa m
continuera à la percevoir si elle parvient
enfants ensemble. Au cas où elle ne se m
le vieux lord Timothy tenait à ce qu'elle
de quoi vivre. Je n'ai pas l'impression
soucie énormément.

— Non, je suis sûr qu'elle n'y a jam

— Grace est une femme riche, d
d'une voix assez sèche.

Matt posa son verre de cognac et

16

Grace avait l'esprit en ébullition. Le mariage aurait lieu dans une semaine. Et ensuite ?

Respire. Calme-toi. Pense à autre chose. Au bonheur que ce sera d'avoir Matt chaque nuit.

— Grace… Grace ?

Tante Almeria s'était levée et se penchait vers elle.

— Tu es très pâle, ma chérie. Tout va bien ?

— Je n'arrive pas à croire que cela aille si vite.

Elle avait pensé à Matt pendant des années. Il affirmait être tombé amoureux d'elle en une nuit. Était-elle seulement cette femme qu'il avait rencontrée à l'auberge ? Eh bien, admit-elle, une part d'elle l'était. Une part dépravée qui l'avait laissé… Non ! qui l'avait *encouragé* à lui faire l'amour. Quant à lui, ne confondait-il pas passion – pour ne pas employer un autre terme – et sentiments réels ?

— Grace, y a-t-il quoi que ce soit que je puisse faire ?

Sa tante lui avait pris une main et la caressait. Grace secoua la tête.

— Non, je veux dire… Je ne sais pas ce que je veux dire. Worthington dit qu'il m'aime… mais… comment peut-il en être déjà certain ?

— N'est-ce pas pareil pour toi ?

— Non. Moi, je me rappelle notre rencontre lors de ma première saison. Lui ne se souvient pas vraiment de moi à l'époque.

— Ma chérie, il était encore très jeune. Un garçon, pour ainsi dire, sous bien des aspects. Je suis sûre qu'il n'est plus le même.

Plus le même ? Alors de qui était-elle tombée amoureuse autrefois ?

— Je vois..., marmonna-t-elle. Oui, je suppose que tout va s'arranger.

— Bien sûr que oui, ma chérie. Et ne sois pas troublée si son ardeur se refroidit au bout de quelque temps de vie commune. Il est normal pour les gentlemen, même les meilleurs d'entre eux, d'avoir leurs *chères amies** et, bien sûr, tu ne dois pas t'attendre qu'il reste toujours aussi attentif envers les enfants. Une fois que vous serez mari et femme et que la garde sera établie, il n'aura plus besoin de passer autant de temps avec eux.

Grace n'avait pas pensé à cela, mais elle aurait dû. Elle connaissait de nombreuses femmes à qui cela était arrivé. Son moral prit un nouveau coup. Comment avait-elle pu être assez stupide pour croire qu'elle aurait ce que Phoebe et Anna avaient ?

Elle était prise au piège, le pire étant qu'elle s'y était jetée toute seule. Allait-elle seulement pouvoir apprécier le peu de temps qu'il lui restait avant qu'il se tourne vers une autre ?

— Vous avez raison, tante Almeria. Je ne puis m'attendre à rien de plus.

Elle se leva pour gagner la fenêtre. Elle faisait de son mieux pour ne pas pleurer, mais les larmes lui montaient aux yeux malgré elle. Elle sortit son mouchoir. Il ne fallait pas que Worthington la voie ainsi. Il n'aurait que du dégoût pour elle si elle devenait une de ces pleurnicheuses qui s'évanouissaient pour un oui ou pour un non. Peut-être valait-il mieux qu'elle garde ses distances avec lui. Ainsi, sa trahison inéluctable serait moins dure à supporter.

— Grace, mon amour.

Sa voix profonde l'enveloppa.

Se rappelant ses bonnes manières, elle afficha un large sourire avant de se retourner vers lui.

— Êtes-vous prêt à rentrer ?

Il plissa les paupières.

— Si vous l'êtes. Je pensais que vous aimeriez peut-être vous reposer un peu.

— Non, non, pas du tout, répondit-elle assez fraîchement. Je ne dors jamais l'après-midi. Mais je serais heureuse d'avoir un peu de temps pour moi.

La confusion qu'elle lut dans le bleu si particulier de ses yeux la déchira.

— Très bien. Si c'est ce que vous désirez, je vous raccompagne chez vous.

Gardant un sourire froid, elle inclina la tête.

— Merci, Worthington.

Alors qu'ils faisaient leurs adieux à son oncle et à sa tante, cette dernière déclara :

— Rappelle-toi ce que je t'ai dit, ma chérie, et tu ne seras pas déçue.

Grace eut l'impression que son sourire était si rigide que sa peau allait se fendre.

— Merci, tante Almeria, je n'y manquerai pas.

Matt – non, Worthington... elle devait se souvenir de garder ses distances – lui adressa un regard perplexe. Son cœur rata un battement, et elle eut envie de s'enfuir. Au lieu de cela, elle continua de sourire.

Matt était de mauvaise humeur. Il préférait grandement la Grace parfois heureuse, parfois paniquée, mais toujours passionnément amoureuse à la dame froidement distante qui se tenait à son bras. Elle avait changé du tout au tout pendant les quelques instants qu'elle avait passés avec sa tante. Que lui avait donc dit lady Herndon ? Comment le savoir ? Grace ne le lui révélerait pas. Mais il connaissait trois femmes auprès de qui il pouvait mener son enquête.

Sur le chemin du retour vers Berkeley Square, ils n'échangèrent pratiquement pas un mot. Quand ils arrivèrent à Stanwood House, il apprit que sa belle-mère était rentrée chez elle, après s'être assurée que Jane pouvait s'occuper des enfants. La maison était étrangement silencieuse. Soudain, les voix aiguës et les galopades lui manquèrent. D'autant plus que Grace semblait attendre qu'il s'en aille. Il lui baisa la main et la quitta.

Il traversa la place en un temps record.

— Thorton, où se trouve Madame ?

— Sortie, monsieur. Elle ne pense pas rentrer avant tard ce soir.

Il commença à se diriger vers son bureau avant de s'immobiliser pour déclarer :

— Vous pouvez me présenter vos vœux de bonheur. Lady Grace a accepté de m'épouser mardi prochain.

Son majordome s'inclina.

— Je vous présente tous mes vœux, milord. Nous attendrons vos noces avec impatience.

Matt rit comme un gamin.

— Cachez ce sourire.

Le visage de Thorton était un masque.

— Un sourire, milord ?

— Je vous connais, Thorton.

— Si vous le dites, milord.

Matt gagna son bureau. La nouvelle de son mariage allait se répandre dans la maison comme une traînée de poudre. Quand ses sœurs revinrent, bien plus tard, il leur souhaita une bonne nuit. Patience n'étant toujours pas rentrée, il monta dans sa chambre, se mit à lire et finit par s'endormir.

Le lendemain matin, lorsqu'il se leva, sa belle-mère n'avait pas encore quitté ses appartements.

Louisa toqua à sa porte.

— Matt, dépêche-toi, sinon nous allons être en retard.

— En retard pour quoi ?

— Le petit déjeuner. Nous sommes attendus, et tu ne fais que nous retarder.

Sa sœur devait bien être la seule femme sur cette terre qui tînt absolument à être à l'heure.

Il aurait dû comprendre, après ce qu'avait dit Walter, qu'ils allaient désormais prendre tous leurs repas ensemble. Mais qui avait pris cette décision, il n'en avait aucune idée.

Quand ils arrivèrent à Stanwood House, Grace était déjà à table avec ses frères et sœurs. Matt s'assit auprès d'elle.

Elle l'accueillit avec un petit sourire.

— Bonjour, milord.

Son humeur ne s'était pas arrangée avec la nuit. Si seulement il avait su ce qui la chiffonnait !

— Bonjour, fit-il avec un geste pour englober toute la tablée. J'imagine qu'il en sera ainsi tous les jours ?

— Oui. Cela vous dérange-t-il ?

Il s'efforça de ne pas grimacer en remarquant ce retour au vouvoiement devant les enfants.

— Pas le moins du monde. L'idée de commencer chaque journée en votre compagnie me ravit.

— Tant mieux, dit-elle, très sèche.

Qu'avait-il dit ?

— Pourrions-nous bavarder un moment après le petit déjeuner ?

Pendant une fraction de seconde, le visage de Grace parut se friper.

— Pas ce matin. Je dois… revoir quelques livres de comptes.

Elle était beaucoup plus que chiffonnée.

— Très bien, alors plus tard dans la journée, ou bien demain ?

— Oui, bien sûr. Plus tard.

Après avoir mangé, il laissa les enfants à Stanwood House et, une nouvelle fois, traversa la place à toute allure.

— Dans son boudoir, annonça Thorton en lui ouvrant la porte.

Satané bonhomme ! Comment diable avait-il compris ?

— Merci.

Matt entra chez sa belle-mère sans frapper.

— Worthington, que se passe-t-il ? fit Patience, surprise par cette intrusion. Rien de grave, j'espère ?

— Si, c'est très grave, mais je n'ai aucune idée de ce que c'est.

Il s'assit lourdement sur une chaise délicate qui craqua sous son poids.

Patience fronça les sourcils.

— Votre conversation avec lord Herndon ne s'est pas bien passée ?

— Au contraire, nous nous sommes entendus mieux que je ne l'espérais. Certains parents du père de Grace se sont mis à évoquer la garde des enfants. Grace, soutenue par lord et lady Herndon, a suggéré que nous nous mariions le plus tôt possible. Nous avons choisi le mardi après Pâques.

— Matt ! Si vite ?

— Oui, une cérémonie très simple. Rien que la famille et les amis proches. Je compte me procurer la licence ce matin. Herndon et moi avons passé en revue les détails financiers. Mais... après cela, Grace était différente. Très... froide. Je crois que c'est quelque chose que sa tante lui a dit.

Il regarda sa belle-mère avec espoir.

— Auriez-vous une idée de ce que cela pourrait être ?

— Ne soyez pas idiot, fit-elle en haussant les sourcils. Comment le saurais-je ?

— Votre mère ne vous a rien dit avant votre mariage ?

Elle leva un menton hautain.

— Si. Elle m'a donné quelques excellents conseils que j'aurais dû suivre. Mais je ne vois pas le rapport.

— Patience, je suis désolé. Je sais que vous n'avez pas été heureuse...

— Matt, je vous interdis de dire une chose pareille, car ce n'est pas vrai. J'étais une femme mariée, avec suffisamment de moyens pour satisfaire le moindre de mes désirs. J'avais mes enfants et vous pour me tenir compagnie. Maintenant, si vous voulez bien m'excuser, j'ai quelques affaires à régler.

Elle quitta la pièce d'une démarche royale.

Il secoua la tête. Patience ne voulait pas voir la vérité en face. Elle avait aimé son père qui, lui, ne l'aimait pas. Quand il était à la maison, il se montrait certes attentionné, mais il aurait voulu des fils et elle ne lui avait donné que des filles. Après son mariage avec Patience, Matt avait un jour discuté à cœur ouvert avec lui. Son père avait admis qu'il ne pouvait se trouver à Worthington Hall, leur résidence à la campagne, sans penser à la mère de Matt, et il n'avait jamais amené Patience à Londres, car Worthington House avait été la joie et la fierté de sa première épouse.

Le veuvage avait dilué l'aigreur de Patience vis-à-vis de son mariage. Dans leur milieu, beaucoup affirmaient que les veuves étaient les plus heureuses des femmes. Matt refusait que ce soit le cas pour Grace. Il voulait qu'elle soit heureuse d'être son épouse. Il se leva. Il avait besoin de réponses, et vite. Retournant dans le hall, il enfila son manteau. Thorton lui tendit sa canne et son chapeau. Quelques minutes plus tard, Matt se présentait à Dunwood House.

Le majordome s'inclina.

— Je suis navré, milord. Lord et lady Evesham ont dû se rendre de toute urgence à Charteries. Ils devraient être de retour en fin de semaine.

Bon sang !

— Ayez la bonté de me donner une plume et du papier. Je dois leur faire parvenir un message.

L'homme s'inclina de nouveau.

— Avec plaisir, milord. Si vous voulez bien me suivre.

Matt écrivit un mot à ses amis les informant de la date du mariage.

— À remettre au plus tôt à lord Evesham, s'il vous plaît, expliqua-t-il au majordome.

— Milord, lady Evesham m'a demandé de vous donner ceci.

Le majordome lui tendit une feuille de papier pliée. Ah, la liste des soirées. Matt la rangea dans sa poche intérieure.

— Merci.

Une fois dans la rue, il partit en direction de Green Street, où demeuraient les Rutherford. Avec un peu de chance, Anna serait là et saurait répondre à ses questions.

Matt fut introduit dans le bureau où il les trouva, son mari et elle, assis à une immense table de travail. Rutherford se leva pour l'accueillir.

— Que nous vaut ce plaisir ?

Worthington s'inclina devant Anna.

— Je suis venu vous annoncer que lady Grace et moi allons nous marier mardi prochain. Je… J'aurais aussi une question pour Anna.

Visiblement intriguée, celle-ci se leva.

— Installez-vous et mettez-vous à l'aise. Rutherford, s'il vous plaît, sonnez pour du thé. À moins que vous ne préfériez du vin ? demanda-t-elle en se retournant vers Matt.

— Non, non. Du thé sera parfait.

Anna s'assit sur un canapé, Rutherford à ses côtés.

— Maintenant, dites-moi en quoi je peux vous aider.

Matt sentit ses joues s'empourprer. Bon sang, cela faisait une éternité qu'il n'avait pas rougi.

— Je n'ai pas besoin de vous dire que cela devra rester entre nous, n'est-ce pas ?

— Bien sûr, répondit Anna d'un ton léger.

Rutherford acquiesça.

— Grace et moi étions chez lord et lady Herndon hier. Lord Herndon et moi nous sommes isolés un moment dans son bureau pour discuter des dispositions financières afférentes au mariage. Quand j'ai retrouvé Grace, elle était différente. Plus froide. Juste avant que nous partions, sa tante lui a dit de se souvenir de ce qu'elle lui avait dit. Quoi que cela puisse être, cela a affecté Grace.

Il serra les dents.

— Auriez-vous la moindre idée de ce qu'elle a bien pu lui raconter pour que désormais Grace me tienne à distance ?

Un petit sourire se dessina sur les lèvres d'Anna.

— Je le crois. C'est un conseil que donnent souvent certaines dames dont le mariage n'est pas... ce à quoi elles s'attendaient.

— Continuez, dit-il, déjà agacé.

Anna grimaça.

— Lady Herndon, avec la meilleure volonté du monde, a sans doute dit à Grace de ne pas s'attendre que vous lui soyez fidèle.

— Quoi ? Mais pourquoi ? Je ne vois pas ce qui aurait pu lui faire dire une énormité pareille.

— Les époux infidèles ne sont pas rares. Lady Herndon cherchait sans doute à préserver Grace de la déception qu'elle pourrait éprouver.

Rutherford fulminait, lui aussi.

— Ta mère t'a-t-elle dit cela ?

Prenant la main de son époux, Anna la tapota avant de répondre d'un ton serein :

— Bien sûr, mais à ce moment-là, je savais déjà que tu ne désirais personne d'autre.

— Et cela n'arrivera jamais, grommela-t-il.

— Je suis très heureux pour vous deux, fit Worthington. Mais comment puis-je combattre ce conseil ? Grace est malheureuse comme les pierres.

Anna sourit.

— Vous trouverez bien quelque chose. Le mieux serait que vous la persuadiez de vous avouer ce que sa tante lui a dit. Cela vous permettra d'en parler ouvertement.

Worthington rentra chez lui, très mécontent. De toutes les niaiseries qu'on pouvait raconter à une femme qui avait déjà bien du mal à accorder sa confiance, celle-ci était la pire. Mais comment convaincre Grace de lui parler ?

— Thorton, je serai dans mon bureau. Je ne souhaite pas être dérangé, sauf si la maison brûle ou si lady Grace me rend visite. Mais rien qu'elle et elle seule.

— Oui, milord.

Une fois installé dans son fauteuil, Matt se massa les tempes. Il savait maintenant quel conseil la mère de Patience lui avait donné et qui, dans son cas, s'était malheureusement révélé juste. Il était hors de question que cette situation se reproduise avec Grace. Il ne lui ferait jamais subir ce que son père avait infligé à Patience.

Jane avait besoin de prendre un peu l'air. Il régnait une atmosphère étrange à Stanwood House. D'abord, il y avait l'imminence du mariage. Et, depuis la veille, Grace était troublée et refusait pour le moment de s'ouvrir à elle. Les enfants ayant leurs leçons, Jane avait décidé de sortir. Elle avait toujours espéré que Grace finirait par se marier, et maintenant que l'heureux événement était si proche, il était temps pour elle de réfléchir sérieusement à son avenir.

Elle s'était d'abord rendue à Stanwood Hall dans le but d'aider la mère de Grace, malade et enceinte, mais les circonstances avaient fait qu'elle y était restée plusieurs années. Grace avait besoin d'elle. Mais, contrairement à ce que croyaient certains, Jane n'était pas une parente pauvre. Elle réprima un rire. Peut-être devrait-elle engager elle-même une vraie dame de compagnie et voyager de par le monde. Certes, Grace désirait qu'elle continue à faire partie de la famille, mais le moment était venu pour Jane de vivre sa propre vie.

— Attention, madame. Regardez donc où vous allez !

Avant qu'elle ait compris ce qui se passait, elle fut soulevée de terre et ramenée sur le trottoir. Un attelage de sport passa à vive allure à l'endroit où elle se trouvait l'instant d'avant. Encore un de ces chauffeurs téméraires et stupides. Ces jeunes fous étaient de plus en plus nombreux. Et pourquoi la tenait-on encore ?

Une odeur de verveine citronnée mélangée à un soupçon de menthe chatouilla ses narines… et sa mémoire. Ce n'était pas un parfum de dame. Un seul homme à sa connaissance utilisait cette fragrance particulière, mais il était parti depuis des années. Elle fut doucement reposée sur le trottoir. Dès que ses pieds touchèrent le sol, elle se retourna. Un gentleman à peine plus grand qu'elle la dévisageait d'un regard gris et grave.

Gris comme un nuage d'orage et tout aussi changeant.

— Hector ?

— Jane ? dit-il comme s'il n'y avait qu'une seule Jane au monde. Par tous les saints, c'est bien vous !

Des souvenirs lointains jaillirent en elle, lui coupant le souffle.

— Depuis quand êtes-vous revenu ?

— Moins d'une semaine.

Il la fixait, mais elle ne savait comment interpréter son regard.

Il s'était un peu épaissi en vingt ans, et le soleil des Indes lui avait tanné la peau. En dehors de cela, son cher visage était toujours le même, légèrement rond et enjoué. Plus vieux, bien sûr, mais elle n'avait pas rajeuni non plus.

Il s'était sûrement marié, mais Jane s'aperçut qu'elle était incapable de le lui demander.

— Comment allez-vous ?

— Bien mieux, maintenant, dit-il en lui prenant le bras. Où alliez-vous ? Je vous accompagne.

Voyant qu'elle hésitait, il demanda :

— À moins que vous ne soyez mariée ?

— Non. Je ne me suis jamais mariée. Et vous ?

Comme autrefois, ses yeux brillèrent de gaieté.

— Jamais ! Je n'ai jamais trouvé une femme qui vous arrive à la cheville, Janie.

Le surnom que lui seul lui avait jamais donné la ramena à l'époque de sa première saison, avant que son père jette Hector hors de la maison pour avoir osé demander sa main. Si seulement elle avait eu le courage de s'enfuir avec lui… ce qui aurait été difficile dans la mesure où il ne le lui avait pas demandé.

— J'étais simplement sortie pour réfléchir au calme.

— Est-ce bruyant là où vous vivez ?

Il avait dit cela comme si elle résidait dans un pensionnat. Elle ne put résister à la tentation de le taquiner.

— Eh bien, il y a déjà beaucoup d'enfants et d'autres vont les rejoindre.

Hector s'immobilisa. Son regard troublé se planta dans le sien, et elle eut bien du mal à réprimer un fou rire.

— Ne me dites pas que vous dirigez un orphelinat ?

Jane lui tapota le bras.

— Non, rien d'aussi terrible. Je sers de dame de compagnie à une de mes cousines qui a obtenu la garde de ses nombreux frères et sœurs.

Il ouvrit la bouche pour parler, mais elle reprit vivement la parole.

— À présent, elle va se marier et il est temps pour moi de réfléchir à ce que je vais faire de ma vie.

Ils reprirent leur promenade dans la rue.

— Une dame de compagnie, dit-il sombrement. À quoi diable pensait votre père ?

— Non, non. Vous vous méprenez, dit Jane en riant.

Comme c'était bon de se promener ainsi de nouveau au bras d'Hector !

— J'ai le sentiment que vous me faites un peu marcher, mademoiselle Carpenter.

— Eh bien, peut-être un peu. À vrai dire, c'est moi qui ai offert mon aide. Ma cousine en avait bien besoin après la mort de son mari, et j'étais libre à l'époque.

Quand elle est décédée à son tour, je suis restée avec sa fille, Grace. Père m'a laissé un généreux héritage. À vrai dire, avant de mourir, il m'a même présenté ses excuses pour ne pas nous avoir permis de nous marier.

— Je croyais qu'il vous avait déjà choisi un autre mari ? déclara Hector avec une pointe d'irritation rare chez lui. Si j'avais su que vous étiez restée seule pendant tout ce temps… eh bien, disons simplement que j'aurais au moins pris de vos nouvelles.

— Vivre dans une maison avec sept enfants n'est pas ce que j'appellerais vivre seule.

— Mais vous me comprenez, dit-il. Qu'est-il arrivé au mari ?

— J'ai refusé de l'épouser, dit Jane en redressant un peu les épaules, comme elle l'avait fait ce jour où, pour la première fois de son existence, elle avait défié son père. Mais papa ne m'a pas écoutée et m'a traînée jusqu'à l'église. Alors, devant le pasteur et toute l'assistance, j'ai dit que non, je n'épouserais pas cet homme.

Le rire d'Hector résonna dans toute la rue. Ce même rire généreux qui avait tant manqué à Jane pendant toutes ces années.

— J'aurais aimé voir sa tête. Pris à son propre piège.

— Exactement. Le pasteur m'a demandé pourquoi j'avais changé d'avis et je lui ai dit que ce n'était pas le cas, que je n'avais jamais accepté ce mariage.

Le visage d'Hector avait retrouvé son expression joviale.

— Votre père n'a quand même pas tenté de vous convaincre par la force ?

— Non, vous connaissez… ou, plutôt, vous connaissiez papa. Il n'aurait jamais eu recours à la violence physique. Mais il y a eu un immense vacarme, les hurlements de mon père surtout. Il a menacé de me jeter à la rue, mais la tante de ma mère – je ne crois pas que vous l'ayez rencontrée – a annoncé qu'elle me recueillerait, ce qui a mis un terme à toute l'affaire.

— N'a-t-il pas essayé de vous trouver un autre mari ?

— Non. Il a bien tenté quelques suggestions, mais je les ai toutes rejetées.

Elle s'interrompit un instant, la gorge soudain nouée.

— Comment aurais-je pu épouser un homme alors que j'étais déjà amoureuse d'un autre ?

Ils marchèrent jusqu'au coin de Davies Street. Depuis qu'elle lui avait plus ou moins avoué qu'elle l'avait attendu, Hector restait silencieux. L'estomac de Jane se livrait à des prouesses acrobatiques.

— J'habite à Berkeley Square.

— Ce serait un honneur pour moi de vous raccompagner.

Elle hocha à peine la tête. Peut-être avait-elle eu tort de se montrer aussi ouverte, mais revoir Hector avait ravivé tant de souvenirs et d'émotions !

Ils arrivaient sur la place quand il reprit la parole.

— Jane, j'aimerais vous faire la cour. Je sais que je ne suis plus l'homme que j'étais, que je suis un vieux célibataire avec tous les inconvénients que cela implique, mais si vous pouviez envisager de...

Son visage était devenu tout rouge. Des larmes brûlèrent les yeux de Jane.

— Je ne suis plus la même non plus ; je suis une vieille fille qui a autant ses habitudes que vous, mais je serais ravie que vous me courtisiez.

Tandis qu'ils se regardaient, les yeux dans les yeux, les années s'évanouirent. Hector lui tapota la main.

— Je ne sais pas trop comment m'y prendre, avoua-t-il à mi-voix.

— Vous pourriez m'inviter à faire une promenade dans le parc, ou bien m'emmener manger une glace chez Gunter.

— J'ai commandé un phaéton qui devrait m'être livré dans la journée. Accepteriez-vous de faire un tour dans le parc avec moi demain, mademoiselle Carpenter ?

Où était son mouchoir quand elle en avait besoin ? Jane renifla et sourit.

— J'en serais enchantée, monsieur Addison.

17

Charlotte héla Louisa depuis un banc au milieu de Berkeley Square.

— Ça ne sert à rien. J'ai frappé à la porte de Grace, et elle m'a envoyée promener.

— Pareil avec Matt.

Louisa se mordit la lèvre.

— Il s'est enfermé dans son bureau, et notre majordome ne nous laisse même pas approcher dans le couloir, expliqua-t-elle en se laissant tomber à côté de Charlotte sur le banc. Je me demande s'ils se sont disputés.

— J'espère que cela n'a aucun rapport avec la garde.

— Si c'était cela, ils seraient sûrement bouleversés, mais ils feraient face ensemble.

— Ça me dépasse. S'ils ne se rabibochent pas très vite, il va falloir que nous nous en mêlions. Tu vas chez lady Huntington demain ?

— Oui, dit Louisa avec excitation. Notre première vraie sortie. Qu'est-ce que cela va être pour notre premier bal !

Un attelage de sport s'arrêta devant Worthington House, et un gentleman vêtu d'un manteau orné de nombreuses capes sauta à terre avant de jeter les rênes à un petit garçon en livrée.

— Louisa, quelqu'un vient de s'arrêter devant chez toi.

Celle-ci se retourna.

— Lui ? Bah... ce n'est que Merton.

— J'aime bien sa voiture, et ses chevaux sont superbes. Parfaitement assortis.

— Je n'en doute pas, fit Louisa avec un soupir agacé. Il tient toujours à ce que tout soit parfait.

Charlotte regarda son amie.

— Oh oh… C'est quoi, son problème ?

— Ce n'est pas vraiment un problème. C'est juste qu'il est marquis et qu'il ne te laisse jamais l'oublier. En plus, c'est notre cousin, donc il nous est impossible de l'oublier.

— Dans ce cas, je suppose qu'il est inutile que je fasse sa connaissance. Je n'aime pas les gens imbus d'eux-mêmes.

— Et imbu de lui-même, il l'est. Il a quelques années de moins que Matt et il se croit sorti de la cuisse de Jupiter.

— Je déteste ce genre de personne, déclara Charlotte en jetant un nouveau coup d'œil vers Worthington House.

— Je suis tout à fait d'accord. Que porteras-tu demain soir ? demanda Louisa.

— Ma robe en mousseline verte avec les papillons, je crois. Tu veux la voir ?

— Dans la mesure où nous allons passer l'essentiel de la soirée ensemble, nous devrions coordonner nos tenues.

Charlotte se leva en faisant signe à son valet.

— Ce sera plus productif que tout ce que nous pourrions faire pour le moment.

— Absolument, approuva Louisa en nouant son bras à celui de son amie.

— Si Grace et Matt ne recommencent pas à se parler très bientôt, Walter devra escalader le mur du jardin.

— Pendant que nous occuperons le majordome à la porte d'entrée.

— Cela devrait marcher.

— Je ne crois pas, dit Matt en lançant un regard noir à Thorton, qu'une visite du marquis de Merton soit une urgence du même ordre qu'un incendie.

— Non, milord, mais il s'est montré insistant.

— Il est *toujours* insistant. J'aurais cru pouvoir compter sur votre expérience pour empêcher ce morveux de faire irruption dans mon bureau.

Imperturbable, Thorton s'inclina.

— Oui, milord.

— Vos lèvres tremblent, je le vois, mentit Matt.

— Bien sûr, milord, fit Thorton, impassible.

Le marquis de Merton fit alors une entrée princière dans la pièce. Avant même d'y être invité, il s'installa avec grâce dans un fauteuil. Thorton avait déjà disparu.

Matt fronça les sourcils.

— Dom, que veux-tu ?

— Est-ce une façon de traiter le chef de famille ? dit Merton, l'air vexé.

— Tu recommences avec ça ? fit Matt en plantant les deux coudes sur son bureau. Puisque tu sembles l'avoir oublié, laisse-moi te rafraîchir la mémoire. Tu n'es pas le chef de *ma* famille. Nos titres sont séparés. Ils l'ont toujours été. De plus, le mien est plus ancien que le tien. Bref, si tu comptes prendre ce ton avec moi, tu ferais mieux de sortir d'ici, et vite.

Merton ouvrit sa blague à priser d'une pichenette.

— Pourquoi une telle mauvaise humeur ?

— Si tu tiens à le savoir...

Matt se leva pour remplir deux verres de cognac. Il en tendit un à son cousin avant de reprendre son siège.

— ... c'est à cause d'une dame.

Merton haussa deux sourcils délicats. Worthington n'aurait pas été surpris d'apprendre que son valet les lui épilait.

— Mon cher cousin, les femmes ne valent jamais la peine qu'on se donne pour elles.

Matt envisagea sérieusement de lui tordre le cou. Ce qui aurait sans doute été un excellent service à rendre à toute la noblesse d'Angleterre.

— Je te saurai gré de garder tes vilains commentaires pour toi. Je vais épouser la dame en question.

Merton tressaillit violemment, manquant renverser son cognac.

— Quoi ?

Matt ricana. Puisqu'il ne pouvait jouir de la présence de Grace, autant qu'il s'amuse un peu.

— Voilà qui t'a fait descendre de tes grands chevaux.

— Et il y a de quoi, dit Merton en tentant en vain de retrouver son flegme habituel. Quand cela a-t-il été décidé ?

Matt le dévisagea. Pourquoi diable fallait-il que ce dandy débarque aujourd'hui ?

— Cela fait des années que j'aurais dû l'épouser.

— Je la connais ?

Toujours aussi maniéré, Merton rouvrit sa boîte à priser pour en extraire une pincée de tabac.

— Probablement pas. Il s'agit de lady Grace Carpenter.

Son cousin fronça les sourcils.

— Stanwood ?

— Oui, la sœur aînée du comte actuel.

Qui ne supporte plus que je me trouve dans la même pièce qu'elle.

Merton leva son verre.

— À ta santé.

Matt sourit.

— Bon, vas-tu me dire ce qui t'amène en ville ? Je croyais que tu envisageais un voyage à l'étranger.

Merton poussa un long soupir.

— Ma mère. Elle s'est mis en tête de me marier. Je suis donc venu examiner la dernière moisson de jeunes pousses éligibles.

— Pourquoi une telle hâte ? Tu n'as que vingt-huit ans.

— Seigneur, si seulement je le savais ! À moins que… Serait-il possible qu'elle ait eu vent de tes fiançailles ?

— Sans doute. Tant que tu restes à l'écart des deux débutantes dont je suis responsable, je te souhaite bonne chance avec les autres. Cela ne devrait pas être trop difficile. Tu n'auras qu'à leur rappeler que tu es marquis.

Malgré le risque de se dépeigner, Merton passa les doigts dans sa coiffure impeccable.

— Comment pourrais-je l'oublier ? Tes sœurs et toi ne cessez jamais de me le reprocher.

Worthington sourit.

— Ce n'est pas ton titre qu'on te reproche, mais ta vanité.

— Belle façon de traiter le chef de famille, grommela Merton.

Matt en perdit sa bonne humeur.

— Tu n'es pas le chef de *ma* famille, répéta-t-il avec colère.

Mais pourquoi se souciait-il seulement de ce gamin ?

— Je t'avais bien dit qu'ils avaient laissé entrer Sa *Marquiserie*.

La voix dégoûtée de Theodora retentit derrière la porte fermée, claire comme seule une voix d'enfant pouvait l'être.

Matt s'esclaffa en voyant Merton grimacer. Bénie soit Theo !

— Laquelle est-ce ? demanda Merton d'une voix peinée.

— Theodora. Et elle est sans doute avec Mary.

— Mary ?

— Une des sœurs de Grace.

— Nous souhaitons voir mon frère.

Theo était en train de négocier avec Thorton. Lui seul avait la patience de discuter avec elle.

— Si vous avez laissé entrer Sa *Marquiserie*, vous n'avez d'autre choix que de nous ouvrir.

Merton gémit et avala son cognac d'un coup. Il savait que Theodora avait une dent contre lui.

Matt éclata de rire, puis, avec un large sourire, il lança :

— Thorton, laissez-les entrer.

Theodora, suivie de près par Mary, se rua dans la pièce. Sa sœur contempla Merton avec un dédain ostensible avant de se tourner vers Matt. Même s'il appréciait le geste, Patience lui couperait la tête si elle apprenait que Theo avait volontairement ignoré son cousin.

— Theo, dis bonjour à lord Merton.

Elle serra les lèvres.

Matt fronça les sourcils.

— Peut-être préfères-tu retourner dans ta chambre et y rester jusqu'à demain ?

Lui lançant un long regard de travers, elle effectua une révérence.

— Bonjour, Votre *Mar*...

— Theodora.

— ... monsieur.

Merton se leva et s'inclina. Il était consterné, mais cela ne se voyait nullement sur ses traits.

— Bonjour à vous aussi, lady Theodora. Puis-je vous demander de me présenter votre amie ?

— Mary, je te présente lord Merton. Milord, voici mon amie, lady Mary Carpenter.

Sans perdre une seconde de plus, les deux filles se précipitèrent aux côtés de Matt. Mary chercha aussitôt à grimper sur ses genoux, et il finit par l'aider tandis que Theo restait fièrement campée sur ses jambes.

— Bon, qu'y a-t-il de si important ? s'enquit-il.

Mary leva vers lui ses grands yeux bleus.

— Grace n'est pas heureuse et elle ne veut recevoir personne.

Elle tripotait un des boutons de son gilet, qu'elle n'allait sans doute pas tarder à arracher.

— Et vous non plus, reprit-elle. Du coup, on ne peut plus aller au parc, et il faudrait qu'on aille courir un peu si on ne veut pas devenir fous.

— Ah. Très bien. Je vous emmène.

Puis il fronça les sourcils.

— Êtes-vous venue ici seule ?

— Non, avec un valet.

— Bonne fille. Dites aux autres d'être prêts dans dix minutes.

Il déposa un baiser sur la tête de Mary tandis que Theodora lui embrassait la joue.

— Merton, tu peux nous accompagner, si tu veux.

— J'ai un petit problème, déclara son cousin d'une voix hésitante. Rien de grave. Mais serait-il possible que je réside chez toi quelque temps ?

Aïe.

— Pourquoi ?

Merton s'absorba soudain dans la contemplation de ses ongles.

— Ma mère ne vient pas en ville, et je n'ai pas envie d'ouvrir Merton House si c'est pour errer seul dans cette immense bicoque.

Matt serra les mâchoires. *Bon sang !*

— Combien de temps ?

— Je ne sais pas exactement, répondit Merton sans oser croiser son regard.

— Tu peux rester ici deux nuits. Après cela, nous en rediscuterons. Mais, franchement, tu n'as pas choisi le meilleur moment pour faire irruption sans prévenir.

— Oui, je le reconnais. Merci. Si je ne peux pas rester, j'irai à l'hôtel.

— Allons-y. Les enfants doivent nous attendre.

Prenant Duke avec lui, Matt quitta la maison pour traverser la place. N'ayant pas d'autre choix, Merton le suivait. Les enfants étaient déjà rassemblés dans le hall de Stanwood House. Matt les compta.

— Il en manque deux.

Royston s'inclina.

— Lady Charlotte et lady Louisa sont sorties faire les boutiques, monsieur.

Matt haussa les sourcils.

— Monsieur, elles sont avec leurs femmes de chambre et deux valets. Je les attends d'un moment à l'autre.

Il acquiesça.

— Très bien. Daisy est-elle prête ?

Comme si elle avait attendu qu'on l'appelle, ladite Daisy se rua dans le hall et, en tentant de s'arrêter, glissa sur le marbre poli pour venir s'aplatir de façon fort peu élégante à ses pieds. Matt la toisa et se retint de rire quand la chienne leva vers lui un regard d'excuse.

— La laisse ?

— Voici, monsieur.

Harold la tendit à Matt.

— Merci. Prenez Duke. Voyons si je peux enseigner quelques manières à cette jeune dame.

Il se tourna vers les enfants et ordonna :

— En rang par deux, en vous tenant par la main. Je veux quatre valets.

Tandis que la cohorte quittait la maison, suivie par les valets en livrée, Merton afficha un air chagrin.

— Huit enfants ?

— Onze. Comme tu l'as entendu, les deux aînées font quelques courses. Et Stanwood est à Eton.

— Ce genre de sortie n'est-il pas indigne de toi ?

Matt eut un sourire malicieux.

— Pas du tout. Et si tu trouves que c'est indigne de toi, tu peux retourner à Worthington House ou aller faire ce qu'il te plaît. Mais ne t'étonne pas si, après cela, tu passes pour un poltron aux yeux de la famille.

Merton glissa un doigt sous le nœud de sa cravate.

— Une petite promenade me fera du bien.

Ils ne tardèrent pas à arriver au parc. Pour le moment, leur petite excursion se déroulait à merveille.

— Bonne fille, Daisy, dit Matt en caressant la chienne qui faisait enfin preuve de calme.

Les enfants se regroupèrent par affinités. Philip, Theo et Mary tapaient dans un ballon. Le gamin qui s'était bagarré avec Walter s'approcha, lui dit quelques mots avant de lui tendre la main. Walter l'accepta. *Bons garçons.*

Matt décida de passer un moment à s'occuper de Daisy. Au bout de quelques minutes, elle faisait fièrement la démonstration de ses nouveaux talents. Pourquoi Grace avait-elle autant de problèmes avec elle ? Cette bête avait simplement besoin d'une main un peu ferme.

Il était en train de rejoindre les autres filles quand il eut soudain l'impression qu'on lui déboîtait l'épaule et faillit se retrouver par terre. Daisy avait pris un écureuil en chasse.

— Matt, ça va ?

Les jumelles, Augusta et Madeline se précipitaient vers lui.

Il raffermit sa prise sur la laisse tandis que la chienne bondissait pour attraper le petit animal, qui avait eu la sagesse de se réfugier sur une branche.

— Daisy !

Il la tira en arrière, l'obligeant à se retourner vers lui.

Utilisant son ton le plus sévère, il expliqua :

— Une jeune dame bien élevée ne tente jamais d'arracher le bras de son maître.

Elle lui adressa un regard empli de regret, si bien qu'il fut tenté de croire qu'elle avait compris, mais ce fut l'instant que choisit ce satané rongeur pour quitter son abri. Elle essaya de lui sauter dessus. Cette fois, Matt était prêt.

Oui, il fallait du temps pour inculquer une bonne éducation.

Grace resta cachée dans son bureau pendant l'essentiel de la journée. Elle essayait en vain de travailler sur ses comptes quand retentirent dans la maison les échos des voix de Worthington et des enfants qui revenaient du parc.

Depuis son réveil, elle était dans un état lamentable. À l'évidence, Worthington avait été blessé par sa froideur, ce qui ne risquait pas de le mettre dans de bonnes dispositions à son égard.

La porte s'ouvrit, et il apparut. Avec sa chevelure légèrement en désordre, il était encore plus séduisant que d'habitude. Le cœur de Grace bondit. Il lui avait tellement manqué ! Et, comme si cela ne suffisait pas, elle s'était montrée désagréable avec tout le monde.

Sans la moindre hésitation, il la rejoignit et la prit dans ses bras.

— Je ne peux pas vivre si tu es distante.

Elle renversa la tête en arrière, et leurs lèvres s'unirent. Il l'embrassa avec ferveur. Nouant les bras autour de son cou, elle lui rendit désespérément son baiser, abandonnant tout contrôle d'elle-même. Dressée sur la pointe des pieds, elle se pressa contre lui. Une des mains de Matt vint chercher son sein. Seules trois fines couches de mousseline séparaient ses doigts curieux de sa nudité. Cédant alors à un désir effréné, elle oublia sa résolution de ne pas faire l'amour avec lui et glissa des mains avides sous sa veste.

— Tu es sûre que tu ne le regretteras pas ? murmura-t-il contre ses lèvres.

— Non. Tu es beaucoup trop habillé.

Il eut un petit rire rauque.

— Exact. Toi aussi, d'ailleurs...

Son corsage s'ouvrit comme par magie, et il effeuilla chaque couche de tissu qui cachait sa poitrine.

— J'ai rêvé que je les goûtais...

Sa bouche descendit vers ses seins, et des flammes jaillirent en elle quand il aspira un mamelon.

— Oh, Matt...

— Je ne ferai rien de plus. Je te le promets.

La brûlure entre ses jambes était insoutenable. Oh, Seigneur, elle haletait.

— S'il te plaît, j'ai envie de toi.

Il releva la tête pour fouiller son regard.

— Tu es sûre ?

— Oui... oui, je suis sûre, murmura-t-elle d'une voix qu'elle reconnut à peine.

Après tout, elle ignorait combien de temps durerait cette magie entre eux.

— Alors... essayons quelque chose de nouveau.

Il glissa une main entre eux, libéra son sexe dressé, puis la fit pivoter de façon qu'elle soit face au bureau.

— Pose ta tête sur tes bras.

Il souleva ses jupes si lentement qu'elle crut qu'il n'en finirait jamais. Ses mains dures se posèrent enfin sur ses cuisses, déclenchant un feu d'artifice en elle. Quand ses doigts atteignirent son intimité, elle eut envie de lui hurler de la pénétrer, mais il continua de la caresser avec une langueur atroce et délicieuse. Elle crut devenir folle. Un gémissement lui échappa.

— Matt, s'il te plaît, prends-moi.

Quand il releva enfin complètement sa jupe et lui écarta les jambes, elle tremblait de désir.

— Tu es mouillée, dit-il avec un petit rire. Grace, sais-tu seulement à quel point tu m'as manqué ?

Il lui mordilla l'oreille, et elle se plaqua contre lui.

— Autant que tu m'as manqué.

Elle avait tellement besoin de lui ! Une vague de soulagement la submergea quand son sexe la pénétra, s'enfonçant lentement en elle. Les doigts de Matt trouvèrent son point le plus sensible, reprirent leur jeu démoniaque, et le feu d'artifice se transforma en un brasier qui ne cessait d'enfler sous ses longs coups de boutoir. Très vite, ses genoux cédèrent, et elle fut parcourue de spasmes.

Matt grogna, et sa façon de s'accrocher à elle quand il jouit lui donna l'espoir qu'il ne la quitterait pas tout de suite.

Il rabaissa ses jupes avant de la porter sur le canapé. La gardant sur ses genoux, il lui caressa doucement le cou tout en déposant sur sa tempe des baisers légers comme des plumes. Elle aurait pu rester ainsi avec lui jusqu'à la fin des temps.

— Je me demande si tu sais à quel point je t'aime, murmura-t-il.

Matt avait conscience du besoin irrépressible qui le tenaillait. Même si le désir de Grace satisfaisait ses instincts les plus primitifs, lui faire l'amour ne lui suffisait pas ; il désirait aussi la protéger et la chérir. Grace était différente de toutes les autres femmes : elle possédait une force incroyable, tout en faisant preuve parfois d'une fragilité saisissante. Ce mélange le fascinait. Être auprès d'elle, avec elle, donnait un sens à sa vie.

Il rajusta sa robe, renoua les lacets défaits. Allait-elle enfin lui avouer ce qui l'avait troublée ? Même s'il était persuadé qu'Anna ne s'était pas trompée, il voulait que Grace ait assez confiance en lui pour le lui dire.

— Mon cœur, est-ce que tu vas bien ? Il y a une certaine tension entre nous depuis hier.

— C'est à cause de quelque chose que m'a dit ma tante. Je vais essayer de ne pas trop y penser, répondit-elle en se blottissant contre lui.

— Tu veux m'en parler ?

— Non. Il n'est pas nécessaire que tu t'inquiètes.

— Tu en es sûre ?

Elle rit.

— Oui.

Il la serra un peu plus contre lui, dans l'espoir de lui faire sentir qu'elle pouvait placer sa confiance en lui. Et il essaya de nouveau.

— J'aimerais savoir.

Elle secoua la tête.

— Ce n'est pas important.

Bien sûr que si, c'était important ! Cela les avait rendus tous les deux malheureux. Mais, visiblement, le moment n'était pas encore venu pour elle de se confier.

— Mon cousin Merton est arrivé aujourd'hui en me suppliant de l'héberger. Je lui ai dit que je ne savais pas combien de temps il pourrait rester, qu'il fallait d'abord que j'en parle avec toi. Je le mettrai volontiers dehors, si tu le souhaites.

— Il est si terrible que cela ?

— Il est insupportable. Il a le chic pour me mettre en colère. Theodora le surnomme « Sa Marquiserie ».

Grace pinça les lèvres.

— J'ai du mal à imaginer Patience tolérant cela.

— Avec qui que ce soit d'autre, elle ne le tolérerait pas, mais Merton ne s'est jamais donné la peine de se faire apprécier d'elle. Il est venu nous rendre visite il y a quelques années, tout gonflé de sa propre importance, s'imaginant que son titre de marquis suffirait à impressionner tout le monde et semblant nous accorder une faveur en venant nous voir, raconta Matt avec un sourire. Il nous a assuré qu'en tant que chef de famille, il serait toujours disposé à nous aider.

Grace fronça les sourcils.

— L'est-il ? Je veux dire, le chef de famille ? Comment est-ce possible ?

— Non, il ne l'est pas. Mon ancêtre a épousé une dame qui détenait le titre. Après sa mort, leur fils est devenu comte de Worthington. Le côté de la famille de Merton n'a jamais accepté le fait que nous soyons une nouvelle maison.

— Je ne comprends pas. S'il vient fréquemment en ville pour la saison, pourquoi doit-il résider chez toi ?

— Il était censé partir pour son grand voyage de par le monde, mais sa mère a préféré l'envoyer à Londres se trouver une épouse.

— Quel âge a-t-il ? demanda Grace, non sans appréhension.

— Vingt-huit ans. Tu n'as pas rencontré ma tante Merton. C'est un dragon.

Elle se tortilla dans ses bras.

— Je vous demande pardon, monsieur, mais il se trouve que je la connais, et assez bien même. C'est une de mes relations, à vrai dire, et elle ne me fait pas du tout l'effet d'un dragon. Son nom de famille n'est-il pas Bradford ?

— Si. Mon ancêtre a adopté le patronyme de son épouse. Dans ma famille, les gentlemen sont prêts à tout pour satisfaire les dames qu'ils aiment, déclara Matt avant de revenir au sujet original. Il est possible que les Merton aient entendu parler de notre mariage et que mon cousin veuille remplir sa nursery avant moi.

Il embrassa Grace sur le front et ne put résister à la tentation de lui caresser un sein.

Elle rougit délicieusement.

— Peut-être, mais pour cela il aurait fallu que la nouvelle voyage terriblement vite.

Matt en avait assez de parler de son cousin.

— Sais-tu que tu es encore plus belle quand tu rougis ?

Grace s'empourpra un peu plus.

— Tu n'es pas forcé de m'abreuver de compliments.

— Au contraire, c'est essentiel.

Il ravit de nouveau ses lèvres.

Grace se laissa aller dans ses bras, le regard vitreux de désir.

— Dans ce cas, sais-tu à quel point tu es séduisant quand tu es décoiffé ?

Il lui lécha l'oreille.

— Tu devrais l'inviter à dîner avec nous.

— Grace, c'est un casse-pieds.

— Il n'en fait pas moins partie de ta famille et il réside chez toi. C'est la moindre des corrections. Et puis, nous pouvons largement nous permettre d'accueillir une personne de plus à table.

— Je ne te contredirais pas sur ce point.

Il sortit une feuille de papier de sa poche.

— Nous devons jeter un œil à la liste des réceptions possibles que Phoebe a dressée.

— Et la comparer avec celles auxquelles Charlotte et Louisa désirent aller. Quelle heure est-il ?

— L'heure du thé, si j'en crois mon estomac.

Grace recula un peu la tête pour jeter un œil à l'horloge sur la cheminée, lui offrant ainsi un accès parfait à son cou. Il lui fut impossible de ne pas l'embrasser, puis d'aller chercher son petit rire avec ses lèvres. Quel bonheur de la voir aussi détendue !

18

Dominic Sylvester Henry, dixième marquis de Merton, onzième comte de Scarsdale et baron Bradford, fronça les sourcils devant le miroir.

— Qu'y a-t-il, milord ? demanda Witten, son valet.

— J'ai cru voir une tache, mais ce devait être une ombre.

Son domestique scruta attentivement le col d'une blancheur de neige.

— Sans doute, milord. Je ne vois rien et j'inspecte chaque vêtement qui revient de la laverie.

Merton disposa son monocle en or, sa montre à gousset et sa chaîne dans les poches appropriées de son gilet. Le strict nécessaire, bien sûr, pour ne pas s'attirer les foudres de Brummell dans un des clubs de la ville.

— Je suis prêt, je crois.

Witten lui ouvrit la porte, et Dom emprunta le grand escalier pour se rendre dans le salon où il était censé attendre le reste de la famille. Il s'avéra qu'il était le dernier arrivé.

— Vous êtes en retard.

Il se retourna et découvrit une grande jeune dame élégamment vêtue qui le fixait. Il s'inclina.

— Je vous demande pardon. Lady Louisa, je présume ?

Elle effectua une révérence.

— En effet. Il est temps d'y aller.

Lui tournant le dos, elle prit le bras de Worthington et précéda ses trois autres sœurs dans le hall.

Lady Worthington, restée seule, exécuta à son tour une révérence, et Merton lui offrit son bras.

— Bonsoir, madame.

Dans cette maison, il avait en permanence l'impression d'être en territoire ennemi. Pourquoi s'était-il donc donné la peine de les honorer de sa présence ?

Il suivit la petite procession à travers la place, gravit les marches du porche de Stanwood House et pénétra dans un salon.

Une dame d'une beauté éblouissante, mais pas dans sa prime jeunesse, s'avança pour l'accueillir. À voir la façon dont Worthington la dévorait des yeux, ce devait être sa fiancée.

— Lord Merton, dit-elle en exécutant une impeccable révérence, comme c'est gentil à vous de vous joindre à nous. Je connais bien votre mère. Nous vous considérerons comme faisant partie de la famille.

Dieu soit loué ! Enfin quelqu'un qui rendait hommage à son rang. Il prit la main qu'elle lui offrait et la baisa.

— Lady Grace, comment aurais-je pu ne pas venir ?

— Il semble que vous n'auriez pas pu, en effet, fit-elle avec un sourire poli.

— Pas s'il voulait manger, intervint Worthington.

Son cousin ! Toujours prêt à gâcher l'ambiance.

— Merci, Worthington, pour cette observation perspicace.

Lady Grace adressa un bref regard réprobateur à Matt.

— Permettez-moi de faire les présentations, même si je crois que vous avez déjà rencontré certains de mes frères et sœurs.

Merton fut formellement présenté aux enfants qu'il avait déjà vus un peu plus tôt. Quand il se tourna vers la sœur qui était sortie faire des courses avec Louisa, il resta pantois. Il n'avait jamais vu jeune femme aussi jolie. Ses cheveux étaient du même blond que ceux de lady Grace, et ses yeux du même bleu, mais la ressemblance s'arrêtait là, ce qui était assez étrange dans la mesure où leurs traits étaient très similaires. Sa peau semblait posséder un éclat encore plus lumineux.

L'humour brillait dans son regard quand elle se leva pour faire la révérence. Elle n'était pas plus grande que lady Grace, mais elle avait une silhouette de sylphide. Il prit sa main, la baisa et oublia de la lui rendre.

— Lady Charlotte, je suis enchanté.

Ses lèvres parfaites esquissèrent un sourire.

— Merci, milord. Nous sommes ravis de vous accueillir parmi nous.

Sa voix était musicale, et la soirée lui parut soudain riche de promesses insoupçonnées. Puis sa cousine Louisa les rejoignit, rompant le charme.

Prenant Charlotte par le bras, elle déclara :

— Viens, Charlotte, il semble séduisant, mais tu ne ferais que perdre ton temps avec lui.

Lady Charlotte grimaça.

— Excusez-moi, milord. Louisa...

Avant de pouvoir continuer, elle fut entraînée à l'écart.

Il restait planté là, seul comme un idiot, lorsque la plus jeune des filles, Mary, le rejoignit.

— Bon, les autres peuvent dire ce qu'elles veulent, mais je vous trouve gentil.

— Merci, dit-il en lui souriant. Les autres ?

Le prenant par la main, Mary le guida jusqu'à un canapé.

— L'autre côté de la famille. Les sœurs de Matt.

— Ah... Et que disent-elles ?

— Juste que vous êtes gonflé de votre propre importance et que vous êtes con... condescend... quelque chose... je ne sais plus.

— Ce n'est pas grave. Je crois avoir compris. Lady Mary, puis-je être votre cavalier pour le dîner ?

Le petit menton de Mary prit de la hauteur.

— Oui, vous pouvez, et vous pouvez aussi m'interroger sur Charlotte, si vous voulez.

Merton faillit s'étrangler. Que disait-on déjà à propos de la bouche des enfants ?

— Je vous remercie de cette délicate attention.

Grace prit le bras de Matt.

— Je me moque de ce que vous pensez de votre cousin, dit-elle, irritée par le comportement de Charlotte et de Louisa. Tant qu'il se trouve dans ma maison, il sera traité avec égard. Ce que Louisa a fait n'était pas seulement grossier, c'était aussi malintentionné. Quant à Charlotte, je lui parlerai de son attitude. Mais je suis très fière de Mary, ajouta-t-elle en jetant un regard derrière elle. C'est la seule qui se soit conduite comme il le fallait, et elle n'a que cinq ans.

Matt fronça les sourcils.

— Si j'avais su qu'il provoquerait un problème, je lui aurais conseillé de dîner à son club.

— Le problème, ce n'est pas lui.

Grace s'arrêta pour laisser Merton les précéder dans la salle à manger.

— Mary, installe-toi aux côtés de lord Merton.

La fillette rayonna.

— Merci, je suis bien contente.

Merton, avec la petite fille à son bras, se dirigea vers les places indiquées.

— Au moins, murmura Matt à l'oreille de Grace, sa conquête de ce soir est trop jeune pour songer au mariage.

— Pour ton information, répliqua-t-elle en laissant percer son irritation, aucune femme n'est trop jeune pour ne pas songer au mariage. Essaie de te tenir convenablement. Où est Patience ?

Matt regarda autour de lui.

— Là.

Dans le coin le plus éloigné de la salle à manger, sa belle-mère parlait à mi-voix à Louisa, qui piquait du nez. Grace hocha la tête avec approbation.

— Bien.

Pour la première fois, elle avait la sensation qu'elle pourrait elle aussi apporter quelque chose à la famille de Matt.

Charlotte avait trouvé lord Merton encore plus séduisant de près. Ses cheveux d'un blond doré étaient coiffés à la nouvelle mode, qui les voulait un peu flous. Sa veste était taillée à la perfection sur ses larges épaules. S'il n'était pas aussi grand que Matt, il l'était néanmoins bien plus qu'elle. Il s'était incliné avec élégance, et quand elle l'avait regardé dans les yeux, ceux-ci avaient changé de couleur, passant du gris au bleu. Elle serait volontiers restée avec lui, mais Louisa était intervenue. Elle était néanmoins contente que sa plus petite sœur ait pris ce jeune homme sous son aile et, pendant tout le repas, essaya de ne pas trop le regarder. Elle lui présenterait ses excuses dès que possible. Grace n'en attendait pas moins de sa part, elle en était certaine.

Après le repas, Matt ne s'attarda pas dans la salle à manger pour prendre un porto, et Merton et lui se joignirent aux dames dans le salon.

Charlotte rejoignit le jeune marquis.

— Monsieur ?

— Oui, mademoiselle ?

— Je… je voulais vous dire que je n'aurais pas dû laisser Louisa m'emmener ainsi.

Les yeux de Merton s'écarquillèrent un peu, et il parut se détendre.

— Merci.

— De rien. J'espère que Mary vous a aidé à vous sentir le bienvenu. Elle y est parvenue, n'est-ce pas ?

— En effet. Elle est très charmante.

Charlotte rit doucement.

— Oui, même si elle peut faire preuve d'une franchise parfois gênante.

Il rougit un peu.

— Je prédis qu'elle fera partie de ces dames qui savent venir en aide à autrui.

— Vous avez probablement raison. Dites-moi, comptez-vous rester un moment en ville ?

Elle le conduisit vers un fauteuil et s'installa sur le canapé face à lui.

— J'essaie toujours d'être présent lors des sessions parlementaires.

— La politique m'intéresse beaucoup. À quel parti appartenez-vous ?

— Aux tories, bien sûr, dit-il non sans une certaine raideur.

— Ah...

Voilà qui était une déception.

— Je crois savoir que votre famille soutient les whigs ?

Elle sourit poliment.

— Oui, et lord Worthington également.

Merton haussa un sourcil dédaigneux.

— Je ne souhaite pas dire du mal de mon cousin, mais je considère ses opinions libérales comme assez extrêmes.

Charlotte fit un effort pour garder une expression plaisante. C'était ce que voulait dire Grace quand elle parlait de conserver les apparences lorsqu'on n'en avait aucune envie.

— Lesquelles de ces opinions considérez-vous comme extrêmes ?

— Laissez-moi vous donner un exemple. Cette histoire de réforme sociale. Pourquoi l'homme du commun devrait-il avoir le droit de vote ? Il ne saurait qu'en faire. Il y a une raison si notre société est ordonnée de cette façon.

Charlotte discuta avec lui pendant une demi-heure avant que le thé soit servi. Même si Merton était l'un des plus séduisants gentlemen qu'elle eût jamais vus, il ne semblait pas avoir la moindre idée originale et était réfractaire à toute nouveauté. Croyait-il vraiment ce qu'il disait ? C'était comme s'il avait un siècle de retard. Quel dommage.

La chasse au mari allait peut-être s'avérer moins facile qu'elle ne l'avait crue.

Tôt le lendemain matin, Charlotte frappa doucement à la porte de la chambre de sa sœur.

— Grace ?

— Entre, Charlotte.

Grace était assise à sa coiffeuse pendant que Bolton s'occupait de sa chevelure.

— Grace, qu'as-tu pensé de Merton ?

— J'ai trouvé qu'il avait une excellente éducation. Surtout après les provocations de Worthington et de Louisa.

— C'est vrai, ce n'était pas du meilleur goût de leur part. Mais ne penses-tu pas qu'il a des idées un peu… rétrogrades ?

Bolton ayant terminé, Grace lui fit signe de les laisser.

— Je vois ce que tu veux dire.

— Ce n'est pas qu'il soit si vieux…

— Il a beau être jeune et séduisant, il a des idées rétrogrades, dit Grace en souriant. Si tu veux mon avis, n'espère pas trop qu'il changera. Ne perds pas espoir, tu rencontreras beaucoup d'autres jeunes messieurs. Ce n'est pas ce qui manque à Londres.

Charlotte fronça les sourcils.

— Comment dois-je m'y prendre, selon toi ?

— Regarde autour de toi. Rien ne t'oblige à te marier dès cette année, sauf si tu le désires. N'oublie jamais qu'un beau visage et des manières plaisantes ne sont pas tout et peuvent, assurément, cacher de nombreux défauts. Ton futur époux et toi devrez aussi être en accord sur la façon dont vous comptez mener vos vies.

— Est-ce le cas pour Worthington et toi ?

Grace réfléchit un moment.

— Nous avons cette chance d'avoir tous les deux des opinions très libérales.

Pensive, Charlotte acquiesça. Grace avait très souvent raison. Comme dans ce cas précis. À moins qu'un coup de baguette magique ne transforme Merton du tout au tout, il ne lui conviendrait pas.

— Merci.

— De rien, ma chérie, dit Grace avec un sourire. Viens, allons prendre le petit déjeuner avant que les enfants nous submergent.

— Grace ?

— Oui ?

— Allons-nous vivre à Worthington House ?

Grace poussa un long soupir.

— L'idée de déraciner tout le monde ne m'enchante pas. Je dois prendre un peu de temps cette semaine pour visiter les deux maisons et en discuter avec Matt. Il faut aussi songer à lady Worthington.

Charlotte fronça les sourcils.

— C'est cela qui est difficile pour nous, les femmes, n'est-ce pas ? Nos maisons ne sont pas vraiment les nôtres. Je n'aurais jamais cru que je quitterais Stanwood un jour. Je vois maintenant que même si tu n'épousais pas Matt, ou si je restais célibataire, je ne serais plus tout à fait chez moi ici une fois que Charlie se sera marié.

Grace l'étreignit.

— C'est bien vrai. Ou si tu es veuve et que ton fils se marie. Même si, dans ce cas, il y a toujours l'option de la maison douairière. Des femmes comme lady Beaumont peuvent s'offrir leurs propres demeures. Nous en discuterons plus en détail avant ton mariage, quand nous réglerons les arrangements financiers. Ils constituent ta seule protection en cas d'union.

— Non pas que j'y songe le moins du monde, mais que se passe-t-il si une femme s'enfuit pour épouser son amant ?

Grace plissa les lèvres.

— Dans ce cas, elle est complètement dépendante de la bonne volonté de son mari, car il possédera tout ce qu'elle a, y compris les biens qu'elle détenait en propre.

— Je ne crois pas que cela me plairait. Merci, dit Charlotte en embrassant sa sœur.

C'était l'avantage d'avoir Grace comme sœur. Elle n'éludait jamais aucune question.

— Je suis contente que tu épouses Matt. Tu l'aimes beaucoup, n'est-ce pas ?

Quelque chose passa sur le visage de Grace, et elle sourit. Charlotte se dit qu'elle ne l'avait encore jamais vue aussi belle.

— Oui, beaucoup.

Matt avait déjà bu sa première tasse de thé quand Grace et Charlotte firent leur entrée dans la salle du petit déjeuner.

— Tu es ici de bien bonne heure, Matt.

Il se leva, prit les mains de Grace et l'embrassa légèrement sur les lèvres.

— Oui, je voulais te parler avant que la horde arrive.

— La horde ? fit-elle, réprobatrice.

Ah, voilà qui entrait dans la catégorie « moi seule ai le droit de critiquer ma famille ». Il l'embrassa de nouveau.

— Ne m'en veux pas. Même toi, tu dois admettre qu'il est impossible d'avoir une conversation sérieuse quand tout le monde est là. Et j'inclus mes quatre sœurs et ma belle-mère dans le lot.

Un sourire contrit finit par apparaître sur le visage de Grace.

— J'avoue que tu n'as pas tout à fait tort.

— Bien.

Ah, si seulement il pouvait se réveiller tous les matins à ses côtés, sa vie serait bien plus simple !

— Ma gouvernante aimerait savoir quand tu viendras inspecter la maison.

— J'y songeais justement. Pourquoi pas après le petit déjeuner ?

— Parfait. Voilà un sujet de moins sur notre liste.

Il fit signe à un valet, qui s'approcha.

— Que quelqu'un aille prévenir Mme Thorton à Worthington House que Madame sera là d'ici une heure. Que tout soit prêt.

— Oui, milord.

Grace secoua la tête.

— Une heure ? Je ne serai jamais prête d'ici là. Les enfants auront à peine fini de manger. Je dois donner ses instructions à Charlotte, faire monter les petits en salle d'étude, m'habiller, m'entretenir avec le cuisinier, et je suis certaine d'oublier quelque chose.

Dans de tels moments, Matt avait la sensation d'être Sisyphe, de passer son temps à pousser un rocher en haut d'une colline.

— Tu es déjà habillée, et de façon fort séduisante, ajouterais-je. Tu peux donner ses instructions à Charlotte tout en mangeant. Il n'y a aucune urgence avec le cuisinier, et je me sens tout à fait capable de faire monter les enfants en salle d'étude. Après quoi, je te rejoindrai à Worthington House. Je serai heureux de t'assister pour tous les travaux de décoration que tu voudrais entamer.

— Il sera nécessaire de faire quelque chose pour la salle d'étude et les chambres des enfants, intervint Charlotte. Elles sont vraiment sombres.

— Absolument, renchérit Louisa qui venait d'entrer dans la pièce. Nos chambres ne sont pas aussi belles que celles d'ici. Et je ne parle pas de la salle d'étude.

Les autres enfants ne tardèrent pas à apparaître, bâillant, les yeux encore gonflés de sommeil, ce qui était étrange. En général, le matin, ils débordaient d'énergie.

— Pourquoi avez-vous tous l'air aussi fatigués ?

— Nous pensons que c'est parce qu'ils ont veillé tard, monsieur, déclara Mlle Tallerton. Ils étaient si excités qu'aucun d'entre eux n'est allé directement se coucher. J'ai l'impression que les horaires de la ville ne leur conviennent pas vraiment.

— Oh, mon Dieu, fit Grace, consternée. Je n'y avais même pas pensé. Nous ferions mieux de garder les horaires de la campagne quand nous dînons entre nous.

Matt se laissa aller contre son dossier et sirota son thé.

— Ils pourraient dîner dans la salle d'étude.

Plusieurs paires d'yeux endormis mais belliqueux se posèrent sur lui.

— Non, dit Grace en lui adressant un regard irrité.

— Matt ? intervint Louisa. As-tu vu la salle d'étude ?

Il sentit que l'humiliation était proche.

— Non.

— Il n'y a pas la place d'y mettre une table assez grande pour eux tous, expliqua Grace. Quand nous aurons des invités, ils dîneront ici un peu plus tôt, voilà tout.

— Je suis désolé. J'aurais dû jeter un coup d'œil à la salle d'étude avant de parler. Comme tu veux, ma chérie.

Le petit déjeuner fut bien plus calme qu'à l'ordinaire. Finalement, Grace se tamponna les lèvres avec sa serviette et se leva.

— Charlotte, j'aimerais que tu répètes ta musique. Louisa pourrait peut-être se joindre à toi. Je vous laisse. Mme Thorton doit m'attendre.

Ah, songea Matt, il se voyait donc attribuer la garde des enfants. Immense signe de confiance. Il contempla la tablée avec satisfaction.

— Une fois que vous aurez fini de manger, vous pourrez tous aller faire une petite sieste dans vos chambres. Je refuse d'emmener des enfants grincheux ou mal réveillés au parc aujourd'hui.

La porte d'entrée de Worthington House s'ouvrit avant même que Grace frappe.

— Madame, fit le majordome en s'inclinant. Mme Thorton vous attend dans le petit salon.

— Merci, Thorton.

Grace contempla le vaste hall d'entrée, pavé de dalles de marbre noires et blanches. Un superbe escalier sculpté s'élevait jusqu'à une galerie au premier étage, avant de repartir vers un deuxième niveau. La demeure était plus grande et plus ancienne que Stanwood House. Deux pièces flanquaient le hall d'entrée, et deux couloirs menaient à l'arrière de la maison. Elle suivit Thorton dans l'un d'eux jusqu'à un salon agréable et ensoleillé, muni de portes-fenêtres qui donnaient sur une terrasse et les jardins.

Mme Thorton était aussi petite que son mari était grand. Plutôt rondelette et d'un abord jovial, elle devait avoir aux alentours de la cinquantaine. Grace espéra que travailler avec elle serait aussi facile qu'elle en donnait l'impression.

La gouvernante effectua une révérence.

— Bienvenue, madame. J'ai mon carnet de notes et un crayon. Par où voulez-vous commencer ?

Grace sourit.

— Par la salle d'étude. J'imagine qu'elle a besoin de rénovations majeures.

La précédant dans le couloir puis dans l'escalier, la gouvernante remarqua :

— J'ai cru comprendre, madame, que vous aviez plusieurs frères et sœurs.

— Sept, pour être précise. Trois garçons – mais l'aîné est à Eton – et quatre filles. La plus grande fait ses débuts dans le monde cette saison. Il faudra donc au moins cinq chambres à coucher pour les enfants ainsi que deux appartements pour leur précepteur et leur gouvernante.

Mme Thorton haussa les sourcils.

— Dans ce cas, il faudra restructurer tout l'étage.

La salle d'étude se trouvait au troisième étage : une grande pièce avec deux chambres à coucher communicantes donnant sur l'avant de la maison. Un couloir avec des pièces de part et d'autre menait à l'arrière. La plupart étaient très petites et vides, ou alors utilisées pour y stocker des meubles.

— Où dorment les domestiques ?

— À l'étage supérieur, madame. M. Thorton et moi sommes logés dans l'autre aile à ce niveau.

Voilà qui était étrange. Les majordomes avaient généralement leurs appartements au rez-de-chaussée. Grace pinça les lèvres.

— Cela vous convient-il ?

— Eh bien, madame, pour être honnête, nous préférions les appartements en bas.

— À quoi servent-ils actuellement ?

— À du stockage, essentiellement.

Dans ce cas, voilà un problème qui pouvait être assez rapidement résolu.

— Voyez ce qui doit être fait pour les rendre de nouveau habitables et envoyez-moi la liste des travaux et aménagements nécessaires. En attendant...

Grace ouvrit la porte donnant sur les deux appartements de devant, qui étaient spacieux.

— Ceux-ci conviendront pour la gouvernante et le précepteur. J'aimerais qu'ils soient nettoyés et repeints. Hum, et si nous rassemblons chacune des pièces avec sa voisine, elles ne seront plus aussi minuscules... Il faudra aussi un atelier d'art avec beaucoup de fenêtres et de lumière, et un salon pour les enfants. Quoi d'autre ?

— Une nursery ?

Grace sentit ses joues s'échauffer.

— Oui, dans l'autre aile, avec des appartements pour une nourrice et des femmes de chambre.

Mme Thorton ne cessait de prendre des notes.

— De nouvelles toilettes ?

— Excellente idée. Deux, si possible, et nous pourrions transformer une des petites chambres à coucher en salle de bains.

Quand elles eurent terminé, la liste s'était considérablement allongée. Tout en faisant un dernier tour de l'étage, Grace demanda :

— Quand cette maison a-t-elle été rénovée pour la dernière fois ?

— Je suis ici depuis plus de trente ans, et ce sera la première fois qu'on s'attaquera à d'autres parties que les pièces principales.

— Eh bien, je suppose que cela n'a pas été nécessaire auparavant.

— Non, madame. Pas depuis la mort de la mère de Monsieur.

Il était presque 13 heures quand elles redescendirent au rez-de-chaussée.

— Madame Thorton, je vais vous laisser déjeuner. Nous pourrons nous retrouver après cela.

— Comme vous voulez, madame.

Après une autre révérence, la gouvernante disparut.

Grace resta là à regarder autour d'elle, se demandant dans combien de temps elle habiterait ici. Matt et elle faisaient-ils le bon choix en se mariant alors que chacun d'eux avait tant de responsabilités vis-à-vis de ses frères et sœurs ? Charlie devait encore apprendre à gérer les propriétés et Stanwood Hall… Comment diable tout cela allait-il pouvoir marcher ?

19

Matt pénétra dans la salle à manger alors que Grace et les enfants achevaient leur déjeuner. Il l'embrassa rapidement, provoquant un chœur de « oh » et de « ah », et au moins un « beurk ». Se demandant si ces commentaires à ses baisers cesseraient un jour, il contempla la tablée avec sévérité.

— Vous pouvez tous garder votre opinion pour vous-mêmes.

Grace posa sa serviette sur la table.

— Où étais-tu toute la matinée ? lui demanda-t-elle. Je croyais que tu devais nous rejoindre, Mme Thorton et moi.

— Je comptais venir, mais j'ai préféré me procurer notre licence, ce que je n'avais pas eu l'occasion de faire jusqu'à présent. Avez-vous terminé ?

— Presque. As-tu mangé ?

— Oui, et toi, tu dois finir ta visite de Worthington House.

Il la poussa vers la porte.

— Matt, je ne peux pas sortir sans chapeau.

— Tu vas juste de l'autre côté de la rue.

Cette fois encore, Thorton leur ouvrit avant même qu'ils frappent à la porte.

— Dites à Mme Thorton que nous l'attendrons dans le petit salon.

Dès qu'ils y pénétrèrent, il ferma la porte derrière lui et attira Grace dans ses bras.

— J'ai attendu ce moment toute la matinée.

Ses lèvres descendirent vers les siennes. Quand elle ouvrit la bouche pour protester, il en profita pour l'embrasser.

— Ne parle pas. Embrasse-moi, c'est tout. J'entendrai Mme Thorton arriver.

Elle noua les bras autour de son cou, et il sourit. Seigneur, comme il aimait l'enthousiasme avec lequel elle réagissait à ses avances ! Posant les mains sur ses fesses, il la pressa contre lui pour lui faire sentir son excitation. Elle gémit, déjà prête pour lui, mais il entendit des pas dans le couloir. À regret, il s'écarta au moment où Mme Thorton frappait à la porte.

Son bras était toujours autour de la taille de Grace quand la gouvernante entra, vit la scène et lui adressa un regard réprobateur.

— Si vous voulez bien me suivre, madame, pour finir votre inspection.

Les lèvres encore un peu gonflées, Grace eut un sourire charmant.

— Bien sûr, madame Thorton.

— Je peux prendre la suite, si vous le désirez, annonça Matt.

Sa gouvernante haussa les sourcils comme si elle venait de le surprendre en train de voler un pot de confiture.

— Non, milord, je ne le désire pas. Ce que je désire, c'est finir ce que nous avons commencé ce matin. Ce qui ne sera pas le cas si vous prenez la suite.

Grace s'étrangla.

— Vous avez raison, madame Thorton, dit-elle. Matt, pourquoi ne jetterais-tu pas un coup d'œil aux croquis que j'ai faits pour les futures chambres d'enfants ?

Il laissa sa main errer sur ses reins... et plus bas.

— Je le ferai plus tard. Je préfère être là quand tu verras tes appartements.

Elle avait du mal à respirer.

— Comme tu veux. Je te ferai appeler lorsque nous y serons.

Il la regarda quitter la pièce. Il avait certains projets avec elle aujourd'hui, et sa gouvernante n'y tenait aucun rôle.

Il décida de les suivre. Restant en retrait pour ne pas les déranger, il observa la façon dont Grace traitait avec Mme Thorton. Elle écoutait ses suggestions et ajoutait les siennes pour parvenir à un consensus. Il se demanda vaguement combien tout ceci allait lui coûter, puis s'en désintéressa. L'essentiel était de créer une atmosphère accueillante dans la maison.

Quand ils arrivèrent aux chambres à coucher, Grace se tourna vers lui.

— Où sont tes sœurs ?

— Elles prennent une leçon avec ta Mlle Tallerton.

— Où est leur gouvernante ?

— Elle nous a quittés. Hier, Patience a reçu une lettre expliquant qu'elle avait pris une autre situation de façon à être plus proche de sa famille. Je suppose que je vais devoir engager quelqu'un.

— Ne sois pas ridicule. Nous n'avons pas besoin d'une gouvernante supplémentaire. Winters et Tallerton se partageront les leçons, ils en sont parfaitement capables. Le père de Tallerton était un ecclésiastique, et elle a suivi les mêmes cours que ses frères pendant qu'ils préparaient Oxford. Elle possède par ailleurs toutes les compétences habituelles – dessin, harpe, pianoforte, français et italien. Quant à Winters, il est titulaire d'un diplôme de théologie d'Oxford. Il enseigne le latin, les mathématiques et le reste aux enfants.

— Je vois.

Pour ce qu'il en savait, son ancienne gouvernante ne possédait pas la moitié de ces compétences.

— Eh bien, si Mlle Tallerton et M. Winters n'y voient pas d'objection…

— Cela m'étonnerait, fit Grace. Les filles sont toutes proches en âge.

Matt continua de suivre les deux femmes jusqu'à ce qu'elles arrivent au dernier sujet de leur liste : les appartements de la comtesse. Le boudoir était propre et rangé, mais n'avait visiblement pas été utilisé depuis des années. Une porte sur un côté donnait sur une vaste garde-robe tandis qu'une autre menait à la chambre à coucher avec vue sur les jardins.

Grace se tourna vers lui.

— Ta belle-mère n'utilise pas ces appartements ?

— Non. Nous pouvons continuer seuls maintenant, ajouta-t-il à l'intention de Mme Thorton.

Elle acquiesça.

— Oui, monsieur. Madame, je vais mettre les listes en ordre et au propre.

Il ferma la porte derrière elle.

— La dernière personne à avoir vécu ici était ma mère.

Grace le dévisagea, perplexe.

— Je ne comprends pas.

L'attirant gentiment dans ses bras, il l'embrassa.

— Mon père et ma mère étaient pour ainsi dire inséparables. En fait, je ne me rappelle pas les avoir jamais vus l'un sans l'autre, ne serait-ce qu'un soir. Après sa mort, il n'a plus dormi dans ce lit, ni dans celui qu'ils partageaient à Worthington Hall. Je n'ai pas utilisé ces appartements, car j'attendais d'avoir une épouse.

Il l'embrassa de nouveau.

— Père m'a dit un jour qu'il avait épousé Patience parce qu'il se sentait seul. Mais elle n'a pas comblé le vide que ma mère avait laissé. Il n'a jamais installé Patience ici parce qu'il ne l'aimait pas.

— Cela a dû être terrible pour elle, répondit Grace avant de poursuivre après une petite pause : Mes parents étaient très amoureux l'un de l'autre, eux aussi. Si maman était morte la première, je ne crois pas que papa se serait remarié. Je ne sais pas pour qui j'ai le plus de peine, Patience ou ton père.

— Pour ma part, je plains plutôt Patience. Mon père a eu la chance de connaître un amour profond et sincère. Il l'a privée de cette chance, conclut Matt en secouant la tête.

Désignant d'un geste les appartements, il reprit :

— Il n'y a pas de chambre séparée pour la comtesse.

Le bras de Grace se noua autour de sa taille.

— Je comprends.

— Vraiment ?

Elle leva les yeux vers lui.

— Oui. Mes parents aussi partageaient toujours la même chambre. Ils ne pouvaient dormir l'un sans l'autre.

Si maintenant elle lui confiait ce qu'avait dit sa tante Herndon, il pourrait peut-être enfin lui faire comprendre qu'il en serait toujours de même pour eux.

— Et toi, Grace, est-ce ainsi que tu m'aimes ? Parce que moi, oui. Je ne peux vivre sans toi.

Des larmes brillèrent dans ses yeux.

— Oui, c'est ainsi que je t'aime.

Avec des doigts lestes, il dénoua son corsage et repoussa sa robe sur ses épaules, puis sur ses hanches. La mousseline tomba à terre avec un doux froissement.

— Matt, que fais-tu ?

— Il faut que je te voie. Tout entière.

Il lui retira ses jupons, prenant son temps pour la dévoiler méthodiquement, une couche de vêtements à la fois. Enfin, après avoir dénoué sa chemise, il recula.

— Tu es la plus belle femme que j'aie jamais vue.

Les sous-vêtements tombèrent au sol, rejoignant le reste de la tenue de Grace. Il prit le soin de ramasser la robe pour la poser sur un fauteuil.

Grace, rougissante, ne bougeait pas, lui permettant ainsi de la regarder comme il n'avait pu le faire cette première nuit. Il contempla ses seins généreux et fermes, puis, du bout du doigt, suivit la ligne de ses côtes jusqu'à sa taille et aux rondeurs de ses hanches. Les boucles entre ses jambes étaient de la même couleur que sa chevelure. Oui, elle était splendide.

La recueillant dans ses bras, il prit les lèvres qu'elle lui offrait. Elle ouvrit la bouche, et la danse de leurs langues entrelacées le rendit fou. Son sexe déjà dur l'implorait de le libérer.

Haletante, elle s'écarta légèrement.

— Tu dois aller quelque part cet après-midi ?

Il sourit en dénouant sa cravate.

— Non.

Grace ouvrit sa veste et la lui retira tandis qu'il laissait ses mains explorer son corps, plus doux que la plus fine des soies. Ses mamelons étaient deux bourgeons dressés.

— Tu es parfaite.

Un sourire voluptueux étira ses lèvres.

— Et vous, monsieur, vous êtes encore beaucoup trop habillé.

Il se débarrassa de sa chemise et, lorsqu'il l'eut fait passer par-dessus sa tête, elle se hissa sur la pointe des pieds afin de ravir ses lèvres.

Et soudain, son érection fut libérée, sa culotte tombant à terre.

Matt l'entraîna vers le lit, où il s'assit pour enlever ses bottes et ses collants. Quand il se releva, il était nu et splendide. Grace posa une main sur son torse, l'examinant avant de glisser les doigts dans la toison soyeuse qui le recouvrait, puis plus bas, vers son ventre. Il se raidit légèrement, mais resta immobile tandis qu'elle contournait son corps pour lui caresser le dos puis les fesses, savourant le contact de ses muscles saillants et frémissants.

Délibérément, elle baissa les yeux vers son membre avant de le toucher. Quand elle le sentit si dur et si doux à la fois sous ses doigts, les palpitations entre ses jambes reprirent de plus belle, et elle frémit en songeant à ce qui allait se passer. Elle ne pouvait plus attendre, elle avait besoin de le sentir en elle. Remontant les mains sur son torse, elle lui toucha les mamelons avant de les lécher et les sentit durcir.

— Fais-moi l'amour, dit-elle d'une voix tremblante.

Elle se sentit soulevée de terre, portée comme la poupée préférée d'une enfant et, enfin, déposée sur le lit. Il s'installa entre ses jambes, et elle attendit qu'il la pénètre. Comme il n'en faisait rien, elle se cambra pour l'encourager.

— Qu'y a-t-il ?

Il ne lui répondit pas mais déposa de doux baisers, légers comme des plumes, sur sa gorge et ses seins, qu'il suça l'un après l'autre. La tension gonfla en elle, et un spasme la saisit. Elle tremblait d'un désir plus fort, plus profond que jamais.

— Matt, prends-moi.

Avec un rire rauque, il continua de descendre le long de son ventre. La bouche sèche, le souffle court, elle le laissa faire. Quand il lécha son sexe, elle poussa un cri et faillit bondir hors du lit.

— Tu aimes cela, mon amour ?

Voilà qui devait bien être la plus stupide des questions qu'on lui ait jamais posées. Elle essaya de retrouver son souffle pour lui répondre, mais ne put qu'émettre un râle sifflant.

— Je vais prendre cela pour un oui.

Le saisissant par le cou, elle essaya de le faire remonter. Même si elle adorait ce qu'il était en train de lui faire, elle avait besoin de lui. Tout de suite.

— S'il te plaît, Matt.

Il céda à sa supplique, lui léchant le corps jusqu'à la bouche, et alors qu'elle pensait ne pouvoir en supporter davantage, il plongea en elle, puis attendit un instant ainsi, immobile, avant de se retirer pour la pénétrer de nouveau. Elle noua les jambes autour de ses hanches, tremblante de désir. Il avait allumé un brasier en elle, et les flammes se répandaient dans tout son être. Soudain, accrochée à lui de toutes ses forces, elle sentit la jouissance la submerger tandis qu'il s'enfonçait en elle une dernière fois, la rejoignant dans le plaisir.

— Quelle chance j'ai de t'avoir trouvée ! soupira-t-il en la serrant dans ses bras. Ta place est ici.

Il la serra, alanguie et satisfaite, tout contre lui.

— Ici ?

— Avec moi. Ensemble, nous sommes parfaits.

Il avait raison, songea Grace. Elle se sentait merveilleusement bien, en sécurité, blottie ainsi contre lui.

— À quoi penses-tu ? demanda-t-elle en levant les yeux vers son visage.

Il lui sourit.

— Je me demandais si nous allions autant scandaliser les domestiques que mes parents.

Tout en laissant ses doigts courir sur son torse, elle demanda de sa voix la plus provocante :

— Et que faisaient-ils pour les scandaliser ?

Il l'embrassa de nouveau et prit un de ses seins en coupe.

— Ils faisaient l'amour partout et tout le temps.

Elle attira son visage vers le sien pour lui lécher les lèvres.

— J'ai bien l'impression que nous suivons leur exemple. Du moins, tant que les enfants ne sont pas là.

— Je refuse de penser à nos frères et sœurs maintenant.

Il l'embrassa lentement, scandaleusement. Il essayait de ne pas aller trop vite, mais elle ne l'entendait pas de cette oreille. C'était la première fois depuis leur première nuit qu'ils étaient dans un lit, et elle comptait bien en profiter. Elle se pressa contre lui et fit passer une jambe autour de ses hanches.

Une lueur dansa dans le regard de Matt.

— Encore ?

— Encore.

Ce soir-là, Grace s'habilla avec soin, choisissant une robe de soie jonquille au décolleté carré assez profond. La taille haute était soulignée par une bande de dentelle incrustée de perles, de courtes manches à épaulettes laissaient ses bras quasiment nus, et la jupe flottante se terminait par une demi-traîne. Elle enroula trois fois un long collier de perles autour de son cou, s'arrangeant pour que l'une des rangées descende plus bas sur sa gorge. D'autres perles accrochées à un fil d'or ornaient ses oreilles.

Bolton remonta sa chevelure en chignon sur le sommet de son crâne, laissant quelques boucles pendre sur ses épaules. Une fois prête, Grace récupéra son châle en soie de Norwich, son éventail et son réticule.

— Nous ne vous avions pas habillée ainsi depuis votre dernier séjour à Londres.

Grace examina son reflet dans le miroir.

— Je crois bien que tu as raison.

Bolton commença à ranger ses affaires avant de remarquer :

— Vous pourrez dire à Sa Seigneurie que je lui serais reconnaissante de ne pas froisser votre robe.

Grace rougit violemment.

— Vous êtes bien comme vos parents. Allez-y, maintenant. Il doit déjà vous attendre.

Grace tenta de retrouver sa dignité.

— Tu es incorrigible.

— Oui, madame.

Matt l'attendait effectivement au pied de l'escalier. Lorsqu'il la vit apparaître, l'amour et la chaleur brillèrent dans son regard lapis, et ses lèvres si bien dessinées s'étirèrent dans un sourire ravi.

Il prit sa main et l'embrassa.

— Tu es incroyablement belle. Cette couleur te va à merveille. Même si le décolleté est peut-être un peu trop plongeant.

Il fit mine d'essayer de le remonter un peu, et elle lui tapa les doigts avec son éventail.

— Je pensais qu'il te plairait.

— Oh, il me plaît, fit-il avant de lui chuchoter à l'oreille : Et j'adorerais savourer ce qu'il dissimule si peu.

Les lèvres soudain sèches, elle s'obligea à respirer calmement.

— Et tu le pourras, une fois que nous serons mariés.

— Madame, je n'oublierai pas cette promesse. Te rends-tu compte que dans une semaine nous serons mari et femme ?

Elle allait lui répondre quand le heurtoir retentit. Son oncle et sa tante firent leur apparition.

— Tante Almeria, oncle Bertrand, je crois que les autres se trouvent déjà au salon.

Matt s'inclina devant lady Herndon et serra la main de son mari.

— Oui, Charlotte, Louisa et ma belle-mère, ajouta-t-il avant de se tourner vers Grace. Les plus jeunes aimeraient vous admirer, leurs sœurs aînées et toi, avant que nous partions.

Voilà un souhait qu'elle comprenait fort bien.

— Je me souviens comme j'aimais voir ma mère s'habiller avant une soirée... Royston, faites descendre les enfants, je vous prie.

— Oui, madame.

Un valet leur ouvrit la porte du salon. La robe de Charlotte était vert tendre, celle de Louisa bleu ciel. Elles étaient ravissantes.

Matt sourit.

— Je sais que je vous l'ai déjà dit, mais vous êtes très jolies toutes les deux.

Les filles rougirent.

Grace parcourut la pièce du regard.

— Où est lord Merton ? Ne se joint-il pas à nous ce soir ?

— Je l'ai surpris en train de fumer un cigare dans la maison et je l'ai prié de faire ses bagages. Je crois qu'il s'est réfugié dans un hôtel.

— Tu as bien fait, déclara Grace. Cette odeur est insupportable. Quelle vilaine habitude que cette mode du cigare ! J'espère qu'elle passera très vite.

— Je l'ai aussi prévenu, lui chuchota Matt, de ne pas tenter de courtiser Charlotte, ni Louisa.

Grace haussa les sourcils.

— Merci. Mais ne le leur dis surtout pas. On a toujours tendance à désirer ce qui est interdit.

Une étincelle brilla dans le regard de Matt.

— Je sais, fit-il d'un ton carrément lubrique.

Une crainte soudaine saisit Grace.

— Et que se passe-t-il quand ce n'est plus interdit ? demanda-t-elle d'un ton qui se voulait léger.

Matt la déshabilla du regard avant de l'attirer contre lui.

— Cela devient un plaisir toujours renouvelé.

Le cœur battant plus vite, elle pria pour qu'il dise vrai. Mais les paroles de sa tante résonnaient encore en elle, semant le doute dans son esprit.

Matt sentit aussitôt que la confiance de Grace l'avait soudainement et inexplicablement désertée. Il éprouva le besoin de la serrer dans ses bras et de la réconforter, mais cela lui était impossible en présence de tout ce monde.

Patience s'éclaircit la voix.

— Nous accompagnez-vous ou bien avez-vous d'autres projets ?

Grace se tourna vers elle.

— Nous sommes attendus chez lady St. Eth. Demain, nous irons à la soirée de lady Featherton.

Patience acquiesça.

— Bonne idée. Ce soir, vous vous contenterez de discuter tranquillement politique tandis que, pour notre part, nous répandrons le bruit de votre romance. Et demain, vous assisterez à votre première vraie soirée mondaine.

Le reste des enfants débarqua dans la pièce. Les filles s'extasièrent devant les robes de leurs sœurs, pendant que les garçons se rangeaient auprès de Matt.

— Elles sont jolies... pour des sœurs, je veux dire, déclara Walter.

Le regard de Matt se tourna automatiquement vers Grace.

— Oh que oui.

Philip fit la grimace.

— À condition d'aimer ce genre de chose. J'ai plus important à faire que de regarder des robes.

— Je suppose, fit Matt en se retenant à grand-peine d'éclater de rire.

Ce jeune homme allait changer radicalement d'opinion d'ici quelques années.

Royston annonça que toutes les voitures étaient prêtes. Grace et Matt attendirent que les autres soient partis avant de rejoindre la leur.

Matt grimpa derrière Grace et donna l'ordre du départ.

— Tu es prête ?

— J'espère. Nous n'avons pas le choix.

20

Une demi-heure plus tard, Matt et Grace arrivaient en tête de la file d'attente à St. Eth House. Lord et lady St. Eth les accueillirent, puis un valet les dirigea vers la salle de bal.

Worthington passa en revue les autres invités qui, pour la plupart, lui étaient familiers.

— Je te présenterai à ceux que tu ne connais pas, dit-il à Grace.

— Merci. J'en ai déjà rencontré certains, mais cela remonte à quelques années.

Se débrouillant pour garder sa main nouée à son coude, Matt veillait à ce qu'elle ne quitte pas son bras. Inutile de donner à quiconque l'idée qu'il pourrait s'avérer un mari complaisant. Si l'un de ces gentlemen avait envie de flirter, qu'il aille voir ailleurs.

Deux de ses meilleurs amis ne tardèrent pas à venir à leur rencontre.

— Ma chérie, permettez-moi de vous présenter lord Huntley et lord Wivenly. Lady Grace Carpenter, ma fiancée.

Huntley haussa un sourcil surpris et sourit.

— Lady Grace, Worthington, tous mes vœux de bonheur.

Wivenly avait eu le temps de refermer sa bouche restée béante.

— Oui, oui, tout le bonheur du monde en effet.

Grace fit une révérence et tendit la main.

— Je suis ravie de vous rencontrer. Les amis de Worthington seront toujours les bienvenus chez nous.

— Merci, madame, répondit Huntley en prenant sa main, tout en lançant un regard de côté à Matt. J'embrasserais bien cette main, si je ne craignais que Worthington ne me provoque en duel.

Matt lâcha un petit rire.

— Tant que tu te contentes d'un salut convenable, tu ne risques rien.

Wivenly s'inclina devant Grace.

— Quand est prévu le mariage ?

Son compère profita de cette diversion pour déposer un baiser sur la main de Grace, et Matt réprima un grognement. Au moins, elle portait des gants.

— Dans une semaine.

— Voilà qui est soudain, dit Wivenly, incapable de masquer son étonnement.

— Pas du tout, à vrai dire, répliqua Matt en rapatriant la main de Grace sur son coude. Nous nous sommes rencontrés il y a de nombreuses années de cela, mais les circonstances nous ont séparés. À la seconde où je l'ai revue, j'ai su que c'était elle et nulle autre. Nous n'avons aucune raison d'attendre et plusieurs excellentes de ne pas le faire.

Huntley haussa un sourcil inquisiteur.

— La sœur de lady Grace fait ses débuts cette année, tout comme ma propre sœur, expliqua Matt. Nous marier avant que la saison commence réellement nous permettra de les chaperonner plus facilement.

— Je vous comprends, approuva Huntley. Deux paires d'yeux valent mieux qu'une seule.

Wivenly afficha un air moqueur.

— Toi ? Un chaperon ?

Plissant les paupières, Matt répliqua :

— Il me semble me souvenir que, toi aussi, tu as une sœur…

Son ami grimaça tandis que Huntley éclatait de rire.

— Il t'a bien eu, là, Will. Quand fait-elle ses débuts ? L'an prochain, c'est cela ?

Wivenly émit un son qui ressemblait à un râle.

— Oui, et il n'est pas très charitable de me le rappeler.

Souriant, Matt se tourna vers Grace.

— Continuons-nous, mon amour ?

Les yeux brillants, elle salua les deux amis de Matt d'un signe de tête.

— Avec plaisir, mon chéri.

À peine eurent-ils quitté les deux hommes qu'une jeune femme un peu plus âgée que Grace se dirigea vers eux.

— Lady Grace, lord Worthington, quel plaisir de vous voir !

Grace la fixa un moment, essayant de rassembler ses souvenirs, puis sourit.

— Lady Fairport. C'est merveilleux de vous revoir.

La comtesse de Fairport était une des sœurs aînées de Phoebe.

— Fairport est-il ici ? s'enquit Worthington.

— Oui. Il va nous rejoindre. Phoebe nous a demandé de veiller sur vous, et nous avons volontiers accepté.

Elle se tourna vers Grace.

— Je crois savoir que vous aimeriez tous deux être plus actifs au sein du parti.

Grace acquiesça.

— Absolument. Je serais ravie d'ouvrir un salon politique. Vous connaissez, bien sûr, notre situation avec les enfants, mais nous souhaitons néanmoins apporter notre pierre à l'édifice.

Sur ces entrefaites, Fairport les rejoignit, et Matt l'accueillit avec effusion. Le père de Fairport avait été un de ses parrains quand il avait pris son siège à la Chambre des lords.

Profitant d'une pause dans la discussion entre lady Fairport et Grace, Fairport s'inclina devant cette dernière.

— Lady Grace, c'est une joie de vous revoir en ville.

— Merci, monsieur. Puis-je dire que vous n'avez absolument pas changé ? Et vous non plus, madame.

Fairport inclina la tête avant d'ajouter à voix basse :

— Attention, lady Bellamy nous a repérés.

Grace se raidit et adressa un regard à Matt.

— Elle voudra tous les détails.

— Nous aurions dû répéter nos rôles, dit-il, s'efforçant d'adopter un ton léger malgré l'épreuve qui les attendait. Ne t'inquiète pas, ma chérie. Laisse-moi m'occuper d'elle, et tout ira bien.

— Avec joie, dit-elle avec un air espiègle. Tu es bien plus inventif que moi.

— Je compte surtout sur mon charme naturel, murmura-t-il avant de s'incliner avec la plus grande élégance devant le vieux dragon. Madame, quel plaisir de vous voir !

Lady Bellamy le fixa d'un regard implacable.

— N'essayez pas vos flatteries sur moi, Worthington. Je vous connaissais déjà quand vous portiez des culottes courtes. Dois-je croire ce que disent les rumeurs ?

— Et à quelles rumeurs faites-vous référence, madame ? dit-il avec ce qu'il estima être un sang-froid remarquable.

La canne de lady Bellamy heurta violemment le sol, ratant son pied d'un cheveu.

— Êtes-vous, oui ou non, fiancés ?

Matt essaya de conserver un large sourire.

— Oui. Nous le sommes.

— Bien. Je n'ai jamais approuvé votre décision de rester célibataire, ajouta-t-elle en tournant la tête vers Grace. Ce n'est pas ce que votre mère aurait voulu. Quand doit avoir lieu le mariage ?

Avant que Grace ait pu prononcer un mot, Matt annonça :

— Mardi.

Les bajoues de lady Bellamy tremblèrent quand elle éclata de rire.

— Pour ne pas lui donner le temps de se rétracter, n'est-ce pas ? Bien joué, mon garçon. Qu'allez-vous faire des frères et sœurs de lady Grace ?

— Demander leur garde.

Cette conversation prenait la tournure d'un véritable interrogatoire.

Lady Bellamy examina un moment Grace de ses yeux rusés.

— Excellent. Ces petits ont besoin d'un homme et vous aussi, ma chère.

Grace rougit violemment, et Matt se demanda si elle pensait à cet après-midi.

Avec une gentillesse assez rare chez elle, lady Bellamy tapota le bras de Grace.

— Vous découvrirez bien vite de quoi je parle. Maintenant, dites-moi ce que je dois raconter autour de moi.

Grace s'éclaircit la gorge et prit la parole d'une voix un peu timorée :

— J'ai eu un faible pour Worthington dès ma première saison… et maintenant que nous nous sommes retrouvés, nous ne voyons aucune raison d'attendre davantage.

— Excellent, répéta lady Bellamy avec force. Parmi les gens qui comptent, nul n'ignore que, chez les Vivers, les hommes fonctionnent au coup de foudre. Je remplirai mon rôle. Et je vous souhaite beaucoup de bonheur. Vous formez un couple vraiment superbe.

Grace exécuta une révérence, et Worthington s'inclina.

Quand lady Bellamy les abandonna, lady Fairport cachait son hilarité derrière son éventail.

— C'est la créature la plus embarrassante que je connaisse.

Dépliant son propre éventail, Grace se masqua à son tour le visage.

— Mais elle est bien intentionnée, et si quelqu'un peut mettre un terme à des ragots malvenus, c'est bien elle.

Fairport ricana.

— Absolument. Personne n'a le culot de lui tenir tête. Je pense que votre romance est entre de bonnes mains.

Matt observait Grace.

— Ça va ?

Elle baissa son éventail. Une lueur dansait dans ses yeux.

— Je ne sais que penser de sa remarque concernant mon besoin d'un homme.

Il se pencha pour lui murmurer à l'oreille :

— Pas moi.

Il ne put s'empêcher de sourire avec une certaine satisfaction quand elle rougit de nouveau.

Ils restèrent souper avant d'aller faire leurs adieux à lady St. Eth.

— Nous avons passé une merveilleuse soirée, madame.

— Absolument, renchérit Grace tandis que leur hôtesse l'étreignait.

— Si je puis vous être d'une aide quelconque, faites-le-moi savoir, ma chère, dit lady St. Eth. Votre mère était une très bonne amie. N'hésitez pas.

— Je vous remercie du fond du cœur, répondit Grace, reconnaissante.

Leur plan se déroulait bien mieux que prévu. Bénéficier du soutien de lady Bellamy constituait un avantage décisif.

Quand il aida Grace à monter dans la voiture, Matt remarqua :

— Pas le moindre parfum de scandale. Te sens-tu soulagée ?

— Oui, dit-elle. Je dois admettre que j'étais un peu nerveuse. Surtout quand tes deux amis ont fait cette remarque sur la soudaineté de notre mariage.

L'attelage s'ébranla, et Matt en profita aussitôt pour la prendre dans ses bras.

— Je ne te ferai jamais souffrir, je te le promets.

Pendant quelques instants, Grace parut seulement préoccupée par les plis de sa jupe, puis elle leva les yeux.

— Je sais que tu ne feras jamais rien volontairement pour me rendre malheureuse.

Si seulement elle lui avait confié ce que lui avait dit sa tante, il aurait pu répondre à ses peurs ! Mais, pour le moment, il devait se contenter de lui montrer son amour. Il l'embrassa avec toute la passion qu'elle lui inspirait, dans l'espoir de lui faire comprendre à quel point elle lui était précieuse.

Arrivés à Stanwood House, ils furent accueillis par Royston.

— Madame, monsieur. Lady Worthington, Mlles Charlotte et Louisa ainsi que lord et lady Herndon se trouvent au salon. Le thé vient d'y être servi. Mlle Carpenter m'a demandé de vous dire de ne pas l'attendre.

— Jane n'est pas là ? Où a-t-elle bien pu aller ? s'étonna Grace en tendant sa cape au majordome.

— Sans doute rend-elle visite à des amis, dit Matt tandis qu'un valet prenait son chapeau.

Ils pénétrèrent dans le salon, curieux de savoir comment la sortie des filles s'était déroulée.

Patience tendit une tasse de thé à Grace.

— Comment était votre soirée ?

— Très bien, répondit Grace. Et la vôtre ?

Sa tante afficha un large sourire.

— Cela faisait des années que je ne m'étais pas autant amusée. Charlotte et Louisa étaient, à n'en pas douter, les plus jolies des jeunes dames présentes. Je prédis que des douzaines de gentlemen passeront laisser leurs cartes demain.

— Plusieurs dames m'ont interrogée sur votre romance, intervint Patience avec une impatience visible. Naturellement, je leur ai dit que j'étais ravie que vous vous soyez retrouvés après toutes ces années et que le mariage serait célébré dans l'intimité en raison de vos devoirs vis-à-vis de tous les enfants.

Lord Herndon s'adressa à Worthington :

— Un des lords juges à la cour se trouvait dans la salle de jeu. Il vous recommande de déposer la demande de garde avant le Vendredi saint. Il vous faudra deux témoins. Je serai l'un d'eux.

Worthington hocha la tête.

— Merci, monsieur.

— Je vous en prie. Sortez avec les enfants cette semaine. Qu'on vous voie tous ensemble ne pourra nuire à votre cause.

— En effet, dit Worthington en réfléchissant. Peut-être une visite au British Museum pour Louisa et Charlotte, et une autre chez Gunter pour les plus jeunes…

— Mais, Matt, objecta Louisa, Charlotte et moi voulons aussi aller chez Gunter.

— Et pourquoi pas aussi un pique-nique à Richmond ? intervint Grace. Ce serait la sortie idéale pour mon nouveau landau.

Matt avait entendu parler de cet attelage flambant neuf, sans comprendre la raison qui avait poussé Grace à l'acquérir.

— Pourquoi un tel véhicule ?

— Je me suis décidée quand Phoebe nous a emmenés chez le fabricant de voitures. Je voulais une voiture qui puisse accueillir tous les enfants en même temps. Je sais bien qu'on imagine plutôt des dames âgées dans ce genre de landau, mais le mien est très élégant, je peux te l'assurer, et j'en ai assez que tout le monde se moque de moi à ce sujet, déclara Grace en relevant le menton d'un air de défi.

Il sourit.

— Eh bien, ton landau très élégant devra arborer mon blason. Ce qui me fait penser… Lord Herndon, pourrons-nous conclure nos affaires d'ici après-demain ?

— Oui, oui, absolument. J'ai reçu toutes les informations nécessaires et une proposition est déjà prête. Grace ?

— Oui, mon oncle ?

— Passe demain matin après le petit déjeuner et je verrai tout cela avec toi.

— Je ne peux pas. J'ai rendez-vous avec l'architecte pour les travaux de rénovation qui doivent être réalisés à Worthington House. Serait-il possible de venir après ?

Matt n'écoutait la conversation que d'une oreille, mais la mention des travaux de rénovation le fit sursauter.

— L'architecte ?

Sa fiancée ouvrit de grands yeux.

— Mais bien sûr, enfin. Tu m'as dit de faire à mon idée, tu te rappelles ? Je voulais même te montrer les plans.

Et il avait préféré une autre activité...

— Bien sûr que je m'en souviens. Cela te dérange si je me joins à vous ?

Grace eut un sourire éblouissant.

— J'adorerais ça.

— Worthington, intervint Patience, avez-vous envoyé l'annonce au *Post* ?

— À quoi bon envoyer un faire-part de fiançailles cette semaine puis celui du mariage la semaine prochaine ?

Grace lui prit la main.

— Tu as raison, chéri. Tout le monde en ville est déjà au courant.

Il jeta un coup d'œil vers leurs sœurs. Louisa et Charlotte faisaient de leur mieux pour masquer leurs bâillements.

— Patience, et si vous rameniez Louisa à la maison ? Elle n'est pas encore habituée aux horaires de la ville.

Charlotte se leva, embrassa sa tante et son oncle avant d'étreindre Patience et Louisa.

— Je vais me coucher, moi aussi. Tante Almeria et oncle Bertrand, merci. J'ai passé une merveilleuse soirée.

Patience tendit la main aux Herndon.

— Bonne nuit, monsieur, madame. Grace, cela vous dérange-t-il si j'emmène Charlotte faire quelques courses demain avec Louisa et moi ?

— Bien sûr que non, répondit Grace en l'embrassant sur la joue. Vous verrai-je au petit déjeuner ?

Patience esquissa un sourire.

— Si nous ne sommes pas de trop.

— Pas du tout. Bonne nuit.

— Nous partons, nous aussi, ma chérie, fit tante Almeria en se levant. Cette soirée a été très amusante. J'espère qu'un jour vous partagerez un de nos petits déjeuners.

Oncle Bertrand prit le bras de son épouse.

— Dans ce cas, ma chère, il faudra que vous vous leviez bien plus tôt que vous ne le faites habituellement.

Elle lui donna un petit coup d'éventail sur le bras.

— Worthington, Grace, je vous souhaite une bonne soirée.

Une fois qu'ils furent partis, Matt se tourna vers Grace.

— Je ferais bien d'y aller, moi aussi. Tu me montreras ces plans au petit déjeuner ?

— Viens un peu avant. Si je les sors devant les enfants, chacun voudra donner son avis.

— Très juste. Je viendrai plus tôt, donc, dit-il en la prenant dans ses bras.

Son visage était levé vers lui, et sa bouche trop tentante. Il l'embrassa.

— Bonne nuit, mon amour.

— Bonne nuit, mon chéri.

— Comment les avez-vous trouvés ?

Hector avait persuadé les Robinson, des amis rencontrés en Inde, d'organiser un petit souper pour avoir ainsi l'occasion de passer une soirée avec Jane. Ils revenaient maintenant à pied depuis Hill Street, à quelques pâtés de maisons seulement de Berkeley Square. Il remerciait le Ciel de leur accorder une météo aussi clémente.

— Ils m'ont beaucoup plu, dit Jane, dont le visage rayonnait alors qu'ils passaient sous un des réverbères qui éclairaient la rue. Cela faisait si longtemps que je n'avais pas eu l'occasion d'aborder des sujets aussi divers ! Grace, bien sûr, est très cultivée, mais avec la gestion du domaine et les enfants, elle est généralement trop épuisée à la fin de la journée pour avoir envie de discuter. Avez-vous beaucoup d'amis en ville ?

— Quelques-uns à Londres, mais aussi dans d'autres régions du pays, à Brighton et à Édimbourg, surtout.

Il avait bien conscience que la question ne concernait pas vraiment ses amis, mais l'endroit où Jane aimerait vivre. Il avait attendu vingt ans pour la revoir. Cette fois, il ne la perdrait pas de nouveau.

— Avez-vous songé à ce que vous aimeriez faire maintenant que vous êtes de retour au pays ? demanda-t-elle d'une voix calme.

— Eh bien, j'y réfléchis encore. Cela dépend beaucoup d'une certaine dame.

Elle ralentit le pas.

— Vraiment ?

— Et si vous me disiez ce qui vous plairait ?

— Si cette guerre voulait bien s'achever, j'aimerais beaucoup voyager.

— Je n'ai rien contre quelques voyages dans des endroits civilisés, mais si vous avez envie de visiter l'Extrême-Orient ou tout autre endroit aussi exotique, je me verrai contraint d'élever quelques objections.

— Oh non, dit-elle avec un rire qui lui rappela le son de clochettes en argent. Je n'ai pas l'intention de partir en expédition dans des territoires sauvages et inconnus.

C'était un soulagement. Après tant d'années passées en Inde, il ne souhaitait guère renouveler de telles aventures.

— Où aimeriez-vous vivre ?

— Je crois, dit-elle lentement, que cela dépendrait de mon mari et de nos fortunes réciproques.

Si elle s'imaginait qu'il allait la laisser dépenser ses propres fonds pour financer leur vie commune, elle se trompait lourdement. Peut-être le moment était-il venu de lui révéler qu'il était devenu un vrai nabab. Mais comment aborder le sujet ? Il ne pouvait quand même pas clamer qu'il n'était pas à quelques milliers de livres près.

— Je pense qu'une maison en ville et une propriété confortable à la campagne pourraient être envisageables.

— Cela ressemble à... un rêve agréable, répondit-elle. Mais sans doute vaudrait-il mieux louer une maison pendant la saison ?

Il était temps de tout lui dire, mais pas ainsi, dans la rue. Ou alors peut-être valait-il mieux lui montrer...

— Je réside actuellement au Pulteney, un hôtel certes confortable, mais j'en ai assez de ne pas avoir de chez-moi. J'ai pris des dispositions pour visiter quelques propriétés demain. Ce serait un honneur pour moi si vous vouliez bien me donner votre opinion.

Ils avaient atteint Berkeley Square. Jane s'immobilisa devant un grand hôtel particulier. La porte s'ouvrit, et un majordome apparut. Hector se plaça entre Jane et la porte.

— Viendrez-vous avec moi ?

Elle leva un regard un peu timide vers lui.

— Oui... avec joie.

Lui prenant la main, il la porta à ses lèvres.

— Je viendrai vous chercher à 10 heures, si ce n'est pas trop tôt.

— C'est parfait.

Hector attendit qu'elle soit entrée et que la porte soit refermée. Demain ! Demain, il aurait enfin l'occasion de passer un peu de temps seul avec elle. Et s'il parvenait à trouver une soirée à laquelle ils pourraient se rendre après cela… Courtiser Jane s'avérait exiger bien plus de préparatifs maintenant que quand ils étaient jeunes.

21

M. Edgar Molton se présenta de lui-même chez Chiswick et Chiswick, notaires, peu après 9 heures du matin. Un clerc lui prit son manteau, sa canne et son chapeau tandis qu'il examinait les lieux. L'étude se composait d'un petit hall de réception et d'un couloir avec trois portes, toutes fermées. Il aurait dû convoquer Chiswick, mais Edgar ne tenait pas à ce que l'on voie où il habitait.

Le clerc le conduisit dans une pièce aux murs garnis de livres et de deux petites fenêtres.

— Si vous voulez bien attendre ici, monsieur, je vais voir si M. Chiswick est disponible.

Le jeune homme le laissa attendre sans même lui offrir un thé. Edgar pianota avec une certaine impatience sur la table en acajou. Si c'était ainsi qu'ils comptaient le traiter, il changerait assurément de notaires. Il était riche, maintenant, et n'avait aucune raison de tolérer de telles manières.

Cela faisait presque un an que son père était mort. Enfin, aurait-il pu dire, car cela faisait des années que le vieux avait un pied dans la tombe. La nouvelle avait mis du temps à l'atteindre aux Amériques, et après cela, il avait dû prendre celui de se débarrasser de ses maigres biens avant de revenir. Quel soulagement d'être de retour en Angleterre ! Il pouvait enfin se considérer comme un gentleman fortuné.

La porte s'ouvrit sans même qu'on frappe pour le prévenir. Voilà qui réglait la question. Le cabinet Chiswick et Chiswick ne gérerait plus ses affaires.

— Monsieur Edgar Molton ? demanda un homme qui paraissait quelque peu perplexe.

Edgar ne lui offrit pas sa main mais haussa un sourcil hautain.

— Monsieur Chiswick, je présume. Pouvons-nous en finir ?

Chiswick s'avança vivement et prit un siège.

— Oui, bien sûr. J'ai ici les documents que vous devez signer. Je suis navré de vous avoir fait attendre. Je vous ai écrit il y a plusieurs mois, et j'ignorais que vous nous rendriez visite aujourd'hui.

— Votre lettre a mis un certain temps à m'atteindre, et il m'a fallu régler toutes mes affaires sur place avant d'embarquer pour l'Angleterre.

Le notaire étala les documents sur la table, et le clerc revint avec un encrier et une plume. Quand tout fut en ordre, Chiswick releva les yeux, ajustant ses lorgnons.

— Je suis un peu surpris que vous ayez entrepris un tel voyage. Nous aurions été heureux de procéder aux arrangements bancaires nécessaires.

Edgar fronça les sourcils. Cet homme était idiot. Pourquoi son père avait-il eu recours aux services de gens aussi incompétents ?

— Comment aurais-je pu gérer le domaine depuis un autre continent, selon vous ?

Le notaire en resta un instant bouche bée.

— Le domaine ? Ah, mais… cela ne va pas du tout. Il semble, monsieur, que vous n'ayez pas reçu ma *première* lettre. Veuillez m'excuser un instant. Je reviens tout de suite.

M. Chiswick quitta la pièce, et le clerc se décida enfin à apporter du thé et quelques biscuits. Le notaire ne tarda pas à revenir.

— Voici le testament de votre père et les dispositions qu'il a prises. En avez-vous eu connaissance ?

Edgar ravala un début de nausée.

— Quelle importance ? Je suis le dernier enfant mâle.

Le notaire rajusta une nouvelle fois ses lunettes.

— Certes, certes. Cependant, votre père a jugé bon de partager ses biens entre ses héritiers. Votre part consiste en une rente annuelle de mille livres.

— Mille livres ? Comment diable suis-je censé vivre avec une misère pareille ? Qu'est-il arrivé au reste ? Mon père était à la tête d'une immense fortune !

Ce n'était pas possible. Il devait s'agir d'une erreur.

Chiswick lui montra le document.

— Si vous voulez bien prendre la peine de lire le testament ?

Edgar s'empara des papiers. Plus il lisait, plus sa main tremblait. Il n'avait droit qu'aux revenus de certains investissements. S'il venait à mourir, cette somme serait allouée de nouveau au domaine. L'essentiel des biens du vieux était partagé de façon égale entre ses autres héritiers : ses sœurs et leurs rejetons. Ainsi, la fille aînée de sa sœur décédée avait droit à une rente de dix mille livres par an jusqu'à ce qu'elle se marie, ou bien jusqu'à ses trente ans, à condition qu'elle garde tous ses frères et sœurs ensemble sous son toit.

Edgar essaya de masquer sa rage et sa déception. Même après sa mort, le vieux continuait à lui gâcher la vie. Pensant recevoir la majeure partie de l'héritage, il vivait très largement au-dessus de ses moyens depuis des mois. Ses dettes n'avaient cessé de croître, et voilà qu'il ne touchait pratiquement rien. L'horreur absolue. Non, il n'avait pas le choix : il devait trouver un moyen de mettre la main sur cet argent.

La voix de Chiswick s'insinua dans ses réflexions.

— Monsieur Molton, les échéances trimestrielles des neuf derniers mois vous sont dues et la prochaine ne tardera pas. Si vous le désirez, je peux faire transférer les fonds sur votre compte et procéder également aux arrangements concernant les futurs règlements.

Edgar hocha la tête. Au moins, il allait pouvoir faire face à ses obligations les plus pressantes.

— J'aurais besoin de ces liquidités tout de suite. Vous pouvez m'ouvrir un compte chez Hoare. J'imagine que c'est toujours la banque de la famille ?

— Oui, monsieur.

— Bien. Je vous enverrai mon adresse.

Il se leva pour partir et attendit que M. Chiswick lui ouvre la porte. Edgar n'avait peut-être pas un sou, mais il était hors de question de laisser ce corbeau le traiter comme un moins que rien.

— Si vous voulez bien patienter quelques secondes, déclara M. Chiswick en lui tenant la porte avant de disparaître dans le couloir.

Edgar récupéra son chapeau. Il fut ravi de voir le rouleau de billets dans la main du notaire quand celui-ci revint.

— Voilà, monsieur Molton. Ceci représente le montant qui vous est dû pour les trois derniers trimestres.

Edgar prit l'argent et sa canne et s'en fut. *Mille livres par an.* Où diable était passée la maison sur Half Moon Street ? L'idée de demander à sa sœur de lui avancer quelques fonds lui traversa brièvement l'esprit, mais l'espèce de pingre qui lui servait de mari ne l'entendrait pas de cette oreille. Peut-être valait-il mieux s'en prendre à une proie plus facile : sa nièce, Grace. Cette gamine n'était toujours pas mariée. Pauvre fille, elle serait sans doute ravie que son oncle providentiel vienne l'aider avec les mioches. Il ne l'avait pas revue depuis qu'elle était gamine. Il fallait juste espérer qu'elle n'était pas devenue aussi garce que sa mère.

Il allait pénétrer dans la petite pension où il avait momentanément élu domicile quand il sentit qu'on lui faisait les poches.

Saisissant un petit poignet, il baissa les yeux vers un gamin d'une saleté repoussante.

— Je t'y prends, morveux.

Le garçon rougit et essaya en vain de se libérer.

— J'voulais pas, m'sieur. C'était un accident.
— Un accident, hein ?
— Oui, m'sieur, fit l'enfant en hochant vigoureusement la tête.
Molton le scruta un instant, les yeux plissés.
— Ça te dirait de gagner une vraie guinée d'or au lieu de la voler ?
— Qu'est-ce qu'y faut qu'je fasse ? demanda le gamin, méfiant.
— Juste surveiller une maison. Me dire qui y entre et en sort.
Le gosse plissa les yeux.
— Combien d'temps ?
— Peut-être juste aujourd'hui, peut-être plus longtemps. Tout dépend de ce que tu verras.
Le gamin tendit la main.
— J'veux la moitié tout de suite.
— Marché conclu, dit Edgar en lui donnant une demi-guinée. Trouve Stanwood House sur Berkeley Square dans Mayfair. Reviens me voir ici même demain matin. Comment tu t'appelles ?
— Jem. J's'rai là d'main, patron.
Il fila en courant.
Molton gravit les deux étages qui menaient à sa chambre. Cette rencontre avec ce morveux était un signe. Sa chance était en train de tourner. Il le sentait. Bientôt, il vivrait dans le luxe.

Tôt le lendemain matin, Matt traversa la place pour se rendre à Stanwood House. Quand il pénétra dans le bureau de Grace, celle-ci était penchée sur sa table, lui offrant une vue délicieuse sur son postérieur.
— Bonjour.
Elle lui jeta un regard par-dessus son épaule et lui sourit.
— Bonjour. Viens donc voir ceci. Ce sont les plans des…
Il s'approcha, s'arrêtant juste derrière elle.

— Je préférerais voir autre chose.

Il se pressa contre ses fesses fermes. Une main autour de sa taille, il passa l'autre sur ses seins avant de la laisser descendre entre ses jambes. Il sentit qu'elle s'arrêtait de respirer. *Bien.* Se penchant, il lécha l'ourlet délicat de son oreille.

Elle poussa un soupir avant de déclarer d'une voix rauque :

— Il faut que nous regardions ces plans.

— Grace, s'il te plaît..., plaida-t-il en relevant ses jupes.

Il caressa l'intérieur de sa cuisse. Elle se mit à trembler quand il plongea la main dans sa toison intime, et un gémissement lui échappa.

— Nous... nous n'avons pas beaucoup de temps.

— Nous avons tout le temps qu'il faut.

Il glissa deux doigts en elle et la trouva brûlante et humide.

— Tu es prête.

Il sourit, content de lui-même.

— Oh, Seigneur, avec toi, quand ne le suis-je pas ? dit-elle en posant la tête sur son bras.

Il rit doucement en s'attaquant aux boutons de sa culotte.

— C'est une des nombreuses choses que j'adore chez toi.

Une exclamation retentit soudain dehors. Matt leva les yeux vers la fenêtre et vit une petite silhouette détaler à toutes jambes. Un enfant ! Bon Dieu, pourvu que ce ne soit pas l'un des leurs ! Pourquoi n'y avait-il pas songé plus tôt ?

— Reste ici.

Il se rua vers la porte qui donnait sur le jardin et contourna la maison juste à temps pour voir un gamin crasseux se faufiler derrière la grille et s'enfuir dans la rue.

— Que diable...

Grace le rejoignit en courant, elle aussi.

— Qui était-ce ?

— Je ne sais pas. Un gosse des rues, à en juger par sa tenue. Il nous observait à travers la fenêtre.

Grace sursauta.

— Il nous… Matt, crois-tu que quelqu'un nous surveille ?

Il fronça les sourcils.

— Je ne sais pas.

Conscient de son trouble, il la prit par les épaules pour la ramener dans la maison.

— Ne t'inquiète pas et montre-moi donc ces plans.

Il ne voyait pas qui aurait pu vouloir les espionner. Selon Herndon, la famille de Grace était soulagée et heureuse de ce mariage. Son oncle maternel, le seul qui aurait pu poser problème, se trouvait à l'étranger. Cependant, ils seraient bien inspirés de réserver tout nouvel ébat amoureux à des lieux où on ne risquait pas de les surprendre. Au moins jusqu'à ce qu'ils soient mariés.

Quelques minutes plus tard, il passait en revue les plans que Grace avait préparés ; il s'agissait de ceux des rénovations qu'elle avait fait effectuer à Stanwood House. Il était impressionné. Elle avait pensé à tout.

— C'est un immense travail.

— Oui, et qui a donné d'excellents résultats.

— Puis-je voir ?

— Naturellement. Viens.

Ils montèrent dans la salle d'étude, où les enfants lui souhaitèrent le bonjour. Malgré leur nombre – ses jeunes sœurs étaient là, elles aussi –, il régnait dans la pièce une atmosphère lumineuse et ordonnée fort agréable. La vaste salle était bien éclairée par des fenêtres qui allaient du sol au plafond. Il remarqua que celles-ci étaient percées de façon à ce que les pièces restent illuminées jusqu'au coucher du soleil. Il régnait ici une clarté absente à Worthington House.

— Je ne m'attendais pas à cela.

Grace sourit avec fierté.

— Cela te plaît ? Les enfants, Mlle Tallerton et Winters s'y trouvent très bien.

— C'est remarquable. Rien à voir avec la salle d'étude minable où j'ai été enfermé durant toute mon enfance. Et ceci ?

— C'est l'atelier d'art. Il y a aussi un espace pour coudre, jouer et lire. Et au bout du couloir, de chaque côté, se trouvent les appartements du précepteur et de la gouvernante. Ils disposent chacun d'une chambre à coucher, d'un salon et d'un petit dressing. Il y a également deux salles de bains.

Il jeta un œil dans l'une d'elles. Le sol était dallé de blanc, les baignoires étaient en cuivre.

Remarquable, répéta-t-il. Et tu prévois quelque chose de semblable pour Worthington House ?

— Oui, à quelques petites différences près. L'étage de la salle d'étude me paraît plus grand là-bas. Qu'en penses-tu ?

— C'est parfait. Combien de temps faudra-t-il pour réaliser les travaux ?

— Nous devrons en discuter avec M. Rollins.

Elle le dévisagea en fronçant les sourcils.

— Ici, les travaux ont commencé à la fin de l'été et ont duré tout l'automne. Je ne pense pas qu'ils seront terminés avant la fin de la saison.

— Et, selon toi, où devrions-nous vivre ?

— Je me disais que, cette saison, nous pourrions résider ici, à Stanwood House, répondit-elle tandis qu'ils repartaient vers l'escalier. Il y a assez de place pour tout le monde. Bien sûr, il faudra que Patience soit d'accord. Mais si nous commençons tout de suite les travaux, les rénovations devraient être terminées à temps pour la petite saison, et nous pourrons alors nous installer à Worthington House. Cela ne te dérange pas que les enfants restent avec nous pendant que nous sommes à Londres, n'est-ce pas ? lui demanda-t-elle d'une voix incertaine.

Matt s'immobilisa. Beaucoup de gens laissaient leurs enfants à la campagne pendant la petite saison et, parfois, au début de la grande. Mais l'idée d'abandonner leur horde à la garde des domestiques et des précepteurs lui déplaisait.

— Non, je crois que je n'arriverai pas à trouver le sommeil s'ils ne sont pas là.

Le rire de Grace était pure musique.

— Où dormirons-nous, d'ailleurs ? s'enquit-il.

Elle se mordilla la lèvre inférieure.

— Dans ma chambre.

Il la regarda d'un air dubitatif.

— Allons voir cela.

Grace le conduisit au bout d'un couloir.

— C'est ici.

Elle ouvrit une porte, le précéda dans un boudoir, traversa un dressing et pénétra enfin dans la chambre.

Il y avait peu de chances que le lit soit assez grand. Par acquit de conscience, il jugea bon de l'essayer.

— Puis-je ?

Elle le regarda puis contempla le lit et, à son tour, afficha un air sceptique.

— Oui.

Quand il s'allongea, une bonne moitié de ses jambes dépassaient du matelas.

— Aïe...

— Madame...

Bolton venait de pénétrer dans la chambre. Elle se figea en découvrant Matt.

— Vous ne tiendrez jamais, déclara-t-elle, catégorique.

Matt sourit.

— Je crains que non.

Grace se frotta le front.

— Nous pourrions faire fabriquer un lit plus grand.

— Il faudrait qu'il soit si long que vous ne pourriez pas en faire le tour, remarqua Bolton avec raison. Madame, pourquoi tenez-vous à rester ici ?

— Nous allons faire rénover tout l'étage de la salle d'étude à Worthington House. Nous ne pourrons y séjourner pendant les travaux. J'ai pensé qu'il valait mieux que nous habitions tous ici jusqu'à ce que l'autre maison soit prête.

Le front plissé par la réflexion, Bolton hocha la tête.

— Je comprends que vous ne vouliez pas *vivre* de l'autre côté de la rue en raison du vacarme, mais Sa Seigneurie et vous pourriez simplement y *dormir*.

Matt lui adressa son plus éclatant sourire. Cette femme avait des idées merveilleuses.

— Bolton, vous êtes géniale.

Grace semblait moins enthousiaste.

— Et si un des enfants tombe malade ou fait un cauchemar ?

— Madame, si votre présence est nécessaire, nous viendrons vous chercher sur-le-champ.

Worthington adressa une prière fervente et silencieuse aux dieux de l'Amour pour toujours garder les faveurs de Bolton.

— Oui, je suppose que c'est une solution, admit enfin Grace.

Il quitta le rebord du lit, où il était encore assis, et la rejoignit.

— Et si la situation l'exige, ma chérie, nous nous débrouillerons pour dormir ici.

— Alors, c'est d'accord, dit-elle.

Bolton disparut dans le dressing, et il prit Grace dans ses bras.

— Cela marchera. Même si je dois faire installer une cloche de façon à ce que Thorton puisse être réveillé au milieu de la nuit.

— Pauvre Thorton, dit-elle, mais il était évident qu'elle était rassurée.

L'estomac de Matt gronda.

— Il est temps de prendre notre petit déjeuner si nous ne voulons pas faire attendre M. Rollins.

Ils avaient quasiment fini de manger quand Patience et Louisa arrivèrent.

— Alors ? demanda la belle-mère de Matt comme si elle s'attendait à une mauvaise nouvelle.

— Charlotte et les enfants ne sont pas encore levés, annonça Grace. Louisa, vous voulez bien monter voir ce qui la retient ?

Visiblement ravie, la jeune fille partit à la recherche de son amie.

— Je ne saurais dire à quel point je suis soulagée, déclara Patience après son départ. La seule chose qui m'inquiétait à propos de ce mariage, c'étaient les enfants. Mais ils semblent prendre tout cela merveilleusement.

Grace haussa les sourcils.

— Oui, tout se passe remarquablement bien. C'est presque trop facile.

Matt lui prit la main.

— Ne voyons pas de problèmes là où il n'y en a pas.

— Oui, tu as absolument raison.

Le bruit d'une cavalcade dans l'escalier retentit. Et dire qu'il croyait ses sœurs bruyantes !

— Les voilà.

Il se demanda quels travaux miraculeux Grace avait fait réaliser pour qu'on n'ait pas l'impression que les plafonds allaient s'effondrer sous les courses des enfants. La horde déferla dans la pièce.

— Milord, déclara Royston depuis la porte. Un message vient d'arriver. M. Rollins vous attend à Worthington House.

— Merci, Royston. Je pars tout de suite.

Matt se leva, embrassa Grace sur la joue en se préparant aux commentaires qui accompagnaient généralement ses démonstrations d'affection à son égard, mais personne ne souffla mot, même si Philip frémit et Madeline soupira.

— Finis de manger, ma chérie. Je commence avec lui. Veux-tu que je prenne les plans d'ici avec moi ?

— Non, ce n'est pas nécessaire. Il les connaît. Dis-lui que je veux quelque chose de très similaire. J'ai pris quelques notes supplémentaires.

Elle sortit plusieurs feuilles de papier pliées de sa poche et les lui tendit.

— Tiens, montre-les-lui. Je vous rejoins très bientôt.

Matt lorgna l'épaisse liasse de documents en se disant qu'il serait sans doute judicieux qu'il jette un coup d'œil aux changements que Grace comptait apporter à sa maison.

22

— Grace, que faites-vous, Matt et toi ? demanda Augusta.

— Nous voulons rénover Worthington House de façon à ce que l'étage de la salle d'étude ressemble beaucoup au nôtre ici.

Alice et Eleanor se regardèrent.

— Mais nous avons décidé de vivre ici.

Tous les regards autour de la table se braquèrent sur Grace.

— Ce sera le cas cette saison. Mais, la prochaine fois que nous viendrons en ville, nous habiterons Worthington House. D'ici là, tout sera prêt et je vous promets que cela vous plaira.

Patience semblait perplexe.

— J'ai peur que cela n'exige d'énormes travaux.

C'était exact, et certains auraient dû être réalisés depuis un moment déjà. Mais Grace ne pouvait en tenir rigueur à Patience : celle-ci n'avait jamais été encouragée à faire quoi que ce soit pour cette maison.

— En effet, dit-elle, mesurant le scepticisme des enfants. Cela vous dirait-il de participer à la décoration de vos chambres ?

— Oh, je pourrais avoir une chambre rose ? demanda aussitôt Mary.

— Tu peux choisir la couleur que tu veux, mon cœur.

Cette annonce déclencha des discussions très animées parmi les filles.

Patience sourit.

— Grace, si vous voulez rejoindre Worthington et l'architecte, je m'occuperai d'eux.

Grace contempla son assiette vide et envisagea de manger encore quelque chose. Curieusement, elle avait beaucoup d'appétit ces derniers temps.

— Je ne vais pas tarder à y aller, mais je préfère laisser Matt discuter un moment avec l'architecte. C'est sa maison, après tout.

— Grace ? intervint Louisa. Comment va-t-on s'organiser ici ?

— Je me pose la question, moi aussi, renchérit Patience.

— Certaines des plus jeunes filles devront partager leurs chambres. Louisa, tu prendras celle qui se trouve à côté de celle de Charlotte. Matt et moi, nous résiderons ici mais dormirons en face. Patience, vous pourrez vivre ou dormir où cela vous conviendra. Mais je dois vous prévenir : il y aura beaucoup de bruit à Worthington House durant la journée.

Jane, qui les avait rejoints quelques minutes plus tôt, se tourna vers Patience.

— Quand Grace et moi sommes venues début novembre, expliqua-t-elle, il régnait ici un tel vacarme qu'on ne s'entendait plus penser. Sans parler de la poussière et des ouvriers qui vont et viennent dans la maison.

Patience joua avec le rebord de son châle.

— Auriez-vous un endroit pour moi ?

— Nous avons un très bel appartement qui, je crois, vous conviendrait. Jane, voudrais-tu montrer la chambre jaune à Patience quand tu auras terminé, s'il te plaît ?

— J'en serais ravie.

Grace but une dernière gorgée de thé.

— Parfait. Eh bien, à tout à l'heure.

Quelques minutes plus tard, Thorton lui ouvrait la porte de Worthington House et s'inclinait devant elle.

— Monsieur est dans la salle d'étude avec l'architecte, madame.

— Merci, Thorton. S'il vous plaît, dites à Mme Thorton que j'aimerais voir la liste des tissus, si elle est prête.

— Oui, madame.

Grace trouva Matt et M. Rollins en pleine conversation.

— Monsieur Rollins, quelle joie de vous revoir.

Les deux hommes se levèrent pour l'accueillir. L'architecte s'inclina.

— Madame. Merci d'avoir pensé à moi.

Elle s'assit à la table devant les plans.

— Vous sera-t-il possible d'effectuer quelque chose de similaire à ce que vous avez réalisé à Stanwood House ?

— Oui, absolument. J'étais justement en train d'examiner les plans avec lord Worthington. Me permettez-vous aussi de vous adresser tous mes vœux de bonheur ?

Bien qu'on les eût déjà félicités à de nombreuses reprises, Grace fut soudain emplie par un sentiment de joie débordant. Comme si, pour la première fois, elle parvenait à y croire vraiment.

— Merci.

Elle croisa le regard de Matt et y lut tellement d'amour que son cœur se mit à battre plus vite. Et si sa tante se trompait ? S'ils parvenaient à être heureux malgré tout ? Soudain, elle oublia où elle se trouvait, se contentant de contempler cet homme qui allait devenir son mari.

— Mon amour ? fit-il.

— Désolée.

Elle sortit son carnet de notes de sa poche.

— Vous disiez ?

— Je disais, déclara-t-il, hilare, qu'une fois cet étage terminé, M. Rollins pourrait effectuer d'autres rénovations. Comme installer une vraie salle de bains pour nous.

— Excellente idée. J'en serais ravie.

Rollins réprima visiblement un sourire.

— Madame, monsieur, me serait-il possible de rester pour prendre quelques mesures ? Je vous ferai parvenir un plan détaillé juste après le week-end de Pâques.

Matt lui serra la main.

— Merci, Rollins. J'attendrai cela avec impatience. Ma chère, y allons-nous ?

Elle prit la main qu'il lui offrait.

— Avant que j'oublie, je dois passer au magasin de tissus ce matin. Veux-tu m'accompagner ?

— Rien ne me ferait plus plaisir, dit-il comme si elle venait de lui annoncer un pique-nique en amoureux.

Grace le dévisagea, les yeux plissés.

— As-tu déjà visité un entrepôt de tissus ?

Il lui adressa un immense sourire.

— Non, mais je suis certain que je vais adorer.

Voilà qui ferait de lui le premier spécimen du genre masculin dans ce cas.

— Nous verrons cela. Tant que nous y sommes, nous pourrions aussi en profiter pour passer chez un fabricant de meubles. À moins que tu ne tiennes au style égyptien ?

Il fronça les sourcils.

— Es-tu en train de me dire que j'ai cette horreur chez moi ? Où ça ?

Elle ferma les yeux un bref moment. Comment pouvait-il l'ignorer ?

— Dans deux des principales pièces de réception. Worthington, tu vis ici et tu nous as accompagnées, Mme Thorton et moi. Comment as-tu pu ne pas le remarquer ?

Il la détailla lentement de la tête aux pieds.

— J'étais concentré sur autre chose.

Une soudaine chaleur monta aux joues de Grace, et son pouls s'accéléra. Seigneur, comment pouvait-il avoir un tel effet sur elle ?

— Je vois, fit-elle, préférant changer de sujet. Une fois les rénovations terminées, quand nous viendrons pour la petite saison, il nous faudra aussi quelques valets et servantes supplémentaires.

Il ne la quittait pas des yeux.

— Je préviendrai Thorton.

— Je me disais que nous pourrions garder ceux que j'ai engagés cette année, poursuivit-elle en s'efforçant d'ignorer le regard brillant de désir de Matt et les réactions de son propre corps. Au fait, t'ai-je dit que Charlie nous rejoint demain ? Je compte accorder des vacances aux enfants pendant son séjour ici. Je dirai à Mlle Tallerton et à M. Winters qu'ils peuvent soit rester et profiter de Londres, soit retourner chez eux.

Malgré tous ses efforts, elle ne put s'empêcher de regarder ses lèvres. Vraiment, il était insupportable ! S'il continuait ainsi, ils ne pourraient jamais faire tout ce qu'ils avaient à faire.

— Il faut y aller, si nous ne voulons pas être en retard chez mon oncle.

Il ouvrit une porte, et avant qu'elle ait pu voir où il l'entraînait, elle se retrouva dans ses bras, ses lèvres pressant les siennes de s'ouvrir. Le feu s'empara d'elle aussitôt.

— Matt, mon amour…

— Je ne pense qu'à ça depuis ce matin. J'ai tellement besoin de toi, Grace.

Comment ne pas fondre après une telle déclaration ? Grace capitula.

— Nous devons faire vite.

Il la plaqua contre un mur.

— Noue tes jambes autour de moi.

— Matt, ne froisse pas mes jupes. Bolton l'a remarqué la dernière fois.

— N'aie crainte. J'adore ta femme de chambre et je tiens à rester dans ses petits papiers.

Soulevant – avec une précaution relative – ses jupes, il frôla cette zone si intime et si sensible entre ses jambes, lui prodiguant de nouveau ces caresses qui lui donnaient follement envie de lui, puis il inséra deux doigts dans son fourreau brûlant. Des étincelles de plaisir se propagèrent en elle, la faisant haleter.

— Maintenant, je t'en prie.

Elle essaya d'étouffer son cri de plaisir quand il la pénétra. Les étincelles se transformèrent en flammes et le soleil explosa en elle tandis que ses jambes cédaient. En proie à des spasmes incontrôlables, elle cria son nom.

L'empêchant de tomber, il s'enfonça en elle encore à deux reprises avant de la rejoindre dans le plaisir.

— Oh, Grace, mon amour…

Dès qu'il se retira, Grace se sentit étrangement vide. Si seulement cet amour pouvait continuer ainsi à jamais, elle serait la femme la plus heureuse d'Angleterre… Du monde !

Il la reposa doucement à terre, tout en la serrant contre lui, leurs deux cœurs battant à l'unisson. Puis il l'embrassa lentement tandis que ses mains ne cessaient de parcourir son dos.

— Tu es sûre de vouloir faire des courses ?

Cet homme était insatiable ! Elle posa la main sur sa joue, lui rendant ses baisers avec ferveur avant de murmurer :

— Je refuse de vivre dans une décoration de style égyptien.

Il gémit.

— Je suppose que tu as raison.

Matt avait demandé qu'on prépare son cabriolet, mais quand ils sortirent, c'était une petite voiture de ville qui les attendait. Il lança un regard au cocher.

— Pourquoi ce changement ?

L'homme leva un regard éloquent vers le ciel.

— Il va pleuvoir, milord. Vous ne voudriez pas que Madame se fasse mouiller.

Un valet baissa le marchepied, puis Matt aida Grace à monter dans l'habitable et ferma la portière derrière eux.

Grace contemplait le ciel sans nuages.

— Je ne vois pas le moindre signe de pluie.

— Si Tim dit qu'il va pleuvoir, tu peux lui faire confiance. Il ne se trompe jamais.

Matt était si large d'épaules qu'il occupait pratiquement tout le siège. Renonçant à garder ses distances, Grace se blottit contre lui.

— En tout cas, cela me permettra de rapporter davantage de choses.

— Encore des dépenses, remarqua-t-il d'un ton léger. Combien tout ceci va-t-il me coûter ?

Grace lui tapota le genou.

— Je n'en ai aucune idée. Mais si tu es à court d'argent, je pourrai te faire un prêt.

— À la seule condition que tu acceptes un remboursement en nature.

Tout en faisant visiter les jolis appartements du premier étage à lady Worthington, Jane lançait des regards furtifs vers la fenêtre. Hector risquait d'arriver d'un moment à l'autre... Justement, un petit cabriolet s'arrêtait devant la maison.

— Patience, cela vous dérange-t-il si je vous abandonne ? J'ai certaines obligations...

— Pas du tout, ma chère. Je ne veux pas vous retenir.

Jane fila dans sa chambre, dont elle ouvrit la porte si brusquement que le battant alla claquer contre le mur.

— Mon chapeau de paille avec les rubans verts. Vite, s'il te plaît.

Sa femme de chambre, Dorcus, se précipita dans le dressing et réapparut presque aussitôt.

— Pourquoi une telle hâte ?

— M. Addison est là. Nous partons faire une promenade en voiture.

Elle préférait ne pas révéler qu'elle allait visiter des maisons avec Hector. Ils avaient été si près de se marier la dernière fois qu'elle voulait éviter de nourrir les espoirs de qui que ce soit... surtout les siens.

Dorcus ajusta son chapeau sur sa tête.

— Cette fois, ne le laissez pas s'échapper.

Elle ne l'avait pas vraiment laissé s'échapper autrefois. Si seulement ils avaient eu tous les deux un peu plus de cran et de jugeote quand son père avait refusé qu'Hector la courtise et que celui d'Hector l'avait envoyé travailler pour un de ses oncles en Inde ! À présent, la situation avait bien changé : elle n'avait de comptes à rendre qu'à elle-même.

Juste au moment où elle arrivait dans le hall, le majordome ouvrit la porte. Avant même qu'Hector puisse demander à être reçu, elle fonça sur lui, lui prit le bras et l'entraîna dehors.

— Y a-t-il une bonne raison pour que vous ne vouliez pas de moi dans la maison ? demanda-t-il tout en l'aidant à monter dans la voiture.

Il paraissait quelque peu vexé. Comment lui expliquer ?

— Ce n'est pas du tout ce que vous croyez. Savez-vous ce que cela fait de vivre avec dix enfants très curieux ?

— Je ne puis dire que je le sais, mais si j'essaie de l'imaginer, j'avoue que cela me flanque un peu la frousse.

Elle lui lança un regard en coin. Ses lèvres frémissaient comme s'il était sur le point d'éclater de rire.

— Et vous auriez raison d'avoir peur. C'est un miracle si l'on peut conserver un peu d'intimité.

— Vous tenez beaucoup à eux, n'est-ce pas ?

— Oui. Je leur suis très attachée.

Il lança le cabriolet en direction du nord, tourna à droite pour s'engager dans Bruton Place, puis immobilisa l'attelage devant une élégante maison de pierres blanches à deux étages au coin de Bruton et de Barlow Place. Deux bow-windows flanquaient la porte d'entrée.

— Nous y voici.

Pauvre Hector, il était resté parti si longtemps qu'il ne se rendait sans doute pas compte du prix extravagant de cette demeure.

— Elle est jolie.

— C'est exactement ce que j'ai pensé quand je suis passé devant hier. Vous devez être sincère et me dire si elle vous plaît vraiment.

Comment aurait-elle pu ne pas lui plaire ? Mais comment ne pas le blesser dans sa fierté si elle annonçait qu'elle aimait cette résidence et qu'il n'avait pas les moyens de l'acheter ? Peut-être valait-il mieux lui trouver un défaut. Jane tint sa langue tandis qu'ils pénétraient dans le hall dallé de marbre rose ; les colonnes et le vaste escalier étaient eux aussi taillés dans ce même matériau. Avant de pouvoir s'en empêcher, elle s'exclama :

— C'est magnifique !

Les mains derrière le dos, Hector ressemblait à un gros matou qui vient de manger un canari.

— Je pensais bien qu'elle vous plairait. Quand le gars me l'a décrite, je me suis dit qu'elle mettrait votre teint en valeur.

— Mettrait mon...

Mais d'où sortait-il une idée pareille ?

— Oui, elle me fait penser à l'intérieur d'un gros coquillage que j'ai vu un jour.

Il prit son bras et suggéra :

— Allons voir le reste.

Malgré tous ses efforts, Jane ne trouva pas le moindre « défaut » aux chambres superbement aménagées, ni à la cuisine modernisée. Il y avait même une immense salle de bal. Les portes-fenêtres menaient à un vaste jardin clos de murs. Alors qu'ils déambulaient dans une allée dallée, elle se sentit tomber amoureuse de cette demeure. Mais Hector allait commettre une énorme erreur, et elle devait le mettre en garde.

— Que ferez-vous dans une maison aussi vaste ?

— Y vivre.

— Mais, Hector…

Il la conduisit vers un banc de pierre. Une fois qu'elle fut assise, il posa un genou à terre.

— Je devrais sans doute attendre encore un peu, mais j'ai la sensation que nous avons déjà perdu trop de temps. Jane Carpenter, me ferez-vous le grand honneur de devenir ma femme ?

Les mots de Dorcus résonnèrent en elle. Les beaux yeux gris-bleu d'Hector n'étaient qu'amour.

— Oui, oui, je serai votre femme.

Comme il l'avait déjà fait une fois, il posa légèrement ses lèvres sur les siennes.

— Vous venez de faire de moi le plus heureux des hommes.

Son front était collé au sien quand elle répondit :

— Cette maison est merveilleuse, mais peut-être un peu…

Même maintenant, elle était incapable de le dire.

— Chère ? fit-il, amusé.

C'était le moment de montrer qu'elle avait du cran et de la jugeote.

— Eh bien, oui, pour être franche.

Il pressa ses lèvres contre son front.

— Mon amour. D'abord, laissez-moi vous dire que je ne vous permettrai pas de revenir sur votre parole. Vous m'avez accordé votre main, vous ne la reprendrez pas.

— Bien sûr que non.

Elle ne comprenait pas. Pourquoi serait-elle revenue sur sa parole ?

— Il faut que je vous dise… Je me suis bien débrouillé en Inde. En plus de cela, mon oncle m'a légué une fortune. Nous pouvons non seulement nous offrir cette maison, mais autant de propriétés à la campagne que vous le désirerez.

Elle s'arrêta de respirer.

— Vous êtes riche à ce point ?

— Disons que je suis sans doute l'un des hommes les plus riches d'Angleterre.

C'était horrible ! Elle était accablée.

— Comment pouvez-vous souhaiter épouser une vieille fille comme moi ? Vous pourriez avoir presque n'importe quelle femme. Une femme qui vous donnerait des enfants.

— Rappelez-vous votre promesse. Je vous disais la vérité quand je disais que je n'avais jamais trouvé votre égale. Et je ne manque ni de neveux ni de nièces à qui léguer mes biens.

Il l'embrassa sur la bouche avant de conclure :

— Je vous aime, Jane.

Jane laissa alors couler ses larmes tandis que son cœur se gonflait d'un bonheur indicible.

— Je vous aime, Hector. Je vous ai toujours aimé.

23

Les coups frappés à la porte s'ajoutèrent à ceux qui martelaient déjà le crâne d'Edgar.

— M'sieur, m'sieur, faut que j'vous dise c'que j'ai vu !

La voix aiguë de Jem lui vrilla les tempes. Dès qu'il aurait cet argent, il se paierait un cognac de meilleure qualité.

Il se leva avec difficulté et enfila sa robe de chambre avant d'aller ouvrir.

— Tu es bien matinal, dit-il en faisant signe au gamin d'entrer. Vas-y, je t'écoute.

— Hier soir, il y a eu tout un tas d'gandins et d'donzelles bizarres. Y s'sont barrés dans trois tires. J'ai attendu comme vous z'avez dit, et y sont tous revenus des heures après. Une des tires est restée dans la rue. Puis l'vieux gominé et sa rombière s'sont barrés, et deux donzelles ont juste traversé la place avec leurs larbins.

Molton secoua la tête pour essayer de comprendre ce charabia.

— Ce que tu me dis, c'est que plusieurs couples sont partis en voiture, qu'ils sont revenus plus tard, que le vieux couple a fait attendre sa voiture et que deux dames ont traversé la rue avec leurs valets ?

— Ben, c'est juste c'que j'viens dire, fit Jem, l'air dégoûté. Puis l'dernier gandin a soulevé sa poule dans ses bras et ils ont commencé à roucouler.

— La dernière dame a laissé le gentleman l'embrasser ?
— Mais pourquoi qu'vous répétez tout c'que j'dis ?
Edgar regretta de ne pas avoir bu une tasse de café avant d'écouter ce compte rendu. Pourtant, curieusement, son mal de crâne se dissipait.
— Et que s'est-il passé ensuite ?
— L'gandin s'est barré lui aussi et il a traversé la rue.
Molton fronça les sourcils.
— Je ne vois pas en quoi cela a le moindre intérêt.
Jem se tortilla devant lui.
— Ah, mais c'est pas fini. J'me suis trouvé un coin tranquille à côté d'la maison pour roupiller, et c'matin, l'même gandin qui avait roulé un patin à la poule est r'venu et il a bien failli s'la faire.
Molton bondit de sa chaise.
— Que dis-tu ? Ils allaient copuler ?
Jem fronça les sourcils.
— Copu... quoi ? J'sais pas c'que c'est, ça, mais il avait la main sous sa jupe et...
— Oui, oui, je vois. Merci. Bon travail. Tiens, dit-il en jetant une pièce au gamin, tu as bien mérité ta deuxième moitié. Continue à surveiller la maison, et il y en aura d'autres comme ça pour toi.
Edgar n'avait plus du tout mal à la tête. Soutirer de l'argent à sa nièce si c'était bien elle, ou à son amant, allait s'avérer bien plus facile qu'il ne l'avait cru.

Matt pénétra dans l'immense magasin et contempla les rangées de rouleaux de tissus alignées le long des murs ou disposées sur des tables. Il y avait de tout : soies, satins, brocarts, velours. Il ne s'était pas attendu à un étalage aussi prodigieux.
— Comment diable vas-tu trouver quoi que ce soit là-dedans ?
Grace lui prit la main.
— Les vendeurs nous aideront, le rassura-t-elle.
Un petit homme mince au nez chaussé de lunettes surgit de nulle part et s'exclama :

— Madame, quel immense plaisir de vous revoir !

— Merci, monsieur Quimby, répondit-elle en souriant poliment. Voici ma liste. Vous y trouverez les teintes et les tissus ainsi que les quantités nécessaires.

Worthington jeta un coup d'œil aux feuilles de papier qu'elle tendait au commerçant. Il y en avait beaucoup. Combien de tissus allaient-ils donc acheter ? Et combien tout ceci allait-il lui coûter ? se demanda-t-il de nouveau, mais cette fois avec une pointe de perplexité. Non pas qu'il ne pût se le permettre. Mais Patience avait tendance à dépenser sans compter. Il espérait que Grace n'était pas comme elle.

— Y a-t-il eu le moindre problème avec les tissus que vous avez achetés l'an dernier ? s'enquit un M. Quimby soucieux.

— Pas du tout. Ils sont parfaits. Lord Worthington et moi allons nous marier. Ces achats sont pour sa demeure en ville.

Le vendeur s'inclina.

— Permettez-moi de vous présenter tous mes vœux de bonheur, madame, monsieur.

— Merci, monsieur Quimby.

Worthington marmonna un remerciement à son tour. Ceci risquait d'être fort ennuyeux, mais il avait eu raison de venir. Sans lui, Grace aurait probablement passé la journée ici.

Quimby s'inclina de nouveau.

— Si vous voulez bien prendre un siège, madame, monsieur, je vais chercher quelques rouleaux afin que vous puissiez vous faire une idée.

— Merci, dit Grace. Je suis sûre que lord Worthington apprécierait un café pendant que nous vous attendons.

L'homme s'inclina encore. Matt n'avait jamais rencontré personne qui aimât autant les courbettes.

— Bien sûr. Un thé pour vous, madame ?

— Oui, merci.

Fallait-il s'inquiéter que ce vendeur la connaisse aussi bien ?

Une fois qu'ils furent installés, il se pencha vers elle.

— Tu viens souvent ici ?

Grace baissa les cils.

— Tu dis cela parce que ce garçon se souvient de moi ? demanda-t-elle en levant vers lui un regard innocent.

Il la dévisagea avec méfiance.

— Serais-tu en train de te moquer de moi ?

Cette fois, elle rit franchement.

— Bien sûr que je me moque de toi. On dirait que tu as peur que je dépense toute ta fortune en tissus. Ne vous inquiétez pas, milord, je sais tenir une maison. En fait, j'en tiens une depuis des années.

Il soupira, soulagé malgré lui.

— D'accord. Mieux vaut sans doute que je m'en remette à toi.

Plus rapidement qu'il ne l'aurait cru, plusieurs rouleaux de tissu apparurent sur une longue table.

Quimby leur fit signe.

— Madame, si vous voulez bien vous donner la peine…

Elle s'approcha, Worthington la suivant et examinant les étoffes par-dessus son épaule.

— Vois-tu quelque chose que tu aimes particulièrement ? s'enquit-elle.

Il ne s'attendait pas qu'elle lui demande son avis. Cette expérience aurait peut-être du bon, après tout.

— Suis-je autorisé à choisir, moi aussi ?

Grace leva les yeux au ciel.

— Ne sois pas idiot. Bien sûr que tu peux choisir.

Il inspecta les tissus avec plus d'intérêt.

— Eh bien, ces deux-là me plaisent assez.

Les lèvres de Grace formèrent une moue adorable qu'il eut très envie d'embrasser.

— Pour quelles pièces ?

— Mon bureau et la bibliothèque.

Une lueur d'approbation passa dans les yeux de Grace.

— Ils seront parfaits.

Matt se sentit soudain très important. Cette séance de shopping se déroulait décidément à merveille.

— Faut-il que nous fassions cela souvent ?

— Tous les deux ou trois ans, dit-elle en se tournant vers lui. Les rideaux, notamment, doivent être remplacés quand leur couleur passe ou qu'ils commencent à perdre leur tenue. J'aimerais avoir deux assortiments pour chaque pièce afin de les changer au printemps et à l'automne. Cela donne de la fraîcheur à la maison, et les tissus durent plus longtemps.

Une idée troublante traversa soudain l'esprit de Matt.

— Et les meubles ? À quel rythme les changes-tu ?

Grace éclata de rire.

— Une fois que j'ai décoré une pièce à mon goût, je préfère ne plus changer le mobilier. Nous le ferons ensemble, ajouta-t-elle en glissant sa main dans sa paume.

— Dès que nous le pourrons, j'aimerais t'emmener à Worthington Hall afin que tu rencontres les domestiques et que tu voies quelles améliorations tu souhaites y apporter.

Elle l'entraîna vers une autre table.

— Ce serait merveilleux. Cela me donnera aussi l'occasion de m'arrêter à Stanwood Hall afin de vérifier que tout s'y passe bien.

Quand ils avaient fini leurs choix à l'une des tables, ils étaient conduits à une autre. Tout cela dura beaucoup moins longtemps qu'il ne l'avait craint.

— Avons-nous le temps de nous rendre au magasin de meubles ?

Grace consulta sa montre-broche.

— Il est 11 h 30. Nous pouvons au moins aller y jeter un œil.

Matt fut ravi de constater que sa bien-aimée partageait son goût pour les meubles aux lignes simples. Une fois encore, elle le surprit en produisant une liste de ce dont ils avaient besoin.

Il la laissa choisir fauteuils, canapés et tables, mais quand elle sélectionna un sofa relativement étroit, il intervint :

— Vous n'auriez rien d'un peu plus grand ?

Le vendeur s'inclina.

— Bien sûr, milord. Si vous voulez bien me suivre.

N'ayant visiblement pas saisi ses intentions, Grace demanda :

— Pourquoi plus grand ? Je ne suis pas certaine que l'effet sera plaisant.

Il se pencha et lui murmura à l'oreille :

— L'effet sera parfait quand tu seras étendue nue dessus.

Rougissant furieusement, elle faillit s'étrangler.

Comme pour la soulager, il la caressa entre les omoplates… avant de laisser sa main s'égarer le long de son dos jusqu'à ses fesses.

À 14 heures, Matt frappa à la porte de Herndon House, où Grace et lui furent introduits dans le bureau du maître de maison.

Quand l'oncle de Grace se leva pour les accueillir, Matt constata avec inquiétude qu'il affichait une mine très sombre.

— Ma chère Grace, Worthington. Avant que nous discutions des dispositions financières, je dois vous faire part d'une très mauvaise nouvelle.

Il tendit une lettre à sa nièce, qui commença à lire.

— Oh, Seigneur ! Ce n'est pas possible.

De plus en plus inquiet, Matt lut par-dessus son épaule.

Cher lord Herndon,

J'ai le regret de vous informer que M. Edgar Molton est de retour en Angleterre. Il n'avait pas reçu ma lettre l'informant des dispositions prises par lord Timothy, et le moins que l'on puisse dire, c'est qu'il n'a pas été ravi de les apprendre. J'ai accepté de lui ouvrir un compte en banque, même si, comme vous le savez, je ne le représenterai jamais sur le plan juridique.

Votre très obéissant serviteur,
Jos Chiswick

Le bon à rien. Matt regretta soudain de ne pas en savoir davantage à propos de cet oncle.

— Ma chère, déclara Herndon quand Grace releva les yeux, en aucune circonstance vous ne devez lui permettre de pénétrer chez vous. S'il met un pied dans la place, il sera presque impossible de le déloger. Je suis bien placé pour le savoir, ajouta-t-il avec une grimace.

— J'avertirai le personnel, répondit Grace en se mordant la lèvre.

Herndon fronça les sourcils.

— Ne le laissez même pas vous attendre dans un salon. C'est terrible à dire à propos d'un membre de sa propre famille, mais il n'est absolument pas digne de la moindre confiance.

— Je comprends, dit Grace avec fermeté. Ma mère m'avait mise en garde contre lui quand on a cru qu'il était revenu en Angleterre peu après la mort de mon père. Lorsqu'il était jeune, il lui a volé un médaillon auquel elle tenait énormément pour payer ses dettes de jeu.

— Et c'est là le moindre de ses méfaits, répliqua son oncle, glacial. Cet individu a provoqué la ruine de nombreux innocents. Il ne connaît aucune limite. Vol, extorsion, escroquerie… il est capable de tout.

La fripouille. Matt eut envie de serrer Grace dans ses bras. Molton n'aurait pu choisir pire moment en réapparaissant précisément la semaine où il pouvait infliger le plus de dégâts. Depuis qu'il avait surpris ce gamin rôdant près de Stanwood House, Matt s'était torturé les méninges pour comprendre pourquoi ce gosse des rues les surveillait. Était-il possible qu'il soit lié à Molton ? Et, si oui, que manigançait cette canaille ? Il n'aimait pas cela du tout et ne voyait qu'un moyen de protéger Grace : qu'elle l'épouse sur-le-champ. Pour cela, il allait devoir les convaincre, son oncle et elle.

— Mon amour, il est possible que ce soit lui qui ait envoyé le garçon que nous avons vu.

— Mais pour quelle raison ? demanda-t-elle, surprise.

— Worthington a raison, intervint lord Herndon. Ce voyou est capable de tout. Je ne serais pas étonné d'apprendre qu'il vous fait surveiller.

Matt aurait pu l'embrasser.

— C'est une possibilité que nous ne pouvons écarter, renchérit-il. Il faut nous méfier de lui et, dans la mesure du possible, le priver de tout moyen d'action contre nous.

Il prit les mains de Grace tout en regardant Herndon.

— Grace, milord, que diriez-vous si nous avancions la date du mariage ?

Sa fiancée le regarda, sidérée.

— Mais que dis-tu ? Avec Pâques qui arrive, la seule possibilité serait demain matin !

— Exactement. Si nous pouvions en finir avec ces dispositions financières, milord, cela nous laisserait le temps, à Grace et à moi, de passer à St. George prévenir le pasteur.

L'oncle de Grace réfléchit un bref instant.

— Je suis d'accord avec vous, mais inutile d'aller voir le pasteur. C'est un ami. Je lui enverrai un mot, cela devrait suffire. Avez-vous la licence ?

Matt remercia le Ciel d'avoir eu la présence d'esprit de s'en procurer une.

— Oui.

Grace le fixa, l'air troublée.

— Mais, et Charlie ? Il ne doit arriver que demain après-midi.

Oubliant la présence de son oncle, il la prit dans ses bras.

— Nous l'enverrons chercher dès aujourd'hui. Je suis sûr qu'il ne verra aucun inconvénient à quitter l'école un jour plus tôt.

— Mais qui sera mon témoin ? Phoebe est à la campagne…

— Charteries n'est pas si loin. J'enverrai un cavalier cet après-midi, s'il le faut.

Il lissa le front de Grace avec son pouce pour effacer la ride d'inquiétude qui s'y était creusée. Il comprenait qu'elle répugne à se marier si précipitamment, mais c'était la seule solution.

Herndon étala des documents sur une petite table, et Matt guida Grace jusqu'à la chaise pour qu'elle puisse les consulter. Au bout de quelques secondes, elle releva les yeux vers lui.

— Es-tu sûr que c'est ce que tu veux ?

Matt hocha la tête. Il avait parlé avec Marcus et Rutherford des dispositions qu'ils avaient prises vis-à-vis de leurs épouses respectives. Aucun d'entre eux n'avait d'héritier plus proche qu'un cousin au deuxième degré, et ils avaient exprimé des craintes sur le traitement que recevraient leurs femmes au cas où ils disparaîtraient. Matt non plus ne faisait guère confiance à son héritier actuel, ce cher Merton, pour prendre soin de Grace. Ce freluquet prétentieux serait sans doute ravi de pouvoir la considérer comme une parente pauvre, et il était hors de question que Matt laisse cela se produire. Il avait donc décidé que, contrairement à l'usage qui voulait que la fortune des épouses devienne celle de leurs maris, tous les biens de Grace ainsi que ses propriétés seraient placés dans un fonds à son seul bénéfice.

— J'en suis certain.

— Dans la mesure où tu m'as accordé le pouvoir d'agir en tant que ton représentant légal, ma chérie, intervint Herndon, j'ai déjà mis ce fonds en place.

Prenant une grande inspiration, Grace trempa la plume dans l'encrier et signa les papiers.

Quand Matt eut ajouté son paraphe, il éprouva un immense soulagement. Dès le lendemain, ils seraient mari et femme. Plus rien ne pouvait se mettre en travers de leur chemin, désormais.

Grace leva vers lui un regard faussement innocent.

— Oh, mon Dieu, si le landau reste à moi, chéri, faut-il quand même qu'il porte ton blason ?

Son oncle éclata de rire.

— Je suis ravi de voir que tu es de nouveau d'humeur à plaisanter, Grace. Au fait, qui sera ton témoin ?

— Lady Evesham, mais elle est encore à la campagne et nous devons la faire prévenir.

Herndon rangea les documents dans un tiroir.

— Voilà un problème qui est déjà réglé. J'ai vu des voitures arriver à Dunwood House en fin de matinée.

Grace poussa un soupir de soulagement.

— Merci de me prévenir.

La prenant par le bras, Worthington s'inclina devant son oncle.

— Allons voir si Marcus et Phoebe peuvent nous recevoir, suggéra-t-il.

— Dans un instant. Je dois d'abord envoyer une autorisation pour que Charlie puisse quitter l'école.

Elle griffonna rapidement un message qu'elle tendit à lord Herndon.

— Encore un service que je vous demande, mon oncle : vous voulez bien vous occuper de ceci pour moi ? Votre aide m'a été si précieuse, ajouta-t-elle en l'embrassant sur la joue. Je n'aurais jamais pu y arriver sans vous.

Herndon l'étreignit avec une émotion visible.

— J'envoie ceci sur-le-champ. Dès que j'aurai parlé au pasteur, je vous donnerai l'heure de la cérémonie.

— Merci. Vous êtes le meilleur des oncles.

Matt ne pouvait qu'acquiescer. Sans l'efficacité de Herndon, Grace et lui auraient dû attendre pour se marier, et il avait l'étrange sensation que cela aurait été dangereux. Quelque chose se tramait, il en était certain.

Le majordome de Dunwood House s'inclina devant Grace et Matt avant de les conduire dans un salon à l'arrière de la maison.

Marcus aida Phoebe à se lever.

— Grace, Worthington, heureux de vous revoir.

— Phoebe, je suis tellement soulagée que tu sois de retour ! s'exclama Grace tandis que les deux amies s'étreignaient et s'embrassaient. Le mariage a de nouveau été avancé. La cérémonie aura lieu demain.

Phoebe ouvrit de grands yeux.

— Que s'est-il passé ? Pourquoi si vite ?

— Le frère de ma mère, Molton, est de retour en Angleterre, et c'est un fauteur de troubles. Dans son testament, mon grand-père ne lui a pas laissé ce à quoi il s'attendait.

— Je vois, fit Phoebe en plissant les lèvres. J'imagine que vous suivez les conseils de lord Herndon ?

— Oui.

— Dans ce cas, il n'y a pas de temps à perdre, déclara Phoebe, une lueur martiale dans le regard. Nous devons nous rendre chez Madame Lisette.

Elle se tourna vers Matt.

— Allez chercher votre belle-mère, Charlotte et Louisa. Grace et moi les retrouverons chez Madame Lisette, sur Bruton Street.

Grace avait déjà réfléchi à tout ce qui devait être accompli avant le lendemain.

— Je dois prévenir notre cuisinier et le personnel de nos deux maisons.

— Worthington peut s'en charger. Allons-y, déclara Phoebe en jetant un regard par la fenêtre. Zut, il commence à pleuvoir.

Matt sourit.

— Prenez ma voiture. Je rentrerai à pied.

— Non, nous vous déposerons. C'est sur le chemin.

Après avoir laissé Matt à Stanwood House, Grace et Phoebe se rendirent chez Madame Lisette. Grace venait tout juste de finir son essayage quand Patience, Louisa et Charlotte arrivèrent.

— Matt vous a mise au courant ?

— Oui, et je ne vois pas d'autre solution, répondit aussitôt Patience. J'ai confiance en votre oncle et je suis d'accord avec lui. Par ailleurs, je dois vous dire que votre personnel a reçu pour instruction de ne pas autoriser l'accès de la maison à Molton.

Une part du poids qui pesait sur les épaules de Grace disparut.

— Merci.

— L'une d'entre vous a-t-elle un engagement pour la soirée ? s'enquit Phoebe.

— Oui, dit Grace, nous avons la soirée chez lady Featherton.

— Vous devez y aller, vous n'avez pas le choix, déclara Phoebe, qui s'était mise à faire les cent pas. À votre place, j'éviterais de parler du mariage. Avec le carême, il n'y aura aucune autre réception entre vendredi et lundi et, de toute façon, vous deviez vous marier mardi. Cela ne changera pas grand-chose.

Des valets protégèrent les dames avec des parapluies quand elles quittèrent la boutique de Madame Lisette pour se rendre chez le modiste un peu plus bas dans la rue, afin de trouver les chapeaux qui conviendraient à leurs nouvelles robes.

— J'espère que les femmes de chambre auront le temps d'effectuer les dernières retouches sur les robes des filles, soupira Grace. Il nous les faut maintenant avec trois jours d'avance.

Phoebe lui tapota la main.

— Elles seront prêtes. Ces choses-là s'arrangent toujours.

— Nous les aiderons, proposa Charlotte.

À ses côtés, Louisa hocha la tête.

— Nous ferons tout notre possible, mais, quoi qu'il en soit, ne vous inquiétez pas. Nous avons déjà plusieurs nouvelles toilettes que nous pouvons porter.

La gorge de Grace se serra. Qu'avait-elle fait pour mériter des sœurs aussi merveilleuses ?

— Merci. Et merci à vous aussi, Patience et Phoebe. Sans vous, je ne sais pas comment j'aurais fait.

— Je t'en prie, déclara Phoebe, le regard brillant. Maintenant, nous devons te trouver un chapeau digne de ta robe de mariée.

Baissant la voix, elle murmura à l'oreille de Grace :

— Souris, tu vas épouser un homme que tu aimes et qui t'aime.

— C'est vrai, dit Grace, qui avait soudain le souffle court.

Jamais, de toute sa vie, elle n'avait été aussi heureuse et nerveuse en même temps.

24

Dès que Grace arriva à Stanwood House, Matt la prit à l'écart.

— J'ai enrôlé Mlle Tallerton, Jane et une de ses nouvelles relations pour envoyer les invitations au petit déjeuner de mariage.

— Une amie de Jane ? Qui est cette dame ?

— Vous verrez une fois que nous aurons discuté du mariage, déclara Matt d'un air mystérieux. Allons au petit salon.

Elle le suivit en souriant.

— À quelle heure est prévue la cérémonie ?

— 10 heures. Il semble qu'il y ait un autre mariage à 11 heures.

Il secoua la tête.

— Je ne devrais pas être aussi ravi dans la mesure où il s'agit d'un couple de jeunes fugueurs. Ils étaient en route pour se marier illégalement à Gretna Green quand ils ont été rattrapés. Ils se passeront la bague au doigt juste après nous.

Grace écarquilla les yeux. L'un de ses pires cauchemars était justement qu'une de ses sœurs s'enfuie avec un homme.

— Sais-tu qui ils sont ?

Matt remplit deux verres de vin et lui en tendit un.

— Non. Ton oncle n'a pas posé la question. Nous en entendrons probablement parler ce soir, chez lady

Featherton, à moins que les familles ne parviennent à garder le secret. J'espère seulement que Louisa et Charlotte ne trouveront pas cela trop romantique.

— Et moi, j'espère avoir bien fait comprendre à Charlotte à quel point ce genre d'union est déplacé et dangereux.

Elle s'interrompit un instant, le temps de boire une gorgée de vin.

— Je serais surprise qu'ils réussissent à garder le secret. Ces choses-là ont tendance à s'ébruiter... Et il y a de fortes chances pour que leur mariage éclipse le nôtre.

Il posa son verre et la prit dans ses bras.

— J'ai pris contact avec nos avocats respectifs. La demande de garde est déposée en ce moment même.

— Oncle Herndon nous aidera, murmura-t-elle en se blottissant contre sa force et sa chaleur.

— Oui, je crois savoir qu'il a déjà prévu de rencontrer un des juges qui doivent statuer.

— Bon, et maintenant, quel est ce secret à propos de cette nouvelle amie de Jane ?

— Ce n'est pas une amie, mais un ami. Un certain M. Hector Addison. Eux aussi vont bientôt se marier.

— Ne me dis pas que c'est cet homme dont elle était si amoureuse autrefois ? demanda Grace, déjà prête à danser de joie.

— Lui-même, d'après ce que j'ai cru comprendre.

— Mais je croyais qu'il était mort en mer.

— Il était en Inde et vient tout juste de rentrer.

Elle jeta ses bras autour du cou de Matt.

— Quelle merveilleuse nouvelle ! Tu n'imagines pas à quel point je m'inquiétais pour elle !

— Crois-moi, j'en avais une assez bonne idée, dit-il avant de l'embrasser avec ferveur. Je sais aussi que tu dois mourir d'envie de le rencontrer.

— Comment est-il ?

— Jovial et, à en juger par la façon dont il dévore Jane des yeux, très amoureux.

— Tu as intérêt à me dire tout ce que tu sais, cela m'évitera de les assaillir de questions.

— Je ne sais pas grand-chose, à vrai dire, répondit Matt alors qu'ils sortaient dans le couloir. Ils ont déjà trouvé une maison tout près d'ici, et si j'en crois leur volonté d'acquérir aussi un domaine à la campagne, je dirais que ce monsieur ne manque de rien. Quant à être assaillis de questions, ils ne devraient pas y échapper quand ils rencontreront les enfants.

Molton fit entrer Jem dans sa chambre et lui tendit une serviette pour qu'il puisse se sécher.

— J'suis resté jusqu'à ce qu'y se mette à pleuvoir. Y s'est rien passé, sauf c'matin. La poule a traversé la rue pour aller chez l'gandin juste au moment où j'arrivais.

— L'as-tu vue repartir ?

— Elle est partie avec lui dans une tire. J'les aurais bien suivis, mais y avait un larbin à l'arrière.

— Je vois. Il semble donc que ma nièce ait un amant, fit Molton en se frottant le menton. Voilà qui fera très mauvais effet devant un tribunal. Où as-tu dit que se trouve la maison de ce monsieur ?

— Juste en face sur la place. Vous voulez qu'j'y retourne ?

— Non. Il me faut quelqu'un qui puisse être appelé comme témoin à la barre.

Il fouilla dans sa poche.

— Voilà le reste de ton argent, plus un petit bonus.

Le visage du gamin s'éclaira.

— Super, patron. Si vous avez encore b'soin d'moi, hésitez pas.

— Je n'y manquerai pas.

Edgar réprima un sourire. Très bientôt, il n'aurait plus jamais besoin de faire appel à qui que ce soit. Les femmes n'étaient vraiment pas très intelligentes. Prendre un amant au vu et au su de tous, franchement ! Il aurait bien aimé savoir qui était ce bonhomme. Il n'avait jamais beaucoup fréquenté Berkeley Square.

Il attendit que la pluie s'arrête pour enfiler son manteau et un chapeau. À la bibliothèque la plus proche, il trouva une vieille édition du Debrett's. Quelques secondes plus tard, il avait sa réponse. Très indiscret de leur part, franchement. Un plan se formait déjà dans sa tête. Décidément, il avait de la chance : il lui serait facile de faire chanter aussi bien sa nièce que ce lord Worthington.

Alors qu'il retournait vers sa pension, il aperçut une enseigne annonçant : « Harvey Combs, enquêteur ». Exactement le genre de service dont il avait besoin. Il monta au deuxième étage d'un immeuble assez miteux, frappa à une porte et entra.

— Monsieur Combs ?

— Qui l'demande ?

Molton contempla le costume graisseux et la cravate défraîchie de M. Combs. Voilà qui annonçait un entretien prometteur.

— Je m'appelle Molton, Edgar Molton. Je viens de rentrer de l'étranger et j'ai découvert que ma nièce, qui a la garde de mes plus jeunes nièces et neveux, est devenue une femme de basse moralité. Je compte porter plainte auprès des tribunaux, mais il me faut un homme intègre qui pourra témoigner de sa dépravation.

Combs, qui avait eu l'air endormi avant qu'Edgar prenne la parole, s'était soudain redressé sur sa chaise.

— Ne cherchez plus. Je suis cet homme. Dites-moi seulement où je peux trouver cette femme.

— À Stanwood House, Berkeley Square, dans Mayfair.

Edgar s'interrompit pour voir si cette adresse prestigieuse avait un effet sur le bonhomme. Une lueur féroce passa dans le regard de Combs. Edgar se demanda brièvement ce qu'elle signifiait, mais sans s'y attarder. Après tout, quelle importance ?

— Il s'agit de lady Grace Carpenter, reprit-il. J'ai de bonnes raisons de croire qu'elle est la maîtresse de lord Worthington.

— Dix livres maintenant et dix plus tard.

Cet idiot pensait visiblement avoir affaire à un pigeon.

— Cinq maintenant et dix plus tard. À prendre ou à laisser.

L'air peiné, Combs se mit à geindre.

— J'ai mes frais.

Edgar le fixa droit dans les yeux.

— Moi aussi. Et je peux toujours m'adresser ailleurs.

— Bon, d'accord, marché conclu, céda Combs. Quand voulez-vous que je commence ?

— Demain matin. Si ce que je crois est vrai, vous devrez les surveiller la journée mais aussi la nuit.

Molton lui donna ses cinq livres avant d'ajouter :

— Je vous déconseille de me faire faux bond.

— Ne craignez rien, vous avez ma parole, dit l'autre en faisant disparaître l'argent dans une de ses poches avec une dextérité impressionnante. Je suis l'honnêteté incarnée.

Edgar réprima un ricanement.

Il pleuvait encore quand Matt escorta les dames hors de Stanwood House et les aida à grimper dans les voitures pour le court trajet jusqu'à Curzon Street. La nouvelle de son mariage imminent avec Grace s'était apparemment répandue, car lady Featherton les accueillit avec enthousiasme et leur présenta, à sa fiancée et à lui, tous ses vœux de bonheur. Elle ne semblait toutefois pas savoir que leur union serait célébrée dès le lendemain matin.

Il accompagna Patience, Charlotte et Louisa jusqu'à un petit canapé entouré de fauteuils avant de déambuler dans la salle de réception en compagnie de Grace. Ils se mêlèrent à un groupe de gentlemen et leurs épouses et découvrirent rapidement le sujet de discussion principal de la soirée. Comme prévu, ce n'était pas eux.

— Le croirez-vous, ma chère lady Grace ? dit son interlocutrice après s'être lancée dans un récit détaillé de la fugue du jeune couple. Ils ont retrouvé ces deux-là à moins d'une journée de voyage de Gretna Green.

Grace pinça les lèvres.

— Choquant et scandaleux. Qui sont-ils, madame Stanley ?

— La fille est une certaine demoiselle Snow, qui devait faire ses débuts cette année. Le gentleman est le cadet d'Avanley, lord William Hunt. Vous connaissez les Hunt, ils n'ont pas le sou, et la jeune fille est une héritière.

— Je me rappelle lui avoir été présentée. Elle se trouvait à la soirée chez lady Bellamy.

Cette nouvelle déplut fortement à Matt. Si Grace avait rencontré cette jeune fille, alors Louisa et Charlotte aussi. Et il n'était pas impossible qu'elles trouvent son comportement fascinant.

— J'ignorais que lord William était aussi cupide, déclara-t-il.

Choquée, Mme Stanley ouvrit de grands yeux.

— Oh, Seigneur, non. Il n'a rien d'un coureur de dot. Il semble que ces deux-là se connaissent depuis l'enfance. Vu la richesse et la beauté de sa fille, le père de Mlle Snow espérait pour elle une union brillante. Il est vrai que c'est une jolie petite chose.

Consciente d'être au centre de l'attention générale, Mme Stanley passa ses auditeurs en revue avant de continuer :

— Je crois que M. Snow a découvert l'attirance qu'ils avaient l'un pour l'autre et leur a interdit de se parler.

— Ce qui a eu pour résultat, remarqua Grace d'un ton écœuré, de faire de lord William une sorte de héros.

— Eh bien, si Snow est riche à ce point-là, dit un des gentlemen, je comprends qu'il répugne à offrir sa fille à lord William.

— M. Snow n'a plus d'autre choix que d'accepter ce mariage, enchaîna Mme Stanley. Avant qu'il les rattrape, la demoiselle et son soupirant ont été vus ensemble dans une auberge par lady Cavendish.

Grace secoua la tête.

— Dès lors, il n'y avait plus aucun espoir d'étouffer le scandale.

— En effet, fit Mme Stanley. Oh, lady Grace, j'ai oublié de vous présenter tous mes vœux de bonheur. C'est un excellent mariage pour vous deux. Et je crois savoir que la cérémonie sera discrète, ajouta-t-elle avec un sourire entendu. Il faut dire que vous serez assez occupés avec les débuts de vos sœurs cette saison. D'ailleurs, Worthington... votre travail commence déjà.

Matt suivit la direction du regard de Mme Stanley et réprima un grognement. Charlotte et Louisa avaient rejoint un groupe de plusieurs jeunes gens. Seule la petite pression de la main de Grace sur son coude l'empêcha de se ruer vers elles et de passer pour un crétin. Et dire que cette saison ne faisait que commencer !

Grace inclina la tête.

— Madame Stanley, nul doute que nous nous reverrons au cours de la soirée. Merci pour ces nouvelles.

— Quand je vous reverrai, madame, vous serez sans doute lady Worthington.

Souriant poliment, Grace entraîna Matt vers un autre groupe. Il ne lui prêta aucune attention, ne cessant de guetter Louisa et Charlotte.

— Mon chéri, tu ne vas pas te jeter sur chaque garçon qui s'adresse aux filles.

— Je n'aime pas cette histoire de fugue, dit-il, les sourcils froncés. Cela semble beaucoup trop romantique.

Grace saluait quelques connaissances.

— As-tu peur que cela ne donne des idées à l'une de nos sœurs ?

— Pas toi ?

— Non. Dès qu'elles comprendront que le couple devra se retirer à la campagne sans pouvoir se montrer à Londres pendant plusieurs saisons, elles ne trouveront pas cela si fascinant.

— Il n'empêche, je préférerais rentrer dès que la courtoisie nous le permettra.

Grace jeta un regard vers les filles et sourit.

— D'abord, il faudra les arracher à leurs admirateurs sans qu'elles en prennent ombrage… Charlie sera notre excuse, ajouta-t-elle après une pause. Charlotte voudra être là pour son retour et le présenter à Louisa.

Quand ils revinrent vers Patience, le groupe auquel s'étaient mêlées les filles bavardait avec animation.

Grace fit la moue.

— La fugue ?

— Oui, répondit Patience, les lèvres pincées. Ils ne parlent plus que de cela.

— Alors, n'en rajoutons pas, répondit Grace. Moins nous en dirons, plus vite ce sera oublié.

— Absolument, approuva Patience.

Matt prit une grande inspiration pour se calmer et examina attentivement les jeunes gens qui parlaient à leurs sœurs. Il n'en connaissait aucun mais, dans leurs cercles, il était toujours facile d'obtenir des informations.

— Grace, elles devraient venir souper avec nous en bas.

— Bonne idée, mon cher.

Craignant qu'il n'ordonne aux filles de les suivre, Grace prit les devants.

— Louisa, Charlotte, que diriez-vous de vous joindre à nous pour le souper ?

Charlotte se retourna.

— Oh oui ! Je suis contente de vous revoir. Louisa et moi avons tant de choses à vous dire.

Grace sourit.

— Alors, allons manger et vous nous raconterez tout.

Un gentleman aux cheveux noirs et au teint assez basané, qui n'avait pas fait partie du groupe, vint s'incliner devant Charlotte. Au moins, celui-là, Matt le connaissait.

— Lady Charlotte, puis-je avoir le plaisir de vous accompagner pour le souper ?

Charlotte jeta un regard vers Grace, qui haussa un sourcil impérieux et déclara :

— Excusez-moi, mais je ne crois pas que nous ayons été présentés.

Le jeune homme s'inclina aussitôt en bafouillant :

— Ah... oh... madame. Pardonnez-moi. J'ai été présenté à lady Charlotte un peu plus tôt dans la soirée.

— Ma chérie, intervint Matt, puis-je te présenter lord Harrington ? Harrington, lady Grace Carpenter, ma fiancée.

Grace fit un signe de tête.

— Enchantée de faire votre connaissance, lord Harrington. La famille allait justement descendre souper. Voulez-vous vous joindre à nous ?

Prenant la main qu'elle lui offrait, il s'inclina une nouvelle fois.

— Ce serait un immense plaisir pour moi, madame. Puis-je vous présenter tous mes vœux de bonheur ?

— Merci.

Quand il se redressa, Harrington se tourna vers Charlotte.

— Lady Charlotte ?

Elle eut un sourire éblouissant.

— Je suis ravie que vous soyez mon cavalier, lord Harrington.

Ils s'apprêtaient à partir quand Matt faillit heurter un autre jeune homme.

— Bentley ?

— Monsieur, je... je me demandais si lady Louisa accepterait ma compagnie pour le souper.

Ledit Bentley, doté d'une chevelure châtain clair aux longues boucles, était à peine plus grand que la moyenne. Matt réprima un ricanement. Il n'avait encore jamais entendu ce jeune coq bredouiller.

— C'est à elle qu'il faut le demander.

Bentley s'inclina.

— Lady Louisa, me ferez-vous…

Elle lui offrit sa main.

— J'en serais ravie.

Charlotte lui murmura à l'oreille :

— Laisse-le au moins finir sa phrase.

Tout en prenant le bras que Bentley lui offrait, Louisa répliqua à mi-voix elle aussi :

— Il mettait trop de temps.

Grace pinça les lèvres pour ne pas éclater de rire et commit l'erreur de regarder Matt, qui tentait à grand-peine lui aussi de garder son sang-froid. Elle le retint un instant, laissant Patience et les filles les précéder.

Il secoua la tête, l'air accablé.

— Je ne suis pas sûr d'être taillé pour cela.

Grace lui tapota le bras.

— Nous nous y habituerons. Après tout, ce n'est que le début de la saison. Que sais-tu de ces jeunes gens ?

— Bentley est l'héritier du duc de Convington, Harrington celui du marquis de Markham. Ils approchent tous deux de la trentaine. Bentley est dépendant de son père, mais Harrington dispose de ses propres fonds. Je découvrirai si leur intérêt est sérieux.

— Ils ont dû déjà rencontrer les filles lors d'une autre soirée. Je verrai s'ils ont laissé leurs cartes. Nous avons été si occupés ces derniers temps que je n'ai pas encore eu l'occasion de vérifier.

Un valet s'approcha alors avec un mot sur un plateau d'argent.

— Lady Grace Carpenter ?

— Oui ? fit-elle, saisie d'une légère appréhension.

L'homme s'inclina.

— Un message pour vous, madame. Dois-je attendre ?

— S'il vous plaît.

Le cœur battant, elle ouvrit la lettre. Dieu soit loué !

— Charlie est à la maison. Le voyage a été un peu pénible en raison de l'état des routes, mais il est arrivé sans encombre.

Elle se retourna vers le valet.

— Il n'y a pas de réponse.

Une fois l'homme parti, Matt remarqua :

— Pendant une seconde, tu as eu l'air effrayée.

« Terrifiée » eût été plus exact.

— Je n'avais encore jamais reçu de message lors d'une soirée. Pendant un instant, je... j'ai cru qu'un accident était arrivé.

Il lui pressa la main tandis qu'ils pénétraient dans la salle à manger.

— Veux-tu que nous rentrions ?

Elle en avait bien envie, car elle était impatiente de retrouver son frère, mais elle devait aussi penser aux filles.

— Je ne veux pas obliger Charlotte et Louisa à rentrer si elles souhaitent rester.

— Alors, laisse-moi aller te chercher quelque chose à manger et un verre de champagne. Tu en as bien besoin, et cela nous laissera le temps de voir ce qu'il en est avec nos sœurs.

Soulagée qu'il soit là pour partager ses craintes et ses inquiétudes, elle leva les yeux vers lui.

— Merci.

Il l'escorta jusqu'à la table où les filles s'étaient installées auprès de Patience.

Celle-ci dévisagea Grace.

— Qu'y a-t-il ?

— Rien de grave. Charlie est arrivé à la maison. Le mauvais temps l'a retardé.

Le visage de Charlotte n'était plus qu'un immense sourire.

— Charlie est là ? Oh, Grace, pouvons-nous y aller ?

Grace était soulagée que sa sœur réagisse ainsi, mais il y avait des convenances à respecter.

— Enfin, Charlotte. Maintenant que tu as accepté la compagnie de lord Harrington, tu dois souper avec lui. Nous resterons encore un peu avant de partir.

Charlotte poussa un soupir.

— Oui, bien sûr. Mais j'ai tellement hâte de revoir Charlie !

— Je sais, ma chérie. Moi aussi.

— J'imagine que tous les enfants doivent être debout maintenant, dit Charlotte avant de se tourner vers Patience. C'est la première année de Charlie à Eton. Jusque-là, il avait toujours été à la maison avec nous.

Patience sourit.

— Je comprends. Si Louisa souhaite rester, je resterai aussi, bien sûr. Sinon, nous pourrions tous partir après le souper.

— Moi aussi, je veux rentrer avec vous, déclara Louisa.

Worthington, suivi de Harrington et de Bentley, revint. Un valet les accompagnait.

— Je crois que nous avons choisi ce qu'il y avait de meilleur.

Charlotte accepta l'assiette que lui tendait lord Harrington.

— Merci, monsieur. Cela semble délicieux, en effet.

Il s'installa à ses côtés.

— Nous avons trouvé les pâtés de crabe avant tout le monde et nous en avons pris plusieurs. J'espère que vous les aimez.

Se tournant vers Louisa, Grace fut ravie de voir lord Bentley s'occuper de la jeune fille avec la même sollicitude.

— Ma chérie, lui murmura Matt à l'oreille, veux-tu essayer le pâté de crabe ? Cette fois-ci, tu pourras le finir et ton champagne aussi.

La canaille ! Comment osait-il lui rappeler cet épisode ? Néanmoins, elle sourit. Soudain, elle se sentit si heureuse qu'elle en eut les larmes aux yeux. La dernière fois qu'elle avait mangé du pâté de crabe, c'était le soir où le sort les avait réunis dans cette auberge.

Patience se tourna vers Grace et Matt.

— Il m'est venu à l'esprit que notre façon de vivre les prochains mois pourrait paraître assez bizarre à certains de nos voisins.

Matt se renfonça dans sa chaise et joua avec sa coupe de champagne.

— Oui, eh bien, tant que nous ne traversons pas Berkeley Square en chemise de nuit, ils ne devraient pas être trop choqués.

Grace faillit s'étrangler.

— Voilà qui ferait sûrement jaser. Patience, êtes-vous bien installée ?

— L'essentiel de ma garde-robe et de mes affaires était arrivé quand nous sommes rentrés cet après-midi. Et il en est de même pour Louisa. Grace, sa chambre est ravissante, et c'est une merveilleuse idée que Charlotte et elle partagent le même boudoir. Elles semblent avoir beaucoup en commun et sont déjà très amies.

Matt avait donc fait en sorte que tout cela soit réalisé pendant qu'ils étaient absents. Grace lui jeta un coup d'œil en coin. Il lui répondit par un sourire espiègle.

— Ce sont les filles qui ont choisi la chambre, dit-elle à Patience. Je suis néanmoins ravie que vous approuviez. Comment trouvez-vous vos appartements ?

— Ils sont parfaits et, à vrai dire, encore plus spacieux que ceux que j'occupe à Worthington House.

Voilà qui rassura Grace : elle avait craint que Patience ne se sente pas chez elle à Stanwood House.

— Je suis si contente ! Je vous en prie, dites-moi si vous désirez que vos appartements à Worthington House soient redécorés ou – pourquoi pas ? – entièrement refaits.

Patience sourit.

— Voilà une offre délicieuse. Et je vous la rappellerai peut-être. Mais occupons-nous d'abord du mariage et des enfants.

Phoebe et Marcus les rejoignirent sur ces entrefaites. Grace se leva pour étreindre son amie.

Une fois assise, Phoebe sourit.

— Quelle soirée ! Vous serez sans doute ravis d'apprendre qu'on m'a à peine interrogée à votre sujet. Un autre couple a su capter l'intérêt général, semble-t-il.

Après un rapide regard vers Harrington et Bentley à l'autre extrémité de la table, Marcus se tourna vers Matt.

— Je vois que les prétendants ne manquent pas, observa-t-il.

— Oui et je ne sais pas qui est le plus nerveux : eux ou moi.

— Je suis bien content d'avoir encore un peu de temps avant que ma nièce fasse ses débuts, fit Marcus avec bonne humeur.

Matt s'adressa à lui à mi-voix, mais pas assez bas pour que Grace ne l'entende pas.

— Marcus, apprécies-tu ta vie d'homme marié ?

— Plus que tout.

— Je crois que ce sera pareil pour moi.

Phoebe donna un petit coup de coude à Grace.

— Reviens donc parmi nous.

— Je me disais juste que je vais épouser demain l'homme dont j'ai toujours rêvé et que tout se passe si bien…

Son amie hocha la tête.

— Et tu as la sensation que c'est trop beau pour être vrai, n'est-ce pas ?

— Exactement. Comme si quelque chose allait tout gâcher.

Phoebe lui prit la main.

— Worthington et toi avez des forces différentes. Si tu perds confiance en toi, appuie-toi sur lui.

« Oui », se dit Grace. Pendant longtemps, elle n'avait pu compter que sur elle-même, mais maintenant Matt était à ses côtés, et il veillait sur elle et sur les enfants.

Certains invités commençaient à quitter la salle à manger.

— Louisa, Charlotte, nous pouvons partir maintenant et aller voir Charlie.

Charlotte se tourna vers lord Harrington.

— Vous voulez bien m'excuser ? Mon frère est revenu de son école, et nous ne l'avons pas vu depuis longtemps.

Il l'aida à se lever et s'inclina.

— Dans ce cas, je ne vous retiendrai pas, mademoiselle. Puis-je envisager de passer vous chercher pour une promenade à cheval demain après-midi ?

Les yeux de Charlotte volèrent vers Grace.

— Je suis désolée. Nous... nous avons des projets en famille.

— Après-demain, alors ?

— Oui, je serais ravie de monter avec vous.

Il lui baisa la main, et une légère rougeur apparut sur les joues de Charlotte.

— Je viendrai à 17 heures.

Même si Grace ne pouvait l'entendre, elle était certaine qu'une conversation similaire avait lieu entre Louisa et Bentley.

Matt se leva, prit la main de Grace et s'adressa aux deux jeunes gens :

— Il est temps pour nous de partir. Même s'il est vrai que nous avons une journée très chargée demain, je suis sûr que ces dames seront à la maison après-demain.

Les deux gentlemen s'inclinèrent.

— Merci, monsieur, déclarèrent-ils en chœur.

Quand ils quittèrent les lieux, Grace découvrit que la pluie avait enfin cessé, laissant la place à un beau ciel étoilé.

25

À peine Matt, Grace et Patience eurent-ils franchi le seuil de Stanwood House que des cris retentirent à l'étage, leur demandant de venir voir Charlie. Les enfants avaient dû les guetter à la fenêtre.

Charlotte et Louisa montèrent l'escalier en courant, levant leurs jupes de façon fort peu convenable, tandis que Grace, Patience et Matt les suivaient à une allure plus digne. Matt pénétra dans la salle d'étude à temps pour voir un garçon dégingandé d'environ seize ans, doté des cheveux blonds et des yeux bleus des Carpenter, étreindre Charlotte puis s'incliner devant Louisa.

— Char, regarde-toi ! s'exclama-t-il, admiratif. Tu reviens d'un bal ?

— Non, idiot, d'une soirée. C'est une robe de soirée, pas une robe de bal.

Charlie la serra de nouveau dans ses bras.

— Eh bien, tu es rayonnante.

Il se tourna vers la sœur de Matt.

— Et vous êtes Louisa, ma nouvelle sœur ? Char m'a parlé de vous dans ses lettres. Quelle chance que vous fassiez vos débuts en même temps !

Alice tira son frère par le bras.

— Et voici Matt.

Trépignant d'excitation, Mary sautait sur place.

— On va tous se marier demain.

Charlie la prit dans ses bras pour la faire tournoyer dans les airs.

— Tous ? Vraiment ?

Soudain, les deux danois se ruèrent dans la pièce. Daisy tenta de se plaquer sur Charlie, qui lui caressa la tête.

— Oui, oui, ma fille. Mais qu'avons-nous là ? Un nouvel ami pour toi ?

Il flatta le dos de Duke.

— Comment vas-tu, toi ? Tu es bien séduisant, ce soir.

La queue de Duke martela le sol avec une telle vigueur que Matt craignit qu'il ne brise le parquet.

Voir Charlie parmi ses frères et sœurs lui faisait soudain mieux comprendre pourquoi Grace s'était battue avec un tel acharnement pour garder les enfants ensemble.

Le jeune homme abandonna les chiens pour étreindre Grace.

— On m'a expliqué qu'il serait approprié de te souhaiter tout le bonheur du monde.

Acquiesçant, elle répondit d'une voix nouée par l'émotion :

— En effet. Charlie, voici Matt, lord Worthington.

Le garçon tendit la main.

— Je suis ravi de vous rencontrer, monsieur. J'ai l'impression de vous connaître déjà. Les jumelles et Walter affirment que vous nous aiderez à rester ensemble.

Matt lui serra la main.

— Vous avez ma parole.

Charlie contempla les enfants.

— Merci d'accepter de nous prendre et de nous offrir de nouvelles sœurs.

— Inutile de me remercier, répondit Matt d'un ton enjoué. Je n'aurais pu avoir votre sœur si je n'avais pas pris toute la bande.

Charlie afficha un sourire complice.

— Je sais. Elle est dure en affaires.

Le comte de Stanwood n'avait peut-être que seize ans, mais il prenait son rôle au sérieux.

— Il est temps que vous alliez tous dormir, intervint Grace avant d'embrasser chacun des plus jeunes enfants. Charlie sera là pendant trois semaines, et demain sera une journée très chargée. Je ne veux pas que vous assistiez à mon mariage avec des cernes sous les yeux.

L'argument porta, et tous les enfants se couchèrent de bonne grâce. Les adultes les bordèrent avant de redescendre au rez-de-chaussée en compagnie de Louisa, de Charlotte et de Charlie.

Matt regarda ce dernier.

— Vous n'avez appris le mariage que ce soir ?

— Non, répondit le garçon en souriant. J'avais reçu des lettres.

— De qui ? s'enquit Matt, curieux.

— De tout le monde, déclara Charlie avant de prendre un ton solennel. Je suis content que vous appreniez la boxe à Walter.

— Il est doué.

Soudain, une idée déplaisante vint à l'esprit de Matt. Si les enfants avaient tout raconté de sa très brève cour à Grace, il serait bon d'éviter que cette correspondance sorte du cercle familial. Il haussa les sourcils.

— Les lettres ?

— Je les ai rapportées pour les brûler, dit Charlie avant de grimacer. Vous savez qu'ils écoutent aux portes, n'est-ce pas ?

Pour la première fois, Matt se demanda avec horreur ce que les enfants avaient pu entendre quand il se trouvait seul avec Grace. Il poussa un long soupir.

— Il me semble me souvenir d'Alice mentionnant cette habitude lors de ma première visite. Par la suite, je l'avoue, je n'y ai plus pensé. Je me demande si je ne vais pas poster un valet devant chaque porte à Worthington House.

Arrivée au pied de l'escalier, Grace découvrit que Patience les avait attendus en bas.

— Patience, pourquoi n'êtes-vous pas montée ?

— Je ne voulais pas m'imposer. Mlle Tallerton et M. Winters sont au salon. Allons-nous les rejoindre ?

— Oui.

Un valet leur ouvrit la porte. Grace entra avec Patience, suivie de Matt, de Charlie, de Louisa et de Charlotte. Jane et son ami, M. Addison, discutaient avec Winters et Mlle Tallerton.

— J'espère que les enfants n'ont pas fait trop de bruit, s'inquiéta Grace.

Une étincelle dansa dans le regard de Jane.

— C'est le chaos depuis que Charlie a franchi le seuil de la maison. Avant cela, nous étions persuadés qu'ils dormaient à poings fermés.

Matt posa la main sur l'épaule de Grace.

— Du vin ?

— Oui, s'il te plaît. Les filles et Charles peuvent eux aussi avoir un verre.

Elle s'installa sur le canapé, laissant Charlie et Matt servir les boissons. En tendant son verre à M. Addison, son frère dévisagea ce dernier d'un air perplexe.

— Je ne pense pas que nous ayons été présentés, monsieur.

Jane rougit.

— Charlie, voici mon fiancé, M. Hector Addison. Nous nous connaissons depuis de nombreuses années. Hector, le frère de Grace, comte de Stanwood.

Ils se serrèrent la main.

— Je vous en prie, appelez-moi Charlie. Jane nous est très chère. Je suis heureux d'apprendre qu'elle va se marier.

Matt tendit un verre à Grace et s'assit auprès d'elle.

— Ma chérie, nous avons quelques annonces à faire.

— Eh bien, dit-elle, s'adressant à toute l'assistance, comme certains d'entre vous le savent déjà, Worthington et moi avons décidé de rénover sa maison.

En conséquence, lady Worthington et ses filles vivront ici avec nous durant les travaux. Worthington et moi dormirons chez lui, mais nous résiderons ici pendant la journée.

Elle s'interrompit un instant avant de reprendre :

— Par ailleurs, mon oncle maternel est de retour en Angleterre, et lord Herndon pense qu'il tentera de nous créer des problèmes. C'est la raison pour laquelle Worthington et moi avons décidé de nous marier dès demain matin.

Autour d'elle, tout le monde acquiesça. Personne ne paraissait surpris.

— L'avocat de Worthington a pour instruction de demander officiellement la garde des enfants dès la fin de la cérémonie. Mademoiselle Tallerton, monsieur Winters, si vous le souhaitez, vous pouvez prendre deux semaines de vacances. Je doute que les enfants étudient beaucoup avec tous ces changements et avec Charlie à la maison, conclut-elle en grimaçant.

— Merci, madame, répondit Mlle Tallerton. Si cela ne vous dérange pas, j'aimerais rendre visite à ma famille pendant quelques jours pour Pâques avant de revenir.

M. Winters hocha la tête.

— J'avais la même idée.

— Merci. Ne vous sentez pas obligés de leur faire cours à votre retour.

— M. Winters et moi en avons discuté. Nous aimerions emmener les enfants voir quelques-uns des sites importants de Londres.

Grace sourit. Sa famille et elle avaient eu bien de la chance de tomber sur ces deux personnes.

— Eh bien, si vous êtes sûrs…

Mlle Tallerton lui rendit son sourire.

— Nous en sommes certains. Cela nous donnera l'occasion de les découvrir nous aussi.

Grace se tourna vers Jane.

— Avez-vous fixé une date pour votre mariage, M. Addison et toi ?

— Il va falloir encore une bonne semaine avant que l'achat de la maison soit conclu, répondit Jane. Nous nous marierons après cela. Auparavant, j'ai quelques achats à faire.

— Si vous le voulez bien, j'aimerais organiser votre petit déjeuner de mariage ici. Nous aurons... comment dire... une certaine expérience en la matière.

Se penchant vers elle, Jane lui serra la main.

— Rien ne me ferait plus plaisir, Grace. Au moins, le fait que je reste encore une semaine vous donnera à Worthington et à toi l'occasion de passer un peu plus de temps ensemble.

Matt se tourna vers Charlie.

— Stanwood, aimeriez-vous ajouter quelque chose ?

— Il me semble que vous avez pris une excellente décision. Une fois que nous serons installés dans votre maison, je suggère que nous louions celle-ci jusqu'à ce que je sois en âge de m'y installer.

— Tu es sûr que cela ne te dérangera pas ? s'inquiéta Grace.

Son frère secoua la tête.

— Non. Ce n'est pas comme si je quittais cette maison pour toujours.

Il vint embrasser sa sœur sur la joue.

— À présent, si vous voulez bien m'excuser, je vais me coucher. J'ai eu une rude journée.

Louisa et Charlotte l'imitèrent et le suivirent hors de la pièce. Ce fut ensuite au tour de Mlle Tallerton et de M. Winters.

— Nous vous souhaitons nous aussi une bonne nuit. Espérons que les enfants dorment enfin !

— Il semble que nous soyons tous fatigués, déclara M. Addison en aidant Jane à se lever. Bonne nuit et à demain matin.

Une fois la porte du salon refermée derrière eux, Grace posa la tête sur l'épaule de Matt. Il déposa un baiser sur le sommet de son crâne. C'était la dernière nuit où il ne dormirait pas avec elle.

— Marcus et Rutherford viendront me chercher demain. Nous prendrons les garçons avec nous.

Elle posa la main sur sa joue.

— Je t'aime.

— Je t'aime et je t'adore, répondit-il en l'embrassant tendrement. À demain, mon amour.

— À demain.

Il s'en fut, sachant qu'elle le suivait des yeux pendant qu'il traversait la place. Quand il pénétra dans sa maison vide, le silence qui y régnait le mit mal à l'aise. Aucune cavalcade ne troublait le silence, et il se rendit compte soudain qu'il avait envie d'avoir tout le monde ici, sous son toit. Avec Grace, sa femme, gérant le chaos. D'ici un an, à la même époque, ces pièces seraient remplies de leurs frères et sœurs avec, il l'espérait, un beau bébé pour ajouter à la folie.

Grace se réveilla tôt le lendemain matin. Bolton s'activait déjà dans sa chambre. Repoussant les rideaux autour du lit, elle demanda :

— Que fais-tu ?

— J'emballe tout ce dont vous n'aurez pas besoin pour le mariage.

— Je vois. Je descends prendre mon petit déjeuner. Quand veux-tu que je revienne ?

— Si vous êtes ici vers 8 h 30, cela me laissera assez de temps. Votre bain sera prêt.

— Très bien.

Grace quitta son lit… et prit conscience que c'était pour la dernière fois. Elle était impatiente de dormir avec Matt, pourtant, même si elle n'y avait passé que peu de temps ces dernières années, cette maison était la sienne.

— C'est une sensation bizarre de partir.

— Je comprends, madame. Mais vous verrez, il fallait qu'il en soit ainsi. Et puis, vous ne serez absente que la nuit.

Grace sourit.

— C'est vrai.

Bolton l'aida à enfiler une robe de chambre, et Grace descendit. La salle du petit déjeuner était vide.

— Royston, où sont tous les autres ?

— Ils ont déjà mangé, madame. Ils n'ont pas été autorisés à porter leurs nouvelles tenues, même avec des blouses. Profitez un peu du calme, cela ne va pas durer.

Après s'être servi du thé, Grace prit des œufs brouillés et des toasts en se demandant quels autres changements cette journée apporterait.

Elle finissait sa troisième tasse de thé quand le majordome revint.

— Madame, Bolton dit qu'il est temps maintenant.

— Merci, Royston.

Elle savoura son bain chaud pendant que Bolton préparait sa tenue de mariage. Un reflet brillant attira son œil.

— Qu'est-ce que c'est ?

Sa femme de chambre lui montra un délicat collier en or serti d'améthystes et de diamants.

L'examinant, Grace secoua la tête. Il n'appartenait pas à sa mère.

— D'où vient-il ?

— Lord Worthington l'a envoyé ce matin avec cette paire de boucles d'oreilles, cette tiare et ce bracelet.

— Ils sont superbes. Il les a vraiment bien choisis.

Elle se redressa dans la baignoire, et Bolton lui tendit une serviette.

— Il y a un paquet dans ma coiffeuse. Sors-le, s'il te plaît.

Sa femme de chambre le trouva et l'ouvrit. Elle arbora un grand sourire.

— Ils iront très bien ensemble.

— Ce vieux bonhomme connaissait son affaire, dit Grace, satisfaite. Je suis entrée dans cette bijouterie pour trouver quelque chose pour lord Worthington.

Je m'étais décidée pour une montre à gousset quand le vendeur m'a dit qu'il pensait avoir exactement le modèle qu'il fallait.

Elle n'avait encore jamais acheté de cadeau à un gentleman et craignait que Matt ne la trouve pas à son goût.

— Si vous voulez mon opinion, c'est parfait.

— Je l'espère, dit Grace en se tournant vers la création de Madame Lisette pendue devant le miroir. Comment trouves-tu ma robe ?

— Elle est magnifique.

Bolton reprit la serviette, puis Grace enfila ses sous-vêtements et sa chemise.

— Nous allons vous la mettre et nous la protégerons pour que je puisse vous coiffer.

Grace leva les bras, et la douce soie couleur crème flotta autour d'elle. Le corsage formait un V profond bordé par un ruban doré à la fois devant et dans le dos. La robe avait une petite demi-traîne. Par-dessus venait une courte sur-robe, une sorte de filet d'or pâle brodé de perles avec des manches qui s'arrêtaient aux coudes. Bolton protégea le tout avec une ample robe de chambre avant de s'attaquer à la coiffure de Grace. Elle rassembla ses cheveux en un chignon bas qu'elle fixa avec des peignes de perles, puis elle libéra quelques mèches qu'elle laissa couler sur les épaules de Grace. Pour finir, elle la coiffa d'un petit chapeau de soie et dentelle.

Un coup fut frappé à la porte.

— Milady, lord et lady Herndon ainsi que lady Evesham vous attendent.

— Merci, Royston. Je descends.

Grace mit les boucles d'oreilles offertes par Worthington tandis que Bolton lui agrafait le collier autour du cou.

— Je suis présentable, n'est-ce pas ?

— Présentable ? Vous êtes magnifique, oui. Allez, maintenant.

Grace se leva et surprit Bolton en déposant un baiser sur sa joue.

— Merci.

— Allez, filez !

Grace se précipita dans le couloir, descendit l'escalier et pénétra dans le salon.

— Je suis prête.

Oncle Bertrand sourit.

— Alors, allons-y. Les enfants sont déjà partis depuis un moment.

Il sortit son monocle de sa poche.

— Tu es splendide, ma chérie. Et ces bijoux ? C'est un cadeau de Worthington ? Ils sont parfaits.

Les yeux de sa tante étaient inondés de larmes quand Grace vint l'étreindre avec toute la prudence nécessaire pour ne pas froisser sa robe.

— Ma chérie, tu es superbe. Ta mère aurait été si heureuse de te voir.

Une larme glissa sur sa joue.

— Pas de ça, Almeria, déclara son époux. Aujourd'hui, personne ne pleure.

Matt bavardait avec Marcus, Rutherford et Anna quand une rumeur s'éleva à l'autre bout du transept. Il se retourna. Grace venait d'entrer dans l'église avec sa tante, son oncle et Phoebe. Après avoir donné son manteau à un valet, elle lui fit face et sourit. Le cœur de Matt s'affola, et sa gorge se serra tant qu'il se demanda s'il arriverait à prononcer ses vœux. C'était la plus belle femme du monde, et elle était à lui.

Grace flotta littéralement jusqu'à lui et il lui tendit la main, incapable d'arracher son regard au spectacle enchanteur qu'elle offrait. Il remercia Dieu et le destin de l'avoir trouvée. Elle le regardait dans les yeux, le visage illuminé de bonheur.

— Commençons-nous ? demanda le pasteur.

Lady Herndon prit place aux côtés de Patience et des enfants. Tous semblaient impatients, mais restaient assis bien sagement. Charlotte, Louisa et Charlie étaient éparpillés au milieu des plus jeunes.

— Es-tu prête, mon amour ? demanda Matt.

Elle hocha la tête.

— Oui.

— Dans ce cas, mon père...

— Nous sommes réunis aujourd'hui devant Dieu pour célébrer..., commença le prêtre.

Quand Marcus tendit l'alliance à Matt, il y eut quelques petits rires parmi les enfants. Les jumelles s'étaient débrouillées pour faire parvenir à Matt une des bagues de Grace, afin qu'il connaisse sa taille. Il avait finalement choisi l'alliance que son père avait offerte à sa mère, et elle allait parfaitement à Grace.

La jeune femme baissa le regard quand il glissa l'anneau d'or incrusté de diamants à son doigt, puis elle releva la tête pour le dévisager. Ses yeux étaient embués de larmes, mais elle souriait. Lorsque le prêtre les déclara mari et femme, il la prit dans ses bras jusqu'à ce que les murmures sur les bancs de l'église lui rappellent où il se trouvait.

Phoebe et Marcus s'avancèrent pour signer le registre.

— Il me faudra une copie du certificat de mariage, dit Matt.

— Il est déjà prêt, dit le pasteur en souriant. Lord Herndon m'a prévenu que vous en auriez besoin.

— Merci.

— J'ai été ravi de célébrer votre union, dit le jeune homme en souriant. Je dois vous avouer que c'est mon premier mariage.

Matt sentit son propre sourire s'élargir.

— Et pour nous aussi. Je vous en souhaite de nombreux à venir.

L'ecclésiastique sourit.

— Et moi, je souhaite que celui-ci soit le seul que vous célébriez.

Le rire léger de Grace retentit.

— Et maintenant, monsieur mon mari, pouvez-vous me raccompagner chez nous ?

— Avec plaisir, madame mon épouse.

Tante Almeria sanglota dans son mouchoir.

— Vous êtes très idiots, vous deux. Allons, ramenons les enfants à la maison.

Le niveau de bruit monta soudainement dans l'église.

— Oui, oui, déclara Charlotte en poussant les plus petits vers la sortie, nous voulons tous féliciter Grace, mais nous devrons attendre d'être rentrés.

Charlie prit Mary et Theodora par la main.

— Écoutez Charlotte. Venez, allons-y. Jacques a préparé plein de bonnes choses, et je meurs de faim.

— Tu as toujours faim, lui reprocha Mary. J'espère qu'il y aura des tartes au citron.

Louisa emmena ses deux autres sœurs.

— Augusta, Madeline, on y va.

— Combien d'enfants m'as-tu dit que tu voulais ? demanda Rutherford à Anna.

Anna secoua la tête en souriant, mais réserva sa réponse.

Une fois la horde embarquée dans les voitures, Grace poussa un soupir de soulagement.

— Je trouve que cela s'est très bien passé.

— Je suis d'accord, dit Phoebe, au bras de Marcus. Maintenant, allons-y. N'oublions pas qu'il y a un autre mariage ici à 11 heures.

— Ah oui, dit Rutherford. Les fugueurs.

26

Dès qu'ils arrivèrent à Stanwood House, Grace et Matt se préparèrent à accueillir leurs invités avec les Herndon et Patience. Phoebe, Anna et leurs maris prirent soin des enfants.

Lady Bellamy fut la première à arriver.

— Worthington, lady Worthington, bien joué.

Les St. Eth puis les Dunwood furent les suivants, formant l'avant-garde d'une horde d'invités pour le petit déjeuner de noces. Au bout d'une demi-heure, lord Herndon, son épouse et Patience abandonnèrent l'accueil pour s'occuper de tout ce beau monde.

Ce fut seulement à ce moment-là que Grace se rendit compte que personne ne l'avait consultée à propos de cette réception.

— Matt, s'il te plaît, dis-moi que quelqu'un s'est chargé de tous ces préparatifs. Je croyais que nous ne recevions que la famille et les intimes.

— L'autre lady Worthington et ton chef se sont occupés de tout. Ou, devrais-je dire, *notre* chef.

— Et combien d'invités attendons-nous ?

— Pas plus d'une centaine de personnes.

Le sang monta à la tête de Grace, qui chancela.

— T'ai-je déjà dit que je ne supportais pas très bien les surprises ?

— Grace, tu ne vas pas t'évanouir ? Viens, appuie-toi sur moi et respire profondément.

Il fit signe à Royston.

— De l'eau, s'il vous plaît.

Quand elle eut bu quelques gorgées, il remarqua :

— Je ne comprends pas comment il se fait que les facéties de tes frères et sœurs te laissent de marbre, mais que le moindre changement te trouble à ce point.

— C'est en fait assez simple. Je m'attends toujours que cela tourne mal. Royston, combien en reste-t-il ?

Le majordome vérifia sa liste.

— Plus que deux, madame. Milord Huntley et milord Wivenly.

— Ils sont toujours en retard, rétorqua Matt, agacé. Ils n'auront qu'à se débrouiller sans nous. Allons nous occuper de nos autres invités.

— Aurais-je entendu mon nom ?

Huntley venait de franchir le seuil.

— Désolé, Worthington, Wivenly arrive. Lui et moi étions à la recherche du cadeau de mariage idéal. Nous l'avons enfin trouvé, mais il vous faudra attendre un peu pour en profiter.

Méfiant, Matt plissa les paupières.

— Idéal, dis-tu ? Je crains le pire.

Lord Huntley prit l'air d'un saint martyrisé.

— Bien sûr, en songeant au nombre d'enfants dont tu as désormais la charge, nous avons d'abord pensé à une vache laitière. Mais, en y réfléchissant, nous nous sommes dit que ce serait sans doute assez étrange pour ce pauvre animal de devoir paître dans ton jardin. Sans compter qu'il faudrait embaucher une jeune trayeuse pour s'occuper d'elle.

Grace dut se couvrir la bouche pour dissimuler un fou rire naissant.

Wivenly, qui venait de faire son apparition, poursuivit :

— Puis nous avons entendu parler de vos travaux de rénovation, et cela nous a donné une idée. Vous verrez cela très bientôt.

Il prit la main de Grace avec calme.

— Lady Worthington, quel plaisir. J'ai une faveur à vous demander : n'accordez pas trop d'importance aux accès de mauvaise humeur de Worthington. Généralement, ils ne durent pas.

— Merci de votre conseil, répondit Grace en riant. Je ne l'oublierai pas.

Wivenly s'inclina et lui baisa la main, aussitôt imité par Huntley... sous le regard menaçant de leur ami.

— Je ne m'inquiéterais pas, à ta place, dit Grace en lui prenant le bras. Je suis sûr que ce cadeau sera très plaisant. Si ce n'est pas le cas, nous le rangerons quelque part et ne le sortirons que lors de leurs visites.

Les grandes salles de réception étaient ouvertes, ainsi que les portes-fenêtres donnant sur les terrasses. Un quatuor à cordes jouait en sourdine et, dans un des salons adjacents, de longues tables offraient canapés et autres délices. Jacques, le chef, n'avait pas eu le temps de confectionner une pièce montée, mais il avait préparé toutes sortes de tartes et de petits gâteaux carrés et nappés qu'il appelait « petits-fours ». Des valets proposaient champagne, citronnade, ratafia et toutes sortes de vins.

Worthington prit deux coupes de champagne sur un plateau et en offrit une à Grace.

— À nous et à notre famille.

— Oui, à nous et à notre famille, répondit-elle en levant son verre.

L'oncle Bertrand porta le premier toast, suivi de Marcus et de Rutherford. Grace et Matt mirent un point d'honneur à discuter avec chacun de leurs invités, avant qu'elle lui murmure à l'oreille :

— Je vais me changer. Je te retrouve dans l'entrée.

Il lui embrassa le bout des doigts, et elle disparut. Quelques minutes plus tard, il annonçait à Royston :

— Nous partons.

— Je me contenterai d'en informer lord Herndon et Mlle Carpenter, si cela vous convient.

— Parfait.

Grace revint, vêtue d'une robe en mousseline toute simple, et lui prit la main.

— Tu es prêt ?

Matt était plus que prêt. Cela faisait des jours et des jours qu'il attendait ce moment.

Détaillant ses formes généreuses, les doigts enveloppés autour de sa main, il sentit le désir l'envahir. Ils avaient au moins le reste de l'après-midi et toute la nuit devant eux. Des visions du corps nu de celle qui était désormais son épouse flottèrent dans son esprit. L'attirant contre lui, il demanda :

— Pas de corset ?

Elle lui adressa un regard provocant.

— Je me suis dit que je n'en aurais pas besoin.

Il l'entraîna hors de la maison et se retint de traverser la place en courant.

— Madame, bienvenue dans votre nouvelle maison, déclara Thorton en s'inclinant.

— Merci, Thorton.

Après cela, ce fut au tour de Mme Thorton de venir lui souhaiter la bienvenue. Dieu du Ciel, pourquoi fallait-il qu'ils s'attardent autant ? Matt aurait dû songer à leur accorder leur journée, de façon à ce que Grace et lui soient seuls.

Le front plissé, il l'entraîna vers l'escalier.

Thorton s'inclina une nouvelle fois.

— Nous serons là au cas où vous auriez besoin de quoi que ce soit, madame.

Matt fut certain de voir les lèvres de son majordome frémir, comme s'il réprimait un sourire.

Quelques secondes plus tard, ils étaient dans sa chambre… non, leur chambre. Il ferma la porte, se tourna vers Grace, et son cœur manqua un battement. Enfin seuls !

Grace se planta devant lui.

— C'est idiot, mais je suis intimidée.

Il lui frôla le visage du bout des doigts avant de poser la paume sur sa joue. Une chaleur affolante envahit Grace. Tournant la tête, elle embrassa sa main.

Matt se pencha et cueillit ses lèvres avec les siennes.

— C'est parce que c'est la première fois que nous allons faire l'amour en l'ayant prévu.

Elle secoua lentement la tête. Il se trompait.

— Non. À l'auberge, je voulais le faire.

— Vraiment ? répondit Worthington en déposant sur son visage des baisers légers comme des plumes. Toi peut-être, mais moi non.

Elle plongea les yeux dans son regard bleu lapis.

— Non ?

Il l'attira plus près, comme lors de cette première nuit à l'auberge.

— Non. Quand tu m'as embrassé, j'ai compris qu'aucun homme ne t'avait jamais touchée et j'avais vraiment l'intention de te demander de m'épouser avant que nous fassions l'amour.

— C'est pour cette raison que tu m'as laissée regagner ma chambre… Ce baiser était-il si désagréable ?

— Il était innocent et parfait. J'étais en train de tomber amoureux de toi, je le savais.

Grace se détendit entre ses bras si forts, qui lui apportaient tant d'amour et de sécurité. Elle aurait pu rester ainsi jusqu'à la fin de ses jours.

— Grace, pourquoi es-tu venue me retrouver ? Pourquoi avoir pris un tel risque ?

Sa gorge se serra douloureusement.

— Je… je ne comptais pas me marier.

Tout en lui caressant le dos, il demanda :

— À cause des enfants ?

Elle acquiesça.

— Je me disais que si je pouvais avoir une seule nuit avec toi, cela me suffirait. Qu'ensuite je pourrais rentrer chez moi, m'occuper des enfants et ne plus jamais penser au mariage.

Il sourit.

— Mais une seule fois ne m'aurait jamais suffi, répondit-il. Il fallait que je te retrouve. Brown a prétendu que tu n'étais jamais venue dans son auberge. Si j'avais été seul, j'aurais pu croire avoir passé la nuit avec un fantôme. Heureusement, mon valet t'avait vue lui aussi. Je t'ai cherchée partout sur la route du retour.

— Et moi, j'ai pleuré jusqu'à ce que j'arrive à Stanwood Hall.

Il la repoussa légèrement pour la regarder droit dans les yeux.

— Tu aurais dû rester, Grace. J'étais si seul sans toi.

Elle était au bord des larmes. Elle devait lui en parler – si elle ne le faisait pas maintenant, elle risquait de ne jamais oser, et cela resterait à jamais entre eux. Elle essaya de redresser les épaules, mais ne put se résoudre à le regarder.

— Je… je veux que tu saches que je comprends que ce… que cette passion pourrait ne pas durer.

Elle ferma les yeux et se força à continuer :

— Que… quand elle sera terminée, tu prendras une maîtresse.

Sa voix la trahit, et les larmes ruisselèrent sur ses joues.

« Enfin », pensa Matt. Elle le lui avouait enfin.

— Moi, prendre une maîtresse ? Qui t'a donné une idée pareille ?

— Ma tante dit que même les meilleurs des gentlemen…

Incapable de continuer, elle se tut. Matt voulait par-dessus tout la réconforter, mais il savait qu'elle avait besoin de prononcer chaque mot.

— Oui, l'encouragea-t-il, et qu'a-t-elle dit d'autre ?

— Que tu finirais par ne plus t'intéresser aux enfants.

Maudites soient les tantes et leurs bonnes intentions !

— Grace, ma chérie, j'ignore tout du mariage de ta tante, mais, mon amour, mon seul, mon tendre, mon merveilleux amour, je ne cesserai jamais de m'intéresser à toi ou aux enfants.

Quand elle releva la tête, son superbe visage ravagé lui déchira le cœur.

— C'est pour cette raison que tu étais si froide avec moi après ma première rencontre avec ton oncle et ta tante ?

— Oui, mais ensuite j'ai décidé que je prendrais l'amour que tu pourrais me donner jusqu'à ce que... tu sois fatigué de moi.

Il la serra de nouveau dans ses bras.

— Oh, mon pauvre petit cœur. Si seulement tu me l'avais dit !

— Comment l'aurais-je pu ? J'avais tant de doutes, et tout arrivait si rapidement...

Il l'embrassa avec ferveur avant de répondre :

— Je sais que ta tante cherchait à t'aider, mais je regrette qu'elle ait cru bon de te dire des horreurs pareilles. Contrairement à ce qu'elle croit, cela n'a rien d'inéluctable. Mes parents n'ont pas eu un mariage de ce genre, et ce n'est pas ce que je souhaite avec toi.

Il baisa de nouveau sa tempe, en regrettant de ne pas lui avoir davantage montré à chaque instant à quel point elle comptait pour lui.

— Par ailleurs, j'ai vu ce que mon père a infligé à Patience. Je ne pourrais jamais te faire une chose pareille.

— Tu en es sûr ? Parce que si je baisse ma garde et que je commence à croire...

— Il n'y a rien de plus certain, la coupa-t-il. Je veux que tu sois mon amante, mon amie et ma femme. Je fais le serment de te vénérer avec mon corps et de ne m'offrir qu'à toi, murmura-t-il contre sa bouche. Tu as ma parole.

Il essuya les larmes au coin de ses yeux avant de prendre ses lèvres, la taquinant pour qu'elle les ouvre. Il caressa sa langue avec la sienne, explorant, fouillant, impérieux et implorant à la fois, allumant lentement un feu dont il voulait qu'il dure pour le restant de leurs vies.

— Je t'aime.
— Je t'aime aussi.
— Grace, je vais te faire l'amour.
— Oui.
Il dénoua sa robe, sous laquelle il ne trouva qu'une fine nuisette. Avec lenteur, il défit les rubans et abaissa le corsage, dénudant ses seins parfaits. Il les souleva avec révérence avant de baisser les mains vers sa taille, puis ses hanches. La nuisette et la robe tombèrent avec un bruissement soyeux.
— À ton tour.
Grace dénoua sa cravate. Elle déboutonna son gilet et voulut repousser sa veste.
— Il faut que tu m'aides. C'est trop serré.
— Tire sur les manches.
Se plaçant derrière lui, elle tira pendant qu'il s'extirpait du carcan de sa veste. Il passa sa chemise par-dessus sa tête. Elle déboutonna ensuite les pattes de sa culotte, qui rejoignit la pile de vêtements déjà à terre, puis il enleva ses chaussures et ses bas.
En le voyant nu devant elle, Grace écarquilla les yeux, et un petit sourire étira ses lèvres.
— J'aime ta poitrine, dit-elle en touchant son torse.
— Crois-tu pouvoir continuer à l'admirer si nous sommes couchés ?
Sans attendre sa réponse, il la souleva dans ses bras pour la porter jusqu'au lit.
Habilement, elle se débarrassa de ses escarpins avec ses pieds.
— Mes bas, murmura-t-elle.
— Dans une minute.
Il déposa des baisers sur sa gorge et son cou, caressa ses lèvres avec sa langue, la taquinant jusqu'à ce qu'elle jette ses bras autour de sa nuque pour capturer sa bouche. Ce feu qui leur était désormais familier les saisit, et il s'abandonna à sa ferveur pour l'embrasser. Il était déjà dur comme du marbre, mais le moment de la prendre n'était pas encore venu. Il avait envie de

refaire connaissance avec son corps. Lui tenant la tête entre ses deux mains, il continua de l'embrasser. Grace ne tarda pas à gémir et à se tordre sous lui. Ses jambes l'emprisonnèrent, l'implorant de la pénétrer.

— Pas encore, parvint-il à murmurer.

Ses lèvres abandonnèrent les siennes pour descendre vers ses seins qu'il se mit à caresser, en tenant un dans sa main pendant que sa bouche jouait avec l'autre. Grace frémit avant de pousser un cri, et cette fois, il ne lui dit pas de faire moins de bruit. Il quitta ses seins pour voyager sur son ventre, puis plus bas. Il n'avait pas fait cela depuis leur première nuit... Quand elle gémit et se cambra, il éclata d'un rire rauque, sans cesser ses caresses diaboliques.

— Matt, Matt, s'il te plaît !

— Ah, voilà donc ce que je dois faire pour t'entendre hurler mon nom ?

Encore une fois, leur union fut intense et fervente. Il n'aurait jamais cru qu'une telle entente puisse être possible si vite. S'écroulant à ses côtés, il caressa son corps nu. Voilà la femme qui était faite pour vivre avec lui, celle à qui il était destiné. Son épouse, son amour. Après s'être assuré qu'elle était confortablement installée contre lui, il tira les couvertures sur eux.

Elle se blottit un peu plus contre lui.

— C'était différent, n'est-ce pas ?

Il lui embrassa le front.

— Oui. C'était différent.

— J'aime être dans un lit avec toi.

Elle se retourna dans ses bras, et ses yeux si bleus plongèrent dans les siens.

— Cette fois, je ne partirai pas. Je veux me réveiller auprès de toi, savoir comment c'est.

Matt ne pensait pas avoir jamais connu une telle joie.

— Tant mieux. Je n'ai aucune envie de fouiller toute la région à ta recherche.

M. Combs se réveilla de bonne heure avec le nez bouché. Sa femme lui apporta un linge humide et chaud qu'elle posa sur son appendice encombré. Cela semblait toujours l'aider. Le travail allait devoir attendre qu'il puisse respirer de nouveau. Il se rendormit. Quand il émergea du sommeil, la matinée s'achevait, un grand soleil brillait, et il respirait convenablement. Il s'habilla puis alla retrouver son épouse dans leur petit salon, où elle était en train de repriser quelques habits.

— Je sors.

Il se pencha pour l'embrasser sur la joue.

— Attends un peu, j'ai fait des tourtes.

Elle se précipita dans la cuisine et revint peu après.

— Tiens, dit-elle en lui tendant un paquet enveloppé dans un linge. J'enverrai un des garçons pour voir comment tu vas tout à l'heure.

— Je ne veux pas trop en dire pour le moment, déclara Combs, mais ce travail devrait nous rapporter gros.

Elle sourit.

— L'argent est toujours bon à prendre.

Peu après, un fiacre emmena Combs jusqu'à Davies Street, au coin de Berkeley Square.

Ce fut donc en début d'après-midi qu'il entama sa mission pour son nouveau client, M. Molton. Il fut surpris de trouver un grand nombre de voitures élégantes garées un peu partout sur la place. Des hommes en livrée bavardaient. Il s'approcha d'un des groupes.

— Pourriez-vous me dire laquelle de ces maisons est Stanwood House ?

On lui indiqua un des hôtels particuliers.

Il commença à se mettre en marche avant de changer d'avis pour demander à deux jeunes valets :

— Que se passe-t-il ici ?

Un homme plus grand et plus vieux, vêtu d'une livrée différente, s'interposa.

— Ce qu'il se passe ici ne vous regarde pas. Sinon, vous le sauriez déjà.

Combs haussa les épaules.

— Faut pas mal le prendre. J'essayais juste de faire la conversation.

— Allez donc la faire ailleurs. Nous sommes tous en service ici.

Combs traversa la rue pour s'engager dans le square qui occupait le centre de la place. Il prit soin de se dissimuler parmi les arbres avant de s'assurer que le domestique mal embouché ne le regardait plus. Puis il entama sa surveillance de Stanwood House. Au bout d'un moment, une jeune femme correspondant au signalement que Molton lui avait donné émergea de la demeure en compagnie d'un rupin du genre élégant. Le couple pénétra dans le square et passa non loin de lui.

— Eh bien, ils ont pas froid aux yeux, ces deux-là, marmonna-t-il. Au beau milieu de la journée...

L'homme et la femme pénétrèrent dans une autre demeure située juste en face. Combs continua d'attendre, sans jamais quitter la porte des yeux. Au bout d'un moment qui lui parut interminable, son fils vint le relever.

— Surveille bien cette porte, fiston, lui dit-il en désignant Worthington House. Tu cherches une jeune donzelle aux cheveux blonds. Une dévergondée. Ça fait des heures qu'elle est là-dedans avec son amant. Pas étonnant que not' client veuille pas qu'elle garde les mioches. Ils vont finir aussi dépravés qu'elle. Elle s'rait plus à sa place dans une maison close, si tu vois c'que j'veux dire.

— T'inquiète pas, p'pa, j'l'aurai à l'œil. Tu f'rais bien d'rentrer. M'man t'attend pour dîner.

Combs quitta le banc sur lequel il avait pris place et s'étira.

— Je reviens te remplacer tout à l'heure.

Matt avait dû s'endormir, car quand il regarda par la fenêtre, le soleil avait disparu.

Il embrassa la chevelure de Grace, qui se tortilla contre lui.

— Je meurs de faim, dit-elle.

— Hum… moi aussi.

Il la fit glisser sous lui.

— J'ai faim de nourriture, dit-elle alors que son estomac grondait.

Il poussa un lourd soupir.

— Bon, il ne faudrait pas qu'on dise que j'affame ma femme.

— Pourrions-nous appeler quelqu'un ?

— Attends ici.

Il enfila sa robe de chambre, tendit à Grace le peignoir magnifiquement brodé qu'il venait de lui acheter, puis sortit dans le boudoir, où il découvrit une table dressée pour deux avec des plats recouverts de cloches en argent et des carafes de vin, d'eau et de citronnade.

— Quelqu'un a anticipé nos besoins.

Grace parut flotter hors de la chambre. Elle souleva une des cloches.

— Du poulet rôti. Qu'avons-nous d'autre ?

Il découvrit les autres plats.

— Du pain, du fromage et des fruits. Un peu de vin ?

— S'il te plaît. Tu veux bien découper le poulet ?

— Avec plaisir.

Elle arracha un grain de raisin de sa grappe et le glissa entre ses lèvres encore gonflées.

Le sang de Matt s'échauffa de nouveau, et il eut soudain très envie qu'elle enlève son peignoir. Mais c'était sans doute trop espérer qu'elle dîne nue, ou qu'elle le laisse manger des grains de raisin entre ses seins. Quoique…

Prenant un nouveau grain, elle le croqua et l'avala.

— À quoi penses-tu ?

— Viens ici…

Quand elle fut près de lui, il glissa un autre fruit entre ses lèvres avant de l'embrasser. Il mordit le grain de raisin et lécha le jus sur sa bouche.

— Je pense à toutes les choses que nous avons à faire, reprit-il.

— Ah, la garde, par exemple.

— La garde, bien sûr. Entre autres...

Il eut un sourire carnassier.

— J'ai donné pour instruction qu'on ne nous dérange que s'il y a un problème avec notre demande de garde. Parce que, ce soir, je compte bien me concentrer sur ma femme et, pour ce que j'ai en tête, mieux vaut qu'elle n'ait aucune inquiétude.

Le regard voilé par ses cils, Grace le dévisagea.

— Oh, votre épouse n'a donc pas le droit de s'inquiéter, milord ?

Arrachant un nouveau grain de raisin, il s'en servit pour lui caresser les lèvres et le cou.

— Ma femme va se tracasser, c'est dans sa nature. Mon travail est de la rendre moins anxieuse.

— Dans ce cas, je prédis que votre épouse sera très heureuse.

Il inséra de nouveau le grain de raisin dans sa bouche, avant de s'emparer d'un grand couteau et d'une fourchette.

— Tu te souviens de cette première nuit, quand je t'ai dit que tu serais satisfaite ?

Elle déglutit et hocha la tête.

— Oui.

Il déposa dans son assiette le grand morceau de poulet qu'il venait de découper et sourit.

— Mange. Tu vas avoir besoin de forces.

Grace se réveilla blottie contre Matt, exactement comme ce premier matin à l'auberge. Quand elle commença à se glisser hors du lit, un bras l'entoura.

— Où vas-tu ?

— Seulement aux toilettes, répondit-elle. Je reviens.

Il grommela.

Même s'il faisait un peu frais dans la chambre, elle n'enfila pas son peignoir. À son retour, elle découvrit qu'il avait ranimé le feu et ajouté des bûches dans la cheminée.

Se glissant de nouveau dans le lit, elle se nicha contre lui. Il était chaud, comme toujours.

— Tu n'as jamais froid ?

— Pas vraiment. Mais toi, oui.

Il la fit pivoter de façon à ce que son dos soit collé contre sa poitrine et serra les couvertures autour d'elle.

Très vite, elle fut assez réchauffée pour songer à autre chose et frotta ses fesses contre son membre dressé.

Il butina son oreille, en mordillant le lobe. Elle le sentait sourire tandis qu'il continuait à l'embrasser.

— Tu veux quelque chose, mon amour ?

— Oui, si cela ne te dérange pas trop, répondit-elle en se retournant.

Il glissa une main vers son sexe et se mit à la caresser tandis que sa bouche venait voyager sur ses seins... puis sur son ventre... avant que sa langue frôle le petit bouton dissimulé entre ses cuisses.

Elle cria son nom et se cambra.

— J'adore quand tu hurles ainsi, dit Matt.

Elle essaya de rire, mais en fut incapable. Elle aurait hurlé à s'en déchirer les poumons s'il avait bien voulu lui accorder le soulagement dont elle avait besoin. Des vagues de désir déferlaient en elle. Il s'écarta. Son sexe si dur la pénétra, puis se retira pour plonger de nouveau en elle. Des frissons de délice ébranlèrent Grace. Elle se noua autour de lui, et le maelström de passion se déchaîna jusqu'à ce qu'elle croie qu'elle allait mourir. À ses hurlements répondaient les cris de Matt, qui plongeait encore et encore en elle. À elle, il était à elle. Comme il en avait fait le serment tout à l'heure, comme il le démontrait maintenant. Un lien dont elle ignorait l'existence les nouait l'un à l'autre. Rien ne les séparerait jamais.

À son réveil suivant, le soleil inondait la chambre.

— J'ai faim.

Elle voulut se lever, mais il l'arrêta.

— J'y vais.

Il ouvrit la porte du boudoir.

— Rien, dit-il. Je suppose que cela signifie que nous sommes attendus en face pour le petit déjeuner.

Elle lui offrit son sourire le plus sensuel.

— Hum... eh bien, tant que Bolton et votre valet ne viennent pas pour nous habiller, vous pouvez revenir au lit, milord.

Il parcourut son corps nu du regard.

— Quelle excellente idée, madame.

Pour le moment, ce mariage se révélait des plus excitants.

27

Matt ferma la porte derrière son valet avant de se tourner vers Grace.

— Non seulement on m'a annoncé que nous étions attendus de l'autre côté de la place, mais on m'a aussi rappelé que c'était le Vendredi saint et que nous devions assister au service à l'église.

Il sourit, les yeux baissés vers ce qui devait être la comtesse la plus délurée de Londres. Sa chevelure, une masse de boucles emmêlées, était étalée autour de son corps nu.

— Bolton est ici. Elle a déjà fait préparer ton bain.

Elle se redressa, et il eut l'impression qu'elle émergeait d'une cascade d'or fondu.

— J'ai faim.

Il éclata de rire. Ils n'avaient rien fait d'autre que manger et faire l'amour. Lui prenant la main, il l'attira contre lui.

— Tu as toujours faim. Si tu veux manger, il va falloir que tu prennes ton bain. Il est impensable que je laisse ma comtesse apparaître à l'église dans cet état.

— Cet état ? s'exclama-t-elle. Comment cela ?

Il la fit se retourner vers le miroir. Elle était délectable, mais il doutait qu'elle soit du même avis.

— Oh non ! Je suis effroyable... et tu ne m'as rien dit.

— Tu as l'air de ce que tu es, une femme satisfaite, et je t'aime comme tu es, répondit-il en lui tendant son peignoir.

Elle se regarda de nouveau dans la glace et grimaça.

— Tu dois être drôlement amoureux, alors.

Il l'embrassa.

— Madame, votre bain est prêt, annonça la voix impérieuse de Bolton de l'autre côté de la porte.

— J'arrive, Bolton.

Grace ferma les yeux un instant avant de dévisager Matt de nouveau.

— Monsieur ?

Cette fois, c'était Timmons, le valet de Matt.

— Vous devez vous habiller si vous ne voulez pas être en retard.

Matt sourit en songeant que cette conversation risquait de se reproduire de nombreux matins.

— Je sais. J'arrive.

Prenant Grace dans ses bras, il l'embrassa de nouveau.

— À bientôt.

— À bientôt.

Bolton grommelait en peignant la chevelure de Grace.

— J'imagine que lord Worthington ne vous a pas laissé le temps de faire une natte ?

Grace éclata de rire.

— Je ne me souviens pas que le sujet ait été abordé. La prochaine fois, je lui demanderai, si tu veux.

— Je serais surprise que cela serve à quoi que ce soit, bougonna Bolton en secouant la tête. Je me souviens très bien des plaintes de la femme de chambre de votre mère.

Grace enfila la robe qu'elle avait portée la veille – avec un corset, cette fois – avant de retourner dans la chambre. Elle s'appuya contre le chambranle de la porte tandis que Matt nouait sa cravate.

— Ne sois pas trop long, d'accord ?

— Non, il ne reste que la cravate.

Il regarda sa robe.

— Tu ne vas pas porter cela ?

— Bien sûr que non, mais je ne m'habille jamais avant que les enfants aient mangé. Je n'en aurai pas pour longtemps.

Elle lui souffla un baiser, quitta la maison et traversa la place. Depuis Royston jusqu'aux filles qui s'occupaient du ménage, tout le personnel l'attendait quasiment au garde-à-vous dans le hall.

Son majordome s'avança et s'inclina.

— Madame, nous aimerions vous féliciter pour votre mariage et vous présenter tous nos vœux de bonheur.

— Oh..., dit-elle, les larmes aux yeux. Je ne m'attendais pas à cela... Merci, merci beaucoup.

Elle remercia chacun et chacune d'entre eux séparément. Quand Matt arriva, il eut droit au même traitement.

Peu après, ils pénétrèrent dans la salle du petit déjeuner. M. Winters et Mlle Tallerton se levèrent et applaudirent. Les enfants se joignirent à eux.

— Nous sommes si heureux pour vous, déclara Charlotte.

Elle flanqua un coup de coude à Charlie, à qui Louisa tendit une feuille de papier.

— Oui, oui, fit le jeune homme. Nous avons un toast à porter.

Il leva sa tasse de thé.

— « À Matt, notre nouveau frère, et à Grace, notre nouvelle sœur. Nous souhaitons que votre mariage soit heureux, que... » Une seconde, vous voulez vraiment que je dise ça ?

— Oui, siffla Louisa sans se départir de son sourire.

Charlie haussa les sourcils.

— Bon, si vous voulez... « ... que vous viviez de nombreux moments de joie ensemble et que vous ayez beaucoup d'enfants, car nous voulons être tantes et oncles. »

Tous les visages qui leur faisaient face rayonnaient et, pour la première fois, Grace fut capable d'envisager des enfants supplémentaires. Elle risqua un regard vers Matt qui, vaillamment, essayait de faire bonne figure. Il répondit pour eux deux :

— Nous vous sommes très reconnaissants pour tous vos bons vœux. Maintenant, mangez et ne traînez pas. Nous devons aller à l'église.

Après avoir copieusement rempli son assiette, Grace s'installa à une extrémité de la table.

Son mari se pencha vers elle.

— Dois-je m'asseoir à l'autre bout de la table ?

— Non, pas pour le petit déjeuner.

Elle lui tendit la main.

— Tant mieux, dit-il avant de déposer un baiser sur ses doigts.

À son tour, il fit le voyage jusqu'à la desserte et revint avec une assiette encore plus formidable que la sienne.

— J'adore partager le petit déjeuner avec vous tous, déclara Grace. J'espère que quand vous serez en âge de vous marier, nous serons encore plus nombreux, avec plus d'enfants avec nous.

Ses frères et sœurs hochèrent tous la tête avec enthousiasme. Worthington pâlit un peu.

Grace avala sa dernière gorgée de thé.

— Si tu veux bien rester avec eux et les aider à se préparer, j'en ai pour quinze minutes.

— Bien sûr.

Elle l'embrassa et sortit.

— Monsieur, fit alors Philip, pourquoi faut-il que vous l'embrassiez tout le temps ?

Matt contempla sa tasse de thé. Comment aborder ce sujet avec un enfant de sept ans ?

— Elle serait vexée si je ne le faisais pas.

Cela parut provoquer une immense perplexité chez Philip. Mieux valait tenter une approche plus directe.

— Il est obligatoire d'embrasser sa femme.

Philip fronça les sourcils.

— Ah… Dans ce cas, cela ne dérangera personne si je ne me marie jamais ? Je ne suis pas sûr que cela me plairait d'embrasser une dame cent fois par jour.

Louisa et Charlotte dissimulèrent leurs visages derrière leurs serviettes, mais leurs épaules tremblaient. Matt leur adressa un regard sévère tout en remarquant que Walter et Charlie contemplaient leurs assiettes avec une intense concentration. Il se retourna vers Philip.

— Pas du tout, répondit-il en donnant une tape dans le dos de Louisa, qui semblait s'étrangler. Quand vous serez en âge de vous marier, si l'idée d'embrasser une dame vous rebute toujours autant, je suis certain que Grace et moi n'aurons aucune objection à ce que vous restiez célibataire.

— Merci, monsieur, dit Philip, soulagé.

— Au fait, Philip, vous pouvez m'appeler Matt, si vous le désirez. Je suis votre frère maintenant.

— Oui, monsieur. Je veux dire, Matt. Merci.

Ce fut au tour de Walter de prendre la parole.

— Je suis bien content que cela ait marché. Que vous ayez épousé Grace, je veux dire. Je n'aimais pas trop la voir s'assécher comme une vieille plante abandonnée dans un pot et se cacher de tout le monde.

Matt, qui était entièrement d'accord avec lui, ne put qu'acquiescer.

Charlie se redressa.

— Bon, vous tous, il est temps de finir de vous préparer.

Matt se renfonça dans sa chaise.

— Oh, il n'y a pas d'urgence. Grace en a au moins pour une demi-heure.

Charlie lui adressa un regard amusé.

— Vous avez encore quelques petites choses à apprendre à propos de notre sœur, à ce que je vois. Je ne voudrais pas être à votre place si elle revient et nous trouve à table.

Les sourcils froncés, Matt dit :

— Continuez.

Charlie sourit.

— Si elle a dit quinze minutes, elle sera prête en quatorze.

— Dans ce cas, foncez vous préparer. Je ne veux pas que ma première journée en tant que mari se transforme en catastrophe.

Charlie sourit.

— Sage décision, monsieur, ajouta Walter.

Grace réapparut précisément quinze minutes après son départ. Matt était en train de rajuster la tenue de Philip.

— Tout le monde est prêt ? demanda-t-elle en piquant une épingle dans son chapeau.

— Oui, affirma Matt avant de se tourner vers la horde. En rang par deux, et on se tient par la main.

Ce qui fut fait en un temps record.

— Madame, dit-il en s'inclinant devant son épouse.

Elle prit son bras.

— Où est Patience ?

— Avec votre tante et votre oncle.

— Très bien. Alors, allons-y.

Combs avait relevé son fils et, à 7 heures du matin, avait vu la dame retourner à Stanwood House. Le gentleman l'avait suivie quelques minutes plus tard.

— Il a eu ce qu'il voulait, commenta-t-il dans sa barbe avant de quitter son poste d'observation pour se rendre chez M. Molton.

Celui-ci entendit les coups frappés à sa porte et fit de son mieux pour les séparer des élancements qui lui broyaient le crâne. Il était allé au Daffy Club cette nuit afin de refaire connaissance avec certains divertissements londoniens et s'était livré à quelques excès pour célébrer sa future fortune.

— Monsieur Molton, j'ai les informations que vous vouliez.

Combs. Bien sûr, qui d'autre aurait pu venir le voir de si bonne heure ?

— Accordez-moi une minute...

Edgar s'extirpa du lit et versa de l'eau dans la cuvette. Après s'être aspergé le visage et lavé les dents, il enfila une robe de chambre. Selon sa considérable expérience, les gens qui se levaient à l'aube n'aimaient pas sentir le gin ou le cognac chez autrui, et il avait besoin de l'entière coopération du détective.

Il ouvrit la porte, salua Combs et lui fit signe de prendre un siège. Après quoi, il actionna la clochette pour demander du café. Quand celui-ci arriva, il remplit deux tasses et s'installa face à l'enquêteur.

— Je vous écoute.

Combs prit le temps d'avaler une longue gorgée de café avant de répondre.

— Vous aviez bien raison. Votre nièce, là, c'est une vraie roulure. Elle a passé la nuit chez l'gandin et en est ressortie tranquille comme Baptiste ce matin. J'en témoignerai devant une cour. On peut pas accepter que des créatures pareilles s'occupent d'enfants innocents.

— Oui... oui, merci. Bien joué.

Molton se passa la main sur le visage. *Ne me dites pas que ce type est un fichu méthodiste ?*

— Merci à vous. Quand j'ai dit ça à ma moitié, elle a répondu qu'y fallait qu'j'fasse mon devoir.

— Oui, bien sûr. J'essaierai, néanmoins, de la raisonner. Et si elle refuse d'abandonner les enfants, je porterai plainte au tribunal.

— Prévenez-moi et j'serai là. On l'a vue d'nos propres yeux, mon aîné et moi.

Combs hocha vigoureusement la tête pour souligner son propos.

— Merci encore, ainsi qu'à votre fils. Je passerai vous payer plus tard.

— Franchement, c'est pas la peine. De toute manière, je serai pas au bureau aujourd'hui, c'est Vendredi saint. Mais, ma moitié et moi, on pense pareil : on est d'avis que c'est Dieu qui nous a confiés la mission d'sauver vos petits.

Bon sang, c'est bien un méthodiste. Ces gens-là étaient des calotins de la pire espèce, intolérants au possible et souvent violents.

— Oui, en effet, la mission de Dieu, dit Molton avec, il l'espérait, la piété convenable. Je vous souhaite une bonne journée ainsi qu'à votre famille.

L'homme lui tendit la main.

— J'suis sûr qu'on s'reverra.

— Oui, si elle ne se montre pas raisonnable.

La chance était décidément de son côté. Au moins, cette enquête ne lui coûtait pas grand-chose. De toute façon, très bientôt – dès qu'il aurait vu ce Worthington, à vrai dire –, il n'aurait plus à s'inquiéter d'être fauché.

Quand Matt et Grace arrivèrent à l'église, Patience et les Herndon les rejoignirent. Peu après, les Evesham et les Rutherford apparurent à leur tour.

En voyant les ventres arrondis des épouses de ses amis, Matt se demanda quand Grace serait dans le même état. Il était sûrement devenu fou, car il espérait qu'elle était déjà enceinte.

L'église n'était pas remplie, loin de là, et il remercia mentalement tous ces gens qui avaient fui Londres pour Pâques. Moins il y avait de monde, moins il y avait de mauvaises langues – même si, maintenant qu'ils étaient mariés, les ragots ne pouvaient plus les atteindre. Le service terminé, ils rentrèrent à la maison pour déguster le rosbif de Jacques et son Yorkshire pudding. Ce chef resterait définitivement avec eux.

Après le déjeuner, Charlie le prit à part.

— Je voulais vous remercier, monsieur.

— Pourquoi donc ? demanda-t-il, surpris.

Le jeune garçon grimaça.

— Les enfants – même si je suppose que Charlotte et Louisa n'en sont plus – m'ont dit que Grace avait d'abord refusé de vous épouser, mais que vous aviez insisté jusqu'à ce qu'elle cède.

Matt prit son jeune beau-frère par l'épaule et le regarda gravement.

— Il faut toujours se battre pour ce qu'on désire.

— Je savais que Grace voulait se marier, mais elle avait renoncé à tous ses rêves pour nous, dit Charlie, visiblement gêné.

— Disons alors que le destin est venu à notre secours.

— Je suppose. Dès que j'atteindrai ma majorité, je vous débarrasserai de la charge de mes frères et sœurs.

Ce n'était pas une discussion que Matt comptait avoir maintenant.

— Voyons comment les choses tournent.

Après s'être assuré que Grace était occupée avec les filles aînées, il baissa la voix.

— J'ai apprécié le conseil que vous m'avez donné ce matin et je voulais vous demander, d'homme à homme, de comte à comte, si vous n'auriez pas une information essentielle à me communiquer à propos de Grace.

Charlie sourit.

— Évitez de la surprendre. Elle a soigné nos os brisés et des plaies qui auraient donné des vapeurs à n'importe quelle femme, mais organisez-lui un anniversaire surprise et elle tombe dans les pommes. Je n'ai jamais compris pourquoi, mais elle est ainsi.

— Merci, Stanwood, dit Matt avec sincérité. Que diriez-vous d'une petite partie de billard ?

— Avec joie. Je n'ai eu personne avec qui jouer depuis la mort de mon père.

Matt lui flanqua une tape sur l'épaule.

— Alors, suivez-moi, jeune homme, et voyons si vous savez encore taper dans une boule.

Walter et Philip se joignirent à eux. Charlie manquait de pratique, mais se débrouillait néanmoins fort bien. Il aida son beau-frère à apprendre le jeu aux deux plus jeunes. Quant à Matt, bien qu'il adorât ses sœurs, il était ravi d'avoir soudain des frères.

Encore une fois, il remercia Grace d'être entrée dans sa vie.

Lord Bentley et lord Harrington furent introduits dans le salon. Grace sourit tandis qu'ils s'inclinaient et que Charlotte et Louisa y allaient de leurs révérences.

— Je sais qu'il n'est pas habituel de rendre des visites lors d'un jour saint, dit Bentley en tirant sur sa cravate, même s'il y a si peu de monde en ville...

Harrington hocha la tête et acheva sa phrase :

— Nous nous sommes dit que nous pouvions passer.

Réprimant une envie de rire, Grace leur fit signe de s'installer sur un canapé.

— Et nous en sommes très heureuses. Je vous en prie, asseyez-vous. Je vais demander du thé.

— Ne vous dérangez pas pour nous, dit Harrington.

— Oui, insista Bentley, nous ne voudrions vous déranger en aucune manière.

Ce devait être la première fois que ces deux jeunes gentlemen se donnaient autant de mal.

— Je vous remercie de votre sollicitude, dit-elle en agitant sa petite clochette en argent. Mais il est dans nos habitudes de boire du thé à cette heure de la journée.

Bentley déglutit.

— Bien sûr.

Même si elle les avait déjà invités à s'asseoir, ils attendirent qu'elle ait pris un siège pour s'installer.

Quand Matt les rejoignit, Charlotte était en train de faire le service.

Il s'installa auprès de Grace en chuchotant :

— J'adore les voir si nerveux.

Grace jeta un coup d'œil aux deux jeunes gens, dont l'un martyrisait son gilet tandis que l'autre tripotait sa montre à gousset, et espéra que ce moment ne durerait pas trop.

— Ne te moque pas d'eux. Ils sont très courageux d'essayer d'être les premiers prétendants de nos sœurs.

— Tu crois qu'ils sont restés en ville à cause de Charlotte et de Louisa ?

— J'en suis certaine. Leurs parents sont partis à la campagne.

— Ah ah, fit Matt avec un air goguenard.

Des bruits de cavalcade retentirent au-dessus de leurs têtes.

— Si tu contrôles la situation ici, reprit-il, j'emmène le reste des enfants et les chiens au parc.

Un nouveau choc suivi d'un aboiement résonna dans l'escalier.

— Bonne idée, approuva Grace.

Il quitta la pièce, et peu après lui parvinrent les bruits des enfants, des valets et des animaux se rassemblant dans le hall. Les aboiements étaient particulièrement impatients.

— Si je puis me permettre, dit Bentley, de quelle race de chiens s'agit-il ?

— Ce sont deux danois. L'un est à nous, l'autre à la famille de Grace, répondit Louisa. Plus exactement, ils font tous les deux partie de la famille maintenant.

— Vraiment ? fit Harrington, soudain intéressé. J'aimerais les voir... si cela ne vous dérange pas, naturellement, conclut-il, nerveux.

Charlotte se leva, un petit sourire aux lèvres.

— Non, cela ne nous dérange pas. Worthington les emmène au parc avec les enfants.

— En général, nous allons tous au parc ensemble, renchérit Louisa.

Quand elle ouvrit la porte qui donnait dans le hall, Daisy se rua dans le salon.

— Daisy, halte ! tonna la voix puissante de Matt.

Si la chienne ne s'arrêta pas complètement, elle ralentit considérablement son allure, ce qui lui permit, au grand soulagement de Grace, d'éviter de renverser la table sur laquelle trônait le service à thé.

— Worthington, j'avoue qu'elle se conduit beaucoup mieux.

Il apparut, maugréant quelque chose dans sa barbe. Duke le suivait fidèlement. Bentley et Harrington se précipitèrent au-devant des chiens. Aucun d'eux ne trouva rien à redire quand les bêtes se frottèrent à eux, ce que Grace porta à leur crédit.

— Mon grand-père avait des danois, déclara Bentley, qui caressait Daisy. Des chiens merveilleux. Elle est assez jeune, n'est-ce pas ?

Charlotte l'avait déjà rejoint.

— Oui, à peine plus d'un an. Duke en a quatre.

Harrington émit un petit rire.

— Alors, elle va vous donner du fil à retordre pendant encore un ou deux ans.

Après un coup d'œil vers Bentley, il demanda :

— Cela vous dérangerait-il si nous vous accompagnions au parc ?

Louisa et Charlotte échangèrent un regard excité, et la deuxième répondit :

— Laissez-nous juste une minute. Matt, vous voulez bien nous attendre ?

— Bien sûr. Mais une minute seulement.

Avant de suivre les filles, Grace annonça :

— Je crois que je vais venir, moi aussi.

Ce ne fut qu'une fois arrivée dans sa chambre, où Bolton avait eu la bonne idée de conserver ses affaires, qu'elle put poser aux jeunes filles la question qui lui brûlait les lèvres.

— Et si vous me disiez ce qu'il se passe ?

— Grace, dit une Charlotte tout excitée, ils nous ont demandé de leur réserver une valse au bal de lady Sale.

Les yeux de Louisa brillaient.

— Je trouve qu'ils s'y sont très bien pris. Ils sont restés en ville juste pour venir nous inviter à danser.

Grace était heureuse pour elles.

— Ils ont certes su prendre un peu d'avance sur tous les autres jeunes gens.

Tandis qu'ils traversaient la place en direction du parc, elle observa les deux jeunes gens. Apparemment, ils avaient bien l'intention de conforter cette avance, car ils se montraient attentionnés non seulement avec Charlotte et Louisa, mais aussi avec leurs frères et sœurs et même leurs chiens. Walter, quant à lui, avait décidé de se moquer d'eux en faisant des grimaces et en battant des paupières.

— Arrêtez, dit Matt. Un jour, vous serez dans la même situation.

— Et ne te moque pas des filles non plus, ajouta Grace.

Bon garçon, Walter sourit.

— Ah, mais on ne peut plus s'amuser avec vous deux.

Il observa un petit silence puis, comme si l'idée venait de lui venir, il ajouta :

— Charlotte pourrait se marier dès cette année.

Grace dévisagea son frère.

— Oui. Si elle rencontre la bonne personne, elle pourrait être mariée avant l'été.

— À qui le tour ensuite ? Augusta ?

Matt hocha la tête et eut soudain l'air paniqué.

— Mon Dieu, tu te rends compte que les jumelles et Madeline feront leurs débuts la même année ?

Charlie éclata de rire.

— Vous rigolez maintenant, déclara Matt sévèrement, mais vous ne trouverez pas ça si drôle quand vous devrez à votre tour jouer les chaperons.

Le jeune homme parut soudain affolé.

— Je suppose que vous n'avez pas de donjon dans votre domaine à la campagne ?

28

De retour du parc, Grace s'enferma dans son bureau pour s'occuper du courrier qu'elle avait délaissé ces deux derniers jours. Elle était en train de répondre à son régisseur quand Patience frappa à la porte.

— Puis-je entrer ?

Reposant sa plume, Grace saupoudra sa page de sable.

— Bien sûr. Comment se passe votre installation ?

Tout en s'asseyant dans un fauteuil face au bureau, Patience sourit.

— Très agréablement. Je dois avouer qu'à la maison, certaines responsabilités me pesaient. Avez-vous les livres de comptes de Worthington House ?

Grace alla fouiller sur les étagères de registres situées derrière son bureau.

— Pas encore. Y a-t-il quelque chose que vous désireriez revoir avec moi ?

— Pas vraiment.

Patience grimaça.

— À vrai dire, je tenais à vous prévenir qu'ils ne sont pas à jour. Ne parvenant jamais à équilibrer les comptes, j'ai fini par abandonner, conclut-elle d'un air penaud.

Était-ce la raison pour laquelle Matt se faisait autant de souci à propos de ses dépenses ? se demanda Grace.

— Oh, ma pauvre. Et depuis combien de temps ?

Gênée, Patience leva les yeux vers le plafond.

— Je ne sais pas trop au juste. Six ans, peut-être.

Matt se doutait-il seulement que les comptes de sa maison avaient été délaissés pendant si longtemps ?

— Avez-vous encore les reçus ?

— Jusqu'au dernier, déclara joyeusement Patience, visiblement fière d'elle-même. Je me disais que je pourrais en avoir besoin. Au début, je les gardais dans un tiroir, puis la place a manqué. Alors, je les ai mis dans des cartons.

— C'est un début.

Elle allait donc devoir retrouver la trace d'années de dépenses, songea Grace, qui garda néanmoins un ton égal.

— Dites-moi, Louisa sait-elle comment tenir une maison ?

— Eh bien... pas précisément, fit Patience en fronçant les sourcils. J'aurais aimé lui montrer, mais je ne savais pas comment m'y prendre et je ne voulais pas déranger Worthington.

Grace préféra ne pas penser à la réaction de Matt quand il apprendrait ceci. Mais elle était désormais en position de faire d'une pierre deux coups.

— Si vous voulez bien faire apporter ces cartons ici, j'en profiterai pour expliquer à Louisa comment équilibrer les comptes.

— Merci, ma chère, déclara une Patience infiniment soulagée. J'espérais que vous diriez cela. Je m'en occupe sur-le-champ.

Quelques minutes plus tard, accompagnée de deux valets, Patience se rendit à Worthington House. Elle leur montra où étaient rangés les cartons. Au moment où ils quittaient la maison, un inconnu dont le teint couperosé trahissait une vie dissolue l'aborda.

— Lady Worthington ?

Cet individu avait un sacré culot de s'adresser à elle sans lui avoir été présenté. Haussant un sourcil impérieux, elle usa de son ton le plus glacial.

— Je vous demande pardon ?

Il s'inclina.

— Pardonnez-moi. Je vous en prie, permettez-moi de me présenter. M. Edgar Molton, à votre service.

Au prix d'un immense effort, Patience parvint à rester impassible. Il fallait immédiatement prévenir Matt. Se demandant comment faire, elle le fixa. Bien sûr, lady Herndon les avait tous avertis que cette canaille risquait de tenter une approche, mais elle n'avait vraiment pas cru qu'elle pourrait être sa cible. En tout cas, s'il espérait lui soutirer quoi que ce soit, il était très mal tombé.

— En quoi puis-je vous aider, monsieur Molton ?

Un sourire scia son visage rubicond.

— C'est l'inverse, madame. Il y a un certain sujet à propos duquel j'ai des informations qui devraient vous intéresser.

— J'en doute énormément. Bonne journée, monsieur.

Quand il fit un pas vers elle, les valets posèrent leurs cartons par terre et vinrent se placer à ses côtés, protecteurs.

L'homme recula de deux pas.

— Savez-vous qui je suis, madame ?

— Monsieur Molton, je sais précisément qui vous êtes, et il m'a été fortement recommandé de ne rien avoir à faire avec vous.

Elle se tourna vers un des valets.

— S'il vous plaît, reprenons ces boîtes et allons-nous-en.

— Votre mari est-il chez lui ?

Elle fit volte-face vers lui, désorientée, mais ne tarda pas à comprendre que cet homme la prenait pour l'actuelle lady Worthington. Ce qui signifiait qu'il avait vu Grace et Worthington ensemble, qu'il devait imaginer une liaison adultère et que donc… Oui, ce Molton n'était ici que pour créer des problèmes.

— Lord Worthington n'est pas chez lui pour le moment. Maintenant, si voulez bien m'excuser...

Elle tourna les talons, suivie des deux valets. Devait-elle prévenir Grace ? Non, cela ne ferait que la bouleverser. Worthington était parfaitement capable de s'occuper de cette canaille, et probablement sans que Grace en sache rien. Oui, ce serait beaucoup mieux ainsi.

Elle prit une longue inspiration pour essayer de ralentir les battements affolés de son cœur et ordonna aux valets d'apporter les cartons à lady Worthington. Puis elle laissa un message à l'intention de son beau-fils lui demandant de venir la voir au plus vite. Elle s'installa dans le petit salon avec un thé et, heureusement, n'eut pas longtemps à attendre.

Worthington pénétra dans la pièce, l'air perplexe.

— Patience, vous vouliez me parler ?

Elle se leva, les mains tendues. Voyant son trouble, il les prit.

— Oh, Worthington, c'est terrible... L'oncle de Grace, Molton, m'a accostée alors que je quittais Worthington House.

Le visage de Matt se durcit.

— Que voulait-il ?

— Très honnêtement, je ne lui ai pas laissé le temps de le dire, mais il croit, semble-t-il, que je suis votre épouse.

— Quoi ? Comment est-ce possible ?

Lui tenant toujours les mains, il la ramena vers le canapé.

— Asseyez-vous et racontez-moi tout.

Lorsqu'elle eut terminé son récit, Matt demanda :

— Quand cela s'est-il passé ?

— Il n'y a pas très longtemps. Moins d'une heure. Je lui ai dit que vous n'étiez pas chez vous pour le moment. Où étiez-vous ?

— Avec lord Herndon.

Et c'était une chance. L'oncle de Grace lui avait montré les documents définitifs lui accordant la garde des enfants et lui avait promis de lui fournir une copie dès qu'elle serait prête. Depuis la veille, Matt était le tuteur officiel des frères et sœurs de Grace. Plus personne ne pouvait leur faire de mal.

— Worthington, vous m'écoutez ? Je n'ai rien dit à Grace.

Il reporta son attention sur Patience.

— Merci. Vous avez bien fait. Si nous pouvons nous occuper de Molton sans qu'elle le sache, c'est aussi bien.

Patience hocha vigoureusement la tête.

— C'est exactement ce que j'ai pensé.

— Où est-elle ?

— Dans son bureau. Elle met sa correspondance à jour.

Levant les yeux vers lui, elle grimaça.

— Je… je lui ai aussi fait apporter les reçus de toutes nos dépenses pour la maison.

Il sourit.

— Bonne idée. Patience, je ne vous reprocherai jamais de ne pas avoir réussi à tenir les comptes. J'aurais simplement préféré que vous me le disiez plus tôt.

— Vous saviez ? Oh, Worthington, j'avais tellement honte de ne pas y arriver. Mais au moins Louisa ne sera-t-elle pas aussi stupide que moi. Grace a promis de lui apprendre.

— Dans ce cas, vous n'avez plus le moindre souci à vous faire, tout se passera bien.

Il déposa un baiser sur sa joue.

— Si on me demande, je serai en face.

Environ trois heures plus tard, Matt mettait lui aussi sa correspondance à jour quand Thorton frappa à la porte de son bureau.

— Monsieur, M. Molton est arrivé comme vous l'aviez prévu.

Matt réprima un sourire. *Voyons ce qu'il veut.*

— Faites-le entrer.

Lorsque le bonhomme apparut, il l'accueillit avec une cordialité moqueuse.

— Bonjour, monsieur Molton. Je vous en prie, asseyez-vous.

Il attendit que l'homme ait pris place pour enchaîner :

— À quoi dois-je le plaisir de votre visite ?

— Votre bonne humeur ne durera pas, monsieur, quand j'aurai dit ce que j'ai à dire.

Matt haussa un sourcil interrogateur.

— Et pourquoi cela, monsieur ?

— Je sais ce que vous fricotez avec ma nièce, dit Molton, l'air mauvais. Je suis certain que vous ne voudriez pas que votre épouse l'apprenne.

Cela allait être encore plus amusant que Matt ne l'avait cru. Il afficha un air perplexe.

— Votre nièce, monsieur ? Je crois savoir que vous en avez plusieurs. À laquelle faites-vous référence ?

— À Grace. Lady Grace Carpenter, cracha Molton, de plus en plus agité.

Les coudes sur le bureau, Matt le regarda avec intérêt.

— Ah, Grace… Je vois. Et que suis-je censé fricoter avec elle, monsieur ?

Le visage de Molton prit une teinte pourpre assez intéressante.

— Vous l'avez déshonorée, proclama-t-il avec emphase.

Matt écarquilla les yeux.

— Vraiment ? Soyez plus précis, monsieur. Mon temps est précieux, et je n'aime guère le perdre. En quoi l'aurais-je déshonorée, selon vous ?

Molton plissa les yeux.

— Jouez les innocents autant que vous voulez. Cette perfidie ne vous mènera nulle part.

— Jusqu'à ce que je sache de quelle perfidie il est question, j'ignore si elle me mènera quelque part ou pas, répliqua Matt en se demandant combien de temps encore il allait faire durer ce petit jeu.

De la bave apparut aux coins de la bouche de Molton.

— J'ai fait surveiller cette maison, et mon homme a vu Grace y entrer hier après-midi et n'en ressortir que ce matin.

Ah, voilà qui était plus circonstancié, à défaut de donner une idée des intentions de Molton. Que désirait cette canaille ? Obtenir la garde des enfants ou le soumettre à un simple chantage financier ?

Matt se laissa aller contre son dossier et sourit.

Molton en resta bouche bée.

— Vous ne le niez pas ?

Matt ouvrit de grands yeux.

— Mais, mon bon monsieur, pourquoi le ferais-je ? Grace a en effet passé la nuit avec moi... quoique je ne voie pas en quoi cela vous concerne. Peut-être daignerez-vous me l'expliquer ? Ou bien ne cherchez-vous qu'à me faire perdre mon temps ?

— Je sais qu'elle est attachée à ces mioches..., commença Molton.

Soudain, Matt n'eut plus du tout envie de s'amuser. Il eut beaucoup de mal à s'empêcher de bondir par-dessus son bureau pour prendre cette crapule au collet.

— Vous voulez parler de ses frères et sœurs, je présume ?

— Oui, répondit Molton avec une assurance renouvelée. Il me semble que, dans ces circonstances, il ne serait pas très difficile de les lui enlever.

Matt fronça les sourcils.

— Je n'ai pas l'impression que vous fassiez partie de ces hommes qui se soucient du sort de quelques enfants ou de la moralité de sa nièce.

— Ma nièce peut écarter les jambes autant qu'elle veut et avec qui elle veut. Quant à ces gosses, je m'en moque comme de ma première chemise, déclara Molton avec un ricanement. Ce n'est pas eux que je veux.

Herndon avait raison, se dit Matt. Cet individu était décidément de la pire espèce.

— Votre sens de la famille me sidère. Et si vous me disiez ce que vous voulez au juste ?

— De l'argent. Je ne m'occuperai plus de vos affaires en échange d'un virement sur mon compte bancaire, disons tous les trimestres, jusqu'à ce que Grace se marie ou que Stanwood atteigne la majorité. Je veux aussi ces dix mille livres qu'elle touche.

Matt eut un petit rire amusé.

— Monsieur Molton, les descriptions qu'on m'a faites de vous ne vous rendent pas justice. Cependant, ne comptez pas sur moi pour vous donner le moindre sou.

Molton se redressa, l'air mauvais.

— Vous paierez, monsieur, ou alors ce sera elle. Je dirai partout en ville qu'elle est votre maîtresse. D'une manière ou d'une autre, j'aurai ce que je veux.

La voix de Grace retentit soudain dans le hall.

— Ne vous inquiétez pas, Thorton, je ne le dérangerai pas longtemps.

Matt gagna vivement la porte et, d'un geste protecteur, prit son épouse par la taille dès qu'elle entra.

Surprise, elle s'immobilisa.

— Pardonne-moi. J'ignorais que tu avais un visiteur. Je reviendrai plus tard, si tu veux.

Il la serra un peu plus contre lui.

— Ce n'est pas grave, ma chérie. Monsieur allait partir, de toute manière.

Grace fronça les sourcils en découvrant Molton.

— Nous connaissons-nous, monsieur ?

— Vous êtes devenue un joli brin de femme, dit son oncle.

Grace regarda Matt.

— Qui est-ce ?

— Grace, fit-il avec un sourire espiègle, permets-moi de te présenter ton oncle, M. Edgar Molton. Molton, votre nièce, mon épouse, la comtesse de Worthington.

L'homme blêmit et se retint au dossier de sa chaise.

— Épouse ? murmura-t-il faiblement.

Le regard de Matt se durcit.

— Oui. Mon épouse.

— Mais... il n'y a eu aucune annonce.

Tout en gardant un bras autour de la taille de Grace, Matt remplit deux verres de vin, pour elle et pour lui.

— Elle a été envoyée, mais pas encore publiée. Les jours fériés, vous comprenez.

Grace accepta le verre qu'il lui tendait.

— Worthington, je ne comprends pas ce qu'il se passe.

— Ton oncle a décidé de nous faire chanter, ma chérie. Il a fait surveiller Worthington House cette nuit. Son sbire t'a vue entrer hier et ne ressortir que ce matin.

— Un chantage ? C'est donc de l'argent qu'il veut ? Pas les enfants ?

Elle poussa un soupir de soulagement.

Matt sourit. Il s'était plus ou moins attendu qu'elle fasse un malaise, mais elle se moquait bien d'un chantage. Pour elle, seul le sort des enfants comptait.

— Non. Il semble que ce monsieur ne veuille pas s'embarrasser de trop de complications, déclara-t-il avant de se tourner vers Molton. Non pas que vous méritiez une explication, mais je vais vous la donner. Nous rénovons cette maison pour les enfants, si bien que ma famille, y compris ma belle-mère, la dame que vous avez accostée un peu plus tôt, ainsi que nos frères et sœurs résident actuellement à Stanwood House. Grace et moi dormons ici.

Molton parut rétrécir sur place.

— Alors, je n'aurai rien. Pas un sou...

Matt tira le cordon de la sonnette.

— Monsieur Molton, si vous n'avez plus rien à faire ici, je vous suggère de partir.

Molton semblait avoir pris dix ans d'un coup.

— Oui, oui.

— Je crois savoir que la vie dans certains pays lointains est bien moins chère. Je vous propose d'y songer. Si jamais je vous revois près de nos maisons ou des enfants… En fait, si jamais j'entends de nouveau parler de vous, je n'aurai aucun scrupule, ni aucun mal, à vous rendre l'existence particulièrement pénible.

Sur ce, Thorton escorta Molton dehors.

Incrédule, Grace secoua la tête.

— Il ne voulait que de l'argent ?

Matt lui prit son verre des mains et le posa sur la desserte avant de la serrer dans ses bras.

— Oui, il se moquait bien des enfants. Pour lui, ils n'étaient qu'un moyen d'obtenir de l'argent.

— Alors, la garde devrait t'être accordée sans difficulté.

— Elle m'a déjà été accordée. Ton oncle me l'a confirmé ce matin.

Il l'embrassa et, très vite, leur baiser devint fervent. Il était en train de l'attirer vers la grande causeuse qu'il venait de se faire livrer quand Grace s'écarta, les yeux écarquillés.

— Alors… alors, nous n'avons plus rien à craindre ?

Il éclata de rire.

— Si, pour toi, veiller sur deux jeunes débutantes n'est pas un sujet de crainte, alors je dirais que tu as raison. Pour ma part, j'en suis moins persuadé.

Sa femme ouvrit les lèvres pour répondre, et il en profita pour s'en emparer. Après un nouveau baiser passionné, il releva la tête.

— Mais cela peut attendre. Pour le moment, nous avons un problème plus immédiat à régler.

— Et quel est ce problème, monsieur ? demanda-t-elle avec une innocence pas tout à fait sincère.

Il la dépouilla de sa robe avant de répondre :

— Scandaliser les domestiques.

Un coup discret fut frappé à la porte alors que Grace rajustait son corsage.

— Monsieur, dit Thorton à travers le battant, Harold ne va pas tarder à amener Mlle Daisy pour sa leçon quotidienne. Peut-être souhaiteriez-vous être prêt ?

Matt frôla les lèvres de Grace avec les siennes.

— Il veut dire présentable.

— J'imagine. Comment se débrouille Daisy ?

— Mieux maintenant qu'elle prend exemple sur Duke.

— À tout à l'heure, à Stanwood House.

Il l'escorta à la porte.

— Je n'en ai pas pour longtemps. Elle n'arrive jamais à se concentrer plus de vingt minutes.

Harold et les chiens étaient en train de traverser la place quand Grace descendit les marches du perron.

— Monsieur ?

Matt referma la porte.

— Oui, Thorton ?

— M. Timmons aimerait savoir quand vous voudriez…

Un hurlement ébranla la maison.

Grace !

Matt rouvrit brutalement la porte d'entrée et sauta les marches d'un bond, mais la vieille voiture noire tournait déjà au carrefour, poursuivie par les deux danois.

Le valet se précipita vers Matt.

— Monsieur, Madame a été enlevée !

Le sang de Matt se glaça dans ses veines.

— Ont-ils dit quelque chose ?

— Je les ai entendus parler d'une Mlle Betsy.

Bon sang ! S'il ne retrouvait pas Grace rapidement, qui savait ce qu'ils allaient lui faire ? Si Molton était derrière cet enlèvement, il le paierait très cher.

— Thorton, mon cheval, vite !

— Worthington ! s'exclama une Jane à bout de souffle qui accourait. Nous avons vu ce qu'il se passait. Hector les suit avec son cabriolet.

Matt hocha la tête.

— Prenez soin des enfants jusqu'à notre retour.

— Oui. Allez sauver Grace.

Il courut jusqu'aux écuries, où un garçon était déjà en train de sortir son étalon. Sans un mot, il bondit sur le dos de sa monture. Si Harold ne s'était pas trompé et si les ravisseurs emmenaient bien Grace chez Mlle Betsy, il devrait pouvoir arriver dans Regent Street avant eux. Ils seraient forcés de prendre cette rue pour se rendre dans le quartier de Covent Garden où était situé le bordel.

Avec un peu de chance, en prenant un raccourci qu'on ne pouvait emprunter qu'à cheval, il leur couperait la route.

29

Grace rajusta vivement ses jupes et se redressa. Les battements de son cœur affolé lui donnaient vaguement la nausée. Soit ça, soit l'odeur de ces deux hommes. Elle les examina. Hormis leur âge, ils se ressemblaient étrangement.

Les aboiements qui avaient longtemps retenti de part et d'autre de la voiture avaient cessé. Les chiens étaient-ils toujours là ?

Soudain, le cocher cria, et l'attelage ralentit.

— Fichez le camp, maudites bestioles.

— Qu'est-ce qui se passe ? brailla le plus âgé des deux hommes dans l'habitacle.

— Ces clébards n'arrêtent pas de mordre mon cheval.

— Rappelez vos chiens, gronda la canaille.

La voiture s'inclina dangereusement vers la droite, et Grace saisit une poignée pour ne pas tomber du siège.

— Même s'ils m'obéissaient, pourquoi voudrais-je les rappeler ?

Soudain, la gueule de Duke apparut à la fenêtre, crocs dénudés, grondant furieusement.

La crapule saisit le bras de Grace et le serra douloureusement.

— Faites c'que j'vous dis, si vous voulez pas souffrir.

Elle n'avait aucune envie de se débarrasser des chiens. Pour l'instant, ils étaient son unique protection.

— Ils n'obéissent qu'à lord Worthington.

— Qui ça ? aboya le plus vieux.
— L'gandin avec qui elle couche.
— Mon mari, dit-elle avec toute la dignité dont elle était capable.
— Votre quoi ?
— J'viens d'te l'dire, pa...
— La ferme. C'est à elle que j'cause.
— Mon mari.
Grace leva le menton. Elle était en train de réviser son jugement sur la boxe : voir Matt assommer ces deux malfrats l'aurait mise en joie.
— Elle ment.
Les paupières plissées, elle contempla le plus jeune des hommes et déclara d'une voix glaciale :
— Quelqu'un ment, et ce n'est pas moi. Vous feriez mieux de me relâcher immédiatement.
Elle refoula une vague de peur et de nausée en priant pour que Matt la retrouve rapidement. Le fiacre s'immobilisa.
— Qu'est-ce tu fous ? cria la crapule à ses côtés au cocher. Repars !
— Tu m'paies pas assez pour que je perde mon cheval, répliqua l'autre.
Le jeune homme passa la tête par la fenêtre juste à temps pour recevoir un formidable coup de poing sur le nez. Du sang gicla partout. Des taches noires dansèrent devant les yeux de Grace. Non, elle refusait de s'évanouir.
Le deuxième homme à ses côtés poussa un hurlement quand Duke se jeta contre l'autre fenêtre.
Soudain, la portière s'ouvrit avec une telle force qu'elle crut qu'elle avait été arrachée de ses gonds.
Les bras forts de Matt s'enroulèrent autour d'elle, l'extrayant de la voiture. Grace s'accrocha à lui, tremblant de la tête aux pieds.
— Tout va bien. Je suis là. Tu ne risques plus rien.
Peu à peu, les battements de son cœur commencèrent à s'apaiser, même si elle continuait à trembler.

— Que voulaient-ils ? demanda-t-elle d'une voix à peine audible.

Matt lui caressait le bras, les épaules, l'apaisant.

— Je ne tarderai pas à le savoir, dit-il d'une voix dure. Addison va te ramener à la maison. Attends-moi à Worthington House.

— Mais je tiens…

— Grace, mieux vaut éviter tout scandale. Laisse-moi régler cette affaire.

Elle voulut argumenter, mais il avait raison. Tout ce qui ternirait sa réputation affecterait aussi celle de leurs sœurs.

— Bien.

Il l'aida à monter dans le cabriolet.

— Passez par les écuries et entrez par derrière, ordonna-t-il à Hector.

Ce dernier lui tendit un bout de papier en disant :

— Au cas où vous voudriez qu'ils quittent nos belles plages. Le bateau m'appartient.

Matt attendit qu'Addison ait tourné dans Bourdon Street avant de s'occuper des canailles qui avaient enlevé sa femme. Il n'y avait pas grand monde dans la rue, mais elle n'était pas déserte. Mac et trois autres valets maîtrisaient les deux hommes, tandis que Daisy et Duke grondaient devant eux, montrant des crocs impressionnants. Matt déplia le bout de papier. Il s'agissait d'une annonce publiée dans un journal.

Le capitaine Brumhill arme Le Cabalva *en partance pour les Indes orientales.*

Il s'approcha du fiacre pour demander au cocher :

— Que vous ont-ils raconté ?

L'homme grimaça.

— Que c'était une fugueuse.

Matt se tourna vers les deux ravisseurs.

— Qui vous a engagés pour enlever cette dame ?

— C'est pas une dame, répliqua le plus jeune, dont le nez cassé dégoulinait de sang. C'est rien qu'une putain.

Matt lui expédia son poing dans le ventre.

— C'est de ma femme que tu parles.

Le plus vieux blêmit.

— Vot' femme ? fit-il d'une voix geignarde. On savait pas...

Ce devait être les hommes que Molton avait payés pour les surveiller. Si l'oncle de Grace était derrière cet enlèvement, Matt était bien décidé à le traquer et à le tuer.

— Qui vous a engagés ? cracha-t-il.

— Personne.

— Ce n'est pas Molton qui vous a envoyés ?

— Non. Il voulait juste qu'on vous surveille. Mais... on s'est dit... que si c'était une... on pourrait s'faire un peu de...

Ces derniers mots avaient été à peine murmurés. Ces sinistres individus avaient donc eu l'intention de vendre Grace à ce bordel. Un brouillard rouge descendit devant ses yeux. S'il frappait de nouveau l'un ou l'autre de ces fumiers, il ne s'arrêterait pas avant qu'ils soient morts. Il tendit le bout de papier à Mac.

— Prends ce fiacre et amène ces ordures à ce Brumhill avant que je les massacre.

Il sauta sur son cheval.

— Duke ! Daisy !

Les deux chiens se mirent à trotter à ses côtés. Quelques minutes plus tard, Matt confiait sa monture au garçon d'écurie.

Thorton l'attendait dans le couloir.

— Madame est au salon, monsieur.

Il s'y rua, avant de s'immobiliser devant la porte. Qu'allait-il dire à Grace ? Ou bien avait-elle déjà deviné ce que ces crapules avaient voulu faire ?

La porte s'ouvrit, et elle vola dans ses bras. Il la serra contre lui, l'embrassa, respirant son exquise odeur légèrement citronnée.

— Pourquoi m'ont-ils kidnappée ?

— Ils travaillaient pour ton oncle avant de décider de faire du zèle…

C'était assez proche de la vérité. Inutile de lui raconter le reste.

— Ils ne t'ennuieront plus jamais. Je m'en suis assuré.

Elle hocha la tête.

— Matt…

— Grace…

Ils avaient parlé en même temps.

— Les dames d'abord.

— J'ai envie de toi. Maintenant.

Se dressant sur la pointe des pieds, elle l'embrassa.

Que les dieux soient remerciés ! C'était exactement ce qu'il allait dire.

— Qui suis-je pour désobéir à ma femme ?

Il la transporta jusqu'à leur chambre, où il la déposa sur le lit avec un soin infini. Soudain, leurs vêtements disparurent. Matt contempla son épouse nue avec un frisson rétrospectif. *Seigneur, s'il lui était arrivé quelque chose…*

Il se glissa à ses côtés et l'attira sur lui, dévorant ses lèvres, sa bouche, jusqu'à ce que ses petits gémissements et ses râles se transforment en symphonie. Il la fit rouler sous lui pour la pénétrer.

Grace noua les jambes autour de sa taille, le serrant contre elle. La brume de peur qui s'était refermée autour d'elle se dissipait, transpercée par son amour pour lui et le feu qui brûlait en elle. Jamais il ne l'avait prise avec une telle intensité. Leur étreinte aujourd'hui était folle, vertigineuse, et quand l'orgasme explosa, elle n'éprouva pas seulement un plaisir inouï mais aussi un soulagement extraordinaire qui se propagea à travers tout son corps, tandis qu'elle sentait le frémissement formidable qui s'emparait de Matt avant qu'il s'effondre à ses côtés et la prenne dans ses bras.

Un peu hébétée, elle mit un moment à reprendre ses esprits. Malgré ce qui s'était passé, elle se sentait plus en sécurité que jamais. Quand elle avait eu besoin de lui, Matt avait été là, comme il le lui avait promis. Toutes ces années de crainte et d'inquiétude étaient désormais derrière elle. Il n'y avait plus que lui et leur famille.

Leur famille… Oh non, quelle heure était-il ?

Elle s'empara vivement de son peignoir et tira sur le cordon de la sonnette.

— Qu'y a-t-il ? demanda Matt.

— Nous avons un bal ce soir.

Bolton pénétra dans la chambre.

— Oui, madame ?

— Le bal !

— Tout est sous contrôle. Lady Patience Worthington et lady Herndon ont emmené lady Charlotte et lady Louisa dîner à Herndon House. Elles se rendront ensuite au bal. Mlle Carpenter a tout arrangé. Maintenant, si vous avez faim, je vais prévenir le chef.

Grace se laissa retomber dans le lit.

— Oui, merci.

Matt lui massa le dos.

— Je dois expliquer la tentative d'enlèvement aux enfants, mais je n'entrerai pas dans les détails, déclara-t-il. Et je crois que quelques leçons d'autodéfense pour toi et les autres ne seraient pas inutiles.

— Je n'étais pas trop d'accord jusqu'à présent, répondit-elle en penchant la tête tandis qu'il s'occupait de ses épaules, mais je trouve maintenant que c'est une bonne idée. Duke et Daisy ont été magnifiques.

— Oui, je les ai vus assaillir le cheval comme si c'était un sanglier sauvage. Leur instinct a repris le dessus. Comment te sens-tu ?

Elle se tortilla pour qu'il reprenne son massage.

— Je ne me suis jamais sentie aussi bien.

Deux semaines plus tard, Grace pénétra dans la chambre à coucher de Jane. Sa cousine était superbement habillée d'une robe de soie jaune pâle ourlée de dentelle.

— Tu m'as fait demander ?

— Oui, dit Jane, l'air un peu gênée. C'est idiot, mais je me marie dans une heure et je n'ai pas la moindre idée de ce qui se passe dans un lit conjugal. Tu es la seule à qui je puisse poser cette question.

Grace respira un grand coup. Elle risquait de devoir répondre à cette interrogation encore un certain nombre de fois, alors autant qu'elle s'y habitue.

— As-tu déjà été embrassée ?

Le visage de sa cousine s'adoucit, et un sourire rêveur flotta sur ses lèvres.

— Oh oui, et...

Une délicieuse rougeur apparut ses joues lorsqu'elle ajouta :

— ... et d'autres petites choses aussi.

— Hector s'est-il montré attentionné ?

— Toujours, et très doux.

— Alors, je crois que tu peux faire confiance à ton mari. Il saura te guider. Ne t'inquiète pas s'il y a un peu de douleur quand vous vous unirez. Cela n'arrive que la première fois.

Grace étreignit sa cousine.

— Ce sera magnifique, promit-elle.

Jane hocha la tête. C'était un peu effrayant, mais Grace avait raison : Hector saurait se montrer prévenant.

— Merci, Grace.

On frappa doucement à la porte, et Charlotte glissa la tête dans l'entrebâillement.

— Nous avons apporté quelques petites choses.

— Entrez, s'il vous plaît.

Les filles des deux familles apparurent.

Jane s'efforça de refouler des larmes de joie quand Charlotte et Louisa attachèrent un collier de perles autour de son cou.

— C'est de notre part à toutes les deux. Il est neuf.

Augusta vint ensuite déposer une paire de boucles d'oreilles dans sa main.

— Celles-ci, je les ai empruntées.

À leur tour, les jumelles et Madeline épinglèrent une broche turquoise sur son corsage.

— Elle n'est pas neuve, mais tu peux la garder.

Jane fut incapable de retenir davantage ses larmes quand Mary et Theo s'approchèrent avec des violettes.

— C'est pour tes cheveux, dit Mary en lui tendant quelques fleurs un peu chiffonnées.

— Et voilà un ruban, ajouta Theo.

— Je vais demander à ma femme de chambre de me les mettre tout de suite.

Jane les étreignit les unes après les autres, puis les filles et Grace quittèrent la chambre.

— Venez maintenant, mademoiselle, dit Dorcus en la conduisant jusqu'à la coiffeuse.

Jane avait du mal à croire que, ce soir, elle dormirait dans sa nouvelle maison avec Hector.

— Ah, ne pleurez pas, dit sa femme de chambre en lui tendant un mouchoir. Vous allez avoir les yeux tout rouges.

— Je suis idiote.

Dorcus disposa les violettes, qu'elle maintint en place avec le ruban et de petites épingles à tête de perle.

— Et voilà.

Enfin prête, Jane descendit le grand escalier au pied duquel l'attendaient Matt et Grace.

Moins d'une demi-heure plus tard, elle se trouvait avec Hector devant le même autel où s'étaient tenus Grace et Matt deux petites semaines auparavant.

Hector la regarda dans les yeux en prononçant ses vœux d'une voix calme et forte. Ce jour avait été si long à venir ! Jane prononça ses propres vœux avec un sentiment de bonheur absolu.

Une fois que le pasteur les eut déclarés mari et femme, les enfants se rassemblèrent autour d'eux.

— Notre maison va paraître bien calme sans eux, dit Jane.

La large paume d'Hector la guida vers la porte.

— Peut-être qu'avec un peu de chance, nous pourrons la remplir.

Plus tard cet après-midi-là, après le départ des invités, Charlotte pénétra dans le bureau de Grace, une lettre entre les mains. Elle fronçait les sourcils.

— Qu'y a-t-il ?

— Dotty ne peut pas venir en ville. Sa mère s'est cassé la jambe. Nous ne pourrons pas faire nos débuts ensemble comme prévu.

Grace se retint de mentionner qu'elle avait Louisa. Ce n'était pas pareil. Charlotte et Dotty étaient amies depuis le berceau, ou presque.

— Montre-moi cela.

Après avoir lu la lettre, une idée germa dans son esprit. Bien sûr, elle allait d'abord devoir en parler à Matt.

— Je ne te fais aucune promesse, mais laisse-moi voir si je peux trouver une solution.

Le visage de Charlotte ne fut plus que sourire.

— Si quelqu'un en est capable, c'est bien toi.

Une fois sa sœur partie, Grace tira sur un cordon. Royston ne tarda pas à apparaître.

— Madame ?

— Demandez à lord Worthington de me rejoindre, je vous prie.

— Je pars à sa recherche sur-le-champ.

C'était là le problème de vivre dans deux maisons en même temps. Elle savait rarement où était son mari.

Elle était en train de lire le journal du jour quand la porte se rouvrit. Matt entra, un sourire parfaitement dépravé aux lèvres.

— Tu as besoin de moi ?

Elle se leva pour aller à sa rencontre.

— Oui. Pas pour ce que tu crois, malheureusement.

Il grimaça.

— Quel dommage. Mais peut-être n'est-ce que partie remise. Que se passe-t-il ?

Elle lui expliqua la situation, insistant sur le fait que cela faisait des années que Charlotte et Dotty préparaient leurs débuts ensemble.

Il resta silencieux quelques secondes avant de déclarer :

— Invite-la à venir ici.

C'était exactement ce que Grace avait espéré.

— Merci. Je voulais que ce soit ta décision. Tu devras écrire à son père. De mon côté, j'écrirai à lady Sterne et je préviendrai Charlotte.

— Je m'en charge tout de suite. Après quoi, je viendrai t'aider à t'habiller pour le dîner.

Grace glissa les mains sur ses larges épaules.

— Tu vas devoir attendre un peu pour me déshabiller. Nous avons un bal ce soir.

— Vraiment ? Patience viendra, elle aussi ?

— Je crois, oui. Pourquoi ?

— Peut-être y aura-t-il un autre salon désert, madame.

Épilogue

Deux semaines plus tard
Worthington House, Mayfair, Londres

Matt et Grace traversaient la place en direction de Worthington House. La porte d'entrée s'ouvrit alors qu'ils gravissaient les marches du perron.

Thorton s'inclina avant de déclarer d'un ton très sec :

— Monsieur, deux nouveaux cadeaux de mariage viennent d'arriver.

Matt était certain de n'avoir jamais vu une expression si sombre sur le visage de son majordome. Ce qui signifiait…

— De la part de qui ? demanda-t-il, méfiant.

Thorton adopta un ton qui trahissait une longue souffrance.

— Lord Huntley et lord Wivenly.

Matt gronda.

— Dites-moi qu'il n'y a pas un troupeau de vaches dans le jardin.

Thorton frémit et soupira.

— Non, monsieur, mais vous pourriez souhaiter que ce soit le cas quand vous aurez vu ce qui a été livré.

Grace s'avança dans le hall, s'immobilisa et émit un bruit étrange.

— Oh !

Matt suivit son regard.

— Par tous les diables, qu'est-ce que c'est que *ça* ?

Il examina l'immense statue entièrement faite de jade, d'or et autres pierres précieuses. *Ça* ressemblait à une femme, nue pour l'essentiel, mais dotée de plusieurs bras et yeux.

Son majordome lui tendit une enveloppe.

— Ceci accompagnait la chose. Il y avait aussi un vase assez... intéressant que j'ai pris la liberté de placer dans votre chambre à coucher, ne désirant pas que les enfants le voient.

Matt ouvrit le billet.

Cher Worthington,

Wivenly et moi avons longtemps cherché un cadeau digne de toi et de ta nouvelle comtesse. Fort heureusement, nous sommes tombés – dans le cas de Wivenly, littéralement – sur cette charmante dame. Dans les contrées où elle est adorée, il s'agit d'une déesse de la Fertilité et des Jeunes Mariés, ainsi que de plusieurs autres choses ayant toutes un rapport avec la félicité conjugale. Nous avons pensé qu'elle pourrait vous être utile.

La statue date de temps assez anciens, de même que le vase que nous avons trouvé au cas où vous auriez besoin d'une petite motivation supplémentaire.

Tous nos encouragements dans vos efforts à remplir la nursery.

Gervais, comte de Huntley
William, vicomte Wivenly

— Je vais les tuer, gronda-t-il.

Grace lui prit la missive des mains et, peu après, éclata de rire.

— Eh bien, mon chéri, je suppose que c'est le moment idéal pour t'annoncer que j'attends un bébé.

Remerciements

Chaque livre est un voyage qui conduit des premiers mots de l'auteur à la publication. J'ai beaucoup de gens à remercier. Mes premières lectrices, Doreen, Margaret et Jenna : vous, mesdames, me donnez des avis et des conseils fantastiques. Mon adorable agente, Elizabeth Pomada, et mon merveilleux éditeur, John Scognamiglio. L'équipe publicitaire de Kensington, Jane, Alex, Vida, Lauren, pour la passion qu'ils mettent à promouvoir mes livres. Les auteurs fabuleux du Beau Monde pour avoir répondu avec autant de célérité que de précision à mes questions. Et, enfin, mes extraordinaires lectrices. Je n'ai pas de mots pour exprimer ce que votre soutien signifie pour moi.

AVENTURES & PASSIONS

6 avril

Renee Ann Miller

Les fripouilles - Le défi de Sophia

Inédit

La dernière incartade de l'incorrigible Hayden Milton, comte de Westfield, lui a valu une balle dans la cuisse, tirée par une de ses maîtresses. Convalescent, il a déjà effarouché deux infirmières qui ont préféré démissionner. Lorsque Sophia Camden se présente, Hayden est intrigué par cette brune au regard ardent et n'hésite pas à lui faire des avances. Décontenancée, la jeune infirmière lui fait une proposition : elle a dix jours pour lui prouver ses compétences et, si elle échoue, elle lui sera redevable. Quelle imprudente ! Comment cette audacieuse et troublante garde-malade imagine-t-elle pouvoir défier un séducteur tel que lui ?

✦

Joanna Lowell

Le tableau du bel inconnu

Inédit

Rien ne préparait Lucy Coover, modeste étudiante de l'Académie royale des Beaux-Arts, à croiser dans une ruelle de l'East End, un homme ivre, dans le plus simple appareil. Or, son regard de peintre a tout enregistré de cette superbe anatomie. Durant des semaines, elle dessine le portrait de cet inconnu et parvient à vendre une de ses œuvres. Quand, quelque temps plus tard, le duc de Weston se présente pour lui demander des comptes au sujet d'un portrait de lui qu'il a vu chez lord Forbes, Lucy est décontenancée. Elle ne s'attendait ni à rencontrer son modèle dont les yeux verts la troublent, ni à sa proposition qui pourrait bien changer le cours de son destin...

Harper St. George

Jeunes filles à marier - Une héritière si romanesque

Inédit

Christian Halston, comte de Leigh, vient d'apprendre que sa propriété écossaise a été ravagée par les flammes. Sans argent, comment reconstruire son château ? Un mariage avec une riche héritière est l'unique solution. Pourquoi ne pas proposer à cet Américain avide de titres, M. Crenshaw, d'épouser une de ses filles ? Or, le père a déjà choisi un époux pour la cadette, Violet, le comte de Wade, un ignoble individu que Christian déteste. Quand la jeune fille lui annonce qu'elle part incognito dans le Yorkshire pour fuir ce mariage et surtout pour terminer le roman qu'elle compte bientôt publier, il la persuade de l'accompagner dans sa retraite, en tout bien tout honneur, il va sans dire...

✦

Mimi Matthews

Jim, le gentleman

Inédit

Margaret Honeywell vit sous le joug de son tuteur, Frederick Burton-Smythe. Il y a des années, ce dernier n'a pas hésité à congédier le palefrenier du domaine, Nicolas Seaton, qui a dû s'enfuir comme un voleur, brisant le cœur de Margaret. Dix ans plus tard, la jeune fille arrive enfin à Londres pour sa première saison. Installée chez son amie Jane, elle apprend que Frederick va affronter le vicomte St. Clare lors d'un duel. Affolée par les conséquences que cette affaire pourrait avoir sur son destin, Margaret se rend chez St. Clare pour l'implorer de renoncer à ce funeste projet. Lorsqu'elle se retrouve en face du vicomte, c'est le choc ! Au premier regard, elle a reconnu celui qui n'a jamais quitté son cœur et qu'elle croyait disparu à jamais...

Suzanne Enoch

La famille Griffin - L'invitation au péché

Inédit

Lord Zachary Griffin accompagne sa tante chez les Witfeld, une famille farfelue où vivent sept filles à marier. Accaparé par cette ruche, le jeune homme remarque surtout le regard insistant de Caroline, la plus sensée de la famille. La jeune fille lui explique qu'elle souhaite intégrer une prestigieuse école d'art mais que, pour être admise, elle doit soumettre un portrait à l'approbation d'un jury. Zach propose à la jeune artiste de poser pour elle. Les séances commencent, les rapprochant chaque jour davantage. Caroline est bientôt submergée par de tendres sentiments envers son séduisant modèle. Entre l'amour de l'art et l'art de l'amour, doit-elle choisir ?

✦

Monica McCarty

Les chevaliers des Highlands - Le faucon

Bibliothèque idéale

Début du XIVe siècle. Erik MacSorley, qu'on surnomme le Faucon, est un marin écossais auquel ni les vents ni les femmes ne résistent. Un jour, il sauve de la noyade une jeune gouvernante, Ellie. Mais les apparences sont trompeuses, car celle qu'il a secourue est en réalité lady Elyne de Burgh, la fille du puissant comte d'Ulster. Courageuse et intrépide, Ellie s'entête à ignorer les charmes d'Erik. Alors que la guerre fait rage des deux côtés de la mer d'Irlande, vaincre l'obstination de la belle captive devrait être un jeu d'enfant pour le Faucon...

Sarah MacLean

Le cercle des canailles - Le flambeur

Il y a dix ans, Michael, marquis de Bourne, a perdu aux cartes les terres familiales et s'est juré de les récupérer. Aujourd'hui, riche propriétaire d'un cercle de jeu très en vue, il veut reprendre possession de ses biens. Or, son plan est compromis lorsqu'il apprend que le nouveau propriétaire, désespérant de marier sa fille aînée, Pénélope, ajoute à sa dot les propriétés de Michael. Une seule solution s'offre à lui : enlever la jeune femme pour la compromettre et la contraindre au mariage...

13420

Composition
FACOMPO

Achevé d'imprimer en Italie
par GRAFICA VENETA
le 2 février 2022

Dépôt légal : mars 2022
EAN 9782290360811
OTP L21EPSN002391N001

ÉDITIONS J'AI LU
87, quai Panhard-et-Levassor, 75013 Paris

Diffusion France et étranger : Flammarion